Origem Mortal

J. D. ROBB

SÉRIE MORTAL

Nudez Mortal

Glória Mortal

Eternidade Mortal

Êxtase Mortal

Cerimônia Mortal

Vingança Mortal

Natal Mortal

Conspiração Mortal

Lealdade Mortal

Testemunha Mortal

Julgamento Mortal

Traição Mortal

Sedução Mortal

Reencontro Mortal

Pureza Mortal

Retrato Mortal

Imitação Mortal

Dilema Mortal

Visão Mortal

Sobrevivência Mortal

Origem Mortal

Nora Roberts
escrevendo como
J. D. ROBB

Origem Mortal

Tradução
Renato Motta

Rio de Janeiro | 2013

Copyright © 2005 *by* Nora Roberts

Título original: *Origin in Death*

Capa: Leonardo Carvalho

Editoração: FA Studio

Texto revisado segundo o novo
Acordo Ortográfico da Língua Portuguesa

2013
Impresso no Brasil
Printed in Brazil

Cip-Brasil. Catalogação na publicação
Sindicato Nacional dos Editores de Livros, RJ

R545o	Robb, J.D., 1950- Origem mortal/ Nora Roberts escrevendo como J. D. Robb; tradução Renato Motta. — 1. ed. — Rio de Janeiro: Bertrand Brasil, 2013. 490 p.; 23 cm. (Série Mortal; 21) Tradução de: Origin in Death Sequência de: Sobrevivência mortal Continua com: Recordação mortal ISBN 978-85-286-1709-2 1. Ficção americana. I. Motta, Renato. II. Título. III. Série. CDD: 813
13-05215	CDU: 821.111(73)-3

Todos os direitos reservados pela:
EDITORA BERTRAND BRASIL LTDA.
Rua Argentina, 171 — 2º andar — São Cristóvão
20921-380 — Rio de Janeiro — RJ
Tel.: (0xx21) 2585-2070 — Fax: (0xx21) 2585-2087

Não é permitida a reprodução total ou parcial desta obra, por
quaisquer meios, sem a prévia autorização por escrito da Editora.

Atendimento e venda direta ao leitor:
mdireto@record.com.br ou (0xx21) 2585-2002

Sangue é mais consistente que água.
— JOHN RAY —

Haverá tempo para matar e para criar.
— T. S. ELIOT —

Prólogo

A morte sorriu para ela e a beijou carinhosamente no rosto. Tinha olhos lindos, a morte. Eram azuis, mas não nos tons que se veem nas caixas de lápis de cor. A menina sabia falar três idiomas, mas vinha tendo problemas com o cantonês. Conseguia desenhar os ideogramas e adorava pintar as linhas e os formatos, mas lhe era difícil *enxergar* aquilo como palavras.

Não sabia ler muito bem em nenhuma das três línguas e tinha consciência de que o homem que ela e as irmãs chamavam de pai andava muito preocupado com isso.

A menina se esquecia de certas coisas que sempre deveria lembrar, mas seu pai nunca a punia como os outros faziam quando ele não estava por perto. A menina pensava neles como "os outros", as pessoas que ajudavam o pai a ensinar-lhe muitas coisas e a cuidar dela. Só que, quando ele não estava lá e ela cometia algum erro, eles sempre faziam algo que a machucava, e seu corpo estremecia de medo.

Mas ela não podia contar nada disso ao pai.

O pai era sempre uma pessoa agradável, como naquele momento, por exemplo, sentado ali ao lado dela, segurando sua mão.

Agora, era hora de mais um teste. Ela e suas irmãs viviam fazendo testes e provas. Às vezes, o homem que chamavam de pai exibia profundos vincos profundos de preocupação na testa, ou um olhar quando ela não conseguia realizar com sucesso todas as etapas. Em alguns dos testes ele precisava espetá-la com uma agulha fina, ou prender máquinas com fios em sua cabecinha. Ela não gostava muito desses testes, mas fingia estar distraída, pintando desenhos com seus lápis de cor, até tudo acabar.

Ela se considerava feliz. Às vezes, porém, preferiria que elas tivessem a chance de passear lá fora de verdade, em vez de *fingir* que passeavam. É claro que os programas com os hologramas eram ótimos, e o que ela mais gostava era o do piquenique em que um cãozinho aparecia. Mas, sempre que perguntava se poderia ter um cãozinho de verdade, o homem que chamava de pai simplesmente sorria e dizia: "Um dia."

A menina precisava estudar muito. Era importante aprender tudo o que conseguisse; também devia saber falar com perfeição, se vestir, tocar música e discutir tudo que aprendera ou vira nos telões, durante as aulas.

Sabia que suas irmãs eram mais inteligentes, mas elas nunca caçoavam dela. Era-lhes permitido brincar juntas por uma hora todos os dias de manhã cedo e mais uma hora à noite, antes de deitar.

Esses momentos eram ainda melhores que o piquenique virtual com o cãozinho.

Ela não conhecia o conceito da palavra "solidão"; se conhecesse, saberia que se sentia só.

Quando a morte tomou-lhe a mão, ela permaneceu deitada, quietinha, e se preparou para dar o melhor de si.

Origem Mortal

— Isto aqui vai deixá-la um pouco sonolenta — avisou-lhe o pai, com sua voz suave.

Ele trouxera o menino naquele dia. A menina gostava muito quando seu pai trazia o menino, apesar de ele a deixar tímida. Ele era um pouco mais velho e tinha os olhos no mesmo tom de azul do homem que ela chamava de pai. O menino nunca brincava com ela nem com suas irmãs, mas a menina sempre tinha a esperança de que um dia isso pudesse acontecer.

— Está confortável, querida?

— Sim, papai. — Ela sorriu com timidez e olhou para o menino que estava em pé ao lado dela. Às vezes, ela fingia que o quartinho onde dormia era uma câmara secreta, igualzinha àquelas dos castelos dos livros que lia ou dos filmes que via. Ela era a princesa do castelo, aprisionada por um encanto. O menino era o príncipe que viria salvá-la.

Do quê, exatamente, não tinha certeza.

Praticamente não sentiu a picada da agulha, de tão suave que foi.

Havia um telão no teto sobre sua cama. Naquele dia, o homem que chamava de pai havia programado o teto para exibir quadros famosos. Querendo agradá-lo, começou a declamar os nomes das pinturas uma por uma, até que cada uma escurecia até desaparecer e outra pintura famosa surgia.

— *Jardim em Giverny*, 1902, Claude Monet. *Flores e Mãos*, Pablo Picasso. *Figura na Janela*, Salvador Da... Salvador...

— Dalí — ajudou ele.

— Dalí... *Oliveiras*, Victor Van Gogh.

— Vincent.

— Desculpe. — A voz da menina começou a ficar arrastada.

— Vincent Van Gogh. Meus olhos estão cansados, pai. Minha cabeça parece pesada.

— Está tudo bem, querida. Pode fechar os olhos agora. Pode descansar.

Ele pegou sua mão enquanto ela parecia deslizar para longe dali. E a segurou com carinho, entre as mãos dele, enquanto ela morria.

A menina deixou este mundo cinco anos, três meses, vinte dias e seis horas depois de ter nascido.

Capítulo Um

Quando um dos rostos mais famosos do planeta e fora dele era espancado até se tornar uma polpa de sangue fragmentado, isso virava notícia. Até mesmo em Nova York. Quando a dona do rosto furava vários órgãos vitais do agressor com uma faca de churrasco era mais que notícia: era trabalho.

Conseguir um tempo a sós para conversar com a mulher cujo rosto lançara milhares de produtos de beleza tinha sido um tremendo desafio.

Com os tornozelos imersos no tapete exageradamente felpudo, gelado e elegante da sala de espera do Centro Wilfred B. Icove de Reconstrução Facial e Cirurgia Cosmética, a tenente Eve Dallas estava plenamente preparada para enfrentar uma guerra.

Para ela, aquilo já passara dos limites.

— Se eles acham que podem me dispensar uma terceira vez, certamente ignoram a grandiosidade da minha ira.

— Na primeira vez ela estava inconsciente. — Satisfeita por se ver confortavelmente instalada em uma poltrona luxuosa e macia, enquanto saboreava um delicioso chá de cortesia, a detetive Delia Peabody cruzou as pernas com elegância. — Estava sedada e pronta para entrar na sala de cirurgia, lembra?

— Não estava inconsciente na segunda vez — insistiu Eve.

— É verdade. Mas ainda estava na sala de recuperação cirúrgica e observação. Faz menos de quarenta e oito horas, Dallas. — Peabody tomou mais um gole de chá e fantasiou sobre o que faria se estivesse internada ali para escultura de rosto ou corpo.

Talvez começasse pelo básico: uma extensão capilar do tipo *megahair*. Procedimento indolor e sedutor, decidiu, passando os dedos por entre os cabelos em forma de cuia.

— Foi em legítima defesa, isso ficou bem claro — comentou Peabody.

— Ela fez oito buracos nele.

— Tudo bem, talvez tenha exagerado um pouco, mas nós duas sabemos que o advogado dela vai alegar legítima defesa, medo de dano físico e diminuição de capacidade de raciocínio, argumentos que qualquer júri vai engolir. — Talvez um *megahair* de cabelos louros, pensou Peabody. — Lee-Lee Ten é uma superstar, Dallas, modelo de perfeição e beleza, e o cara fez um estrago considerável no rosto dela.

Nariz quebrado, maçãs do rosto esmagadas, maxilar quebrado, descolamento de retina. Eve revisou a lista mentalmente. É claro que ela não iria acusar a pobre mulher de homicídio puro e simples, pelo amor de Deus. Afinal, interrogara o médico que a atendera na cena do crime, além de ter investigado ela mesma o local.

Mas se não encerrasse esse caso logo, teria de aturar os abutres da mídia pegando no seu pé.

Se a situação chegasse nesse ponto, Eve ficaria tentada a retalhar um pouco mais a cara de Ten, pessoalmente.

— É melhor ela conversar conosco hoje mesmo, para encerrar o caso. Senão, pretendo estapear aquele bando de advogados e agentes dela, e depois ainda vou jogar em cima deles um processo por obstrução de justiça.

— Quando é que Roarke volta para casa?

Exibindo um ar de estranheza, Eve parou de caminhar pela sala de espera e encarou a parceira.

— Por que quer saber?

— Você anda muito agitada. Mais que o normal. Acho que está sofrendo de "síndrome de abstinência de Roarke". — Peabody emitiu um longo suspiro e completou: — Quem poderia culpá-la?

— Não estou tendo síndrome nenhuma — resmungou Eve, e recomeçou a caminhar de um lado para outro. Tinha pernas longas, corpo esbelto, e se sentia confinada em aposentos com decoração exagerada, como aquele. Seus cabelos eram ainda mais curtos que os de sua parceira, em variados tons de castanho e picotados de forma aleatória em torno de um rosto comprido com imensos olhos cor de mel.

Ao contrário de muitos dos pacientes do Centro Wilfred B. Icove, beleza física não era uma das prioridades na vida de Eve.

Morte, sim.

Talvez estivesse com saudades do marido, admitiu para si mesma. Ora, isso não era crime. Na verdade, essa, provavelmente, era uma daquelas regras fundamentais do casamento que Eve ainda tentava aprender, mesmo estando casada fazia mais de um ano.

Era raro Roarke fazer uma viagem de negócios que levasse mais de um ou dois dias, mas dessa vez sua ausência já se alongava há mais de uma semana.

Mas ela forçara a barra para que isso acontecesse, lembrou a si mesma. Tinha plena consciência de que ele vinha deixando os negócios de lado demasiadas vezes nos últimos meses só para ajudar no trabalho dela, ou simplesmente estar ao seu lado quando ela precisava.

E quando um homem era dono do mundo ou fazia negócios em quase todas as áreas econômicas do universo, desde arte, entretenimento e imóveis, passando pelo comércio e pela indústria, era obrigado a fazer malabarismos constantes para administrar tudo.

Ela poderia muito bem aguentar ficar fora desse malabarismo por uma semana. Não era uma imbecil.

A verdade, porém, é que não andava dormindo muito bem.

Pensou em se sentar um pouco, mas a poltrona à sua frente era imensa e cor-de-rosa demais. Ela se sentiria prestes a ser engolida por uma boca imensa e brilhante. Ficou em pé.

— O que Lee-Lee Ten estava fazendo na cozinha da sua cobertura triplex às duas da manhã?

— Último lanchinho antes de dormir? — sugeriu Peabody.

— Com um AutoChef em sua suíte e outro na sala de estar, sem falar nos que existem em cada quarto do apartamento, mais um no escritório e outro no salão de ginástica?

Eve caminhou até as janelas imensas. Preferia os tons de cinza do dia chuvoso lá fora ao jovial cor-de-rosa da sala de espera. O outono de 2059 se mostrara muito frio e cruel, até agora.

— Todas as pessoas que conseguimos interrogar garantiram que Ten tinha dado um chute na bunda de Bryhern Speegal.

— Mas eles estavam *completamente* apaixonados no último verão — argumentou Peabody. — Foi impossível assistir a um programa de celebridades ou ler uma revista de famosos sem dar de cara com eles... Não que eu perca meu tempo vendo essas coisas, é claro.

— É, me engana que eu gosto. Ela rompeu com Speegal na semana passada, pelo que nossas fontes informaram. Mesmo assim, recebeu-o na cozinha de sua casa às duas da manhã. Ambos vestiam apenas robes, e encontramos vestígios de comportamento íntimo no quarto.

— Uma tentativa de reconciliação malsucedida?

Origem Mortal

— Segundo o porteiro, os discos de segurança do prédio e o androide domestico da estrela, Speegal chegou às onze e quatorze da noite. Sua entrada foi autorizada e a empregada robótica foi dispensada para o seu quarto, mas recebeu um aviso para ficar de prontidão.

Havia taças de vinho na sala de estar, lembrou Eve. Sapatos — dele e dela. Uma blusa. A camisa dele fora largada sobre a larga curva de degraus que levavam ao segundo andar. O sutiã dela tinha sido pendurado sobre a grade no alto da escada.

Não era preciso um cão de caça para seguir as pistas ou farejar as atividades que se seguiram.

— Ele vem vê-la, sobe, tomam alguns drinques no andar de baixo e a possibilidade de sexo entra no papo. Não vejo evidências de que não tenha sido consensual. Não há sinais de luta, e se o sujeito pretendia estuprá-la, não se daria ao trabalho de arrastá-la escada acima e tirar suas roupas.

Eve deixou de lado, por um instante, o pavor que sentia diante da cor da poltrona e se sentou.

— Então eles subiram e fizeram a dança do colchão. Acabaram no andar de baixo, ensanguentados, na cozinha. A empregada androide ouviu os gritos e veio acudir, mas encontrou a patroa desacordada e o visitante morto. Foi quando ligou para a polícia e pediu uma ambulância.

A cozinha parecia uma zona de guerra. A decoração era toda em branco e prata, em um espaço de dezenas de metros quadrados, muitos deles manchados por respingos de sangue. Speegal, o homem mais sexy do ano, estava de cara no chão, nadando em sangue.

A cena fez Eve se lembrar de modo indireto, mas terrível, o jeito como seu pai tinha ficado. Obviamente o quarto em Dallas não era tão claro nem tão grande quanto aquela cozinha, mas o sangue, os *rios* de sangue que se espalhavam a partir do morto, se mostraram igualmente espessos e úmidos, depois de ela ter enfiado a faca no seu agressor várias vezes.

— Às vezes, não existe outro jeito — disse Peabody, baixinho. — Simplesmente não há outra forma de se manter vivo.

— Não — confirmou Eve, com certa tensão. Talvez essa tensão derivasse do fato de sua parceira conseguir ler seus pensamentos com tanta facilidade. — Às vezes realmente não há outro jeito.

Ela se levantou, aliviada ao ver o médico surgir na sala de espera.

Eve pesquisara tudo sobre Wilfred B. Icove Filho. Ele havia seguido, com total competência, os passos do pai, e administrava os muitos braços do Centro Icove. Era conhecido como "escultor das estrelas".

Tinha fama de ter a discrição de um padre, a habilidade de um mágico e a fortuna de um Roarke — ou quase isso. Aos quarenta e quatro anos, era bonito como um astro de cinema, com olhos azuis luminosos e cristalinos numa face com maçãs do rosto proeminentes, queixo quadrado, lábios que pareciam ter sido esculpidos e nariz estreito. Seus cabelos eram fartos, penteados para trás como asas douradas.

Era mais alto que Eve uns dez centímetros, e ela não era uma mulher baixa. O corpo malhado do médico, em ótima forma, tinha uma aparência elegante no terno cinza em tom de pedra com riscas de giz peroladas. Vestia uma camisa na mesma cor das riscas do terno, dispensara a gravata e usava no pescoço um medalhão de ouro branco preso a uma corrente com a espessura de um fio de cabelo.

Estendeu a mão para Eve e abriu um sorriso de desculpas que exibiu dentes branquíssimos e perfeitos.

— Sinto muitíssimo. Sei que estão à minha espera há algum tempo. Sou o dr. Icove. Lee-Lee... isto é, a sra. Ten — corrigiu, depressa —, está sob meus cuidados.

Origem Mortal

— Sou a tenente Dallas, da Polícia de Nova York. Esta é a detetive Peabody. Precisamos conversar com a paciente.

— Sim, eu sei. Também já me informaram que a senhora tentou falar com ela anteriormente, e já esteve aqui duas vezes. Por favor, aceite minhas desculpas por isso, tenente. — Sua voz e seu modo educado eram tão perfeitos quanto o resto. — O advogado da paciente está com ela neste momento. Ela está acordada, lúcida e estável. É uma mulher muito forte, mas sofreu traumas severos, tanto físicos quanto emocionais. Espero que a conversa não seja longa.

— Sim, isso seria ótimo para todos nós, não é mesmo?

Ele tornou a sorrir, com um lampejo de humor nos olhos, e então esticou o braço.

— Ela está sob medicação pesada — explicou, levando-as ao longo de um corredor largo decorado com quadros que ressaltavam a forma e o rosto femininos. — Mas está se expressando com coerência. Anseia por esse interrogatório tanto quanto a senhora. Eu preferia esperar por mais um dia, pelo menos, e o advogado também tentou, mas... Tudo bem, como eu disse, ela é uma mulher forte.

Icove passou pelo guarda a postos na porta da paciente como se ele fosse invisível.

— Gostaria de assistir à conversa, para poder monitorar o estado da paciente.

— Por mim, tudo bem. — Eve cumprimentou o guarda com um aceno de cabeça e entrou no quarto.

O espaço era tão luxuoso quanto a suíte de um hotel cinco estrelas. Havia tantas flores, em toda parte, que daria para encher um dos jardins do Central Park.

As paredes eram pintadas em um tom pálido de rosa com um leve toque cintilante, e enfeitadas com quadros que representavam deusas. Poltronas largas e mesinhas bem-lustradas tinham sido instaladas num espaço mais além, formando uma espécie de sala de estar onde os visitantes podiam se reunir para bater papo ou passar o tempo assistindo a programas exibidos num telão.

Nas numerosas janelas em toda a volta, imensas telas de privacidade garantiam que os helicópteros da mídia e os bondes aéreos de transporte público que zuniam pelo céu não tivessem acesso ao que se passava lá dentro, e a paisagem do parque grandioso em frente era de encher os olhos.

Sobre a cama coberta de lençóis em tom de rosa champanhe e lindas rendas servindo de bainha, o rosto da famosa estrela parecia ter batido de frente com um aríete de guerra.

Pele escurecida, ataduras brancas, o olho esquerdo coberto por um chumaço de proteção. A boca larga, suculenta e luxuriante que havia vendido milhões de dólares em tinturas labiais, brilhos e produtos para aumentar temporariamente os lábios estava inchada demais e coberta por uma espécie de creme verde-claro. Os cabelos ruivos e abundantes, responsáveis pela venda de milhões de frascos de xampu, condicionador e outros produtos de beleza estavam presos para trás com simplicidade, e pareciam um esfregão vermelho sem viço.

O único olho visível, verde como uma esmeralda, se fixou longamente em Eve. Uma explosão de cores e inchaços o circundava.

— Minha cliente está sofrendo de muitas dores — avisou o advogado. — Está sob medicação pesada, muito estresse e eu...

— Cale essa boca, Charlie. — A voz que veio da cama era rouca e sibilante, mas o advogado apertou os lábios com força e parou de falar na mesma hora.

— Dê uma boa olhada — continuou, como se convidasse Eve. — O filho da puta fez um trabalho de primeira. Na minha cara!

— Sra. Ten...

Origem Mortal 19

— Eu já a conheço, não conheço? — Eve percebeu que a voz era chiada e rouca porque Lee-Lee falava por entre os dentes, com o queixo imobilizado. Fratura do maxilar devia provocar uma dor difícil de encarar. — Eu trabalho no ramo de cosmética, rostos é o meu negócio, e o seu é... Roarke. Você é a tira de Roarke. Aquele homem tira qualquer mulher do prumo.

— Meu nome é tenente Eve Dallas. Esta é a detetive Peabody, minha parceira.

— Pois é, eu e ele já nos esbarramos por aí. Demos uns bons amassos há quatro ou cinco anos, durante um fim de semana chuvoso em Roma. Por Deus, aquele homem tem pique. — O olho verde cintilou por um instante com uma espécie de humor dissoluto. — Isso a incomoda, tenente?

— Você deu algum amasso nele nos últimos dois anos?

— Infelizmente, não. Só durante aquele fim de semana memorável em Roma.

— Então isso não me incomoda. Por que não conversamos sobre o que aconteceu entre você e Bryhern Speegal em seu apartamento na noite de anteontem?

— Aquele canalha chupador de pau.

— Lee-Lee — ralhou o médico, com um jeito quase carinhoso.

— Sinto muito, desculpem a baixaria. Will não gosta de linguagem expressiva. Ele me feriu. — Fechou os olhos, inspirou fundo e expirou longamente, quase soprando. — Nossa, ele me deu muita porrada. Posso beber um pouco d'água?

O advogado pegou a xícara de prata de onde saía um canudo articulado igualmente em prata e o levou aos lábios dela.

Ela sugou, respirou uma vez, sugou mais um pouco e deu um tapinha na mão dele, agradecendo:

— Desculpe, Charlie. Sinto muito por ter mandado você calar a boca. Não estou no melhor momento da minha vida.

— Você não precisa conversar com a polícia agora, Lee-Lee.

— Bloquearam aquele telão para eu não ouvir o que andam falando a meu respeito. Mas não preciso de TV para imaginar o circo que os macacos da mídia e as hienas das fofocas estão armando com esse assunto. Quero esclarecer tudo. Tenho direito a me expressar, porra.

Seu olho se encheu d'água, e ela lutou visivelmente para impedir que as lágrimas escorressem. Isso fez com que ganhasse alguns pontos de Eve no quesito respeito.

— Você e o sr. Speegal tiveram um relacionamento, certo? Um relacionamento íntimo?

— Trepamos como coelhos o verão todo.

— Lee-Lee — censurou Charlie, e ela ergueu a mão como se quisesse afastá-lo dali. Um gesto rápido de impaciência que Eve compreendeu perfeitamente.

— Já lhe contei como foi que tudo aconteceu, Charlie. Você acreditou em mim?

— Claro que sim.

— Então deixe-me contar tudo à tira de Roarke. Conheci Bry quando fui convidada para participar de um filme que ele rodou aqui em Nova York, em maio. Estávamos enganchados na cama doze horas depois de termos sido apresentados. Ele é... Isto é, era — corrigiu — um tremendo tesão. O tipo de homem que faz qualquer mulher querer arrancar a saia pela cabeça. Burro como uma porta, é claro, e, conforme descobri na noite de anteontem, cruel como um... Não consigo imaginar nada tão cruel para comparar.

Sugou mais um pouco de água pelo canudo e respirou lentamente três vezes antes de continuar.

— A verdade é que rimos muito, fizemos sexo da melhor qualidade e surfamos a onda do circuito de fofocas. Depois de um tempo ele começou a "se achar" demais. Quero isso, não permito que você faça aquilo, vamos ao lugar tal, onde é que você esteve, e assim por diante. Decidi dar um basta naquela palhaçada. Foi o que fiz, semana passada. Sabe como é... Vamos deixar a coisa esfriar um pouco, foi divertido enquanto durou, mas não devemos nos empolgar demais. Ele ficou meio puto com isso, dava para ver, mas pareceu aceitar bem. Não somos mais crianças, pelo amor de Deus, e nem estávamos "apaixonados".

— Ele fez alguma ameaça nesse dia, ou a atacou fisicamente?

— Não. — Levou a mão ao rosto e, embora sua voz estivesse firme, Eve reparou que seus dedos tremiam de leve. — Sua reação foi do tipo "Pois é, eu estava tentando arrumar um jeito de lhe dizer a mesma coisa, porque nosso lance já deu o que tinha de dar". Bry estava indo para Nova Los Angeles, a fim de promover seu novo filme. Quando voltou e ligou avisando que estava em Nova York e queria me ver, aceitei.

— Ele entrou em contato com você pouco antes das onze da noite, não foi?

— Não sei dizer ao certo. — Lee-Lee conseguiu exibir um sorriso torto. — Eu tinha ido jantar no The Meadow com alguns amigos: Carly Jo, Presty Bing, Apple Grand.

— Já falamos com eles — informou Peabody. — Eles confirmaram o jantar e declararam que você saiu do restaurante por volta de dez da noite.

— Isso mesmo, eles me chamaram para esticar a noite numa boate, mas eu não estava no clima. Péssima decisão, como podemos constatar agora. — Tocou o rosto novamente e deixou a mão tombar sobre a cama.

— Fui para a cama e comecei a ler o novo roteiro que meu agente me enviou. Uma merda de história, chata pra cacete... Desculpe, Will, saiu sem querer. O fato é que quando Bry ligou eu estava a fim de companhia. Tomamos vinho, conversamos um pouco e ele jogou um charme para cima de mim. Tinha estilo, pode acreditar — confessou, com um sorriso maroto. — Acabamos subindo para o andar de cima e nos lançamos numa rodada quentíssima de sexo. Depois, ele me disse algo do tipo "Nenhuma mulher me diz quando está na hora de esfriar", e me avisou que era *ele* quem iria me informar quando estivesse de saco cheio de mim. Filho da mãe!

— Dessa vez foi você que ficou revoltada — afirmou Eve, observando a reação de Lee-Lee.

— E como! Ele foi até meu apartamento e me levou para cama só para poder me jogar isso na cara. — Um pouco de cor surgiu em seu rosto. — E eu permiti! Isso me deixou tão puta comigo mesma quanto com ele, mas não disse nada. Levantei da cama, peguei um robe e desci para esfriar a cabeça. No meu ramo de trabalho vale a pena... vale *muito* a pena... não fazer inimigos. Fui para a cozinha. Planejava esperar a raiva passar para conseguir lidar com tudo aquilo. Pensei em preparar uma omelete de claras.

— Desculpe, deixe eu entender... — interrompeu Eve. — Você saiu da cama absurdamente revoltada e resolveu preparar uma omelete?

— Isso mesmo, adoro cozinhar, porque me ajuda a raciocinar.

— Há mais de dez AutoChefs em sua cobertura.

— Mas eu *gosto* de cozinhar — insistiu ela. — Você nunca assistiu aos meus vídeos de culinária? Eu realmente preparo aqueles pratos todos no estúdio, pode perguntar ao pessoal da produção. Como eu dizia, fui para a cozinha e andei de um lado para o outro até me acalmar o bastante para pegar os ovos. Foi então que ele chegou ventando, cheio de onda.

Lee-Lee olhou para Icove nesse instante. O médico foi até ela e segurou sua mão.

— Obrigada, Will. Então, Bry se empertigou todo, batendo no peito e avisando que quando pagava uma puta, *era ele* quem decidia a hora de ela ir embora, e comigo era a mesma coisa.

Origem Mortal

Afinal, tinha me enchido de joias e presentes, não foi? — Lee-Lee conseguiu, com alguma dificuldade, erguer os ombros, em sinal de pouco caso. — Avisou que não iria deixar que eu espalhasse por aí que fui eu quem tinha dado um chute na bunda dele. *Era ele* quem iria chutar minha bunda quando bem entendesse, quando estivesse pronto. Eu o mandei dar o fora da minha casa na mesma hora. Ele me empurrou, eu o empurrei de volta. Estávamos aos berros um com o outro e de repente... Nossa, eu nem percebi o que ele ia fazer. Só sei que me vi caída no chão com o rosto doendo muito. Dava para sentir o sangue na boca. Nunca um homem tinha me espancado, em toda a minha vida.

Sua voz tremia agora, e ficou um pouco mais pastosa.

— Nunca *mesmo*! Não sei quantas vezes ele me golpeou. Acho que eu consegui me levantar uma vez e tentei correr. Não sei direito, acho que o xinguei muito. Tentei rastejar, juro que tentei, mas ele me puxava de volta. Eu mal conseguia enxergar de tanto sangue e dor que sentia nos olhos. Pensei que ele fosse me matar. Ele me jogou com violência contra a bancada da cozinha e eu me agarrei com força na quina, para não cair de novo. Se eu tornasse a cair, ele certamente me mataria.

Ela fez uma pausa na narrativa e fechou os olhos por um instante.

— Não sei se isso me passou pela cabeça na hora ou mais tarde. Nem sei se realmente pensei nisso. Só sei que...

— Lee-Lee, já chega.

— Não, Charlie. Vou contar tudo até o fim... — insistiu.

— Analisando agora, talvez ele tivesse acabado. Pode ser que tivesse desistido de me espancar, ou quem sabe percebido que eu estava mais ferida do que ele planejara. Quem sabe queria apenas fazer um estrago no meu rosto? Só sei que naquele momento, quando me vi quase sufocada pelo próprio sangue e mal conseguia enxergar; quando meu rosto parecia estar pegando fogo, de tanto que ardia e doía, temi pela minha vida. Juro por tudo que é mais sagrado. Ele veio novamente em minha direção e... O conjunto de facas estava bem ali. Eu peguei uma. Se conseguisse enxergar melhor, teria escolhido a maior de todas. Juro que teria. Naquele momento, quis matá-lo para que ele não me matasse. Ele riu. Riu alto e ergueu a mão para cima, como se pretendesse me esbofetear com força.

Ela tentou se acamar e conseguiu se controlar um pouco. O olho cor de esmeralda pousou no rosto de Eve.

— Enfiei a faca nele. Enfiei bem fundo, puxei e tornei a enfiar. Continuei fazendo isso várias vezes, até desmaiar. Não me arrependo do que fiz.

Nesse momento, uma lágrima solitária lhe escorreu pelo rosto roxo e inchado.

— Não me arrependo do que fiz — repetiu. — Só me arrependo de ter permitido que ele colocasse as mãos em mim, um dia. Ele destruiu meu rosto para sempre. Will!... — olhou em desespero para o médico.

— Você vai ficar mais linda do que nunca — prometeu ele.

— Pode ser. — Ela enxugou a lágrima com muito cuidado. — Mas nunca mais serei a mesma. Você já matou alguém? — perguntou a Eve. — Já matou alguma pessoa e não se sentiu culpada por isso?

— Já.

— Então você sabe como é. Mas a pessoa nunca mais volta a ser a mesma.

Quando o encontro terminou, o advogado Charlie acompanhou Eve e Peabody até o saguão.

— Tenente...

— Segure sua onda, Charlie — disse Eve, com ar de cansaço.

— Não vamos fichá-la. O depoimento dela foi consistente com as evidências recolhidas no local e as declarações de outras pessoas.

Origem Mortal

Ela foi fisicamente agredida, temeu pela própria vida e se defendeu de forma legítima.

Ele concordou e pareceu levemente desapontado por não precisar montar em seu belo cavalo branco para resgatar a cliente.

— Eu gostaria de ler a declaração oficial da polícia antes de ela ser divulgada para a mídia — pediu o advogado.

Eve emitiu um som que parecia uma gargalhada abafada quando lhe deu as costas e disse:

— Aposto que gostaria.

— Você está bem? — quis saber Peabody, a caminho do elevador.

— Por quê? Não pareço bem?

— Está com um aspecto ótimo. Por falar nisso, se tivesse de escolher entre os serviços oferecidos pelo dr. Icove, qual deles iria preferir?

— Um bom psiquiatra para me ajudar a descobrir por que razão eu deixaria alguém esculpir meu rosto ou meu corpo.

A segurança na saída era tão forte quanto na entrada. Elas passaram por um *scanner*, a fim de assegurar que não levavam nenhuma lembrancinha do local e — o mais importante —, alguma foto dos pacientes, que haviam recebido garantia de sigilo absoluto.

Quando a busca eletrônica acabou, Eve observou Icove passar às pressas e entrar no que lhe pareceu um elevador camuflado na parede coberta de imagens de rosas.

— Ele parece muito apressado — reparou Eve. — Vai ver é alguém precisando de uma lipoaspiração de emergência.

— Pode ser... — Peabody saiu do *scanner*. — De volta ao assunto... Se você pudesse mudar algo em seu rosto, o que seria?

— Qual o motivo para mudar? Eu não olho para a minha cara quase nunca, mesmo.

— Eu colocaria mais lábios.

— Dois não bastam?

— Caraca, Dallas, que corta-tesão! Estou falando de lábios mais cheios e sensuais. — Ela os apertou com força no instante em que entraram no elevador. — Talvez um nariz mais fino, também. — Peabody passou o polegar e o indicador ao longo do nariz, como se o medisse. — Você não acha meu nariz um pouco comprido?

— Acho, ainda mais quando você se mete na minha vida.

— Veja só o nariz delas. — Peabody deu um tapinha em um dos pôsteres em 3D que enfeitavam as paredes do elevador — Rostos perfeitos e corpos esculpidos modelados para encantar os visitantes. — Eu escolheria aquele nariz. Tem formas finas e bem-definidas. Igual ao seu.

— É apenas um nariz. Algo instalado em sua cara para suprir os pulmões de ar, por meio de duas convenientes narinas.

— Sim, para você é fácil dizer isso, dona Narizinho-bem-definido.

— Tem razão, estou começando a concordar, Peabody. Você precisa de lábios maiores e mais cheios. — Eve cerrou os punhos.

— Quer que eu a ajude a obtê-los?

Peabody apenas riu e continuou a apreciar as fotos.

— Este lugar é uma espécie de palácio da perfeição física. Talvez eu volte para experimentar um desses programas mórficos, só para saber como ficaria com lábios voluptuosos e nariz mais fino. Também pretendo conversar com Trina sobre uma mudança em meus cabelos.

— Ora, mas que saco, por que todo mundo precisa mudar os cabelos? Eles cobrem a cabeça e servem para proteger o crânio da chuva e do frio.

— Você está apavorada de eu conversar com Trina e ela forçar você a se submeter a um tratamento completo.

— Nada disso. — Mas Peabody tinha razão.

Origem Mortal

Foi uma surpresa quando Eve ouviu seu nome ser chamado pelo sistema de alto-falantes do elevador. Franzindo a testa com ar de estranheza, virou a cabeça de lado e respondeu:

— Aqui é a tenente Dallas falando.

— Por favor, tenente, o dr. Icove pediu para que a senhora vá imediatamente ao quadragésimo quinto andar. Trata-se de uma emergência.

— Tudo bem. — Olhou para Peabody e encolheu os ombros. — Elevador, seguir para o quadragésimo quinto andar — ordenou ao sistema, e sentiu a cabine desacelerar, parar e tornar a subir. — Há algo de podre no reino da perfeição — comentou. — Talvez uma das clientes do tipo "linda a qualquer preço" esteja armando um barraco por não gostar dos resultados.

— As pessoas raramente reclamam de esculturas corporais e faciais. — Peabody passou o dedo indicador pelo nariz mais uma vez, analisando-o. — Isso quase nunca acontece.

— Estaremos reunidos para admirar o nariz fininho em seu funeral. "Uma pena Peabody ter ido desta para a melhor", diremos, escondendo lágrimas furtivas dos olhos. "Verdade seja dita: o nariz no meio dessa cara morta é realmente belíssimo!".

— Ah, corta esse papo! — Peabody encolheu os ombros e cruzou os braços. — Além do mais, você não conseguirá esconder suas lágrimas furtivas... Vai chorar *baldes* por mim! Seus olhos vão ficar tão embaçados por causa das lágrimas que você nem vai conseguir ver meu nariz fininho.

— Portanto, "morrer de vontade de obter um nariz novo" é uma ideia idiota. — Satisfeita por ter vencido a discussão, Eve saiu do elevador.

— Tenente Dallas, detetive Peabody! — uma mulher com um nariz perfeito, muito bem-definido e pele cor de caramelo dourado chegou correndo. Seus olhos eram pretos como ônix e despejavam baldes de lágrimas. — Dr. Icove, foi o dr. Icove. Algo terrível aconteceu.

— Ele está ferido?

— Morto, está morto! A senhora precisa vir ver, tenente, depressa!

— Por Deus, estivemos com ele há menos de três minutos! — exclamou Peabody, correndo atrás de Eve e tentando acompanhar o passo da mulher que seguia velozmente por um escritório imenso e suntuoso. As paredes de vidro mostravam a tempestade que se formava lá fora. Ali dentro, porém, o ambiente estava quentinho, com iluminação discreta, ilhas de lindas plantas verdejantes, esculturas sinuosas e pinturas de nus românticos.

— Quer diminuir o passo, por favor...? — sugeriu Eve. — Conte-nos o que aconteceu.

— Não posso. Não sei!

Eve nunca compreenderia como aquela mulher conseguia se manter em pé sobre saltos altos e finíssimos, muito menos como conseguia correr naquela velocidade. Sem diminuir o ritmo, irrompeu por portas duplas de vidro fosco em tom de verde-água e chegou em outra sala de espera.

Icove, pálido como uma vela, mas respirando normalmente, saiu por uma porta lateral.

— Fico feliz por saber que os boatos sobre sua morte foram exagerados — brincou Eve.

— Não fui eu... Foi meu pai. Alguém assassinou meu pai.

A mulher que as levara até ali explodiu em um choro escandaloso, derramando um novo estoque de volumosas lágrimas.

— Pia, quero que você se sente — sugeriu Icove, colocando a mão no ombro saltitante da moça. — Preciso que você se sente e se recomponha. Não conseguirei enfrentar isso sem sua ajuda.

— Sim, tem razão. Pode deixar... Oh, dr. Will!...

— Onde ele está? — quis saber Eve.

— Na sua mesa de trabalho, bem aqui. A senhora pode entrar...
— Icove balançou a cabeça e apontou para a porta.

O escritório pessoal era espaçoso, mas mantinha um ar de intimidade. Cores discretas, poltronas confortáveis. A vista da cidade entrava por janelas estreitas que iam do chão ao teto, e era filtrada por telas de privacidade em dourado pálido. Nichos nas paredes exibiam fotos pessoais e objetos de arte.

Eve viu um divã estofado em couro cor de manteiga e, na mesa ao lado, uma bandeja com chá ou café que parecia intocada.

A mesa era de madeira genuína e muito antiga, num estilo masculino e funcional. O equipamento de comunicação e dados era pequeno e igualmente discreto.

Na cadeira diante da mesa, de espaldar alto e estofada no mesmo couro cor de manteiga do divã, Wilfred B. Icove estava sentado.

Seus cabelos eram fartos, formando uma nuvem branca em torno do rosto quadrado e forte. Vestia um terno azul-marinho e uma camisa branca com finíssimas listras vermelhas.

Um cabo de prata aparecia no peito da jaqueta, sob um triângulo vermelho que manchava o bolso.

A pequena quantidade de sangue mostrou a Eve que a causa da morte foi uma facada no centro do peito, na altura do coração.

CAPÍTULO DOIS

—Peabody!

— Pode deixar que eu pego o kit de serviço e dou o alarme.

— Quem encontrou o corpo? — perguntou Eve, olhando para Icove.

— Pia, sua assistente. — Ele parecia, pensou Eve, um homem que acabara de receber um golpe de chave de roda na boca do estômago. — Ela... ela entrou em contato comigo na mesma hora e eu corri aqui para cima. Cheguei e...

— Ela tocou no corpo, doutor? O senhor tocou?

— Não sei. Isto é, não sei se ela tocou. Eu toquei. Precisava... Tive de ver se havia algo que eu pudesse fazer.

— Dr. Icove, eu lhe peço que se sente bem ali. Meus sentimentos pela morte do seu pai. No momento eu quero informações. Preciso saber quem foi a última pessoa que esteve nesta sala com ele. Quero saber quando ele deu a última consulta.

— Sim, claro. Pia poderá ver isso na agenda.

Origem Mortal

— Não preciso. — Pia conseguira conter as lágrimas, mas sua voz continuava um pouco rouca — Foi Dolores Nocho-Alverez. Estava marcada para as onze e meia da manhã. Eu mesma a trouxe até aqui.

— Quanto tempo levou a consulta?

— Não sei informar. Saí para almoçar ao meio-dia, como de hábito. A paciente precisava do horário das onze e trinta. O dr. Icove me liberou para almoçar na hora normal e se prontificou a acompanhá-la pessoalmente até a saída.

— Ela teve de passar pela segurança do prédio.

— Sim. — Pia se levantou. — Posso descobrir a hora exata em que ela saiu. Vou verificar os registros agora mesmo. Oh, dr. Will, estou completamente arrasada.

— Eu sei, eu sei.

— O senhor conhece essa paciente, dr. Icove?

— Não. — Ele esfregou os dedos sobre os olhos. — Não conheço. Meu pai atendia poucos pacientes nos últimos tempos. Estava semiaposentado. Dava consultas quando um caso o interessava ou o deixava curioso, e às vezes trabalhava como assistente nos procedimentos. Permaneceu como presidente do conselho administrativo da clínica e também atuava em várias outras clínicas associadas. Mas estava parando de trabalhar e raramente fazia cirurgias, de quatro anos para cá.

— Quem poderia querer mal a ele?

— Ninguém. — Icove se virou para Eve. Seus olhos estavam rasos d'água e sua voz instável, mas ele aguentou firme. — Absolutamente ninguém. Meu pai era um homem adorado por todos. Seus pacientes, ao longo de cinco décadas, o amavam de coração e eram gratos a ele. As comunidades médica e científica o respeitavam e honravam. Ele mudava a existência das pessoas, tenente. Não apenas salvava vidas, mas também as melhorava sensivelmente.

— Às vezes as pessoas alimentam expectativas irreais quanto à própria aparência. Uma pessoa pode ter vindo procurá-lo em busca de algo impossível, não conseguiu o que queria e o culpou por isso.

— Não. Somos muito cuidadosos quanto à escolha de pessoas que atendemos aqui na clínica. Além disso, para ser franco, havia poucas coisas que meu pai considerava irreais, em termos de expectativas. E provou inúmeras vezes que conseguia fazer os que os outros consideravam impossível.

— Problemas pessoais? E sua mãe?

— Minha mãe morreu quando eu ainda era criança, durante as Guerras Urbanas. Meu pai nunca mais se casou. Teve alguns relacionamentos, é claro. Basicamente, porém, se considerava casado com sua arte, sua ciência, sua visão de mundo.

— O senhor é filho único?

— Sim. — Ele sorriu de leve. — Minha esposa e eu demos dois netos ao meu pai. Somos uma família muito unida. Não sei como conseguirei dar essa notícia a Avril e às crianças. Quem poderia ter feito isso com ele? Quem assassinaria um homem que devotou a própria vida a ajudar o próximo?

— É isso que eu vou descobrir.

Pia tornou a entrar na sala, alguns passos à frente de Peabody.

— Ela saiu do prédio e foi gravada pelo sistema de segurança às doze e dezenove.

— Existem imagens disso?

— Sim, e já solicitei à segurança que eles enviem os discos para a senhora; espero ter feito a coisa certa — disse, olhando para Icove.

— Sim, obrigado, Pia. Se quiser ir para casa, a fim de descansar um pouco...

— Não — interrompeu Eve. — Preciso que ambos fiquem aqui. Não quero que nenhum dos dois atenda ligações, nem

Origem Mortal 33

as faça, nem que fale com ninguém. Peço também que não conversem um com o outro, por enquanto. A detetive Peabody vai levá-los para salas separadas, a fim de facilitar nosso trabalho.

— Os guardas e os peritos já estão chegando — declarou Peabody. — É rotina — acrescentou. — Existem coisas que são necessárias, em casos assim. Depois precisaremos conversar com vocês oficialmente, e pegar seus depoimentos.

— É claro. — Icove olhou em torno, como um homem perdido na floresta. — Eu não sei o que...

— Por que vocês não nos mostram um lugar onde possam conversar à vontade, enquanto cuidamos do seu pai? — sugeriu Peabody.

Ela olhou para a tenente e recebeu um aceno de aprovação enquanto Eve abria o kit de serviço.

Sozinha na sala, Eve selou as mãos, ligou a filmadora e, pela primeira vez, chegou perto do morto para examinar o corpo.

— A vítima foi identificada como o doutor Wilfred B. Icove, cirurgião de reconstrução facial e corporal, e também cirurgião cosmético. — Mesmo assim, pegou o *Identi-pad* e confirmou as impressões digitais e os dados do morto. — A vítima tinha oitenta e dois anos, era viúvo, tinha um único filho, Wilfred B. Icove Filho, também médico. Não existe nenhum outro sinal de trauma, com exceção do ferimento mortal; também não há sinal de luta, nem feridas defensivas.

Pegou suas ferramentas e medidores e continuou:

— Hora exata da morte: meio-dia. Causa da morte: arma com lâmina enfiada diretamente no coração, através de um terno e de uma camisa de excelente qualidade. A arma é um instrumento pequeno.

Ela mediu o cabo, tirou fotos e completou:

— Parece ser um estilete cirúrgico.

Unhas bem-cuidadas, reparou. Relógio discreto e sutil, mas caro. Obviamente seguia à risca sua especialização profissional, pois mantinha a aparência jovem e tinha o corpo musculoso de um homem de menos de sessenta anos, e não com mais de oitenta.

— Pesquise Dolores Nocho-Alverez — ordenou a Peabody, assim que a ouviu chegar de volta. — Ela furou o nosso amigável médico, ou sabe quem o fez.

Recuou um passo e ouviu Peabody abrir uma lata de Seal-It, o spray selante.

— Um único golpe é o bastante quando a pessoa sabe o que está fazendo — comentou Eve. — Ela devia estar perto dele, e certamente se mostrou firme. Muito controlada, também. Mas não vejo raiva, aqui. O ódio verdadeiro não permite que uma pessoa simplesmente enfie uma lâmina em seu desafeto e saia com toda a calma do mundo. Pode ser um trabalho profissional. Talvez uma morte contratada. Ou o ato de uma mulher revoltada com alguma coisa que resolveu acabar com a raça da vítima.

— Não espirrou sangue nela, em uma ferida desse tipo — observou Peabody.

— Uma mulher cuidadosa. Foi tudo muito bem-planejado. Ela entrou às onze e meia e saiu, no máximo, meio-dia e cinco. Passou pela segurança às doze e dezenove. Foi o tempo que levou para descer as escadas e passar pelos *scanners* de segurança, depois de se certificar de que ele estava morto.

— Dolores Nocho-Alverez, vinte e nove anos. Nascida na cidade de Barcelona, na Espanha, tem endereço fixo nesta cidade e outro em Cancun, no México. Uma mulher muito bonita... excepcionalmente bela. — Peabody ergueu o olhar da tela do seu tablet. — Não sei por que ela precisaria de uma consulta para um procedimento facial.

— Precisou marcar essa consulta para chegar perto o bastante dele, com o intuito de matá-lo. Verifique o passaporte dessa mulher, Peabody. Vamos descobrir onde Dolores se hospedou em nossa bela cidade.

Origem Mortal

Eve circulou pelo ambiente e continuou:

— As xícaras estão limpas. Ela não se sentou aqui, simplesmente, e parece que não aceitou nenhuma bebida. — Ergueu a tampa do bule de prata e torceu o nariz. — Chá de pétalas de flores silvestres.... Quem poderia censurá-la por recusar esse troço? Aposto que não tocou em nada sem necessidade, e lidou só com o que lhe interessava. Direta ao ponto. Os peritos não vão encontrar nenhuma digital da assassina na área. Sentou-se ali. — Apontou para uma das poltronas de frente para a mesa da assistente. — Precisou chegar para a consulta e bater papo com a atendente. E teve de preencher um período de trinta minutos com o médico até a assistente sair para o almoço. Como poderia ter certeza de que a assistente já tinha saído?

— Talvez tenha visto o médico e a funcionária se despedirem, quando ela saiu — sugeriu Peabody.

— Não. Ela já sabia. Confirmou o fato, ou recebeu a dica de alguém aqui de dentro. Conhecia a rotina do lugar. Sabia que a assistente fica fora até uma da tarde, o que lhe daria muito tempo para executar o serviço e sair do prédio antes de o corpo ser descoberto. Mas certamente trabalhou com uma margem de tempo estreita.

Eve deu a volta na mesa.

— Flertou com ele, ou talvez tenha lhe contado sua triste tragédia sobre ter uma das narinas um milímetro menor que a outra. Examine meu rosto, doutor. Será que o senhor consegue me ajudar? E enfia o estilete na aorta da vítima. Que morre antes de o próprio cérebro registrar.

— Não existe nenhum passaporte emitido em nome de Dolores Nocho-Alverez, Dallas. Nem combinando os nomes.

— Isso está me cheirando a trabalho profissional — murmurou Eve. — Vamos pesquisar o rosto dela no CPIAC, o Centro de Pesquisa Internacional de Atividades Criminais, assim que chegarmos à Central. Talvez tenhamos sorte. Quem colocaria a prêmio a cabeça do adorável dr. Wilfred?

— Will Filho?

— É por aí que vamos começar as buscas.

A sala de Icove era maior e mais grandiosa que a do pai. O médico dispunha de uma parede toda de vidro que dava para um amplo terraço e trabalhava atrás de um console de prata, em vez de uma mesa tradicional. A área de estar do escritório era composta por dois sofás compridos, baixos, um telão de relaxamento e um bar com excelente estoque de bebidas, mas todas saudáveis, notou Eve. Nada de álcool, pelo menos à mostra.

Também havia quadros ali, mas o ambiente era dominado por uma pintura simplesmente magnífica. Retratava uma mulher alta e curvilínea, com pele de mármore polido e olhos em tom violeta, quase lilás. A modelo usava um vestido comprido, no mesmo tom dos olhos, que parecia flutuar à sua volta; trazia na cabeça um chapéu de abas largas, de onde desciam lindas fitas roxas. Estava cercada de flores e a estonteante beleza de seu rosto era iluminada por um sorriso aberto.

— Minha esposa — informou Icove, pigarreando baixo e apontando para o retrato que Eve analisava. — Meu pai mandou pintá-lo como presente de casamento para mim. Ele era uma espécie de pai para Avril, também. Não sei como conseguiremos superar essa tragédia.

— Ela foi cliente de vocês?

— Avril? — Icove sorriu ao analisar o quadro. — Não, todos os seus atributos físicos são uma bênção divina.

— Belíssima bênção — elogiou Eve. — Dr. Icove, o senhor reconhece esta mulher? — Eve mostrou a foto que Peabody baixara pelo tablet.

Origem Mortal 37

— Não, não a reconheço. Ela é a mulher que matou meu pai? Por quê? Pelo amor de Deus, por quê?

— Não sabemos se ela matou alguém, mas acreditamos ter sido a última pessoa a ver seu pai com vida. Descobrimos que tem nacionalidade espanhola e mora em Barcelona. Você ou seu pai tem ligações com esse país?

— Temos clientes no mundo todo, e vários deles residem fora do planeta, mas não temos filiais, nem clínicas associadas em Barcelona. Porém, eu e meu pai sempre viajamos muito por todo mundo para fazer consultas, ou quando algum caso exige nossa presença.

— Dr. Icove, um império como este, com suas muitas filiais, clínicas associadas e consultorias internacionais gera uma poderosa quantidade de dinheiro.

— Certamente.

— Seu pai era um homem muito rico.

— Sem dúvida.

— E o senhor é seu único filho. Seu herdeiro, suponho.

Houve uma longa pausa. Devagar, com muito cuidado, Icove deixou-se escorregar para uma das poltronas.

— A senhora acha que eu matei meu pai? Por *dinheiro*?

— Seria útil eliminarmos de cara essa linha de investigação.

— Eu já sou um homem muito rico por recursos próprios. — Ele pareceu morder as palavras e seu rosto ficou vermelho. — É claro que vou herdar muito mais, bem como minha mulher e meus filhos. Outros valores de considerável monta irão para várias instituições de caridade, e também para a Fundação Wilfred B. Icove. Gostaria de solicitar outra investigadora para o caso neste exato momento, tenente.

— Pode solicitar — disse Eve, sem se alterar. — Mas não vai conseguir. Mesmo que viesse outra pessoa, o senhor teria de responder às mesmas perguntas. Se deseja que o assassino do seu pai enfrente a justiça, dr. Icove, terá de cooperar conosco.

— Quero que a senhora encontre esta mulher, esta tal de Alverez. Quero ver o rosto dela, analisar seus olhos. Saber o porquê disso...

Parou de falar e balançou a cabeça.

— Eu amava meu pai, tenente. Tudo que tenho, tudo que sou teve início nele. Alguém o arrancou de mim, de seus netos. Do mundo.

— O senhor se incomoda de ser tratado por dr. Will, em vez de usarem seu nome completo?

— Ora, pelo amor de Deus. — Dessa vez ele colocou o rosto entre as mãos. — Não. Só os funcionários da clínica me tratam de Will. É mais prático e evita confusões.

Agora não haverá mais confusões com nomes, pensou Eve. Mas se o dr. Will tivesse conspirado, planejado e mandado alguém matar o pai, estava perdendo tempo na área médica. Certamente dobraria sua fortuna como ator de cinema.

— Seu campo de atuação é muito competitivo — afirmou Eve. — Consegue imaginar um motivo sólido para alguém desejar eliminar uma parte da concorrência?

— Não. — Ele manteve a cabeça nas mãos. — Mal consigo raciocinar, para ser franco. Quero minha mulher, meus filhos. Esta clínica certamente continuará sem meu pai. Ele a construiu para que durasse, pensando no futuro. Sempre olhava muito adiante. Nada de bom poderia ser alcançado pela sua morte.... Nada!

Sempre havia algo, pensou Eve, dirigindo o carro enquanto voltavam à Central. Ódio, ganho financeiro, uma boa descarga de adrenalina, satisfação emocional. Assassinatos sempre ofereciam algum tipo de gratificação. Se não fosse assim, por que permaneceriam tão populares ao longo dos tempos?

— Resumo de tudo o que temos, Peabody!

— Um cirurgião respeitado, até mesmo reverenciado, um dos pais da cirurgia de reconstrução corporal e facial como a conhecemos no século vinte e um foi assassinado de forma eficiente num ambiente controlado, seu próprio consultório. Um consultório localizado, por sinal, numa clínica dotada de forte esquema de segurança. Nossa principal suspeita é uma mulher que entrou no consultório com hora marcada e saiu do prédio com rapidez e precisão. Apesar de ser, segundo as primeiras informações, uma cidadã espanhola residente naquele país, ela não tem passaporte nem outros registros. O endereço residencial apresentado em seus documentos oficiais não existe.

— Conclusões?

— Nossa suspeita principal é uma profissional ou amadora talentosa que usou um falso nome e falsas informações para obter acesso ao escritório da vítima. O motivo ainda é nebuloso.

— Nebuloso?

— Isso mesmo, ora. Soa melhor que "desconhecido". É como se o céu estivesse clareando e poderemos descobri-lo a qualquer momento.

— Como foi que ela passou pela segurança com a arma do crime?

— Deixe eu ver... — Peabody olhou pela janela, em meio à chuva, e viu um cartaz animado que celebrava pacotes de viagem para praias banhadas pelo sol. — Sempre existe um jeito de passar pela segurança, mas por que correr o risco de ser pego? Uma clínica como aquela deve ter um monte de estiletes cirúrgicos. Ela poderia ter um ajudante lá dentro que plantou o objeto. Ou pode ter vindo em outro momento, roubou um e o escondeu pessoalmente. Eles têm segurança reforçada, como vimos, mas também respeitam certas áreas, para manter a privacidade. Não vi câmeras de segurança nos quartos dos pacientes, nem nos corredores.

— Pois é. Eles têm corredores para circulação de pacientes, salas de espera, pequenas lojas de presentes, áreas com escritórios e salas para cirurgias e exames. Sem contar os anexos e o setor de emergência. Se você é frio o bastante para entrar numa clínica, esfaquear um sujeito no coração e sair pela porta da frente com a maior calma do mundo, certamente já fez o reconhecimento do lugar. Ela conhecia a planta do edifício. Já esteve lá antes, ou então fez um monte de simulações.

Eve costurou pelo tráfego arrastado e entrou na garagem da Central de Polícia.

— Quero rever os discos de segurança. Vamos pesquisar nossa suspeita pelo CPIAC e usar programas de manipulação de imagens de rosto. Talvez encontremos um nome ou codinome. Quero pesquisa completa sobre o passado da vítima e quadro financeiro da vida do filho. Precisamos eliminá-lo logo de cara. Ou não. Talvez esbarremos em largas e inexplicáveis somas de dinheiro transferidas recentemente.

— Não foi ele, Dallas.

— Não. — Ela estacionou e saltou do carro. — Não foi ele quem matou o pai, mas precisamos vasculhar sua vida, mesmo assim. Vamos conversar com sócios, amantes, ex-amantes e pessoas que a vítima conhecia socialmente, para ver se achamos o motivo disso ter acontecido.

Encostou-se à parede do elevador enquanto subiam.

— As pessoas gostam de processar médicos ou reclamar deles, especialmente por causa de escolhas estéticas. Ninguém escapa. Em algum ponto ao longo da carreira ele deu alguma mancada, estragou o rosto de alguém, ou uma paciente ficou revoltada. Pode ter perdido uma cliente e a família da paciente o culpou por isso. Vingança parece ser o motivo mais provável, aqui. Matar o desafeto usando o instrumento que ele usava para trabalhar. Um pouco de simbolismo, talvez. Ferimento no coração, mesmo raciocínio.

— Para mim, o simbolismo ficaria mais claro se ele tivesse o rosto retalhado, ou a parte do corpo envolvida no erro médico, no caso de vingança por alguma cirurgia malfeita.

— Bem que eu gostaria de discordar de você.

Tiras, técnicos e só Deus sabe mais quem começaram a se aglomerar dentro do elevador quando ele parou no segundo andar do prédio principal da Central de Polícia. Quando chegaram ao quinto andar, Eve se encheu do aperto, forçou a saída e continuou a subir pela passarela aérea.

— Espere um instantinho, preciso reabastecer o tanque. — Peabody saiu da passarela e foi até uma máquina automática para venda de lanches. Com ar pensativo, Eve a seguiu.

— Pegue qualquer coisa para mim — pediu Eve.

— Qualquer coisa o quê...?

— Sei lá, algo. — Com as sobrancelhas juntas, Eve analisou as escolhas. Por que ofereciam tantas merdas saudáveis numa máquina para tiras? Policiais não precisavam comer merdas saudáveis. Ninguém melhor do que eles sabia que a vida não durava para sempre.

— Que tal aquele biscoito com recheio?

— Gooey Goo? — perguntou Peabody.

— Por que colocam nomes tão idiotas nesses troços? Fico envergonhada de comer algo com um nome tão ridículo. Tudo bem, pode ser esse tal biscoito.

— Você continua sem interagir com máquinas para venda de snacks, Dallas?

Eve manteve as mãos nos bolsos enquanto Peabody enfiava fichas de crédito e fazia suas escolhas.

— Quando eu uso um mediador para lidar com elas, ninguém sai ferido — explicou Eve. — Se eu tornar a interagir com um desses monstros canalhas, gigantes de metal, alguém será destruído.

— Isso é muito ódio contra um pobre objeto inanimado que vende Gooey Goos.

— Ah, eles têm vida, Peabody. Respiram e têm pensamentos malignos, não se engane.

Você selecionou dois Gooey Goos, a fabulosa delícia crocante com recheio cremoso. Vá sempre de Goo!

— Viu só? — disse Eve, com ar sombrio, quando a máquina começou a declamar as lista dos ingredientes e conteúdo calórico.

— É... Concordo que eles podiam calar a boca nessa hora, especialmente quando descrevem as calorias. — Peabody entregou uma das embalagens a Eve. — Mas é tudo programado, Dallas. Elas não vivem, nem pensam.

— É o que essas máquinas querem que acreditemos. Conversam umas com as outras por meio dos seus chips eletrônicos e placas-mãe; provavelmente estão planejando destruir a humanidade neste exato momento. Um dia serão elas ou nós no planeta. Espere e verá.

— Estou começando a ficar com medo, senhora.

— Só para você lembrar que eu avisei — disse Eve, mordendo um dos biscoitos ao seguirem para a Divisão de Homicídios.

Elas dividiram as funções. Peabody foi para sua mesa na sala de ocorrências e Eve continuou rumo à sua sala.

Ficou parada na porta por um instante, analisando sua sala enquanto mastigava. Ali dentro havia espaço apenas para uma mesa com cadeira, uma outra cadeira instável, para visitas, e um armário de aço para arquivos. A janela da sala era pouco maior que uma das gavetas do arquivo.

Itens pessoais? Bem, havia uma barra de chocolate escondida e, até o momento, não detectada pelo nefando ladrão de chocolates

Origem Mortal

que a perseguia. Também havia um ioiô com o qual Eve brincava de vez em quando, para ajudá-la a pensar. Fazia isso com a porta trancada, é claro.

Era o bastante. Na verdade, a sala lhe servia muito bem. Que diabo ela faria com uma sala maior, mesmo que fosse apenas metade do tamanho das salas dos doutores Icove? Com tanto espaço, mais gente acabaria entrando lá só para perturbá-la. Como é que ela conseguiria trabalhar?

Espaço, refletiu, era um símbolo importante. Sou bem-sucedido, então posso ter esta sala imensa. Os doutores Icove certamente acreditavam nisso. Roarke também, admitiu para si mesma. Seu marido adorava o espaço onde trabalhava, sem falar nos brinquedos, mordomias e gadgets com os quais se cercava.

Roarke viera do nada, como ela. Eve imaginava que ambos tinham desenvolvido mecanismos diferentes para lidar com isso. Ele lhe traria presentes de sua viagem de negócios. Sempre arrumava tempo para comprar coisas, e parecia se divertir ao ver o desconforto de sua mulher diante dos constantes mimos.

E quanto a Wilfred B. Icove?, perguntou-se Eve. De onde ele viera? Como lidava com suas origens? Quais eram os seus símbolos?

Ela se sentou à sua mesa, ligou o computador e deu início ao processo de descobrir tudo sobre o morto.

Enquanto reunia dados no sistema, ligou para Feeney, capitão da DDE, a Divisão de Detecção Eletrônica.

Ele apareceu na tela como seu rosto de cão servil e cabelos ruivos despenteados. Parecia ter dormido com a camisa que vestia e isso, estranhamente, era sempre um conforto para Eve.

— Preciso de uma busca no CPIAC — avisou ela. — Um figurão do mundo da escultura corporal e facial foi eliminado em sua sala, hoje de manhã. A vencedora desse jogo mortal parece ser a última paciente atendida por ele. Sexo feminino, vinte e nove anos, o nome está na tela. O endereço é de Barcelona, na Espanha...

— Olé! — exclamou Feeney, sem muito entusiasmo, e isso a fez sorrir.

— Puxa, Feeney, eu não sabia que você falava espanhol.

— Sabe aquelas férias que passei em sua casa no México? Aprendi algumas palavras.

— Então, vamos lá: como se diz em espanhol "Furou o coração com um instrumento cirúrgico cortante e pontudo"?

— Olé!

— Bom saber a tradução. Nenhum passaporte foi emitido no nome de Dolores Nocho-Alverez. O endereço na ensolarada Espanha é falso. Ela entrou e saiu do local através de um rígido esquema de segurança.

— Isso está me cheirando a trabalho de profissional.

— A mim também, mas não apareceu nenhum motivo em meu horizonte. Talvez um dos seus rapazes possa identificá-la eletronicamente, ou por comparação de imagens.

— Mande-me uma foto e veremos o que dá para fazer.

— Obrigada. Estou enviando.

Ela desligou depois de enviar a imagem e então, cruzando os dedos para que seu computador conseguisse rodar outro programa ao mesmo tempo, colocou para reproduzir o disco do sistema de segurança da clínica, que levara para a Central.

Pegou café no AutoChef e tomou um gole enquanto observava as imagens.

— Aí está você — murmurou, ao ver a mulher que se apresentava como Dolores passar pelo balcão de segurança no andar térreo. Usava calças justas e uma jaqueta apertada no corpo, ambas em vermelho vivo. Além de sapatos de saltos altíssimos no mesmo tom berrante.

Sem medo de ser notada, minha cara Dolores, refletiu Eve.

Seus cabelos eram pretos e sedosos como as asas de um corvo. Desciam-lhe como cachos soltos e generosos em torno de uma face marcante, com maçãs do rosto salientes; tinha lábios pintados em vermelho sangue e cílios compridíssimos, tão pretos quanto os cabelos.

Passou por uma mesa onde sua bolsa foi examinada eletronicamente. Em seguida, submeteu-se ao *scanner* de corpo sem tropeços nem nervosismo, e seguiu rebolando os quadris rumo ao conjunto de elevadores que a levaria ao andar de Icove.

Aproximou-se da mesa da recepção, falou com a atendente, assinou a ficha de entrada e foi direto pelo corredor até o toalete feminino.

Onde não havia câmeras, refletiu Eve. E onde ela pegou a arma do crime que alguém plantara ali ou, quem sabe, a removeu da bolsa ou do local secreto onde a disfarçara bem o suficiente para enganar a segurança.

O mais provável era ter sido plantada, decidiu Eve. Conseguiu alguém lá de dentro. Talvez essa fosse a pessoa que queria o médico morto.

Quase três minutos se passaram. Dolores saiu do toalete e foi direto para a sala de espera. Sentou-se, cruzou as pernas e deu uma olhadinha nos livros e revistas eletrônicos à disposição dos clientes.

Antes de escolher um título, Pia chegou pelas portas duplas e a levou para a sala de Icove.

Eve observou as portas se fechando e viu quando a assistente voltou para a própria mesa. Acelerou um pouco a gravação, acompanhando pelo visor o tempo que passava até chegar o meio-dia, momento em que a assistente pegou a bolsa na gaveta da mesa, vestiu um casaco e saiu para almoçar.

Seis minutos depois, Dolores saiu pelas portas duplas com a mesma naturalidade com que havia entrado. Seu rosto não mostrava empolgação, nem satisfação, culpa ou medo.

Passou pela recepção sem dar uma palavra, desceu até o balcão da segurança, passou por ali sem ser incomodada, saiu do prédio. E se dissolveu no ar, pensou Eve.

Se não era profissional, deveria ser.

Mais ninguém entrou ou saiu da sala de Icove até a assistente voltar do almoço.

Tomando uma segunda xícara de café, Eve analisou os extensos dados sobre Wilfred B. Icove.

— O cara era um tremendo santo — disse a Peabody. A chuva forte se transformara numa irritante garoa, cinza como névoa. — Veio de uma família que não era rica, mas alcançou muita coisa na vida. Seus pais eram médicos e dirigiram clínicas em países pobres e áreas carentes. Sua mãe sofreu queimaduras terríveis tentando salvar crianças de um prédio sob ataque. Sobreviveu, mas ficou com o rosto desfigurado.

— Isso talvez tenha influenciado o filho a se especializar em cirurgia reconstrutiva — afirmou Peabody.

— Sim, o caso deve ter lhe servido de inspiração. Ele dirigiu uma clínica temporária durante as Guerras Urbanas. Viajou com a família para a Europa e ajudou na agitação urbana por lá. Era lá que ele estava quando a esposa foi atacada, em seu trabalho como voluntária. O filho ainda era menino, mas também já planejava se tornar médico, e mais tarde se graduou em Harvard, aos vinte e um anos.

— Criança prodígio!

— E como! Wilfred Pai trabalhava com os próprios pais nessa época, mas não estava com eles quando a mãe sofreu as queimaduras, e escapou da morte e dos ferimentos. Também estava em outro bairro de Londres, anos depois, quando sua própria mulher foi atacada.

Origem Mortal

— Ou tem muita sorte ou é exatamente o contrário.

— Pois é. Wilfred Pai já se dedicava à cirurgia reconstrutiva quando ficou viúvo, e a morte de sua mãe deve tê-lo incentivado a transformar sua carreira em missão de vida. A mãe dele tinha fama de ser um mulherão. Baixei um arquivo com a foto dela e confirmei que era belíssima. Também achei arquivos que mostram seu rosto após a explosão, e as imagens são macabras. Fizeram de tudo para mantê-la viva e realizaram muitas cirurgias de reconstrução, mas não conseguiram deixá-la tão bela quanto antes.

— Humpty Dumpty...

— O quê?!...

— O personagem sem sorte das historinhas de Mamãe Gansa... Todos os cavalos do rei, lembra do versinho? — Peabody reparou o olhar sem expressão de Eve e suspirou. — Ahn, deixa pra lá.

— Ela cometeu suicídio três anos depois. Icove se dedicou à medicina e deu continuidade às obras de caridade dos pais, servindo como voluntário durante as Guerras Urbanas. Também perdeu a esposa, mas conseguiu acabar de criar o filho, devotando o resto da vida à medicina. Fundou clínicas, criou fundações, aceitou casos de pessoas desenganadas por outros médicos, muitas vezes trabalhando de graça. Apresentou centenas de palestras, patrocinou grandes causas, realizou milagres e alimentou milhares de famintos com apenas um cestinho de pão e peixe.

— Você inventou essa última parte, não é?

— Foi quase isso. Nenhum médico pratica medicina durante quase sessenta anos sem lidar com processos por erro médico, mas os dele estão abaixo da média, e em número muito menor que o esperado, considerando sua especialização.

— Acho que você está praticando preconceito reconstrutivo, Dallas.

— Não é preconceito nenhum, só considero idiotice achar que alguém é perfeito. Independentemente do que eu penso, cirurgia plástica é o tipo de especialização que atrai processos, e ele sofreu poucos. Não consegui achar nenhuma manchinha em seu histórico, nem ligações políticas que sugerissem um ataque. Também não encontrei nada sobre vícios, corrupção, drogas ilícitas, assédios a pacientes. Nada!

— Há pessoas que simplesmente são boas.

— Alguém tão perfeito deveria usar um halo e asinhas. — Eve bateu nos arquivos que tinha na mão. — Tem algum caroço debaixo desse angu. Todo mundo tem um segredo escuro, em algum canto.

— Esse sarcasmo todo lhe cai bem, senhora.

— O mais interessante é que ele foi o tutor legal da menina que cresceu e se tornou sua nora. A mãe dela, que também era médica, foi morta durante uma revolta popular na África. O pai da menina, um artista, abandonou a família logo depois de Avril Hannson Icove nascer. Mais tarde, foi morto por um marido ciumento em Paris.

— É muita tragédia para uma família só.

— Muita! — Eve parou o carro na porta da casa no Upper West Side onde o dr. Icove Filho morava com a família. — Dá até para desconfiar.

— Às vezes, tragédias assolam famílias. É uma espécie de carma.

— Os seguidores da Família Livre acreditam em carma?

— Claro! — Peabody saltou do carro e seguiu pela calçada. — Chamamos isso de equilíbrio cósmico. — Subiu um curto lance de escadas e se viu diante do que imaginou ser a porta original da residência, com vários séculos de existência, ou então uma reprodução perfeita. — Que lugar fantástico! — elogiou, passando os dedos de leve sobre a madeira trabalhada no instante em que o sistema de segurança lhes perguntou o propósito da visita.

Origem Mortal

— Tenente Dallas e detetive Peabody. — Eve ergueu o distintivo para que ele pudesse ser escaneado. — Polícia de Nova York. Precisamos conversar com o dr. Icove.

Um momento, por favor.

— Eles têm uma casa de praia nos Hamptons — continuou Peabody. — Também são donos de uma *villa* na Toscana, um *pied-à-terre* em Londres e um chalé em Mauí. Vão acrescentar mais duas propriedades de altíssimo valor ao patrimônio da família, com a morte do dr. Icove Pai. Por que McNab não é um médico rico?

Ian McNab, competente detetive da DDE, dividia um apartamento com Peabody e era, pelo visto, o grande amor da sua jovem vida.

— Você poderia dar um chute na bunda magra dele e trocá-lo por um médico rico — sugeriu Eve.

— Que nada, sou louca por aquela bunda redondinha. Veja só o presente que ele me deu. — Enfiou a mão na blusa e pescou lá de dentro um pingente no formato de um trevo de quatro folhas.

— Por que ele lhe deu isso?

— Para comemorar o fim da minha fisioterapia e recuperação completa, depois de ter sido ferida em ação.* Ele me garantiu que isso ajudará a evitar que eu me machuque novamente.

— Uma couraça contra tumultos funcionaria melhor. — Eve notou o beicinho de decepção que Peabody exibiu e se lembrou que parceria profissional e amizade exigiam certas reações pré-determinadas. — É lindo — acrescentou, pegando o pequeno amuleto entre os dedos para apreciá-lo melhor. — Gesto muito simpático, o dele.

---

* Ver *Visão Mortal*. (N. T.)

— Ele se sai muito bem nos momentos importantes. — Peabody guardou a joia dentro da blusa. — Eu me sinto, sei lá, aquecida por dentro quando uso o trevo.

Eve pensou no diamante quase do tamanho de um punho de bebê que usava por dentro da blusa. Ele a fazia sentir-se tola e esquisita, mas, de certa forma, também protegida e aquecida. Pelo menos depois de ter se acostumado com o peso.

Não o peso físico, admitiu para si mesma, mas o emocional. Por sua experiência de vida, normalmente levava algum tempo para ela se acostumar com uma prova de amor.

A porta se abriu. A mulher do retrato pintado que Eve apreciara no consultório apareceu emoldurada pelo portal e envolta em uma aura de luz dourada atrás de si. Os olhos inchados de chorar não diminuíam a sua beleza estonteante.

Capítulo Três

—Desculpem-me por deixá-las esperando, ainda por cima na chuva! — A voz combinava com ela; tinha um tom rico e adorável, um pouco rouco pelo pesar. — Sou Avril Icove. Por favor, entrem.

Ela recuou no saguão dominado por um lustre imenso onde cada lágrima de cristal parecia iluminada por uma suave luz dourada.

— Meu marido está lá em cima, finalmente conseguiu descansar um pouco. Odeio ter de incomodá-lo.

— Sentimos muito pela intromissão neste momento — desculpou-se Eve.

— Tudo bem... — Avril conseguiu exibir um sorriso triste. — Eu compreendo. Meus filhos estão em casa. Nós os pegamos na escola e os trouxemos para casa. Eu estava lá em cima com eles. Isso está sendo muito difícil para as crianças, e muito pesado para todos nós. Ahn... — Ela apertou a mão junto do coração. — Se não se incomodarem, gostaríamos de recebê-las no segundo andar. Este andar é onde recebemos visitas, acontecem eventos sociais e celebrações. Não me parece o lugar adequado para conversarmos.

— Por nós, tudo bem.

— As salas de estar íntimas da casa ficam no segundo andar — explicou, ao começar a subir as escadas. — É apropriado eu perguntar logo de cara se vocês conseguiram mais alguma informação sobre a pessoa que matou Wilfred?

— A investigação ainda se encontra nos estágios iniciais, mas prossegue ativa.

Avril olhou para trás por sobre o ombro, ao alcançar o último degrau.

— Vocês realmente dizem coisas desse tipo! Eu adoro dramas policiais e histórias sobre crimes — explicou. — É interessante descobrir que a polícia realmente fala assim. Por favor, fiquem à vontade.

Ela apontou para uma sala de estar decorada em tons de lavanda e verde-folha.

— Desejam um pouco de chá, café ou alguma outra coisa?

— Não, obrigada. Se a senhora puder nos trazer o dr. Icove seria ótimo — disse-lhe Eve. — Precisamos falar com vocês dois.

— Muito bem. Isso talvez leve alguns minutos.

— Ambiente legal — comentou Peabody, quando elas se viram sozinhas — Esperava um local tão elegante quanto o do primeiro andar, mas esta sala consegue ser chique e aconchegante ao mesmo tempo. — Olhou em volta, analisando os sofás confortáveis, as poltronas que pareciam convidar o visitante a se sentar, as prateleiras cheias de fotos de família e lembranças diversas. Uma das paredes era dominada por um retrato quase em tamanho natural da família reunida. Icove, sua esposa e duas lindas crianças sorridentes espalhavam alegria pela sala.

Eve foi até o quadro, leu a assinatura no canto inferior direito e informou:

— Trabalho dela.

— Belíssima e talentosa. Eu seria capaz de odiá-la.

Eve circulou pela sala estudando minúcias, analisando tudo, dissecando cada detalhe. Um ambiente voltado para a família, decidiu, com alguns toques femininos. Livros de papel encadernados em capa dura estavam expostos, em vez de um frio leitor eletrônico contendo centenas de e-books. O telão de entretenimento estava oculto por um belo painel decorativo.

Tudo meticulosamente arrumado, limpo e em ordem, como se fosse um cenário.

— Ela estudou arte em uma faculdade famosa e badalada, segundo seu histórico. — Eve enfiou as mãos nos bolsos. — Icove foi nomeado tutor legal dela por estipulação da própria mãe da menina, em seu testamento. Ficou órfã aos seis anos. Depois de se formar na faculdade, se casou com Junior. Moraram em Paris durante seis meses, no início do casamento. Durante esse tempo ela pintava profissionalmente, e fez exposições de sucesso.

— Isso aconteceu antes ou depois da morte do pai dela?

— Depois. Eles voltaram para Nova York, para esta casa, e tiveram dois filhos. Ela requisitou o status de mãe profissional depois que o primeiro nasceu, mas continuou a pintar. Retratos eram seu foco principal de interesse artístico, mas ela raramente recebia pagamento pelos quadros e doava tudo que ganhava para a Fundação Icove, o que lhe permitiu manter o salário de mãe profissional.

— Você conseguiu reunir muitos dados em um tempo tão curto.

— Fui direto ao que interessava — explicou Eve, dando de ombros. — Não há nenhum registro criminal em nome dela, nem problemas do tempo da adolescência. Não se casou antes, nem morou com ninguém, nem tem outros filhos.

— Se não considerarmos a morte dos pais e a morte dos sogros, foi uma vida praticamente perfeita.

— Pelo visto, sim. — Eve deu mais uma olhada ao seu redor.

Quando Icove apareceu na sala, ela estava olhando para a porta. Se estivesse de costas, não teria ouvido sua chegada. O tapete era felpudo e os sapatos macios dele não faziam som algum. Vestia calças largas e um pulôver, em vez de terno. Mesmo assim conseguia transmitir a impressão de usar roupa formal, reparou Eve.

Roarke também era assim, pensou ela. Não importava a roupa casual que usasse, conseguia irradiar autoridade imediatamente, com um simples estalar de dedos.

— Tenente, detetive — cumprimentou ele. — Minha esposa já vem. Foi verificar como as crianças estão. Demos o resto do dia de folga às empregadas.

Foi até um armário de madeira com pés trabalhados e o abriu, revelando um AutoChef miniatura.

— Avril me disse que lhes ofereceu algo para se refrescarem, mas vocês recusaram. Vou tomar um pouco de café. Caso queiram mudar de ideia...

— Café seria excelente, obrigada. Puro e forte sem açúcar, por favor.

— Fraco e doce para mim — acrescentou Peabody. — Agradecemos que tenha aceitado nos receber, dr. Icove. Sabemos o quanto este momento é difícil.

— Está mais para surreal. — Ele programou o aparelho. — Foi terrível aquela cena na clínica, na sala de meu pai. Vê-lo daquele jeito, sabendo que mais nada poderia ser feito para trazê-lo de volta. Mas aqui, em casa...

Ele balançou a cabeça, pegou algumas xícaras a completou:

— Tudo me parece um pesadelo estranho e doentio. Continuo achando que meu *telelink* vai tocar a qualquer momento e ouvirei a voz de papai, sugerindo um jantar com toda a família no domingo.

— Vocês fazem isso com frequência? — perguntou Eve. — Jantam juntos?

— Jantamos, sim. — Ele entregou uma xícara para Eve e outra para Peabody. — Uma vez por semana, pelo menos, às vezes duas. Ou então ele simplesmente passa por aqui para ver os netos. E a mulher? Já descobriram onde está a mulher que...

— Estamos à procura dela. Dr. Icove, nossos registros indicam que todas as pessoas da equipe pessoal do seu pai já trabalham na clínica, em companhia dele, há mais de três anos. Existe mais alguém, alguma pessoa que ele tivesse motivos para mandar embora, ou que tenha se demitido por causa de algum problema?

— Não, ninguém que eu saiba.

— Ele costumava trabalhar com outros médicos e outras equipes em casos externos?

— Certamente. Equipes de cirurgia, psiquiatras, assistentes sociais e assim por diante.

— Consegue se lembrar de alguém em sua área de atuação que pudesse ter questões pendentes com ele, ou algum tipo de ressentimento?

— Não. Ele se associava aos melhores profissionais da área, sempre insistia em trabalho de qualidade superior e gostava de oferecer aos pacientes os recursos mais modernos.

— Mesmo assim, ele deve ter encontrado clientes e pacientes insatisfeitos com seu trabalho.

Icove abriu os lábios de leve, mas foi um sorriso sem humor.

— É impossível agradar a todo mundo, muito menos os advogados de clientes insatisfeitos. Só que meu pai e eu nos revezávamos em verificar cuidadosamente cada paciente que nos era recomendado, a fim de afastar os que desejavam mais do que poderíamos lhes oferecer, ou demonstravam alguma inclinação psicológica para o litígio. Além do mais, conforme eu lhe expliquei, meu pai já estava semiaposentado.

— Ele aceitou como paciente uma cliente que se apresentou como Dolores Nocho-Alverez. Preciso das anotações do caso dela.

— Claro. — Ele suspirou pesadamente. — Nossos advogados não estão felizes com isso, gostariam que eu esperasse até eles se cercarem de cuidados e tudo o mais. Avril, porém, me convenceu de que é tolice pensar em detalhes legais nesse momento, e eu ordenei que eles repassem tudo à senhora. Mas eu lhe peço, tenente, que essas informações permaneçam sob total sigilo.

— Com exceção dos fatos que tenham relação com o assassinato, não estou interessada em quem teve ou não o rosto reajustado.

— Desculpem pela demora — pediu Avril, entrando na sala. — As crianças precisavam de mim. Ora, vocês estão tomando café? Ótimo! — Ela se sentou ao lado do marido e colocou a mão dele entre as dela.

— Sra. Icove, a senhora deve ter passado muito tempo em companhia do seu sogro, ao longo dos anos.

— Sim. Ele foi meu tutor legal, e um verdadeiro pai. — Apertou os lábios. — Era um homem extraordinário.

— Consegue pensar em alguém que pudesse desejar sua morte?

— Impossível, como poderia? Quem mataria um homem tão devotado à vida?

— Ele lhe pareceu preocupado a respeito de alguma coisa, recentemente? Angustiado? Chateado?

Avril balançou a cabeça e olhou para o marido.

— Jantamos juntos duas noites atrás — contou. — Ele estava com um astral ótimo.

Origem Mortal

— Sra. Icove, por acaso conhece esta mulher? — Eve pegou a foto na pasta de arquivos e a entregou.

— Ela... — A mão de Avril tremeu e deixou Eve em estado de alerta. — Ela o matou? Esta é a mulher que matou Wilfred? — Seus olhos se encheram de lágrimas. — Ela é linda, muito jovem. Não se parece com alguém capaz de... Sinto muito.

Devolveu a foto e enxugou as lágrimas que lhe escorriam pelas faces, antes de afirmar:

— Gostaria muito de poder ajudar, tenente. — Espero que quando encontrar essa mulher, a senhora lhe pergunte por que fez isso. Tomara que...

Parou de falar e levou a mão aos lábios, apertando-os, em um claro esforço para se estabilizar e se recompor.

— Tomara que ela lhe conte por que fez uma coisa dessas. Merecemos saber. O mundo merece uma explicação.

O apartamento de Wilfred Icove Pai ficava no sexagésimo quinto andar de um belo prédio a três quarteirões da casa do filho, e a cinco quadras da clínica que construíra.

Eve e Peabody foram recebidas pela *concierge* do prédio, que se identificou como Donatella.

— Eu me recusei a acreditar, quando soube. Simplesmente não consegui acreditar. — Era uma mulher de aparência marcante e muito educada, com cerca de quarenta anos, pela avaliação de Eve; vestia um terno preto e severo. — O dr. Icove era o melhor dos homens, demonstrava muita consideração pelas pessoas e era amigável. Trabalho aqui há dez anos, os últimos três como *concierge*. Nunca ouvi ninguém emitir uma única palavra de reprovação contra ele.

— Alguém fez mais do que falar. Ele recebia muitas visitas?

A mulher hesitou, mas acabou respondendo.

— Não se trata de fazer fofoca, imagino, ainda mais sob essas circunstâncias. Ele recebia muita gente, socialmente. Sua família, naturalmente, vinha visitá-lo com regularidade, sozinhos ou em grupo. Ele oferecia jantares íntimos para amigos e sócios aqui, em seu apartamento, embora usasse a casa do filho com mais frequência para esses eventos. Adorava a companhia de jovens do sexo feminino.

Eve fez um sinal com a cabeça para a parceira, que pegou a foto.

— O que me diz desta aqui? — perguntou Peabody, quando a *concierge* pegou a foto e a analisou com cuidado.

— Nunca a vi, sinto muito. Mas ela certamente faz o tipo dele, se é que me entendem. Ele apreciava beleza e juventude. Era sua profissão, afinal de contas... Embelezar as pessoas e fazer com que permanecessem com aparência jovem. Mas ele também fazia um trabalho impressionante com vítimas de acidentes. *Impressionante!*

— Vocês mantêm um registro dos visitantes? — quis saber Eve.

— Não, sinto muito. Liberamos a entrada de todas as visitas, sob ordem dos inquilinos, é claro. Mas não exigimos identificação de ninguém, com exceção de entregadores.

— Ele recebia muitas entregas?

— O normal, nem mais nem menos que os outros moradores.

— Precisamos de cópias dos horários de entrada de pessoas nos últimos sessenta dias, e também os discos de segurança da última quinzena.

Donatella recuou, de leve.

— Eu poderia lhe conseguir tudo isso mais depressa e com menos burocracia se a senhora fizer uma solicitação formal aos administradores do prédio, tenente. Posso colocá-la em contato

Origem Mortal 59

com eles agora mesmo. Trata-se da Empresa Nova York de administração predial.

Um sininho soou na mente de Eve, que perguntou:

— Quem é o dono do prédio?

— As donas de todo este complexo são as Indústrias Roarke, e creio que...

— Deixe pra lá — reagiu Eve, quando Peabody, ao seu lado, soltou uma risadinha. — Poderei cuidar dessa parte. Quem faz a limpeza dos apartamentos?

— O dr. Icove não tinha empregados domésticos, nem androides, nem humanos. Costumava usar o serviço de criadagem do próprio prédio. Nosso quadro é composto por empregados robóticos. O apartamento era limpo todos os dias. Ele preferia androides, em seu espaço pessoal.

— Certo, então. Precisamos dar uma olhada no local. Você recebeu autorização para nos deixar entrar, dada pelo parente mais próximo do morto, certo?

— Claro. Vou deixá-las entrar, fiquem à vontade.

— O prédio é realmente de arrasar! — comentou Peabody quando a porta se fechou atrás da *concierge*. — Sabe de uma coisa? Você deveria pedir para Roarke fazer um mapa ou algo do tipo, para que sempre soubéssemos de antemão os imóveis de sua propriedade, aqui na cidade.

— É, isso viria a calhar, considerando a forma como ele compra um monte de merdas a cada dez minutos e vende tudo logo em seguida, com lucros obscenos. Mais uma coisa: nada de risadinhas na frente de testemunhas.

— Desculpe.

O espaço do apartamento, reparou Eve, era o que os modernos arquitetos de interiores chamavam de *open living*. Um único local para receber pessoas, fazer refeições e interagir socialmente, com todas as atividades ocorrendo em uma ampla área comum.

Nenhuma porta à vista, com exceção de uma, que Eve imaginou ser o toalete. Acima do espaço imenso havia outra área aberta onde deveria ficar a suíte master, o quarto de hóspedes e o escritório. Paredes poderiam ser colocadas ali instantaneamente, puxando-se painéis reforçados embutidos nas paredes; isso forneceria privacidade a cada cômodo, se isso fosse desejado.

A ideia provocou comichões em Eve.

— Vamos inspecionar tudo, primeiro aqui embaixo e depois no andar de cima — decidiu. — Peabody, verifique todos os *telelinks* do apartamento, em busca de transmissões feitas ou recebidas nas últimas setenta e duas horas. Dê uma olhada na lista de e-mails, caixas postais de voz e possíveis anotações pessoais. Vamos pedir que os rapazes da DDE pesquisem mais a fundo, se necessário.

Espaço e altura, refletiu Eve, lançando-se ao trabalho. Os ricos valorizavam esses dois conceitos. Ela não se sentiria nem um pouco empolgada por trabalhar no sexagésimo quinto andar de um prédio onde uma parede de vidro do chão ao teto era a única coisa que a separava de uma calçada movimentada, no fim de uma queda longa, muito longa.

Virou as costas para o janelão e foi olhar o armário do andar de baixo, enquanto Peabody vasculhava as gavetas. Eve achou três casacões de inverno caríssimos, vários paletós, seis echarpes de seda ou caxemira, três guarda-chuvas pretos e quatro pares de luvas, sendo dois pares pretos, um marrom e um cinza.

O *telelink* do primeiro andar reproduziu uma ligação da neta da vítima pedindo apoio do avô para uma campanha em defesa de um cãozinho e outra da nora, relatando que o problema fora resolvido.

No andar de cima, Eve descobriu o que imaginou ser uma sala de estar ou um segundo quarto de hóspedes por trás de uma parede de vidro martelado que era, na verdade, o closet da suíte master.

Origem Mortal

— Porra! — Eve e Peabody ficaram imóveis em pé, na porta, observando o gigantesco espaço organizado em prateleiras, armários com portas, racks, araras e cabides elétricos circulares para gravatas. — O dele é quase do tamanho do de Roarke!

— Essa observação é de cunho sexual? — perguntou Peabody, virando a cabeça de lado, e dessa vez foi Eve que não conseguiu reprimir a risada. — Esse cara realmente gostava de roupas. Aposto que há mais de cem ternos aqui.

— E repare só em como tudo está bem-organizado. Por cor, por material, por acessórios. Mira iria se esbaldar diante de alguém tão compulsivo em matéria de roupas.

Por falar nisso, lembrou Eve, talvez fosse uma boa ideia consultar a psiquiatra e formadora de perfis da polícia a respeito do que havia ali. Conheça a vítima e você chegará ao assassino.

Ela se virou e viu que a parte de trás da parede de vidro martelado era espelhada e tinha uma bela penteadeira diante dela.

— Aparência — disse. — Essa era a principal prioridade dele, tanto em nível pessoal quanto profissional. E veja só este espaço. Nada fora do lugar! E tudo com cores combinando.

— É um lindo espaço. Estilo urbano perfeito, típico de alguém da elite.

— Isso mesmo, beleza e perfeição, esse é o nosso cara. — Eve foi até o quarto de dormir e abriu a gaveta de uma das mesinhas de cabeceira. Encontrou um leitor de livros eletrônicos, três discos com centenas de livros e várias agendas eletrônicas não usadas. A segunda gaveta estava vazia.

— Nada de brinquedinhos sexuais — comentou.

— Pois é, puxa... — disse Peabody, parecendo levemente desapontada.

— Um homem saudável, muito atraente, com mais quarenta anos pela frente, de expectativa de vida, no mínimo. — Foi até o banheiro da suíte. Havia ali uma imensa banheira de hidromassagem e um boxe generoso azulejado em branco-neve, tendo ao lado um tubo secador de corpo e balcões em granito cinza com um pequeno canteiro em material preto brilhante, enfeitado com flores vermelho-sangue.

Havia duas esculturas de mulheres esbeltas e nuas, com belo rosto.

Uma das paredes do banheiro também era completamente espelhada.

— O cara gostava de se apreciar e verificar todos os detalhes, para ver se estava tudo em cima. — Foi até os armários e gavetas. — Produtos de beleza de alto nível, poções, medicamentos de venda livre ao lado de cremes caríssimos para estender a juventude. Ele vivia preocupado com a própria aparência. Poderíamos dizer até mesmo obcecado.

— *Você* certamente acharia isso — comentou Peabody. — Em sua opinião, qualquer pessoa que passa mais de cinco minutos se emperiquitando é obcecada com beleza.

— O verbo "emperiquitar" já diz tudo. De qualquer modo, digamos que ele era alguém muito ligado em si mesmo, sua saúde e sua aparência. Adorava se cercar de mulheres nuas, sob a forma de obras de arte. Mas não curtia isso no sentido sexual, ou, pelo menos, não mais. Não há vídeos pornôs, nenhum acessório sexual, nem discos eróticos. Ele mantinha essa parte da sua vida completamente limpa.

— Tem gente que deixa o desejo sexual em fogo brando depois que passa de certa idade.

— Uma pena para essas pessoas.

Eve circulou mais um pouco pelo ambiente e notou que havia, um pouco além, outra área dedicada a exercícios, e que tinha ligação com o escritório. Tentou ligar o computador.

— Está trancado, só abre com senha. Faz sentido. Vamos deixar o pessoal da DDE brincar com isso. Leve todos os discos para a Central. Vamos analisá-los. Não há *uma coisinha* fora do lugar — murmurou. — Cada objeto e acessório guardado em seu espaço determinado. Tudo arrumado com capricho, em ordem, bem-coordenado, estiloso. Isso aqui parece um holograma de decoração de interiores.

— É mesmo — concordou Peabody. — Como aqueles programas que a gente usa quando está a fim de viajar na maionese e resolve fantasiar sobre a casa dos nossos sonhos. — Olhou meio de lado para Eve. — Bem, pelo menos *eu* faço isso. Você não precisa, porque *mora* na Casa dos Sonhos.

— Dá para olhar estes ambientes e sacar como ele vivia — disse Eve, passando a mão na parede de vidro martelado. — Ele acordava cedo, eu diria. Trinta minutos no equipamento de ginástica, para manter o corpo em forma; depois uma ducha, uma boa caprichada no visual, uma olhada de trezentos e sessenta graus em si mesmo, nesse mar de espelhos, só para se assegurar de que não tinha nada despencando nem balançando. Depois era tomar os medicamentos diários e partir para um saudável café da manhã. Ler os jornais, ou alguma publicação médica. Talvez assistir a um dos noticiários matinais; ele mantém o telão ligado enquanto volta para o quarto e escolhe a roupa para usar durante o dia. Então, se veste, se emperiquita todo e verifica a agenda do dia. Dependendo do volume de compromissos, talvez adiante alguma papelada aqui mesmo ou vai direto para a clínica. A pé, na maior parte dos dias, a não ser quando o tempo está fechado.

— Ou então faz uma mala, prepara uma pasta e pega um táxi — completou Peabody. — Ele dá palestras e consultas fora daqui. Deve viajar muito.

— É, bem-lembrado. Curte boas refeições, faz um tour pela cidade que está visitando, participa de reuniões de diretoria, ou algo do tipo. Visita a família, aparece por lá duas ou três vezes por semana. Um jantar ou drinques, ocasionalmente, com alguma amiga ou sócia. Volta para o apartamento perfeito, lê um pouco na cama e depois dorme como um anjo.

— Uma vida boa.

— É, pelo visto, sim. Mas o que ele curte?

— Ora, você acabou de dizer...

— Isso não é o bastante, Peabody. O cara é um médico fodão, supercompetente, inaugura clínicas, fundações, realiza avanços sozinho, sem ajuda de ninguém, em sua área de atuação. Atualmente atende um ou outro paciente ocasional, dá algumas consultas, faz viagens para apresentar palestras e consultas fora da cidade. Brinca com os netos algumas vezes por semana... Isso não é o bastante — insistiu, balançando a cabeça. — Onde está o tesão pelas coisas? Não vejo sinais de atividades sexuais regulares. Nada de esportes, nem dicas sobre algum hobby. Nada em seus dados indica interesse em outras áreas. Não joga golfe, nem curte as atividades típicas dos aposentados. Basicamente, mexe com papelada e compra ternos. Um homem certamente necessita mais que isso.

— Como o quê, por exemplo?

— Sei lá! — Ela se virou e franziu o cenho ao olhar para o escritório. — Tem alguma coisa faltando nesse quebra-cabeça. Entre em contato com a DDE. Quero saber o que tem dentro desse computador.

Mais por hábito do que por necessidade, Eve escolheu visitar o necrotério como próximo passo em sua lista de coisas urgentes para fazer. Encontrou Morris, chefe dos legistas, vagabundeando pelo corredor, parado diante de uma máquina para venda de lanches e, se Eve não se enganou, flertando com uma louraça peituda e estupenda.

Apesar dos peitos avantajados e dos cílios quilométricos que batiam um no outro sem parar, Eve sacou que a loura era tira.

Origem Mortal

Ela e Morris se afastaram quando viram que ela se aproximava e ambos lhe lançaram olhares brilhantes de luxúria reprimida.

Foi muito desconcertante.

— Oi, Morris.

— E aí, Dallas? Veio procurar o seu morto?

— Não, só passei aqui para curtir a atmosfera festiva.

Ele sorriu e fez as apresentações.

— Tenente Dallas, esta é a detetive Coltraine, recentemente transferida para nossa querida cidade, vindo de Savannah.

— Prazer em conhecê-la, detetive.

— Estou aqui há menos de duas semanas, mas já ouvi falar de você, tenente. — Sua voz era morna como manteiga derretida, e seus olhos tinham um profundo tom de azul. — É um prazer conhecê-la pessoalmente.

— Esta é minha parceira, detetive Peabody.

— Seja bem-vinda a Nova York — disse Peabody.

— Aqui é muito diferente da minha terra. Bem, preciso voltar ao trabalho. Agradeço pelo seu tempo, dr. Morris, e também pela Coca. — Ela pegou a lata de refrigerante da máquina, balançou os cílios longuíssimos mais uma vez e afastou-se, quase deslizando, pelo corredor dos mortos.

— Uma magnólia! — suspirou Morris. — Em plena floração.

— Você vai acabar engordando se sugar todo esse néctar.

— Para mim, basta uma provinha. Geralmente eu me mantenho longe de tiras para esse tipo de coisa. Mas talvez seja obrigado a abrir uma exceção.

— Só porque eu não pretendo balançar minhas pestanas nervosas para você, isso não quer dizer que não mereça algo para beber.

— Quer café? — perguntou ele, sorrindo.

— Pretendo permanecer viva, e o café daqui é um veneno. Quero uma Pepsi. Minha parceira, que também não vai bater os cílios nem jogar charme, certamente aceitaria uma latinha, para me acompanhar. Mas Peabody só bebe Pepsi diet, por causa do seu eterno regime para emagrecer.

Ele digitou duas latas no painel da máquina e informou:

— O nome de batismo dela é Amaryllis.

— Meu santo Cristo!

— O apelido é Ammy.

— Assim eu vou vomitar, Morris.

Ele lançou uma das latas para Eve e entregou a segunda na mão de Peabody.

— Vamos ver o cara morto. Isso fará com que você se sinta melhor.

Ele foi na frente. Vestia um terno castanho-claro e uma camisa lisa dourada. Seus cabelos muito pretos estavam presos e lhe desciam pelas costas trançados com um belo cordão de ouro.

Por mais petulante que seu estilo de vestir parecesse, tudo combinava com seu rosto anguloso e olhos ávidos.

Passaram pelas portas e chegaram à sala de reconhecimento de corpos. Morris foi direto para uma parede onde havia muitas gavetas. Ouviu-se um chiado e o ar se encheu de névoa gélida quando ele destrancou uma delas.

— Dr. Wilfred B. Icove, também conhecido como dr. Ícone. Era um homem brilhante.

— Você o conhecia?

— Só de reputação. Assisti a várias palestras suas, ao longo dos anos. Eram fascinantes. Como pode ver, temos aqui um corpo do sexo masculino, com aproximadamente oitenta anos de idade. Excelente tônus muscular. A ferida única puncionou a aorta. A arma do crime foi um estilete cirúrgico comum.

Foi até um monitor grande e exibiu a imagem ampliada do ferimento e da área em torno.

— Um único golpe, muito certeiro. Não havia feridas defensivas. Exame toxicológico limpo, sem drogas ilegais. Encontramos apenas vitaminas e complementos nutricionais. A última refeição, consumida cerca de cinco horas antes da morte, consistiu em um pãozinho de trigo integral, cento e vinte mililitros de suco de laranja, feito com laranjas de verdade, chá de pétalas de rosa, uma banana e algumas framboesas. Sua vítima seguia fielmente o estilo de vida saudável que preconizava e se submeteu a procedimentos cosméticos admiráveis no corpo e no rosto. O tônus muscular mostra que ele acreditava em malhação moderada como meio de alcançar saúde plena e aparência jovem.

— Quanto tempo levou para morrer?

— Um minuto ou dois, em termos clínicos; na prática, teve morte instantânea.

— Mesmo com algo tão pontiagudo quanto um estilete, seria preciso um golpe firme e profundo para atravessar o paletó, a camisa, a carne e acertar o coração, sem mencionar a precisão do local.

— Isso mesmo. Quem fez isso estava juntinho dele e sabia muito bem o que fazia.

— Sim, muito bem. Os legistas não encontraram nada na cena. Parece até que usam uma escova de dentes para limpar o lugar, todas as noites. Também não acharam impressões digitais na arma. Ela estava coberta de spray selante. — Com ar distraído, Eve tamborilou nas coxas com os dedos, enquanto analisava o corpo. — Acompanhei a chegada dela ao prédio pelo discos de segurança. Ela não tocou em nada. Eles não gravam som, então não dá para pesquisarmos impressões vocais. Sua identidade é falsa. Feeney está buscando o rosto dela pelo CPIAC, mas como não tive notícias até agora, suponho que ele não encontrou nada.

— Operação precisa.

— Sim, ela foi muito precisa. Obrigada pela Pepsi, Morris. — Para fazê-lo sorrir, ela bateu as sobrancelhas rapidamente.

— Que tipo de nome é Amaryllis? — quis saber Eve quando ela e Peabody entraram no carro.

— Nome de flor. Você ficou com ciúmes.

— De quê?

— Rola um lance entre você e Morris. A maioria das mulheres tem uma quedinha por Morris, porque ele é sexy de um jeito meio estranho. O certo é que rola um lance especial entre vocês dois, Dallas, e de repente chega do sul a Barbie louraça e o deixa todo empolgado.

— Eu não tenho quedinha nenhuma por Morris, somos apenas bons colegas que curtem uma relação de amizade. E o nome da louraça é Amaryllis, e não Barbie.

— Estava me referindo à boneca, Dallas... Barbie, a boneca! Caraca, você nunca brincou de boneca?

— Bonecas são miniaturas de gente morta, e eu estou de gente morta até os cabelos, obrigada. Mas saquei o que você quis dizer. O apelido dela é Ammy. Dá para imaginar uma tira com esse nome? "Oi, meu nome é Ammy e você está preso". Ah, dá um tempo!...

— Você realmente tem uma quedinha por Morris.

— Nem quedinha, nem quedona, Peabody.

— Sei... Até parece que você nunca se imaginou pegando Morris em cima de uma das mesas de dissecção. — Quando Eve se engasgou com a Pepsi, Peabody deu de ombros. — Tudo bem, pode ser uma tara só minha. Ei, olha só, parou de chover, e isso é uma chance para mudarmos de assunto, antes que meu mico seja maior.

Eve respirou fundo, olhou direto para a frente e sentenciou:

— Este assunto nunca mais será mencionado.

— Concordo plenamente!

Origem Mortal

uando Eve entrou em sua sala trazendo uma pilha de discos recolhidos no escritório da vítima, viu a dra. Mira em pé, ao lado da mesa.

Aquele devia ser o dia de os médicos se vestirem com elegância, pensou Eve.

Mira estava mais elegante do que nunca em um daqueles terninhos que eram sua marca registrada. O daquele dia era rosa-shocking, com um paletó de cintura bem-marcada e abotoado até a garganta. Seus cabelos castanho-escuros e lisos como vison estavam presos atrás da cabeça, enroladinhos em um coque apertado. Pequenos triângulos dourados brilhavam em suas orelhas.

— Olá, Eve. Eu já ia lhe escrever um recado, antes de ir embora.

Um ar de pesar profundo marcava seus olhos em tom suave de azul, e a dor estava estampada no belo rosto da médica, que exibia uma pele perfeita.

— O que houve?

— Você tem alguns instantes para conversar comigo?

— Claro, claro! A senhora aceita... — pensou em oferecer café, mas logo lembrou que Mira preferia chá de ervas e o AutoChef de sua sala não tinha esse produto. — Aceita alguma coisa?

— Não, obrigada. Soube que você é a investigadora principal do assassinato de Wilfred Icove.

— Sim, peguei o caso hoje de manhã. Eu estava no prédio onde ocorreu o crime, investigando outro caso. Na verdade, planejava lhe pedir um perfil da suspeita principal, e pensei que talvez a senhora conhecesse pessoalmente a vítima — percebeu Eve.

— Sim, eu o conhecia. Estou muito chocada. Sim, esse seria o termo — decidiu, e se sentou na cadeira para visitas. — Não consigo nem raciocinar direito. Você e eu já deveríamos estar acostumadas com tudo isso, certo? Lidamos com mortes todos os dias, mas nem sempre um fim trágico acomete alguém que conhecemos, amamos e respeitamos.

— Qual era o seu caso? Amor ou respeito?

— Respeito, em grande quantidade. Nunca nos envolvemos de forma romântica.

— De qualquer modo, ele me parecia muito velho para a senhora.

Um sorriso se insinuou nos lábios de Mira.

— Obrigada. Eu o conhecia há vários anos. Muitos, na verdade, pois eu ainda estava no início de minha carreira. Uma amiga se envolveu com um homem que abusava dela. Depois de sofrer muito em suas mãos, ela rompeu com ele e tentou reconstruir sua vida. Só que ele a raptou, estuprou e sodomizou. Espancou-a até deixá-la inconsciente e a jogou de um carro em movimento num local próximo à Grand Central Station. Ela teve muita sorte de escapar com vida. Seu rosto foi dilacerado, seus dentes estavam quebrados, ela sofreu ruptura do tímpano, esmagamento de laringe, sem falar nos ferimentos generalizados e o peso de ficar desfigurada pelo resto da vida. Procurei Wilfred e pedi para que ele a aceitasse como paciente. Sabia que ele era considerado o melhor cirurgião de reconstrução facial e corporal da cidade, talvez até do país.

— E ele aceitou.

— Sim, aceitou. Fez mais que isso: demonstrou uma paciência admirável com uma mulher que teve o espírito e a coragem tão destruídos quanto o corpo. Wilfred e eu passamos muito tempo juntos, em sessões com essa minha amiga, e acabamos desenvolvendo uma bela amizade. A morte dele, ainda mais dessa forma, é muito difícil de aceitar. Entendo que uma ligação pessoal como a que eu tinha com a vítima faça com que você me mantenha afastada do caso, mas vim lhe pedir que não faça isso.

Eve considerou o pedido por um minuto.

— A senhora alguma vez toma café?

— De vez em quando.

Eve foi até o AutoChef e programou duas xícaras.

— Eu preciso de cafeína para tentar entender a vítima e montar um perfil da assassina ou do assassino. Se a senhora me garantir que é plenamente capaz de trabalhar no caso, doutora, minha decisão já está tomada.

— Obrigada.

— A senhora teve contato com a vítima nos últimos tempos?

— Na verdade, não muito. — Mira aceitou o café. — Geralmente nos encontrávamos algumas vezes por ano, em eventos sociais. Jantares, eventos beneficentes, coquetéis, ocasionalmente um congresso médico. Ele me ofereceu o cargo de chefe de psiquiatria da sua clínica, e ficou desapontado, e até mesmo aborrecido, quando eu declinei do convite. Não tínhamos mais contato profissional havia algum tempo, mas continuávamos a nos encontrar socialmente.

— A senhora conhece a família do morto, certo?

— Conheço, sim. O filho dele tem uma mente brilhante e me parece a escolha perfeita para levar em frente o trabalho que o pai realizava. A nora de Wilfred, por sua vez, é uma artista talentosa.

— Mas não trabalha muito com sua arte, atualmente.

— Não, acho que não. Tenho um quadro pintado por ela. Os dois netinhos de Wilfred quando tinham nove e seis anos, mais ou menos. Uma menina e um menino. Wilfred adorava mimá-los. Sempre tinha novas fotos e hologramas para exibir aos amigos. E adorava crianças. Sua clínica tem o melhor departamento de reconstrução pediátrica do mundo, na minha opinião.

— Ele tinha inimigos?

Mira se recostou na cadeira. Parecia cansada. O luto, conforme Eve sabia, era capaz de sabotar o organismo ou de energizá-lo.

— Existem pessoas que talvez o invejassem pelo seu talento, sua visão, e certamente alguns o questionaram ao longo da vida. Mas não creio... Não sei de ninguém em nossa comunidade que pudesse lhe desejar mal, nem profissionalmente e nem nos círculos sociais que frequentávamos.

— Certo, doutora. Talvez eu precise de ajuda para analisar os arquivos médicos dele e interpretar o jargão da área.

— Ficarei feliz em lhe oferecer todo o tempo que precisar, Eve. Cirurgia restauradora não é minha área de atuação, mas certamente poderei ajudá-la a entender as anotações de Wilfred e os casos em que ele atuava.

— O ataque me parece profissional. Trabalho de matador de aluguel.

— Ataque profissional? — Mira pousou o café intocado sobre a mesa. — Essa hipótese me parece impossível. Até mesmo absurda, eu diria.

— Talvez não. Médicos que constroem impérios e redes de clínicas muito lucrativas geram, além da imensa quantidade de dinheiro, muito poder e influência. Alguém poderia lucrar com o desaparecimento dele. A suspeita principal do crime usou uma identidade falsa, onde se declarava cidadã espanhola. Isso significa algo para a senhora?

— Espanha? — Mira passou a mão nos olhos e no rosto. — Não, assim de imediato não me vem nada à cabeça.

— Vinte e nove anos, segundo a identidade falsa. Uma mulher de parar o trânsito. — Eve vasculhou na bolsa e pegou uma cópia da foto. — Nem piscou ao passar pela segurança. Matou-o enfiando um estilete cirúrgico direto no coração, calculando o momento exato em que a recepcionista teria saído para almoçar, o que lhe deu tempo para sair do prédio da mesma forma que entrou, sem demonstrar a mínima emoção. Eu pensaria até que foi trabalho de uma androide, mas ela certamente teria sido identificada na entrada pelo *scanner* de corpo. No entanto, isso serve para lhe dar uma ideia do quanto ela foi fria antes, pelo visto durante e, certamente, depois do crime.

— Ação planejada e organizada; uma agente controlada e sem reações. — Mira concordou e pareceu mais firme, como se raciocinar sobre seu trabalho lhe devolvesse o equilíbrio. — Possivelmente ela tem tendências sociopatas. A ferida única também indica controle, eficiência e ausência de emoções.

— É provável que a arma tenha sido plantada no toalete feminino. Isso significa que alguém lá de dentro ou com acesso ao banheiro foi cúmplice, ou ordenou o crime. A segurança efetua uma varredura no prédio todas as semanas, e o sistema de limpeza só falta esterilizar o lugar todas as noites. A arma não devia estar lá há muito tempo.

— Você tem os registros de entrada e saída no consultório?

— Sim, já estou averiguando. Apenas alguns pacientes e pessoas da equipe da vítima. Mas outros funcionários da clínica não costumam registrar a passagem ao entrar lá. Além disso, temos a equipe de limpeza e a de manutenção. Vou vasculhar as filmagens da segurança nas quarenta e oito horas anteriores ao crime, para ver o que aparece. Duvido muito que a arma do crime estivesse lá há mais tempo que isso. Se é que estava lá. Pode ser que a suspeita tenha entrado no banheiro só para fazer xixi. — Eve encolheu os ombros. — Sinto muito pela perda do seu amigo, dra. Mira.

— Eu também lamento muito. Se eu pudesse escolher alguém para investigar a morte de um amigo, seria você, Eve. — A médica se levantou. — Se precisar de qualquer coisa, basta pedir.

— Sua outra amiga, do passado, aquela que teve o rosto desfigurado. O que aconteceu depois?

— Wilfred lhe devolveu o belo rosto e isso, além de vários anos de terapia, ajudou-lhe a reconstruir a vida. Ela se mudou para

Santa Fé e abriu uma galeria de arte. Casou-se com um artista que pinta aquarelas e tem uma filha.

— E quanto ao sujeito que a espancou?

— Foi preso, julgado e condenado. Wilfred testemunhou e descreveu os ferimentos com detalhes. O canalha continua na penitenciária de Rikers.

— Gosto de finais felizes — disse Eve, sorrindo.

Capítulo Quatro

Eve resolveu dar uma passada da DDE onde, em sua opinião, os tiras se vestiam mais como frequentadores de boates e artistas do que como funcionários públicos. As roupas pareciam terrivelmente descoladas, sempre na moda, os cabelos eram multicoloridos e era possível ver geringonças estranhas em toda parte.

Vários detetives eletrônicos se exibiam, circulando de um lado para outro, parecendo dançar pela sala em suas cadeiras de rodinhas, falando em *headsets* sofisticados ou recitando códigos incompreensíveis em seus tablets. Os poucos que trabalhavam em mesas ou cubículos pareciam alheios ao constante burburinho das vozes, ou aos cliques e zumbidos dos equipamentos.

Aquilo parecia uma colmeia lotada de abelhas hiperativas, pensou Eve. Sabia que enlouqueceria se, um dia, tivesse de passar um único turno trabalhando no esquadrão eletrônico.

Feeney, entretanto — que Eve considerava o mais sensato e psicologicamente estável dos tiras —, parecia à vontade ali. Sentado à sua mesa com a camisa eternamente amarrotada, bebia café lentamente enquanto trabalhava.

Era reconfortante saber que algumas coisas eram possíveis de contar como certas na vida, pensou Eve, ao entrar na sala do capitão. A concentração dele no trabalho era tão intensa que ela conseguiu se aproximar, dar a volta na mesa e se colocar atrás dele; foi quando conseguiu dar uma boa olhada no monitor antes de ele registrar sua presença ali.

— Isso não é trabalho — disse ela.

— É, sim senhora! Computador, encerrar o...

Sem pena, Eve fechou a boca do capitão com a própria mão, a fim de impedi-lo de ordenar que o programa se desligasse.

— Isso não é uma simulação, nem a reconstrução da cena de um crime — reclamou Eve.

Ele resmungou algo incompreensível na palma da mão dela.

— É um jogo — disse ele, desvencilhando-se. — Um videogame de tiras contra bandidos. Roarke também tem um.

Ele afastou a mão de Eve do rosto dele de forma brusca e lutou para conseguir de volta um pouco da sua dignidade.

— Tecnicamente é um jogo — continuou. — Isso exercita a coordenação das mãos e dos olhos, testa os reflexos e as habilidades cognitivas. É isso que me mantém afiado.

— Se pretende me convencer desse papo furado, é melhor me apresentar bons resultados, antes.

— Encerrar o programa. — Ele olhou para Eve com cara feia. — Será que eu devo lembrá-la de quem é o ocupante desta sala e quem é o oficial com patente mais alta neste recinto?

— Aproveite e lembre a si mesmo que alguns de nós estamos combatendo bandidos de verdade.

Ele apontou para o telão na parede.

— Está vendo aquilo? É o programa de reconhecimento de rostos tentando achar sua criminosa neste exato momento. Passei

Origem Mortal 77

o nome da suspeita pelo CPIAC. Nome, *modus operandi*, foto. Não apareceu nada. McNab tentou um programa-padrão de combinação de feições. Nada, também. Estou rodando um programa adicional pessoalmente. Mandei meus rapazes pegarem os equipamentos eletrônicos na cena do crime, e outra equipe está indo recolher o computador pessoal no apartamento da vítima. Alguma outra coisinha em que eu possa lhe ser útil neste belo dia?

— Também não precisa ficar puto. — Eve se sentou na quina da mesa dele e se serviu de algumas das amêndoas açucaradas que ele sempre guardava em um pote. — Quem, diabos, é essa mulher? Quem seria capaz de matar desse jeito e não aparecer em radar nenhum?

— Talvez seja uma espiã. — Feeney pegou um punhado de amêndoas para si mesmo. — Pode ser que sua vítima tenha sido eliminada por alguém ligado ao governo.

— Não, isso não me convence, considerando os dados que eu levantei sobre Icove, e menos ainda com esse método. Se você é um agente do serviço secreto do governo, por que se dar ao trabalho de passar por um sistema de segurança de última geração? E ainda exibir sua cara em toda parte? Seria mais fácil e mais limpo eliminá-lo na rua, em algum beco. Ou no seu apartamento. A segurança lá é muito mais leve do que na Clínica Icove.

— Uma foragida?

— Se ela está fugindo, mais um motivo para manter o rosto longe das câmeras.

Feeney deu de ombros e mastigou as amêndoas.

— Estou só jogando ideias para o ar, garota.

— Ela marca uma consulta, passa pela segurança, usa uma identidade que engana o sistema. Sabe que a recepcionista vai ficar fora por uma hora durante o almoço, o que lhe dará uma janela de tempo folgada para sair antes de o corpo ser descoberto. A arma foi plantada no local, só pode ter sido. Tudo foi muito arriscado, mas...

Feeney flexionou os ombros e esperou que Eve terminasse o pensamento.

— Por que lá? Não importa o quanto ela planejasse tudo com antecedência, eliminá-lo no consultório foi mais complicado que fazer isso em sua casa. Além do mais, o morto costumava ir a pé para o trabalho, a não ser quando o tempo estava ruim. Se ela é tão boa assim, poderia tê-lo esfaqueado no meio da rua e continuar andando como se nada tivesse acontecido. E ele foi de carro, hoje. Estacionou no subsolo ou no andar térreo do prédio. Dava para ela tê-lo matado lá. Há segurança, é claro, mas seria mais fácil que no consultório.

— Talvez ela tivesse um motivo para matá-lo lá, especificamente.

— Pois é... E talvez tivesse algo a dizer antes de matá-lo. Ou algo que esperava que *ele* lhe contasse. De qualquer modo, se esse foi seu primeiro crime, ela tem uma tremenda sorte de principiante. Nenhuma mancada, Feeney, nem das pequenas. Ela não exibiu nem uma gotinha de suor sobre as delicadas sobrancelhas, depois de enfiar um estilete no coração de um homem. E acertou direto no alvo. Foi como se ele tivesse um cartaz preso no peito escrito: "Enfie o estilete aqui."

— Certamente já praticou antes.

— Pode apostar que sim. Mas esfaquear um androide, um boneco ou um alvo simulado, seja ao vivo ou por holograma, certamente não é o mesmo que encarar carne e sangue. Você sabe disso. *Nós sabemos* disso.

Eve mastigou um pouco das amêndoas, ruidosamente, analisando tudo.

— E a vítima? — continuou Eve. — Ele é quase tão irreal quanto ela. Nenhuma mancha no histórico, nem mesmo uma

Origem Mortal

sujeirinha em oitenta anos de vida e mais de meio século de prática médica. É claro que enfrentou alguns processos ao longo dos anos, mas eles são uma parcela minúscula diante das suas obras fantásticas e suas glórias e louvores profissionais. Você precisa ver o apartamento dele. Parece um cenário! Nada fora do lugar, e estou quase certa de que o cara tem mais ternos que Roarke.

— Impossível!

— Pois pode acreditar. É claro que ele teve cinquenta anos mais que Roarke para comprar tanta roupa, e talvez seja essa a diferença. Ele não joga, não trai, não seduz a mulher do próximo, ou pelo menos eu não descobri nada a respeito. Seu filho vai se beneficiar muito da sua morte, mas a coisa não encaixa. Ele é sólido como uma rocha na área financeira, e já gerenciava a clínica, na prática. Os funcionários da Clínica Icove que foram interrogados até agora fazem tantos elogios à vitima que só falta cantarem "aleluias" em seu louvor.

— Tudo bem, mas deve haver algo errado atrás de tantas maravilhas, alguma sujeira debaixo desse tapete.

Eve sorriu abertamente ao ouvir isso, e deu um soco de camaradagem no braço de Feeney.

— Obrigado! É isso que estou dizendo. Ninguém é tão limpo assim. Ninguém mesmo! Pelo menos, não no meu mundo. Com a quantidade de grana que esse cara gerava, ele teria condições de molhar as mãos das pessoas certas para conseguir que dados do seu passado fossem apagados. Além do mais, ele me parecia ter muito tempo ocioso, ultimamente. Não consegui descobrir o que ele fazia nesse tempo livre. Não há dica nenhuma sobre isso em seu consultório, nem em sua casa. Sua agenda marca dois dias livres por semana e, pelo menos, três noites, sem indicações das suas atividades nesses momentos. O que ele fazia e aonde ia?

Eve olhou para o relógio e completou:

— Preciso comunicar ao comandante como anda o caso. Depois, vou pegar meus brinquedinhos e rumar para casa, a fim de brincar um pouco com esses dados. Se alguma novidade aparecer por aqui, pode me ligar na mesma hora.

Eve seguiu pelos labirintos da Central de Polícia até o gabinete do comandante Whitney, e a assistente a mandou entrar na sala imediatamente. Ele estava atrás de sua mesa. Era um homem grande com ombros largos, que certamente aguentavam bem o peso de tanta autoridade. Ao longo dos anos, essa autoridade havia entalhado marcas em seu rosto escuro, e também cobrira seus cabelos com muitos fios brancos.

Ele apontou uma cadeira assim que Eve entrou, e ela precisou se controlar para não franzir o cenho em sinal de estranheza. Depois de mais de dez anos tendo-a sob seu comando, Whitney certamente sabia que a tenente preferia apresentar seus relatórios de pé.

Mesmo assim, se sentou.

— Antes de começarmos — disse ele —, existe um assunto delicado que eu gostaria de abordar.

— Pois não, senhor.

— Durante sua investigação, você certamente irá precisar da lista completa de pacientes do Centro Icove para Restauração Facial e Corporal, nem que seja para cruzar informações dos pacientes com as da vítima e as do seu filho.

Oh-oh...

— Sim, senhor, essa é a minha intenção.

— Durante esse processo, você descobrirá que o jovem dr. Icove...

Ah, merda!

— ... o jovem dr. Icove — repetiu —, trabalhando sob consultoria da vítima, executou alguns suaves procedimentos cosméticos na sra. Whitney.

Sra. Whitney! Graças a Deus, pensou Eve, e sentiu que os nós do seu estômago começavam a se desfazer. Ela se vira aterrorizada diante da possibilidade de o seu comandante lhe contar que tinha usado os serviços do Centro de Restauração Facial e Corporal para si mesmo.

— Certo. Desculpe... Sim, senhor.

— Minha esposa, como você deve imaginar, prefere manter esse assunto sob o mais rigoroso sigilo. Vou lhe pedir um favor pessoal, tenente: a não ser que você encontre uma ligação entre o que a sra. Whitney chama de... uma levantada básica — disse ele, com óbvio embaraço — e a sua investigação, espero que você mantenha esse assunto e esta conversa apenas para si mesma.

— Certamente, comandante. Não creio que exista relação direta entre a citada... ahn... levantada básica de sua esposa e o assassinato de Wilfred Icove, senhor. Se for do seu agrado, por favor, assegure à sra. Whitney que minha discrição sobre esse assunto será total e inquestionável.

— Pois esteja certa de que farei isso. — Ele pressionou os olhos com os dedos. — Ela está me perturbando a vida via *telelink* desde que soube do crime, pelo noticiário local. Vaidade, Dallas, sempre tem um preço altíssimo. Afinal, quem pode ter matado o dr. Perfeição?

— Como assim, senhor?

— Anna, minha mulher, comentou que algumas das enfermeiras se referiam a ele por esse apelido. De forma afetuosa, é claro. Wilfred Icove Pai era famoso por seu perfeccionismo, e costumava esperar esse mesmo compromisso das pessoas que trabalhavam com ele.

— Interessante, essa informação. Mas combina com o que eu descobri a respeito dele, até o momento. — Decidindo que os aspectos pessoais do assunto estavam encerrados, Eve se levantou e fez seu relatório.

Passava muito do fim do turno quando ela saiu da Central e foi para casa, dirigindo. Não que isso fosse incomum, refletiu. Além do mais, com Roarke fora da cidade, Eve tinha menos motivos para voltar cedo para casa. Não havia ninguém lá, com exceção de Summerset, o velho pé-no-saco, o mordomo sargentão de Roarke.

Certamente ele reclamaria de alguma coisa assim que ela colocasse os pés na casa, pensou. Algo sobre Eve estar chegando tarde, ou alguma rabugice sobre ela não ter lhe *informado* seu horário de chegada — até parecia, a alguém de fora, que ela conversava com o mordomo normalmente, de livre e espontânea vontade. Talvez ele lhe lançasse um sorrisinho irônico e lhe desse os parabéns por conseguir voltar para casa sem estar com a blusa manchada de sangue.

Eve já tinha uma resposta preparada para isso. E como! Ela diria que ainda havia tempo para isso e o chamaria de bundão. Não, nada de bundão... "Ainda é tempo, cara de fuinha. Plantar meu punho no meio do seu nariz fino e pontudo como uma agulha talvez coloque um pouco de sangue na minha blusa".

Nesse momento ela subiria a escada, pararia depois de alguns degraus e olharia por sobre o ombro, como se tivesse lembrado de algo: "Hummm, espere um pouco... Você não tem sangue nas veias, certo? Eu ia acabar com o corpo todo coberto por uma gosma verde."

Ela se distraiu durante todo o caminho para casa, ensaiando variações sobre o mesmo tema, mudando apenas as entonações.

Origem Mortal

Os portões se abriram diante de si e luzes fortes se acenderam para iluminar a alameda em curva que atravessava os amplos gramados e ia até a porta da casa.

Em parte fortaleza, em parte castelo, em parte fantasia, agora aquele lugar era o seu lar. Os muitos picos e torres, ressaltos e terraços formavam uma silhueta maravilhosa que contrastava com o sombrio céu noturno. Janelas, incontáveis janelas iluminadas rasgavam o breu em uma espécie de saudação de boas-vindas que ela não conhecera antes de Roarke entrar em sua vida.

E nunca sequer supôs que pudesse existir.

Ver tudo agora, a casa, as luzes, a força e a beleza do que ele havia construído ali, do que ele conquistara, do que oferecera a ela, fez com que Eve sentisse saudades dele de forma escancarada. Ela quase fez um retorno e saiu para a rua novamente.

Poderia visitar Mavis. Afinal, sua melhor amiga, estrela internacional da música e do vídeo, estava na cidade, não estava? E grávida. Muito grávida, a essa altura, calculou Eve. Se resolvesse visitar Mavis, Eve teria de enfrentar um verdadeiro corredor polonês de momentos desagradáveis — tocar a assustadora e imensa barriga, ouvir os papos e as histórias comuns a todas as grávidas, e depois ser apresentada a roupinhas estranhas e equipamentos pra lá de esquisitos.

Depois dessas dificuldades iniciais, tudo ficaria bem e ela passaria momentos ótimos.

Só que estava cansada demais para aturar tantos sufocos e, além do mais, tinha muito trabalho pela frente.

Pegou os discos, a pasta de arquivos e deixou o carro diante de escada da frente — principalmente por saber que isso irritava Summerset profundamente. Subiu os degraus, sentindo uma secreta alegria por saber que seria capaz de usar os insultos que ensaiara.

Entrou na casa e, ao sentir o calor do saguão imenso, percebeu a iluminação generosa e o perfume inigualável do lugar. De forma deliberada, despiu a jaqueta e a colocou sobre o pilar do primeiro degrau da escada — tudo para irritar Summerset.

Mas ele não atravessou as paredes de madeira lentamente, como uma névoa diabólica, para se materializar diante dela. *Sempre* fazia isso, ou pelo menos era o que parecia a Eve. Diante disso, ela ficou intrigada por um momento, depois irritada e, por fim, levemente preocupada com a possibilidade de ele ter caído morto em algum canto da casa, durante o dia.

Foi então que seu coração acelerou um pouco e algo fez sua pele estremecer de arrepio. Ergueu a cabeça e viu Roarke no alto da escada.

Não era possível ele ter ficado mais lindo do que era uma semana antes. Sob a luz cintilante do saguão, porém, foi exatamente isso que pareceu a ela.

O rosto de Roarke — a força, o poder e, sim... a beleza de um anjo caído e sem arrependimentos — estava emoldurada pelo preto sedoso de seus cabelos. Sua boca — com lábios cheios, esculpidos e irresistíveis — lhe sorriu enquanto ele desceu lentamente em sua direção. Seus olhos — de um azul impossivelmente brilhante — quase a ofuscaram no instante em que focaram o ponto onde ela estava, na base da escada.

Ele a fez se sentir fraca, como se, subitamente, seus joelhos tivessem virado geleia. Tolice, quanta tolice, pensou Eve. Ele era seu marido, e ela o conhecia como nunca tinha conhecido outro homem. Mesmo assim seus joelhos pareciam ceder, e seu coração lhe martelava o peito. Bastava olhar para Roarke e tudo aquilo acontecia.

— Você não deveria estar aqui — disse Eve.

Ele parou na base da escada e ergueu uma das sobrancelhas.

— Por quê? Trocamos de lar enquanto eu estive fora?

Origem Mortal

Ela balançou a cabeça para os lados, pousou a bolsa. E pulou nos seus braços, beijando-o loucamente.

O sabor dele; isso é que era um lar de verdade, onde ela se sentia bem-vinda. Sentir-lhe o corpo esbelto e musculoso, sua pele lisa e firme — isso lhe provocava excitação e conforto ao mesmo tempo.

Ela o cheirou com força, fungando em seu cangote como se faz com um cãozinho. Inalou com força e sentiu o cheiro distante de sabonete de boa qualidade. Ele acabara de tomar banho, pensou ela, quando sua boca se encontrou com a dele mais uma vez. Despira as roupas de trabalho e vestia um jeans e um pulôver leve.

Aquilo queria dizer que eles não iriam a lugar algum naquela noite, nem esperavam visitas. Significava que seriam só eles dois.

— Senti saudades suas — Ela emoldurou o rosto dele em suas mãos. — Muitas saudades, de verdade.

— Querida Eve. — O sotaque irlandês surgiu em suas palavras quando ele a segurou pelo pulso, girou-lhe a mão e pousou um beijo na palma aberta. — Desculpe eu ter levado mais tempo do que planejava.

— Você voltou, e esse comitê de boas-vindas é muito melhor que eu esperava — disse ela, balançando a cabeça. — Onde está o morto-vivo?

— Se você se refere a Summerset, sugeri que ele tirasse a noite de folga. — Roarke enfiou a ponta do indicador na covinha do queixo de Eve.

— Puxa, isso quer dizer que você não o matou?

— Não o matei.

— Posso matá-lo quando ele voltar?

— É reconfortante saber que nada mudou durante minha ausência. — Baixou os olhos e analisou o gato enorme que roçou o corpo por entre suas pernas e depois foi se esfregar nas pernas de Eve. — Pelo visto, Galahad também sentiu minha falta, e olha que eu acabei de lhe dar um belo pedaço de salmão.

— Muito bem. Se o gato foi alimentado e o mordomo do inferno não está em casa, podemos subir e jogar uma moeda para o alto.

— Na verdade, eu pensava em realizar outra atividade. Quando ela se abaixou para pegar a bolsa no chão, ele a pegou antes e estranhou o peso. — Trabalho?

No passado, a vida dela tinha sido trabalho, unicamente trabalho. Agora, no entanto...

— Isso pode esperar um pouquinho.

— Espero que possamos ficar juntos mais que "um pouquinho". Venho acumulando energia há dias. — Ele estendeu o braço livre, enlaçou-a pela cintura e começaram a subir os degraus lado a lado.

— Que história é essa de jogar uma moeda para o alto?

— Se der cara você me come, se der coroa eu como você.

— Dane-se a moeda — riu ele, mordiscando-lhe a orelha. — Vamos comer um ao outro.

Ele largou a bolsa dela no último degrau da escada e grudou Eve de costas na parede. Enquanto os lábios de ambos se esmagavam com voracidade, ele a sentiu erguer o corpo e prender as pernas em torno de sua cintura.

As mãos dela se enterraram entre os cabelos dele e tudo dentro de Eve se tornou febril e carente.

— A cama ainda está longe e estamos com roupas em excesso! — reclamou ela, afastando os lábios para lhe mordiscar o pescoço. — Seu cheiro é bom demais!

Ele desafivelou o coldre lateral que ela usava com um giro rápido dos dedos ágeis.

— Pretendo desarmar você, tenente.

— E eu vou deixar.

Ele se moveu para o lado e quase tropeçou no gato. Ao ouvi-lo praguejar, Eve riu tanto que suas costelas doeram.

— Não seria divertidíssimo se eu a largasse e deixasse você cair de bunda no chão?

Com o riso ainda lhe dançando nos olhos, ela enlaçou o pescoço dele com os braços enquanto eles seguiam na direção do quarto.

— Eu o amo ainda mais do que há uma semana, na última vez que nos tocamos.

— Agora você ganhou. Como é que posso largá-la no chão depois de ouvir isso?

Em vez de largá-la, ele a carregou no colo pelos degraus da plataforma onde ficava a imensa cama de casal e a colocou suavemente sobre os lençóis suaves como pétalas de rosa.

— Você já tinha tirado a colcha?

— Para facilitar o trabalho — disse ele, roçando os lábios nos dela.

Ela arrancou a camisa dele por sobre a cabeça, dizendo:

— Isso é para facilitar mais um pouco.

Ela o puxou para cima dela e deixou-se levar pelo calor do momento, o sangue acelerando cada vez mais na voracidade dos lábios. Era tão bom tocá-lo, apalpar as formas e seus músculos fabulosos, sentir o peso dele sobre seu corpo. Desejo e amor se entrelaçavam de forma gloriosa em seu sistema, e tudo era coberto por felicidade pura e simples.

Roarke estava novamente com ela.

Ele deu mordidas de leve ao longo da garganta dela, banqueteando-se com o sabor único daquela pele. De todas as sedes, a que ele sentia por ela nunca conseguia ser saciada por completo. Ele poderia tê-la todos os dias, mas continuava desejando-a. Os dias e as noites sem a companhia dela tinham se misturado com as obrigações de trabalho, e ele se sentiu vazio ao longo de toda a semana.

Puxando-a para cima, junto de si, ele acabou de arrancar o coldre e o atirou longe enquanto lhe desabotoava a blusa, enquanto os dentes e os lábios dela, acompanhados das mãos, faziam estragos e torturas em seu corpo. Foi então que ele cobriu os seios dela com as mãos. Eles ainda estavam sob a camiseta regata leve, e ele reparou que as pupilas dela se dilataram quando lhe apertou os mamilos.

Ele amava aqueles olhos, o formato deles, com um tom rico de *brandy*, e o jeito como se fixavam nos dele, mesmo quando ela começava a estremecer por dentro.

Ela ergueu os braços e ele lhe arrancou a camiseta. Depois, tomou-a com suavidade e firmeza em seus lábios. Ela o puxou mais para perto, ronronando de leve e arqueando as costas para lhe oferecer mais. Ele a tomou e ela o recebeu, enquanto acabavam de arrancar as roupas um do outro para que suas peles pudessem se encontrar sem restrições. Quando ele trabalhou com mais vontade, descendo, se aprofundando e explorando mais e mais o corpo dela, foi o nome dele que ela murmurou.

A necessidade de se soltar foi ganhando força e ela se viu atacada por um golpe de prazer que a tomou por dentro. Até que ela gemeu e estremeceu toda num orgasmo gigantesco. Mas recuperou-se rapidamente e voltou ainda mais firme e mais forte, enterrando os dedos nas costas dele, obrigando-o a se erguer e se lançar sobre seu corpo, penetrando-a com força.

Os quadris dela se ergueram e se abaixaram num ritmo suave que os uniu fortemente e foi se acelerando juntamente com as batidas dos corações de ambos.

Ele a bombeou com mais força, enterrando-se mais fundo e se perdendo de um jeito que só conseguia com ela. E a doçura daquele momento o fez gozar com violência.

Origem Mortal

Quando os lábios dele tocaram os ombros dela, no silêncio do depois, ela acariciou-lhe os cabelos. Era gostoso se deixar flutuar naquela quietude, naquele contentamento. Muitas vezes ela enxergava instantes daquele tipo como momentos roubados, uma espécie de perfeição que a ajudava — talvez ajudasse ambos — a sobreviver à feiura que o mundo lhes lançava diante dos olhos, dia após dia.

— Conseguiu fazer tudo o que queria? — perguntou ela.

— Quem tem de me dizer isso é você. — Erguendo a cabeça, ele sorriu para ela.

— Estou falando de trabalho — reagiu ela com ar divertido, cutucando-o com força.

— O suficiente para nos garantir iscas de peixe com batatas fritas por mais alguns dias. Por falar nisso, estou faminto! Só que, pelo peso da sua bolsa, eu diria que minhas chances de comer na cama e ter outra rodada de sexo como sobremesa são ínfimas.

— Desculpe.

— Não precisa lamentar. — Ele virou a cabeça e a beijou de leve. — Por que não fazemos uma boa refeição no seu escritório enquanto você me conta tudo sobre o que está dentro da bolsa?

Ela podia contar com Roarke para isso, pensou Eve, vestindo calças largas e uma velha camiseta da Polícia de Nova York. Ele não apenas tolerava o trabalho pesado dela, suas horas de dedicação exclusiva e a confusão mental que tudo aquilo lhe trazia, como também a fazia ir em frente. E a ajudava sempre que ela pedia.

Na verdade, também ajudava mesmo sem ela pedir.

Houve um tempo, ao longo do seu primeiro ano de casamento, em que ela lutou para mantê-lo afastado do trabalho dela. Sem sucesso. Mas não foram apenas as dificuldades dos casos investigados que a convenceram a deixá-lo ajudar.

Roarke raciocinava como um tira. Provavelmente devido à sua mente de ex-criminoso, refletiu. Por outro lado, ela muitas vezes também raciocinava como o criminoso. De que outro modo ela conseguiria entrar nas mentes deles, a fim de impedi-los de continuar matando?

Eve se casara com um homem com passado sombrio, mente aguçada e mais recursos que todo o Conselho Internacional de Segurança. Por que desperdiçar o que tinha de graça?

Foi por isso que eles se dirigiram ao escritório pessoal dela, o aposento que Roarke reformara para se parecer com o apartamento onde ela morava nos tempos de solteira. Roarke pensava sempre no que seria mais confortável para ela. Esse era o tipo de coisa que a deixara caída por ele desde praticamente no primeiro dia em que se conheceram.

— O que deseja comer, tenente? O caso que você está investigando pede carne vermelha?

— Prefiro iscas de peixe com batatas fritas. — Ela deu de ombros quando ele riu. — Quem mandou colocar essa ideia na minha cabeça?

— Então teremos peixe com fritas! — Ele foi até a cozinha do aposento enquanto ela organizava os discos com dados e tirava volumosos arquivos da bolsa. — Quem morreu?

— Wilfred B. Icove, médico e santo.

— Ouvi a notícia quando voltava para casa. Imaginei que o caso deveria ter sido entregue a você. — Roarke voltou ao escritório com dois pratos, o vapor subindo suavemente das iscas de bacalhau com batatas fritas que ele acabara de retirar do AutoChef. — Eu o conhecia socialmente.

— Imaginei que sim. Ele morava num prédio que pertence a você.

— Disso eu não posso dizer que sabia. — Voltou para a cozinha, mas continuou a falar. — Eu o conheci em um evento beneficente.

Estava acompanhado pelo filho e pela nora. O repórter do noticiário disse que ele foi morto em seu consultório, na sede de sua famosa clínica, aqui em Nova York.

— A notícia foi exata.

Ele trouxe um pouco de vinagre e sal para as batatas. Sua mulher cobria tudo, não importa que comida fosse, com uma camada de sal tão espessa que parecia neve. Também trouxe duas garrafas estupidamente geladas de cerveja Harp.

— Foi esfaqueado, certo?

— Uma vez só. No coração. Nada de facadas aleatórias. — Eve se sentou ao lado de Roarke, comeu o bacalhau com ele e o colocou a par dos detalhes enquanto mastigava, usando o mesmo estilo direto e eficiente que tinha usado ao apresentar o relatório ao seu comandante.

— Não consigo imaginar o filho por trás disso — afirmou Roarke, espetando com o garfo algumas iscas de bacalhau enquanto rememorava passagens de sua própria juventude em Dublin. — Caso você se interesse pela opinião de alguém de fora.

— Eu me interesso, sim. Por que diz isso?

— Ambos são muito devotados à sua área de atuação; no caso, medicina, e sentem um evidente orgulho pelo trabalho um do outro. Dinheiro não seria um fator importante na relação. Quanto a poder?... — Fez um gesto amplo com o garfo e espetou mais um pedaço de bacalhau. — Pelo que eu sei, o pai vem repassando a administração das clínicas para o filho, ao longo dos últimos anos. A assassina lhe parece uma profissional?

— O estilo do ataque certamente foi profissional. Limpo, rápido, simples, bem-planejado. Mas...

Roarke sorriu de leve e pegou sua cerveja. Eve o observou e refletiu que ele parecia tão à vontade ali, comendo iscas de bacalhau e batatas fritas com cerveja como se tivesse diante de si um vinho de dois mil dólares a garrafa e um filé de primeira, malpassado.

— Mas... — completou ele, terminando a frase por ela —, o simbolismo da facada no coração, em pleno consultório pessoal da vítima, no centro que o morto havia fundado... É preciso ter *cojones* para isso, usando uma palavra tão espanhola quando a vítima alega ser. Você tem razão.

Certamente, pensou Eve, ela perderia recursos valiosíssimos de raciocínio, caso deixasse de compartilhar seu trabalho com Roarke.

— Talvez ela seja uma profissional, ou talvez não. Na verdade, não conseguimos descobrir nadica de nada sobre ela no CPIAC, nem nos completíssimos arquivos de fotos de Feeney. Se ela foi contratada, porém, o motivo é certamente pessoal. E de um jeito, suponho, que tem relação com o trabalho dele. O bom doutor poderia ter sido eliminado de forma mais fácil e mais rápida num local distante do trabalho.

— A essa altura você já deve ter investigado a equipe que trabalha mais próxima dele.

— Claro, e cada um deles está limpo como um campo de neve. Ninguém emitiu uma única palavra ruim contra o bom doutor. Seu apartamento parece uma *holo-room*.

— Como assim?

— Sabe aqueles programas que simulam uma casa em três dimensões, muito usados pelos corretores para vender imóveis? É exatamente assim. Ambientes perfeitos, modernos e urbanos. Tudo tão limpo e meticulosamente arrumado que o visitante sente vontade de se matar. Você odiaria o lugar.

— Você acha? — Ele virou a cabeça de lado, intrigado com aquela afirmação.

— Você tem vida de magnata, como ele. Os dois têm estilos diferentes, mas ambos estão se afogando em dinheiro.

— Ora — reclamou ele, com serenidade —, mas eu sei nadar muito bem, desde criança.

Origem Mortal

— Sim, mas enquanto pratica nado em dinheiro até de costas, ele tem um simples apartamento duplex onde tudo é perfeito. As toalhas do banheiro combinando com as paredes, esse tipo de coisa. Nenhum traço de criatividade. Acho que foi isso que me incomodou. Veja esta casa: o terreno é grande o bastante para abrigar uma pequena cidade, mas tudo é muito bem-planejado e transmite vida em meio a exuberâncias e estilos. É um reflexo de você.

— Acho que isso é um elogio. — Ele ergueu a cerveja para ela, sinalizando um brinde.

— Apenas uma observação. Vocês dois são perfeccionistas, cada um ao seu jeito, mas o perfeccionismo da vítima beirava a obsessão; tudo em sua vida era assim, enquanto você curte misturar estilos. Talvez a necessidade de perfeição extrema que Icove exibia o tenha levado a magoar alguém, ou despedi-lo, ou se recusado a aceitar uma pessoa importante como paciente, sei lá. Ainda não consegui formar uma ideia completa, esqueça minhas divagações.

— Para resultar em assassinato seria preciso ser uma mágoa muito grande.

— As pessoas são capazes de matar por causa de uma unha quebrada, mas você tem razão. O motivo foi grande o bastante para gerar um crime tão espalhafatoso. Porque por baixo da eficiência, da ordem e da organização de tudo, esse foi um crime de exibição.

Eve espetou mais uma batata com o garfo e sugeriu:

— Dê uma olhada na assassina. Computador! — ordenou — Exibir foto de Dolores Nocho-Alverez no telão um.

Quando a imagem surgiu, Roarke ergueu as sobrancelhas de espanto.

— A beleza muitas vezes é mortal.

— Por que uma mulher com um rosto desses e um corpo perfeito iria se consultar com um sujeito que é cirurgião plástico e escultor corporal? E por que ele a aceitaria como cliente?

— O conceito de beleza muitas vezes é irracional. Ela pode ter tentado convencê-lo de que queria algo mais, algo especial. Sendo um homem que obviamente aprecia a beleza e a perfeição, ele pode ter se sentido curioso a ponto de consultá-la. Você disse que ele estava praticamente aposentado. Certamente tinha tempo de sobra para passar uma hora em companhia de uma mulher com essa aparência.

— Essa é outra das questões. Ele tinha tempo de sobra. Um sujeito que passava a vida toda trabalhando, se dedicando à profissão, empenhando-se em melhorar sempre, fazendo história em seu campo de atuação... O que ele faz nas horas vagas, quando não está trabalhando? Não consegui achar distrações na agenda desse cara. Como você usaria tanto tempo livre?

— Faria muito amor com minha esposa, a levaria para passar férias longas e indulgentes. Mostraria o mundo a ela.

— Ele não tem esposa, nem uma amante específica. Não que eu tenha encontrado. O que achei foram buracos imensos e vazios em sua agenda. Ele desenvolvia alguma atividade nesse tempo. Preciso encontrar algo nos seus discos e arquivos pessoais. Ou em outro lugar.

— Vamos analisá-los — propôs ele, bebendo o resto da cerveja. — Como foi que você dormiu enquanto eu estive fora?

— Bem. Numa boa. — Eve se levantou, entendendo que sua função era limpar tudo, já que Roarke tinha providenciado a refeição.

— Eve! — Roarke colocou a mão sobre a dela, obrigando-a a parar e olhar de frente para ele.

— Eu acampei aqui no escritório algumas noites, na poltrona reclinável. Não se preocupe com isso. Você tinha negócios para resolver fora da cidade e precisou viajar. Consigo lidar com isso.

— Você teve pesadelos — percebeu ele. — Sinto muito.

Origem Mortal

Eve era assombrada constantemente por pesadelos, mas os sonhos maus eram muito piores quando ele não dormia ao lado dela.

— Consegui lidar com eles. — Ela hesitou. Tinha jurado para si mesma que iria para o túmulo sem revelar a ninguém o que estava prestes a confessar. Por outro lado, não aguentaria vê-lo suportar o peso de tanta culpa. — Vesti sua camisa para dormir. — Ela puxou a mão debaixo da dele e começou a empilhar os pratos, para tornar a confissão mais leve. — Suas camisas têm o seu cheiro, então eu dormi melhor.

Ele se levantou, tomou-lhe o rosto entre as mãos e disse, com uma ternura infinita:

— Minha querida Eve!

— Não fique assim meloso. É só uma camisa. — Ela recuou e fez a volta em torno dele. Depois, parou na porta da cozinha, olhou para trás e declarou: — Mas estou muito feliz por você ter voltado.

— Eu também. — Ele sorriu para ela.

Capítulo Cinco

Eles separaram as pilhas de discos de dados entre eles. Roarke levou uma parte para seu escritório pessoal, que ficava no aposento ao lado, unido por uma porta. Eve foi trabalhar em sua mesa, onde passou dez frustrantes minutos tentando convencer o computador a decifrar muitos textos que, aparentemente, estavam codificados.

— Ele bloqueou o acesso aos arquivos — berrou ela. — Parece ter colocado algum tipo de proteção, por segurança. Minha máquina não consegue abrir os arquivos.

— É claro que consegue — garantiu Roarke, e se viu diante do olhar de estranheza que Eve lhe lançou. Tinha voltado ao escritório dela sem se fazer notar. Simplesmente sorriu, colocou as mãos sobre os ombros tensos dela e os massageou de leve, enquanto observava a tela. Em seguida, com alguns toques no teclado, ultrapassou o modo de privacidade e algo parecido com um texto surgiu na tela.

— Pronto, está tudo aí! — apontou.

— Continua codificado — reclamou Eve.

Origem Mortal

— Tenha paciência, tenente. Computador, rodar o programa de transcrição e decodificação. Exibir resultados.

Processando...

— Aposto como você já abriu os seus — reclamou Eve.

— Sua máquina está equipada com programas para decifrar códigos, minha tira tecnologicamente deficiente. Basta dizer ao computador o que deve ser feito. Então...

Tarefa executada. Texto na tela.

— Certo, já entendi tudo. Quer dizer, entenderia se eu fosse a porcaria de uma médica. É um monte de merda com palavreado científico.

Ele a beijou no alto da cabeça.

— Boa sorte, querida — desejou, voltando à sua sala.

— Ele guardou os arquivos protegidos por senhas e códigos — resmungou Eve. — Um programa de privacidade só para esconder os dados e codificá-los. Que razões ele teria para isso? — Ela se recostou por um momento e tamborilou na mesa com os dedos. Talvez fosse apenas a sua natureza perfeccionista, refletiu. Seu jeito compulsivo. Poderia ser uma questão de sigilo médico-paciente. Porém, parecia algo mais.

Até o texto era secreto. Não havia nomes, ela reparou. O cliente era citado o tempo todo no texto como Paciente A-1

Mulher de dezoito anos, leu Eve. Altura: um metro e sessenta e nove. Peso: cinquenta e três quilos.

O médico tinha anotado os sinais vitais: pressão sanguínea, pulsação, volume de sangue nas sístoles e diástoles, padrões elétricos cardíacos e cerebrais. Todos estavam dentro dos limites da normalidade, até onde ela podia perceber.

O disco todo parecia ter históricos médicos, testes, resultados e exames detalhados. Também tinha notas de 0 a 10, notou. A paciente A-1, por exemplo, era dotada de admirável vigor físico, quociente de inteligência elevado e excelentes habilidades cognitivas. Por que um médico ligado à estética se importaria com essas coisas?, especulou consigo mesma. Sua visão era perfeita: 20/20.

Eve continuou a ler rapidamente detalhes completos sobre testes de audição, de estresse e outros exames. Capacidade respiratória, densidade óssea.

Ficou atônita novamente ao se deparar com anotações sobre as habilidades matemáticas da paciente, sua destreza para cálculos e seus talentos artísticos e/ou musicais, além de sua capacidade para decifrar charadas e montar quebra-cabeças com rapidez.

Eve passou uma hora em companhia da Paciente A-1, acompanhando um total de três anos de testes diversos, anotações e resultados.

O texto terminava com um veredicto.

Tratamento com Paciente A-1 foi completado. Colocação bem-sucedida.

Rapidamente, ela analisou outros cinco discos e achou os mesmos tipos de testes, anotações e correções adicionais sobre a realização de correções cirúrgicas. Afilamentos de nariz, implantes dentários, aumentos de seios.

Recostou-se mais uma vez na cadeira, colocou os pés sobre a mesa de trabalho, olhou para o teto e se pôs a pensar.

Pacientes anônimos, todos citados por números e letras. Nenhum nome. E todas mulheres — pelo menos as que estavam nos discos analisados. O tratamento era sempre completado ou cancelado.

Tinha de haver mais! Outras anotações, novos arquivos completos com históricos de outros pacientes. Se esse era o caso, eles certamente estavam guardados em outro local. No consultório, no laboratório ou algo assim. Os trabalhos de reconstituição facial ou corporal, que eram a especialidade do médico morto, representavam a minoria dos procedimentos.

Pequenos ajustes. "Levantadas básicas", refletiu Eve.

Os registros pareciam significar uma avaliação em curso: dados físicos, mentais, criatividade e percepção.

Colocação. Onde as pacientes eram colocadas depois do tratamento completo? Para onde iriam se o tratamento tivesse sido cancelado?

O que o bom doutor estava aprontando com tantas pacientes, mais de cinquenta?

— Experiências — afirmou Eve, quando Roarke apareceu na porta. — Elas são uma espécie de experiência, certo? Não é essa a impressão que você tem?

— Ratos de laboratório — concordou ele. — Pacientes anônimas. E essas anotações me parecem um guia rápido de referência, e não os gráficos completos e oficiais.

— Isso mesmo. Apenas um lugar onde ele pudesse fazer uma pesquisa rápida para conferir algum detalhe ou ativar a memória. Vejo um monte de barreiras e escudos para algo tão vago, o que me leva a crer que isso não passa do resumo de um relatório muito mais detalhado. De qualquer modo, bate com a avaliação inicial que eu faço dele. Em cada caso que eu analisei, percebi que ele busca a perfeição. Estrutura corporal e facial — que estariam dentro do campo de atuação dele. Mas ele muda de rumo e descreve coisas como capacidades cognitivas e detalhes interessantes, como se a paciente sabe ou não tocar tuba.

— Você encontrou uma que toca tuba?

— Foi só um exemplo — disse ela, descartando a ideia com a mão. — O que isso interessa ao médico? Qual a diferença se uma paciente conhece cálculo, sabe falar ucraniano ou sei lá mais o quê? Não vi nada que indique que ele trabalha em áreas do cérebro. Ah, mais um detalhe: todas as pacientes são destras. Cada uma delas, o que fica muito fora da média. Além de todas serem mulheres, o que é interessante. Elas têm entre dezessete e vinte e dois anos, momento em que as anotações terminam, e também o dia em que cada uma delas é "colocada" ou "cancelada".

— *Colocação* é uma palavra interessante, não acha? — Roarke encostou o quadril na quina da mesa. — Poderíamos imaginar algo relacionado a colocação de emprego. Se não fôssemos tão céticos, é claro.

— E você é o rei do ceticismo, o que o torna o parceiro ideal para mim. Muita gente pagaria uma grana preta pela mulher perfeita. Talvez o pequeno hobby do dr. Icove fosse manter uma agência de escravas.

— É possível. Mas onde ele encontraria as mercadorias?

— Vou fazer uma busca. Estou pensando em cruzar as datas de cada caso com registros de mulheres desaparecidas ou raptadas.

— É um bom, começo. Tem mais uma coisa, Eve... É uma operação gigantesca manter tantas pessoas sob controle e conservar tudo sob sigilo absoluto. Você não considera a hipótese de as mulheres serem simplesmente voluntárias?

— Como assim? Vou me oferecer como voluntária para ser vendida a quem der o lance mais alto?

— Considere a situação — insistiu ele, balançando a cabeça. — Pense numa jovem que, por algum motivo, esteja infeliz com sua aparência, com sua família, ou simplesmente queira mais da vida. Pode ser que ele pague uma boa grana a essas meninas. Ganhe dinheiro enquanto a tornamos linda. Depois, encontraremos um par adequado para você. Alguém com dinheiro suficiente para

Origem Mortal 101

pagar por todo o serviço, um homem que escolherá você entre todas as outras. Uma proposta dessas pode virar a cabeça de muita gente que seja facilmente impressionável.

— Quer dizer que ele está criando, basicamente, um exército de acompanhantes licenciadas com o consentimento das envolvidas?

— Ou esposas, pelo que sabemos até agora. Uma dessas duas possibilidades. Talvez... Algo que acaba de me passar pela mente hiperativa... Uma mulher que sirva aos dois propósitos.

Os olhos de Eve giraram de impaciência.

— Como assim? Metade esposa, metade acompanhante licenciada? Puxa, esse seria o sonho erótico de qualquer homem.

Ele riu e balançou a cabeça para os lados.

— Você está cansada, querida. Estava pensando em algo mais na versão antiga e clássica. Frankenstein.

— O cara que era monstro?

— Frankenstein era o nome do médico louco que criou o monstro.

— Um ser híbrido? — Eve tirou os pés da mesa. — Metade androide e metade humano? Algo completamente ilegal, é claro. Você acha que ele poderia estar atuando na área de hibridização de humanos? Isso é uma possibilidade absurda, Roarke.

— Talvez seja, mas já houve experiências desse tipo, há algumas décadas. Todas no âmbito militar, basicamente. E vemos algo parecido todos os dias em outro nível. Corações artificiais, membros robóticos, órgãos computadorizados. Icove adquiriu fama mundial graças às suas técnicas de reconstrução cirúrgica. Pele e tecidos criados pelo homem são muito usados nessa área de pesquisa.

— Então, ele poderia estar criando mulheres? — Eve pensou em Dolores, absolutamente calma antes e depois do assassinato.

— E uma delas se volta contra ele? Uma das criaturas não fica feliz com a colocação definida pela vítima e se volta contra o seu criador. Ele concorda em recebê-la porque ela foi trabalho dele. Até que a ideia não é má — decidiu. — Um pouco forçada, mas não implausível por completo.

Eve dormiu com isso na cabeça e acordou tão cedo que viu Roarke se levantar da cama para vestir uma calça de moletom.

— Você acordou? — reparou ele. — Muito bem, vamos malhar um pouco e depois dar umas braçadas na piscina.

— O quê? — Ela piscou e olhou para ele, grogue de sono. — Mas ainda é madrugada!

— Já passa das cinco da matina. — Ele foi até a beira da cama e a rebocou. — Vai ser bom para clarear suas ideias.

— Por que não estou vendo café?

— Haverá café. — Ele a empurrou para dentro do elevador e ordenou que a máquina os levasse à academia de ginástica que havia no térreo, antes mesmo que Eve acordasse de todo.

— Por que estou indo malhar às cinco da manhã? — quis saber Eve, quando ele jogou um top na direção dela.

Ela vestiu as malhas e ajustou o equipamento para simular uma corrida na praia. Já que ia se exercitar antes mesmo do sol aparecer, pelo menos poderia fingir que estava na praia. Eve gostava da sensação de areia debaixo dos pés; adorava o som, o movimento das ondas e o cheiro de maresia.

Roarke se colocou ao lado dela e ordenou o mesmo programa.

— Podemos fazer isso na vida real, depois do feriadão.

— Que feriadão?

Divertindo-se com a pergunta e acelerando para acompanhar o ritmo dela, ele respondeu.

— Está chegando o Dia de Ação de Graças. Aliás, esse é um assunto sobre o qual eu quero conversar com você.

Origem Mortal 103

— Eu sei. Cai sempre numa quinta-feira e você é obrigado a comer peru, quer goste ou não. Conheço tudo sobre o Dia de Ação de Graças.

— É um dos feriados mais importantes da nossa cultura. Uma tradição de família em todo o país. Pensei que talvez fosse adequado convidar meus parentes irlandeses para jantar.

— Trazê-los para Nova York só para comer peru?

— Basicamente, sim.

Eve olhou para Roarke meio de lado e percebeu que ele estava levemente embaraçado. Um momento raro!

— Você tem quantos parentes na Irlanda?

— Uns trinta.

— Trinta? — exclamou Eve, ofegante.

— Mais ou menos. Não sei o número exato, e acho que muitos deles nem poderão vir por causa do trabalho, a fazenda para cuidar, um bando de filhos. Mas creio que Sinead e sua família conseguiriam tirar alguns dias de folga para passar aqui conosco, e esse feriado seria uma boa oportunidade. Também podemos convidar Mavis e Leonardo, Peabody & Cia, e assim por diante. Quem mais você quiser chamar. Vamos formar um grupo animado!

— E precisaremos de um peru gigantesco.

— A comida vai ser o menor dos detalhes. O que acha de recebê-los em nossa casa?

— Eu me sinto meio estranha, mas tudo bem. E quanto a você?

— Meio estranho, também, mas gosto da ideia. Obrigado por aceitar.

— Tudo bem, desde que eu não tenha de preparar uma torta.

— Que Deus nos defenda disso!

O exercício realmente ajudou a clarear a mente de Eve. Ela ficou mais algum tempo trabalhando com pesos e, para encerrar a sessão, atravessou a piscina a nado vinte vezes.

Pretendia chegar a vinte e cinco, mas Roarke a agarrou quando estava na vigésima primeira travessia e eles acabaram a malhação com um tipo diferente de exercício aquático.

Quando saiu da ducha e pegou a primeira caneca de café, Eve estava alerta e faminta.

Escolheu waffles, e olhou desconfiada para Galahad quando o gato chegou perto do prato, com um jeito furtivo.

— Ele precisa de espaço — comentou Eve.

— Mas ele já tem a casa inteira!

— Não estou falando do gato, e sim de Icove — explicou Eve, e recebeu um simples "hum-hum" pensativo de Roarke, que analisava as cotações das ações na Bolsa, confortavelmente instalado na saleta de estar da suíte. — Ele não pode usar o apartamento — continuou. — Haveria muitas "pacientes" entrando e saindo do lugar. Talvez no laboratório? Quem sabe na clínica? Ou algum outro lugar completamente diferente? Ele certamente precisaria de privacidade. Mesmo que não seja nada ilegal é estranho, para dizer o mínimo. Ele certamente não se deu ao trabalho de codificar os arquivos e discos pessoais no caso de exames, experiências e estudos de casos tratados em aberto.

— A clínica tem instalações imensas — comentou Roarke, e passou a acompanhar as notícias no telão. — O problema é que circula muita gente por lá. Pacientes, funcionários, visitantes, acionistas. É bem possível, se ele era um homem cuidadoso, que tenha construído uma área privativa, quase secreta. O mais sábio, porém, seria conduzir as outras atividades longe dali, especialmente se elas ultrapassam os limites da legalidade.

— O filho sabe de tudo. Se os dois eram tão ligados em nível pessoal e profissional como eu imagino, ambos podem estar envolvidos no projeto. Vamos chamá-lo de projeto, por enquanto. Peabody e eu vamos lhe fazer outra visita, e talvez abordemos o assunto de forma direta. Enquanto isso, vamos dar uma olhada cuidadosa nas finanças da vítima. Se o pagamento era pelo acompanhamento de cada paciente, isso deve gerar muita grana. Vou procurar imóveis no nome dele, do filho, da nora e dos netos. Também vou analisar as propriedades da clínica e de suas subsidiárias. Se ele tinha um local secreto, vamos encontrá-lo.

— É melhor poupar as meninas — sugeriu Roarke, e Eve não disse nada. — O ideal é impedir que elas sejam manipuladas, digamos assim, se for esse o caso. — Virou-se de frente para ela.

— Se isso é alguma espécie de campo de treinamento, ou área de preparação, você vai enxergar essas meninas como vítimas.

— E elas não são?

— Não do jeito que você foi. — Pegou a mão de Eve com carinho. — Duvido muito que seja algo desse tipo, mas você provavelmente não conseguirá se impedir de ver as coisas dessa forma. Isso vai magoá-la.

— Todas as vítimas me magoam. Mesmo quando o caso não tem nada a ver com o que aconteceu comigo na infância. Todo caso cobra um preço caro para ser resolvido.

— Eu sei. — Ele beijou-lhe a mão. — Mas alguns são muito mais caros que outros.

— Você vai convidar sua família para passar o Dia de Ação de Graças aqui em casa e vai se magoar por isso. Sua mãe não estará presente e você vai pensar nela. Não conseguirá se impedir de lembrar o que aconteceu com ela quando você era bebê. Isso vai magoá-lo, mas não impedirá de convidar sua tia e os outros parentes. Fazemos o que sentimos necessidade de fazer, Roarke. Nós dois somos assim.

— É verdade.

Eve se levantou e pegou o coldre.

— Você já vai sair? — perguntou ele.

— Já que madruguei, vou pegar no batente mais cedo.

— Então é melhor eu lhe entregar logo o seu presente. — Ele observou a cara de espanto que ela fez, seguida de constrangimento e, por fim, de resignação. Roarke caiu na gargalhada. — Você achou que dessa vez iria escapar de um presente meu, não foi?

— Entregue logo o troço e vamos acabar com a cena melosa.

— Graciosa e educada até o fim. — Para surpresa de Eve, ele entrou no closet, pegou uma caixa imensa e a colocou sobre o sofá. — Pode abrir.

Mais um vestido de grife, imaginou Eve. Como se ela já não tivesse roupa suficiente para vestir um exército de mulheres do tipo fashion. Entre as quais ela seria a mais deslocada, escondida no fundo da multidão. A verdade, porem, é que comprar essas coisas glamorosas deixava Roarke feliz.

Abriu a tampa da caixa e seus olhos se arregalaram.

— Oh!... Oh, uau!

— Uma reação atípica para você, tenente — brincou ele, com um sorriso, mas ela já tirava o casacão de couro preto da caixa e enterrava o nariz nele, sentindo o perfume.

— Caraca, puxa vida! — Ela o vestiu e deu dois giros com o corpo, enquanto ele a observava. A peça batia alguns centímetros acima dos tornozelos, tinha bolsos fundos e o couro era macio como manteiga.

— Ficou uma beleza! — elogiou Roarke, satisfeito ao vê-la correr para o espelho de corpo inteiro, a fim de se admirar. Tinha corte reto e masculino — por escolha deliberada de Roarke. Nada de franjas, nem detalhes femininos. Naquela roupa, Eve parecia sexy, muito perigosa e só um pouco altiva.

— *Agora sim*! Isso é uma porra de um casaco longo decente! Provavelmente vou arranhá-lo antes do fim do turno, mas ele parecerá ainda mais bonito com algumas cicatrizes. — Ela virou o corpo de leve e o casacão girou suavemente em torno das pernas. — Um belo presente. Obrigada!

Origem Mortal

— Foi um prazer. — Roarke deu um tapinha nos próprios lábios, obrigando-a a ir até onde ele estava, para beijá-lo. Então, deslizou os braços por dentro do casaco e a enlaçou com carinho.

Meu Deus, pensou ele. Como era bom estar de volta ao lar!

— Tem um monte de bolsos escondidos, caso você precise guardar alguma arma secreta — avisou ele.

— Que máximo! Saiba que Baxter vai se borrar nas calças de pura inveja, quando me vir entrar na Central usando isto aqui.

— Que imagem encantadora, obrigado.

— Essa expressão é ótima — Ela o beijou mais uma vez. — Gosto muito de usá-la. Fui!

— Até mais tarde. Nos veremos à noite — despediu-se ele.

Roarke a observou sair do quarto caminhando lentamente e lhe passou pela cabeça que ela parecia uma guerreira.

Como Eve ainda dispunha de quase uma hora antes do início do turno, teve a ideia de passar no consultório da dra. Mira antes. Como imaginava, a médica já estava lá e sua assistente, que funcionava como dragão do castelo, ainda não tinha chegado.

Eve bateu de leve na porta da sala de Mira, que estava aberta.

— Desculpe, doutora.

— Eve, que surpresa! Tínhamos marcado algo para agora de manhã?

— Não. — Mira estava abatida, notou Eve. E triste. — Sei que a senhora geralmente chega cedo para adiantar a papelada ou algo assim. Desculpe atrapalhar.

— Ora, é um prazer recebê-la, entre! Trata-se de Wilfred?

— Sim, eu queria sua opinião sobre uma coisa. — Eve se sentiu péssima ao fazer isso. — Tem a ver com a relação médico-paciente. A senhora guarda os arquivos dos casos em que atua, certo?

— Claro.

— Além da posição profissional apresentada ao departamento, a senhora também trabalha por conta própria. Faz aconselhamento, terapia, essas coisas. Às vezes trata de pacientes de forma contínua. Provavelmente durante vários anos.

— Exato.

— Como guarda os dados e os arquivos?

— Não entendi o que você quer saber.

— A senhora usa senhas para casos específicos e também para o computador, por questões de segurança?

— Certamente. Todos os meus arquivos são confidenciais. Uso senhas para meus pacientes particulares. E os elementos que torno públicos para o Departamento de Polícia são apenas os essenciais para a condução de cada caso.

— E os discos, também ficam protegidos?

— Coloco senhas quando o assunto é mais sensível, ou quando julgo necessário.

— Mas a senhora codifica os dados?

— Codificar? — Dessa vez, Mira sorriu. — Isso seria um pouco de paranoia de minha parte, não acha? Está preocupada com possíveis vazamentos de informações na minha área, Eve?

— Não, nada disso. Além de paranoia, que outro motivo um médico teria para colocar senhas especiais nos discos, depois de já ter codificado os dados?

O sorriso da médica desapareceu.

— Suponho que a estrutura na qual esse suposto médico trabalhe exigiria precauções extremas. Ou, quem sabe, os dados são ultrassensíveis. Também existe a possibilidade de o médico em questão suspeitar que alguém pudesse acessar seus arquivos. Por último, o trabalho documentado poderia ser altamente experimental.

— Ilegal?

— Eu não disse ilegal.

Origem Mortal

— Mas diria, se não suspeitasse que estou perguntado sobre Icove?

— Existem muitas razões, como as citadas, para manter os dados de alguém particularmente protegidos.

Eve se sentou mesmo sem ser convidada, e manteve os olhos firmes nos de Mira.

— Doutora, ele rotulava as pacientes, em vez de se referir a elas por nomes. Todas eram mulheres entre dezessete e vinte e dois anos. Em pouquíssimos casos ele executou alguma das cirurgias pelas quais era tão famoso. As pacientes foram todas testadas e receberam notas em áreas como habilidades cognitivas, linguagem, talentos artísticos e capacidades físicas. Dependendo do seu progresso e avanço para os níveis seguintes, o tratamento, que nunca era detalhado com precisão, ia em frente ou era interrompido. No caso de ir em frente, tudo acabava no que ele chamava de "colocação", momento em que o caso era arquivado. O que significa esse termo?

— Não sei dizer.

— Tem algum palpite?

— Não faça isso comigo, Eve. — A voz de Mira estremeceu. — Por favor.

— Tudo bem. — Eve se levantou. — Está tudo certo. Desculpe, doutora.

A médica simplesmente balançou a cabeça para os lados. Eve saiu porta afora e a deixou sozinha.

A caminho da Divisão de Homicídios, Eve pegou o *telelink* no bolso. Ainda era muito cedo, mas médicos e tiras não tinham horário fixo de trabalho. Não se sentiu constrangida em acordar a dra. Louise Dimatto.

Louise lhe pareceu descansada na tela, apesar dos olhos cinza enevoados, sonolentos, e os cabelos louros em desalinho. Atendeu com uma única exclamação:

— Ugh!

— Tenho algumas perguntas, Louise. Quando você pode me receber?

— É minha manhã de folga e estou morrendo de sono. Vá para longe, muito longe.

— Estou indo para aí. — Eve olhou o relógio. — Chego daqui a trinta minutos.

— Eu te odeio, Dallas!

A tela oscilou por um instante e então um rosto masculino muito atraente e igualmente sonolento se juntou ao de Louise.

— Eu também te odeio — declarou o homem.

— Olá, Charles, como vai? — Charles Monroe era um acompanhante licenciado profissional, e formava um belo par amoroso com a médica. "Charles e Louise" era como todos os conheciam. — Trinta minutos — repetiu Eve, desligando antes de um dos dois conseguir argumentar.

Eve mudou de direção no corredor e decidiu que seria mais rápido pegar Peabody em casa, a caminho do apartamento da médica. Quando Peabody apareceu na tela do *telelink*, seus cabelos estavam molhados e ela colocara uma toalha que lhe cobria o busto.

— Vou pegar você daqui a quinze minutos — avisou Eve.

— Alguém morreu?

— Não. Explico quando chegar. Apronte-se e... — McNab saiu do que Eve percebeu que era o boxe do banheiro, e a tenente agradeceu a Deus pela câmera do aparelho exibir o detetive só do abdômen para cima. — Quinze minutos! Pelo amor de Deus e de tudo que é mais sagrado, aprendam a bloquear o sinal de vídeo ao atender o *telelink*.

Peabody conseguiu se aprontar em quinze minutos, conforme Eve percebeu com satisfação assim que chegou. Sua parceira saiu do prédio com rapidez e agilidade; usava os tênis com amortecedores a ar que tanto adorava. Os daquele dia eram verde-escuros e combinavam com a jaqueta curta, listrada de verde e branco.

Entrou no carro e logo exibiu olhos brilhantes e arregalados.

— Que casacão! Por Deus, que casacão é esse? — Sua mão pulou na direção da tenente, numa tentativa de acariciar o couro, mas Eve a afastou com um tapa.

— Proibido tocar!

— Posso pelo menos cheirar? Por favor, por favor?... Por favor!

— Mantenha o nariz a cinco centímetros da roupa. Só uma fungada!

Peabody obedeceu, girou os olhos para cima de forma dramática e comentou:

— Roake voltou de viagem mais cedo. Acertei?

— Talvez eu mesma tenha comprado esse casacão para mim — reagiu Eve.

— Tá bom... Sei...! E talvez um bando de porcos passe voando com suas asas cor-de-rosa diáfanas a qualquer momento. Tudo bem, se ninguém morreu, por que vamos começar a trabalhar tão cedo?

— Preciso consultar uma médica. A situação é delicada devido ao relacionamento pessoal entre Mira e a vítima. Portanto, teremos de apelar para Louise. Estamos indo para a casa dela.

Na bolsa, Peabody pegou tintura labial.

— Não tive tempo para acabar de me aprontar direito — explicou, quando Eve lançou-lhe um olhar de soslaio. — Ademais, vamos ver Louise e Charles, certo?

— Provavelmente.

— Quero aparecer bem-produzida.

— Tem algum interesse longínquo no desenrolar da investigação?

— Claro! Consigo ouvir e deduzir, mesmo me aprontando para luzir. Deduzir para luzir... — repetiu Peabody, curtindo o ritmo e a rima.

Eve ignorou a tintura labial, a escova de cabelos e o spray de perfume, enquanto transmitia as informações e lutava com o tráfego.

— Parece-me uma experiência clandestina e potencialmente ilegal — sugeriu Peabody. — Mas o filho sabe de tudo.

— Concordo.

— E a assistente?

— É uma típica funcionária de escritório. Não vi treinamento médico em seu histórico, mas vamos entrevistá-la quanto a isso. O que preciso agora é de uma opinião médica. Quero a visão de um profissional da área sobre o assunto. Mira era muito ligada à vítima.

— Você mencionou mais de cinquenta pacientes. Vários estágios de testes, preparação, sei lá que diabo seria. Havia grupos: A-1, A-2, A-3, nesse formato. Mas mesmo com toda essa organização, ele certamente iria precisar de ajuda. Seu filho, certamente. Possivelmente técnicos de laboratório e outros médicos. Se esse negócio de "colocação" é pago com base nos dados, deve haver registros de entrada de capital, e alguém para lidar com todos esses detalhes.

— A nora, talvez? Ela esteve sob custódia dele desde que era criança.

— Vamos investigar isso, mas também não encontrei registros de treinamento médico no histórico dela. Nem experiência para lidar com negócios, nem habilidades técnicas de nenhum tipo. Puxa, por que será que nunca se encontra vaga para estacionar por aqui?

Origem Mortal

— Uma antiga questão para os filósofos.

Eve pensou em estacionar em fila dupla, mas receou a possibilidade de seu carro relativamente novo ser amassado por algum maxiônibus pilotado por algum motorista irritado. Deu a volta no quarteirão até encontrar uma vaga junto à calçada, no segundo andar, a dois quarteirões do prédio de Louise.

Não se importou de voltar a pé, especialmente com seu novo e espetacular casacão de couro.

Capítulo Seis

Ambos pareciam uma dupla de gatos sonolentos, pensou Eve. Muito moles e soltos, como se estivessem prontos para se deitar aconchegados, de conchinha, para uma bela soneca matinal, protegidos do sol pelo bloqueador de luz.

Louise vestia uma túnica branca comprida que Eve achou semelhante à de uma deusa antiga, mas até que lhe caía bem. Estava descalça, e seus dedos dos pés tinham sido pintados num tom cintilante de rosa. Charles também não se dera ao trabalho de calçar nem mesmo um chinelo, mas pelo menos não exibia unhas cor-de-rosa. Ele também escolhera branco; vestia calças imaculadamente brancas, largas e muito espaçosas, complementadas por uma camisa GG.

Pareciam tão rosados que Eve especulou consigo mesma se tinham curtido uma rapidinha desde a ligação dela. Na mesma hora desejou que sua mente não tivesse explorado essa possibilidade.

Eve gostava de ambos e já se acostumava à ideia de eles serem um casal comum, mas não gostava de imaginar erotismo e transas quando pensava naquela relação.

Origem Mortal 115

— Alerta e madrugadora, tenente Docinho. — Charles beijou Eve no rosto antes de ela conseguir escapar. — E olhe só para você! — Ele agarrou Peabody pelos dois braços e lhe deu um selinho quente e demorado nos lábios. — Como vai, detetive Delícia?

Peabody ficou vermelha como um tomate, derreteu-se toda e quase flutuou, mas Eve cutucou-lhe a costela com o dedo e anunciou:

— Viemos por motivos oficiais.

— Estamos tomando café. — Louise foi até a sala de estar, largou-se no sofá e exibiu uma caneca. — Não me pergunte nada oficial até eu curtir a primeira ligação da manhã, provocada pelo café. Contando o trabalho da clínica ao do abrigo, ontem completei quatorze dias de trabalho ininterrupto. Hoje é dia de indolência.

— Você conhecia Wilfred Icove?

Louise suspirou e rebateu:

— Dallas, pelo menos sente-se um pouco e prove o maravilhoso café que meu amante preparou de forma tão galante. Coma uma rosquinha.

— Já tomei o café da manhã.

— Mas eu não tomei — adiantou-se Peabody, atacando uma rosquinha. — Ela me arrancou de dentro do chuveiro.

— Está com ótima aparência, Peabody — elogiou Louise. — Morar com o namorado combina com você. Como está se sentindo, fisicamente?

— Muito bem. Terminei a fisioterapia e já fui liberada para voltar à ativa.

— Você se recuperou muito depressa — elogiou Louise, dando tapinhas carinhosos no joelho da detetive. — Os ferimentos que você sofreu no ataque foram muito sérios, e tudo aconteceu há poucas semanas. Você deve ter se esforçado muito para conseguir voltar tão depressa.

— Minha constituição robusta ajudou. — Secretamente, Peabody gostaria de ser mais delicada, e adoraria ter ossos mais finos e elegantes como os de Louise.

— Já acabaram de trocar abobrinhas e colocar os papos em dia? — perguntou Eve, estreitando os olhos.

— Sim, eu conhecia o dr. Icove e também seu filho, em nível profissional. O que aconteceu foi uma tragédia. Ele foi um pioneiro no seu campo, e ainda tinha muitas décadas pela frente para trabalhar e aproveitar a vida.

— Você o conhecia pessoalmente?

— Um pouco, por meio de minha família. — Louise tinha sangue azul em termos de família rica. — Admirava seu trabalho e sua dedicação. Tomara que você descubra rapidamente quem o matou.

— Estou analisando alguns dos seus arquivos de casos, começando pelos que mantinha no escritório doméstico. Seu computador tinha acesso restrito, seus discos receberam lacre e o texto estava codificado.

— Muito cauteloso. — Os lábios de Louise se apertaram.

— Neles, o bom doutor se referia às pacientes por letras e números, nunca por nomes.

— Extremamente cauteloso, então. Icove tinha como clientes muitas pessoas importantes, políticos poderosos, celebridades, magnatas do mundo dos negócios e assim por diante. É fácil imaginar o porquê de nunca revelar seus nomes.

— Mais há algo duvidoso nesse arquivo. Havia pacientes do sexo feminino, em sua totalidade. Tinham entre dezessete e vinte e dois anos.

— Todas?! — As elegantes sobrancelhas de Louise se uniram, em sinal de estranheza.

— Mais de cinquenta, todas registradas e tratadas ao longo de um período entre quatro e cinco anos, segundo os dados registrados nos discos que encontrei.

Origem Mortal

Louise mostrou-se mais interessada, esticou as costas e perguntou:

— Que tipo de tratamento?

— Esperava que você soubesse me dizer. — Eve pegou uma lista impressa dos dados e repassou as muitas páginas para Louise, por sobre a mesa do café.

Enquanto lia, as sobrancelhas de Louise se uniram ainda mais. Começou a murmurar alguma coisa consigo mesma e balançou a cabeça. Por fim, afirmou:

— Um programa experimental, certamente, muito vago nos detalhes. Essas não podem ser suas anotações completas de cada caso. Trata-se de um resumo, apenas: dados físicos, mentais, emocionais, inteligência. Wilfred tratava os pacientes como um todo, era esse o seu método de escolha. Com o qual concordo, diga-se de passagem. Só que... Todas eram pacientes do sexo feminino, jovens, mulheres em excelente condição física, com alto quociente de inteligência; algumas se submeteram a pequenas correções na visão e na estrutura facial. Quatro anos de estudo resumidos em poucas páginas? *Tem de haver* mais.

— As pacientes seriam humanas?

Os olhos de Louise piscaram rapidamente e voltaram a analisar as anotações.

— Os sinais vitais e os tratamentos empregados indicam pacientes do sexo feminino e da raça humana, certamente. Elas eram testadas regularmente e de forma meticulosa, não apenas para detecção de falhas e doenças, mas também para acompanhamento de elementos mentais, progressos artísticos e perícias específicas. Havia cinquenta delas?

— Foram as que encontrei até o momento.

— Colocação — repetiu Louise, baixinho. — Colocação acadêmica, talvez? Emprego?

— Dallas não está considerando essas possibilidades — comentou Charles, com os olhos em Eve.

— Mas então o quê...? — Louise parou de falar ao notar o olhar que seu amante e Eve trocaram. — Por Deus!

— É preciso se submeter a testes completos para conseguir uma licença plena para trabalhar como acompanhante licenciada — confirmou Eve.

— Isso mesmo — assentiu Charles, pegando o café. — A pessoa é testada fisicamente e de forma muito invasiva, em busca de doenças e condições psicológicas adversas. Depois, passa por pesados testes de avaliação psiquiátrica, na esperança de serem eliminados traços de desvios sexuais e comportamento predatório. Por fim, para manter a licença ativa, lhes são exigidos vários exames regulares.

— E existem muitos níveis, dependendo da taxa cobrada pelos serviços, certo?

— Claro. O nível da licença é determinado não apenas pelas preferências sexuais do candidato ou candidata, mas também pelas suas habilidades: inteligência, conhecimento e apreciação de arte e entretimentos, o estilo da pessoa, enfim. Uma profissional de rua, por exemplo, não precisa conhecer história da arte para conversar sobre isso com um cliente, nem saber a diferença entre uma peça de Puccini e o ronco de um porco.

— E quanto mais alto o nível em que a acompanhante licenciada for colocada, maior será a remuneração recebida.

— Correto.

— E também a colocação de cotação da agência à qual a profissional está ligada; há um ranking de empresas que treinam, testam e certificam essas acompanhantes.

— Também está correto.

— Mas isso não faz sentido — interrompeu Louise. — Alguém com os recursos de Icove, suas habilidades e interesses, testando potenciais acompanhantes licenciadas? Com que propósito? Além do mais, não seriam necessários anos para treinar e certificar essas

Origem Mortal

mulheres. E tem mais uma coisa: o lucro seria uma ninharia ridícula perto do que ele consegue com seu trabalho real.

— Todo menino precisa de um hobby — acrescentou Peabody, e pensou se deveria comer mais uma rosquinha.

Charles brincava de acariciar com os dedos as pontas soltas dos cabelos de Louise.

— Ela não está pensando em acompanhantes licenciadas tradicionais, gata — explicou Charles, olhando para Louise. — Estou certo, Dallas? Ele não estava apenas vendendo um serviço, e sim fornecendo o pacote completo.

— Vendendo... — Louise ficou pálida. — Dallas, meu Deus!

— É uma teoria — confirmou a tenente. — Estou trabalhando em algumas possibilidades. Você concorda, como médica, que o nível de segurança empregado nos discos e nos arquivos é maior que o usual?

— Sim, mas...

— Concorda que as anotações propriamente ditas, são genéricas e resumidas, o que também é incomum?

— Concordo que teria de analisá-las melhor para emitir uma opinião sobre o propósito delas.

— Onde estão as imagens? — quis saber Eve. — Se você, como médica, estivesse documentando informações desse tipo sobre uma paciente ao longo de vários anos, teria fotos dessa paciente, certo? Em determinadas etapas? Certamente antes e depois dos procedimentos cirúrgicos, certo?

Louise não disse nada por um momento, mas logo suspirou profundamente.

— Sim. E também documentaria cada procedimento, passo a passo; anotaria quem serviu de assistente ao meu trabalho, em cada etapa; marcaria a duração de cada procedimento. Teria listado os nomes das pacientes e também os nomes de todas as pessoas da equipe médica e não médica que trabalharam como assistentes em todos os testes. Também faria, certamente, observações pessoais e acrescentaria comentários. Essas não são anotações completas, muito menos tabelas de acompanhamento médico.

— Certo. Muito obrigada. — Eve estendeu a mão para informar que queria as listagens de volta.

— Você acha que ele poderia estar envolvido em algum tipo de leilão humano? Foi por isso que o mataram?

— É uma teoria. — Eve se levantou do sofá. — Muitos médicos sofrem do Complexo de Deus.

— Sim, é verdade — concordou Louise, de forma fria.

— Nem Deus conseguiu criar a mulher perfeita. Talvez Icove tenha se achado capaz de ser melhor que Deus. Obrigada pelo café — agradeceu Eve, e foi embora.

— Acho que você arruinou o dia de Louise — comentou Peabody, quando elas seguiram pelo corredor para pegar o elevador.

— Vamos aproveitar o embalo e arruinar também o dia do dr. Will, agora.

Uma androide doméstica abriu a porta da casa dos Icove. Tinha sido fabricada para parecer uma mulher com corpo comum, na confortável casa dos quarenta anos. Exibia um rosto simpático e estava apropriadamente vestida.

Ela levou as visitantes diretamente à sala de estar principal, convidou-as a sentar, ofereceu-lhe bebidas e se retirou. Momentos depois, Icove Filho entrou.

Havia olheiras sob seus olhos e um ar cansado em seu semblante.

— A senhora tem alguma notícia? — perguntou, de imediato.

— Desculpe, dr. Icove, mas não temos nada de novo para lhe contar, no momento. Porém, temos algumas perguntas para acompanhamento do caso.

— Oh. — Ele massageou o centro da testa com um firme movimento dos dedos para baixo e para cima. — É claro.

Quando atravessou a sala para se sentar no sofá, Eve percebeu que um menininho observava tudo atrás de um portal. Seus cabelos muito louros pareciam quase brancos e eram muito arrepiados, seguindo a moda; seu rostinho era jovial e lindo. Tinha os olhos da mãe, percebeu Eve. Tão azuis que eram quase violeta.

— Talvez seja melhor conversarmos sobre isso em particular — disse Eve.

— Claro. Minha esposa e meus filhos ainda estão tomando o café da manhã.

— Nem todos. — Eve inclinou a cabeça e Icove se virou a tempo de ver seu filho de relance, antes de ele sumir de vista novamente.

— Ben!

O comando ríspido fez com que o menino aparecesse novamente, com o queixo no peito. Os olhos, porém, reparou Eve, eram brilhantes e ávidos, apesar da postura de criança envergonhada.

— Já não conversamos sobre você ouvir as conversas dos adultos escondido atrás da porta?

— Já sim, senhor.

— Tenente Dallas, detetive Peabody — apresentou Icove —, este é meu filho Ben.

— Wilfred B. Icove, Terceiro — anunciou o menino, erguendo os ombros com orgulho. — Benjamin é meu nome do meio. Vocês são da polícia.

Como Peabody conhecia bem sua parceira, assumiu a linha de frente para lidar com o menino.

— Isso mesmo. Nossos pêsames pelo que aconteceu com o seu avô, Ben. Viemos aqui para conversar com seu pai.

— Mataram meu avô. Ele foi esfaqueado no coração.

— Ben! — ralhou o pai.

— Elas *já sabem*. — O rosto de Ben era a imagem da frustração quando ele se voltou para o pai. — Agora elas precisam fazer perguntas, seguir pistas e coletar evidências. Já têm algum suspeito? — quis saber ele.

— Ben. — A voz de Icove era mais suave, agora, e o médico colocou o braço em torno dos ombros do filho. — Meu filho não pretende seguir a tradição da família e abraçar a profissão de médico. Seu sonho é se tornar um investigador particular.

— Tiras precisam seguir regras demais — explicou o menino. — Detetives particulares costumam quebrar as regras, conseguem cobrar uma grana preta dos clientes e conhecem muitas figuras suspeitas.

— Ele adora livros digitais e jogos com histórias de detetives — acrescentou Icove, com um leve ar de divertimento e, para surpresa de Eve, orgulho nos olhos.

— Se você é tenente, aposto que dá um monte de ordens para um monte de gente e grita com todo mundo, entre outras coisas.

— Acertou. — Eve sentiu vontade de rir. — Gosto da parte dos gritos.

Ouviu-se o som de passos de alguém que vinha correndo pelo corredor. Avril apareceu, cheia de culpa no rosto.

— Ben! Will, me desculpe, ele escapou sem que eu percebesse.

— Está tudo certo. Ben, volte para a copa agora mesmo, com sua mãe.

— Mas eu quero...

— Sem reclamações!

— Ben... — a voz de Avril era pouco mais que um murmúrio, mas funcionou. A cabeça do menino caiu novamente sobre o peito e ele saiu da sala arrastando os pés.

— Desculpem a interrupção — completou ela, abrindo os lábios de leve em um sorriso que não alcançou os olhos, e saiu em seguida.

— Estamos mantendo as crianças em casa por alguns dias — explicou Icove. — A mídia nem sempre respeita o luto e a inocência.

— Ele é um belo menino, dr. Icove — elogiou Peabody. — E se parece muito com sua esposa.

— Sim, é verdade. Nossos dois filhos saíram à mãe. — Seu sorriso se acentuou, tornando-se mais genuíno. — Um caso de DNA afortunado. O que precisam saber de mim?

— Temos perguntas relacionadas com informações que acessamos em discos de dados que estavam no escritório particular do seu pai.

— Ah, sim?

— Os dados estavam codificados.

Houve uma mudança quase imperceptível em seus olhos, e a surpresa se transformou em choque, ainda que misturada a um pouco de interesse.

— Anotações médicas muitas vezes parecem codificadas, para um leigo.

— Tem razão. Só que, mesmo depois que o texto foi decodificado o conteúdo continuou intrigante. Seu pai parece ter feito anotações sobre o tratamento de cerca de cinquenta pacientes, todas do sexo feminino, e todas com idades entre o fim da adolescência e os vinte e poucos anos.

— Ah, é? — A expressão de Icove permaneceu neutra.

— O que o senhor sabe sobre essas pacientes e os tratamentos que receberam, dr. Icove?

— Não saberia dizer. — Ele estendeu as mãos. — Pelo menos, não sem ler as anotações. Não compartilhava os detalhes de todos os casos clínicos de meu pai.

— Essas anotações parecem fazer parte de um projeto especial. Por sinal, um projeto que ele fez de tudo para manter secreto. Minha impressão era a de que o campo de interesse do seu pai era reconstrução cirúrgica e escultura corporal.

— Isso mesmo. Durante mais de cinquenta anos, meu pai dedicou suas excepcionais habilidades a esse campo, e liderou amplas pesquisas nas áreas de...

— Estou ciente das conquistas do seu pai. — Deliberadamente, Eve endureceu o tom de voz. — Estou querendo saber sobre os interesses dele e sobre o trabalho que desenvolvia fora de sua área. Pelo menos, a área pela qual ele era mundialmente reconhecido. Quero conhecer as atividades paralelas do seu pai, dr. Icove. As que envolvem testes e treinamento com mulheres jovens.

— Receio não compreender onde a senhora quer chegar.

— Será que isso o ajudará a vislumbrar tudo? — Eve pegou as listagens impressas e as entregou ao médico.

Ele pigarreou com força e se pôs a ler tudo.

— Creio que isso não ajuda, tenente. A senhora diz ter encontrado esse material em discos que estavam no escritório da casa de meu pai?

— Exato.

— Possivelmente são cópias do trabalho de algum colega. — Ele ergueu a cabeça, mas seus olhos não se encontraram com os de Eve. — Não vejo nada nessas anotações que sirva de indicação de que elas eram trabalho de meu pai. São muito incompletas. Apenas casos para estudo de algum tipo, certamente. Para ser franco, não consigo entender o que isso tudo tem a ver com sua investigação, tenente.

Origem Mortal

— Eu determino o que qualquer coisa tem ou não a ver com minha investigação. O material que encontrei nos discos que estavam no consultório do seu pai tem relação com mais de cinquenta mulheres jovens, ainda não identificadas, que foram objeto de testes, avaliações e algumas cirurgias ao longo de vários anos. Quem são elas, dr. Icove? Onde estão?

— Não gosto do seu tom, tenente.

— As pessoas reagem a ele desse modo o tempo todo.

— Suponho que essas mulheres tenham feito parte de algum grupo voluntário para algum tipo de teste ligado aos interesses do meu pai. Se a senhora conhecesse alguma coisa a respeito de cirurgia reconstrutiva ou escultura corporal, tenente, saberia que o corpo não é meramente a caixa que protege o grande prêmio. Quando o corpo é seriamente ferido, isso afeta o cérebro e as emoções. A condição humana deve ser abordada e tratada como um todo. Um paciente que perde um braço em um acidente perde mais que um membro, e deve ser ajudado para lidar com essa perda; deve ser tratado e treinado para se ajustar à nova realidade, a fim de levar uma vida produtiva e plena. Muito possivelmente, meu pai estava interessado nesse estudo em particular como uma oportunidade para observar indivíduos num estudo de longo prazo, indivíduos que estavam sendo testados e avaliados em todos os níveis.

— Se esse estudo estivesse sendo conduzido na clínica o senhor saberia?

— Tenho certeza que sim.

— O senhor e seu pai eram muito chegados? — perguntou Peabody.

— Éramos, sim.

— Parece que seu pai estava muito ligado a esse projeto, e o interesse dele era tão grande que ele mantinha registros de tudo no escritório particular. Diante disso, ele teria discutido o assunto com o senhor em algum momento, certo? De pai para filho, de colega para colega?

Icove fez menção de falar, mas parou para refletir melhor sobre o que dizer.

— É possível que sua intenção fosse essa — disse, por fim. — Não tenho como especular a respeito. Nem posso perguntar a meu pai, porque ele está morto.

— Assassinado — lembrou Eve —, por uma mulher. Uma mulher muito forte, fisicamente, como as que estão documentadas nos discos.

Eve notou que ele sugou o ar com força, certamente chocado com o que ouviu. Logo depois, percebeu traços de medo em seus olhos, que se arregalaram.

— A senhora... A senhora realmente acredita que uma das pacientes documentadas nesses discos tenha matado meu pai?

— A suspeita se encaixa, fisicamente, nas descrições da maioria das pacientes do estudo. Altura, peso, tipo físico. Uma ou mais dessas pacientes pode ter feito objeções quanto ao que vem descrito como "colocação". Isso seria um motivo em potencial para o crime. Também explicaria o fato de seu pai ter concordado em recebê-la para uma consulta.

— O que a senhora sugere é um absurdo, está totalmente fora de questão. Meu pai ajudava as pessoas, melhorava suas vidas. Salvava-as! O presidente dos Estados Unidos entrou pessoalmente em contato comigo, para me oferecer condolências. Meu pai era um ícone em sua área de atuação. Mais que isso: era um homem amado e respeitado.

— Pois alguém o desrespeitava o suficiente para lhe enfiar um estilete no coração. Pense nisso, dr. Icove. — Eve se levantou. — O senhor sabe onde me encontrar.

— Ele está por dentro de alguma coisa — comentou Peabody, quando elas já estavam na calçada diante da casa.

Origem Mortal

— Ah, com certeza! Qual sua opinião sobre as chances de conseguirmos um mandado de busca e apreensão para vasculharmos a casa do filho do bom doutor?

— Com as evidências que temos? Chances mínimas.

— Vamos ver se conseguimos mais indícios, antes de apelarmos para isso.

Eve procurou Feeney em seguida, no prédio da Central, mas foi recebida com um olhar triste e um franzir de cenho.

— Entrei no computador dele sem dificuldades. O que temos aqui é um amontoado de coisas em jargão médico. Não vi nada que tenha me chamado a atenção. Mas descobri que os seios de Jasmina Free não foram um presente de Deus; nem seus lindos lábios carnudos; nem sua bunda perfeita. Droga!

— Quem é Jasmina Free?

— Pelo amor de Deus, Dallas! Uma deusa das telas. Estrelou o filme de maior sucesso no verão desse ano: *Fim de jogo.*

— Andei meio ocupada o verão todo.

— Ganhou um Oscar no ano passado pelo filme *Sem mágoas.*

— Acho que também andei meio ocupada o ano passado inteiro.

— O fato é que essa mulher é de parar o trânsito. Agora que eu descobri que tudo aquilo foi conseguido com bisturis e esculturas corporais, isso estragou as coisas.

— Desculpe estragar suas fantasias lascivas, Feeney, mas continuo meio ocupada agora, tentando fechar um caso de assassinato.

— Estou lhe repassando tudo que encontrei, não estou? — resmungou ele. — Achei um monte de nomes de um milhão de dólares na lista de clientes da vítima. Alguns deles receberam só uma levantada ou uma esticada básica, mas outros refizeram o corpo inteiro, o traseiro e o rosto.

— Os nomes verdadeiros deles estão na lista?

— Claro, é seu cadastro de pacientes.

— Ótimo. — Eve assentiu com a cabeça. — Muito interessante. Continue investigando tudo.

— Fiz algumas pesquisas paralelas e futuquei algumas camadas mais profundas. Queria saber se o médico tinha alguma atividade paralela na área de modificação de rostos e coisas desse tipo, com o propósito de obtenção de identidades falsas para gente fora da lei.

— Muito bem-pensado!

— Não achei nada. Mas descobri muitas coisas. Sabe quanto Jasmine Free pagou por aqueles peitos? Vinte mil dólares. Cada um! — A sombra de um sorriso surgiu em seu rosto. — Devo acrescentar que foi um dinheiro muito bem-empregado.

— Tem horas que você me assusta, Feeney.

Ele deu de ombros e informou:

— Minha mulher acha que estou na crise da meia-idade, mas o fato é que não liga. Quando um homem deixa de apreciar os *air bags* de uma mulher, não importa se foram feitos por Deus ou pelo homem, é melhor preencher logo um pedido de autorização para autoeliminação.

— Se você diz... Encontrei um monte de gente poderosa, várias celebridades e muitas pessoas famosas na lista de pacientes novos e clientes antigos. É interessante o fato de ele manter arquivos codificados no escritório de casa.

Eve contou as novidades a Feeney e lhe entregou cópias de tudo, na esperança de que ele pudesse ver ou descobrir algum detalhe que ela tivesse deixado passar.

Ao sair da sala do capitão, Eve estava tão curiosa que procurou Jasmina Free nos registros de Icove.

Origem Mortal

Com ar pensativo, analisou as fotos. Como Louise tinha descrito, realmente havia várias fotos anteriores e posteriores a cada procedimento, tiradas de vários ângulos. Eve não viu nada de errado com os seios como eram antes, mas se viu forçada a admitir que havia uma nova e considerável força nas fotos tiradas depois.

Agora, vendo as fotos, reconhecia a famosa atriz. Pelo visto, as pessoas que seguiam a profissão de Jasmina Free consideravam seios volumosos e lábios carnudos como uma espécie de seguro trabalhista.

Muitas jovens sonhavam em se tornar estrelas de cinema, refletiu Eve. Ou cantoras famosas como sua amiga Mavis.

Colocação.

Criar espécimes perfeitos para depois realizar suas fantasias? Mas que adolescente teria tanta grana para isso?

Pais ricos. Talvez essa fosse uma nova tendência: os pais satisfazerem, de forma secreta, os maiores desejos das patricinhas ricas.

"Feliz Aniversário, filhinha! Nós lhe compramos novos peitos, e são de arrasar!"

Até que aquilo não ficava muito longe da teoria de Roarke, sobre Frankenstein.

Continuando a pesquisa, Eve analisou os dados de Jasmina Free, que Feeney havia listado.

Tinha nascido há vinte e seis anos em Louisville, no Kentucky, uma de três irmãos. O pai era um tira aposentado.

Esqueça a teoria de pai rico, pelo menos com relação a Jasmina Free, decidiu Eve. Tiras não ganhavam dinheiro suficiente para pagar os honorários de um médico famoso.

É claro que, sendo uma pessoa humanitária, Icove poderia ter tratado uma ou outra paciente de graça. Mas analisou os dados e não encontrou nada a respeito.

Mesmo assim, aquilo era uma possibilidade para analisar depois. Algo sobre o que refletir.

Por curiosidade, pegou os dados de Lee-Lee Ten. Ela e Will Icove tinham lhe parecido muito íntimos.

A estrela nascera em Baltimore e não tinha irmãos. Fora criada pela mãe, depois do término de um período de coabitação dela com seu pai. Seu primeiro trabalho como modelo tinha sido aos seis meses.

Seis meses? Para que diabo de produto um bebê de seis meses poderia servir de modelo?, especulou consigo mesma.

A menina tinha feito propaganda e algumas participações em filmes, no papel de... bebê.

Minha nossa!, espantou-se Eve, continuando a leitura. Aquela mulher tinha trabalhado a vida toda! Não havia possibilidade de "colocação" naquele caso. Nenhuma das pacientes da lista de Icove tinha aparecido antes do dezessete anos.

Mesmo assim, pesquisou o nome nos registros da Clínica e reparou que Lee-Lee tinha se submetido a vários "ajustes" ao longo dos anos.

Será que mulher nenhuma se sentia satisfeita com o que Deus lhe tinha dado ao nascer?

Rodou programas de probabilidades no computador, brincando com vários cenários. Nada lhe trouxe ideias novas. Pegou café e se acomodou melhor para vasculhar as propriedades de Icove, bem como analisar os braços de seu império e suas ligações, em busca de locais que pudessem lhe fornecer privacidade para desenvolver projetos secretos.

Encontrou dezenas de lugares propícios para isso: residências, hospitais, consultórios, instalações para pesquisas, spas para saúde e tratamento físico, mental, emocional, e combinações disso tudo. Alguns desses locais eram de propriedade do médico; outros pertenciam, oficialmente, à sua fundação; em vários ele aparecia como sócio ou afiliado; em muitos deles, servia de algum outro modo.

Eve separou esses locais dos que ele possuía legalmente, pois resolvera se concentrar nos locais sobre os quais tivesse controle total.

Então, levantou-se e caminhou pela sala apertada. Não poderia deixar de fora os locais fora do país, ou até mesmo do planeta. Por outro lado, nada lhe garantia que concentrar as buscas apenas nesse ângulo não resultaria em buscas infrutíferas.

Mas esse era o ângulo certo, ela o sentia por instinto enquanto olhava para fora da janela minúscula e via o céu escuro de novembro.

O médico tinha mantido tudo em segredo, e segredos geralmente assombravam as pessoas. Segredos geralmente feriam.

Ela sabia muito bem disso.

Icove colocava rótulos nelas, lembrou. Negar nomes às pessoas tornava-as desumanizadas.

Os pais não deram nome nenhum a Eve quando ela nasceu. A menina crescera sem nome pelos primeiros oito anos de sua vida, período em que seus pais tinham usado e abusado dela. Tinham-na desumanizado. Tinham-na preparado. Tinham-na treinado, por meio de estupros, espancamentos e medo, para torná-la uma jovem prostituta. Eve tinha sido um investimento, não uma criança.

E foi aquela coisa não inteiramente humana que se quebrou, depois de esticada ao limite, e matou aquilo que a atormentava e aprisionava.

Não era a mesma situação, agora. Roarke tinha razão, não era a mesma coisa. Não havia menção a estupros nas anotações. Não havia abusos de nenhum tipo. Pelo contrário, parecia ter havido um cuidado extremo para manter, ali, os elevados padrões da perfeição física.

Mas havia outros tipos de abuso, e alguns deles pareciam absolutamente inócuos e benignos, ao primeiro olhar.

Alguma coisa naquelas anotações representava o motivo do crime. Em algum lugar fora dali havia documentação mais específica para cada caso. Era nesse ponto que ela encontraria Dolores.

— Eve...

— A tenente se virou ao ouvir a voz de Mira em sua sala. A médica estava em pé diante da porta aberta, com os olhos fundos.

— Vim me desculpar por tê-la atendido com tanta rispidez, de manhã cedo.

— Tudo bem, doutora.

— Não está nada bem. Tenho um problema. Gostaria de entrar. Posso fechar a porta?

— Claro.

— Gostaria de ver com mais calma tudo que você pretendia me mostrar de manhã.

— Eu já consultei outra especialista na área médica. Não é preciso que a senhora se magoe e...

— Por favor — insistiu Mira, retorcendo as mãos no colo. — Posso ver o material?

Sem dizer nada, Eve pegou os papéis e os entregou a Mira.

— São anotações crípticas — decidiu Mira, depois de alguns minutos de silêncio. — E incompletas. Wilfred era um homem meticuloso em todas as áreas de sua vida. No entanto, vejo que essas anotações são meticulosamente crípticas.

— Por que motivo as pacientes não têm nome?

— Para ajudá-lo a manter distância delas e proteger sua objetividade. São tratamentos de longo prazo. Eu diria que ele não queria correr o risco de se envolver emocionalmente com ninguém. Elas estavam sendo aprimoradas.

— Para quê?

— Não sei dizer. Mas certamente estavam sendo aprimoradas, educadas, testadas. Recebiam oportunidades para explorar suas

Origem Mortal

forças pessoais e habilidades específicas. Aprendiam a superar suas fraquezas. Aquelas com baixo quociente de retorno eram abandonadas como pacientes, depois de serem consideradas inapropriadas ou impossíveis de aprimorar. Ele trabalhava com padrões muito elevados. Isso era típico de Wilfred.

— De que ele precisaria para levar a cabo esse projeto?

— Não sei exatamente do que se trata esse "projeto". Mas certamente precisaria de instalações médicas e laboratoriais, quartos ou dormitórios para as pacientes, áreas para preparo de comida, locais para exercícios e salas de aula. Ele exigiria sempre o melhor, creio que insistiria nesse ponto. Se essas jovens realmente eram suas pacientes, ele faria questão de que elas se sentiriam confortáveis, estimuladas e bem-tratadas.

Mira ergueu os olhos e fitou Eve.

— Ele nunca abusaria de uma criança — garantiu a médica.

— Nem a machucaria. Não digo isso como amiga dele, Eve, e sim como profissional, montadora de perfis de criminosos. Wilfred era um médico focado, intensamente determinado.

— Mas seria capaz de realizar experiências fora da lei?

— Seria, sim.

— A senhora não hesitou em responder.

— Ele certamente levaria mais em consideração a ciência, a medicina, os benefícios e as possibilidades do que a letra fria da lei. Pessoas com o perfil dele geralmente agem assim. Além do mais, em algum nível, ele se consideraria acima da lei. Não havia instintos violentos nem crueldade nele, Eve, mas havia arrogância.

— Se ele era o ponta de lança de algum programa ou estava envolvido em algum projeto para "aprimorar" jovens, usando suas palavras, a fim de transformá-las em mulheres perfeitas, acha que seu filho saberia do esquema, doutora?

— Sem dúvida. O orgulho que sentiam e o afeto que compartilhavam um pelo outro eram genuínos e profundos.

— O tipo de instalação que a senhora descreveu, devidamente designado para tratamentos de longo prazo, conforme está indicado nos dados, e também os equipamentos e o sistema de segurança... Tudo isso custaria muito caro.

— Imagino que sim.

Eve se inclinou na direção da médica e continuou:

— Será que ele concordaria em se encontrar com... Vamos denominá-la uma aluna formada pelo projeto? Ela não passava de um rótulo para ele, uma cobaia. Mesmo assim, provavelmente haviam trabalhado juntos por vários anos, e ele acompanhou todos os progressos dela. Se ela entrou em contato com ele em algum momento depois de ter sido "colocada", ele aceitaria recebê-la em seu consultório?

— Seu instinto profissional básico seria o de se recusar a encontrá-la, mas seu ego e sua curiosidade provavelmente venceriam esse cabo de guerra. Medicina é um risco diário. Acho que ele se arriscaria a revê-la pela satisfação de se reencontrar com uma de suas obras-primas. Se é que ela era isso.

— E não seria? Não é mais provável, considerando-se o método de assassinato, que eles já se conheciam? Ela precisava chegar perto dele, e queria isso. Uma estocada com um estilete cirúrgico no coração. Nada de raiva. Só controle. Do mesmo modo como ele tinha controle sobre ela. Um instrumento médico como arma do crime, um ferimento limpo e certeiro. Tudo direto e objetivo, do mesmo modo como ele era direto e objetivo.

— Sim. — Mira fechou os olhos. — Meu Deus, o que ele fez?

Capítulo Sete

Eve pegou Peabody em seu cubículo na sala de ocorrências.
— Vamos correr atrás daquela ideia. Mira está montando um perfil da vítima para dar mais peso à solicitação e às evidências que já levantamos. Com esses elementos, vamos forçar a barra para conseguir um mandado de busca e apreensão.

— Não encontrei nada suspeito nos registros financeiros — afirmou Peabody.

— Nora, netos?

— Nada fora do esperado.

— Há dinheiro extra, oculto em algum lugar. Sempre há. Um cara que enfia o dedo em tantas tortas ao mesmo tempo provavelmente tem outras tortas especiais escondidas em algum canto. Por ora, vamos voltar à clínica para conversar com o pessoal da administração, a começar pela assistente dele.

— Posso usar seu casacão de arrasar?

— Claro, Peabody.

O rosto de Peabody se iluminou como o sol.

— Sério mesmo?

— Não. — Girando os olhos de impaciência e rodando o corpo para exalar o perfume de couro novo, Eve partiu.

Peabody a seguiu, fazendo biquinho.

— Você não precisava elevar minhas esperanças desse jeito — reclamou.

— Se eu não elevá-las, como poderei abatê-las? Onde conseguiria a satisfação que agora sinto? — Passou ao lado de dois policiais que entravam no corredor, trazendo um brutamontes à força. O preso cantarolava obscenidades a plenos pulmões.

— Puxa, até que ele canta bem — elogiou Eve.

— Sim, tem um belo timbre de barítono. Posso usar seu casacão quando você não estiver usando?

— Claro, Peabody.

— Você está elevando minhas esperanças novamente só para abatê-las, certo?

— Continue aprendendo assim depressa e um dia você será rapidamente promovida a detetive de segundo grau. — Eve empinou o nariz assim que entrou na passarela aérea. — Sinto cheiro de chocolate no ar. Você comprou chocolate?

— Mesmo que tivesse comprado, não ia lhe oferecer nem um pedacinho — resmungou Peabody.

Eve tornou a cheirar o ar e seguiu o aroma com os olhos. Avistou Nadine Furst se apertando entre as pessoas, vindo pela outra passarela, em sentido contrário. A repórter, que sempre se apresentava ao vivo no Canal 75, tinha prendido os cabelos em uma espécie de coque solto, vestia um casaco amarelo-canário por cima de um terninho azul-marinho. E trazia nas mãos uma caixa rosa-shocking, típica de confeitarias.

— Se pretende levar essa propina para o meu departamento — berrou Eve, de onde estava —, é melhor deixar o restinho para mim.

Origem Mortal

— Dallas! — Nadine tentou se espremer por entre o amontoado de gente. — Droga, espere um pouco! Espere por mim na saída da passarela. Oh, meu Deus, que casacão é esse?! Espere na outra ponta, preciso só de cinco minutos.

— Estou de saída, mais tarde conversamos.

— Não, não, não. — Quando passaram uma pela outra em passarelas opostas, quase ombro a ombro, Nadine balançou a caixa que trazia na mão, com ar convidativo. — Brownies. Com tripla camada de chocolate.

— Sacanagem! — Eve suspirou e cedeu. — Só cinco minutos!

— Estou surpresa por você não ter roubado a caixa da mão de Nadine quando ela passou por nós, completando a ação com um gesto obsceno... Uma banana ou algo desse tipo — comentou Peabody.

— Bem que considerei essa ideia, mas rejeitei-a porque havia testemunhas demais. — Além do mais, refletiu Eve, talvez ela conseguisse usar Nadine tão bem quanto os brownies com camada tripla de chocolate.

Os sapatos de Nadie combinavam com o casaco, e tanto os saltos finos quanto os bicos do calçado eram pontudos o bastante para perfurar uma jugular. No entanto, de algum modo misterioso, a repórter conseguia acompanhar o passo de Eve e quase corria pelo corredor, absolutamente à vontade e tão confortável quanto Peabody com seus belos tênis com amortecedores a ar.

— Quero ver o chocolate — avisou Eve, sem preâmbulos. Com ar obediente, Nadine ergueu a tampa da caixa e deixou que Eve a cheirasse por alguns segundos. — Uma boa propina. Caminhe enquanto fala.

— Seu casacão... — Nadine assumiu a expressão de quem reza. — É radicalérrimo!

— Ajuda a manter meu corpo seco quando chove — disse Eve, dando de ombros e recuando um pouco quando Nadine passou a mão de leve sobre o couro de alta qualidade.

— Não me alise, por favor!

— Tem a consistência de creme batido, só que preto. Eu seria capaz de oferecer um desempenho sexual marcante e inesquecível em troca de um casacão desses.

— Obrigada, Nadine, mas você não faz meu tipo. Esse casacão vai ser o tópico principal da nossa conversa nos cinco minutos que eu lhe dei?

— Nossa, eu conseguiria falar sobre ele durante vários dias, mas não. O assunto é Icove.

— O morto ou o vivo?

— O morto. Estamos com informações da biografia dele saindo pelo ladrão, e pretendemos usar a maioria delas. Wilfred Benjamin Icove, pioneiro da área médica, mestre da cura e grande benfeitor da humanidade; filantropo e filósofo; pai amoroso, avô coruja; cientista e homem de elevado grau de erudição, blá-blá-blá. Sua vida vai ser esmiuçada e saudada de forma infinita por todos os agentes da mídia dentro e fora do planeta. Agora, me conte como ele morreu.

— Foi esfaqueado no coração. Quero um brownie.

— Pode esquecer. — Nadine enganchou a caixa com os dois braços, para evitar que Eve a agarrasse à força e fugisse correndo.

— Qualquer pesquisa básica na internet me informaria isso. Chocolate é muito caro, sabia? Temos o ângulo da suspeita linda e misteriosa para explorar. Guardas de segurança, equipes médicas e o pessoal que trabalha na administração de uma clínica não precisam de propinas para dar com a língua nos dentes. O que você descobriu sobre ela, até agora?

— Nada.

Origem Mortal 139

— Ah, qual é? — Nadine tornou a abrir a tampa da caixa e empurrou o ar com a mão na direção de Eve, para enviar o aroma para frente.

Eve não conseguiu prender o riso.

— Acreditamos que essa figura feminina misteriosa que, segundo se sabe, foi a última pessoa a ver Icove com vida, usou uma identidade falsa. Os oficiais responsáveis pela investigação, os agentes da DDE e toda a Polícia de Nova York foram mobilizados e estão trabalhando com todo o zelo para identificar essa mulher, a fim de que ela possa ser interrogada sobre a morte de Icove.

— Uma mulher não identificada, portando uma carteira falsa, consegue passar pelo elaborado sistema de segurança da Clínica WBI, entra com toda a calma do mundo no consultório da vítima, lhe enfia um estilete no coração e vai embora de forma mais tranquila do que entrou? Certo, entendi tudo.

— Não estou confirmando nada disso. Estamos muito interessados em identificar, localizar e interrogar essa suspeita. Agora, me dá essa porcaria de brownie!

Quando Nadine ergueu a tampa, Eve pegou dois. Antes de o protesto de Nadine ser emitido, passou um para Peabody.

— Além do mais — continuou, falando com boca cheia de um tipo de chocolate tão delicioso que ela só faltou ouvir as amígdalas cantando de alegria —, estamos avaliando a teoria de que a vítima conhecia o agressor.

— Ele a conhecia? Agressor? Isso é novidade.

O brownie quase se desfazia, de tão fresco.

— Ainda não descobrimos com certeza se o agressor era do sexo masculino ou feminino. Sabemos, porém, que o golpe fatal foi infligido a curta distância; não encontramos evidências de luta, reação, nem feridas defensivas. Também não há indicação de roubo nem de agressões adicionais. É alta a possibilidade de a vítima conhecer a pessoa que a atacou. Pelo menos, não há evidências de que ele tenha se sentido ameaçado.

— E o motivo?

— Estamos trabalhando nesse ponto. — Elas chegaram à garagem do prédio. — Vou lhe repassar uma informação extraoficial.

— Odeio essa coisa de "extraoficial" — reagiu Nadine, falando entre dentes.

— Acho que o bom doutor estava envolvido em algo suspeito.

— Sexo?

— Possivelmente. Se o rastro que estamos seguindo nos levar a isso, a notícia vai ser quente. A repórter que soltar essa bomba antes do tempo poderá sair chamuscada.

— Vou providenciar um traje antichamas.

— Gaste seu tempo com outras coisas, em vez disso. Pesquise fundo esse ângulo. Quero todos os dados que seus colaboradores conseguirem levantar sobre Icove, e depois vou cobrar mais. Estou interessada em qualquer coisa que tenha ligação com a área médica, e também eventos sociais de interesse da vítima que ocorram fora da clínica.

— Que tipo de interesse? — quis saber Nadine, apertando os lábios.

— Qualquer um. Se você me trouxer algo que me ajude, Nadine, eu lhe prometo: quando tudo estiver no ponto de se tornar público eu lhe ofereço um relato completo, uma reportagem detalhada e exclusiva, antes dos lobos concorrentes da mídia.

Os olhos de Nadine, muito expressivos, com ar felino e de um verde marcante, exibiram muito interesse.

— Você acha que ele escondia alguma sujeira?

— O que eu acho é que qualquer pessoa tão imaculadamente limpa e santa esconde lixo grosso por baixo do tapete.

Origem Mortal

Depois que elas entraram na viatura, com a caixa de brownies devidamente guardada no banco de trás, Peabody pegou na bolsa alguns lenços umedecidos para limpar os dedos.

— Você não acredita que alguém possa levar uma vida sem manchas? — perguntou Peabody. — Acha impossível uma pessoa ser, basicamente, boa, até mesmo altruísta e desprendida?

— Não se ela for feita de carne e osso. Ninguém é perfeito e imaculado, Peabody.

— Meu pai nunca magoou nem feriu ninguém. Só para dar um exemplo.

— Seu pai nunca se fez de santo, nem contratou uma firma de Relações Públicas para manter seu halo sempre cintilante. Aliás, chegou a ser preso algumas vezes, não foi?

— Foi, mas por motivos insignificantes. Protestos e coisas assim. Os partidários da Família Livre consideram uma questão de honra protestar contra o que está errado no mundo, e não acreditam em manifestações "autorizadas". Mas isso não significa que...

— É uma mancha — interrompeu Eve. — Pequena, é claro, mas uma mancha. Por falar nisso, seu pai nunca tentou apagar isso do seu histórico policial. Não é o caso do bom doutor. Uma ficha perfeita como a dele? Alguém certamente apagou suas marcas do passado.

O histórico da vítima manteve-se perfeito e imaculado mesmo depois de elas terem entrevistado todos os funcionários da clínica. Da assistente administrativa aos técnicos de laboratório; dos médicos aos serventes. Todos ali pareciam devotos diante de um altar, e não funcionários questionados sobre o patrão.

Eve tentou trabalhar a assistente pessoal novamente, abordando um ângulo diferente.

— A mim parece, analisando a agenda do dr. Icove e o seu calendário de eventos, que ele dispunha de muito tempo livre. Como aproveitava esses momentos de lazer?

— Passava muito tempo visitando pacientes, aqui e em outras instalações nas quais era sócio. — Pia se vestia de preto da cabeça aos pés e trazia um lencinho amassado na mão. — Dr. Icove acreditava com firmeza na importância do contato pessoal com os pacientes.

— Mas, analisando sua agenda de cirurgias e consultas, ele não me parecia ter muitos clientes, no momento.

— Ah, é porque visitava muitos pacientes de outros colegas. Isto é, considerava como seu, em nível pessoal, cada paciente ou cliente que se internava aqui na clínica ou em instalações que lhe pertenciam. Passava muitas horas por semana fazendo o que chamamos de visitas informais. Adorava sentir o pulso de cada paciente, era essa a expressão que gostava de usar. Também passava muito tempo lendo artigos e relatórios médicos, para se manter atualizado sobre os progressos na área. E escrevia para várias publicações importantes. Além do mais, preparava um novo livro. Ele já publicou cinco! Mantinha-se muito ocupado, apesar de estar, tecnicamente, semiaposentado.

— Quantas vezes, em média, você o via, a cada semana?

— Isso variava. Quando ele não estava em viagens, costumávamos nos ver pelo menos duas vezes por semana, às vezes três. Ele também sempre aparecia aqui por projeção holográfica.

— Em alguma ocasião você viajou com ele?

— Isso acontecia uma vez ou outra, quando ele precisava dos meus serviços.

— Alguma vez você ofereceu seus serviços em nível estritamente pessoal?

Passaram-se alguns segundos antes de Pia perceber o significado da pergunta, e Eve percebeu, pela demora, que não havia relacionamento sexual naquela história.

— Não, claro que não. O dr. Icove jamais tentaria isso. Puxa, nunca mesmo, em hipótese alguma.

Origem Mortal **143**

— Mas tinha acompanhantes. Apreciava companhia feminina, certo?

— Bem... Certamente que sim. Mas nunca houve uma mulher específica, nada sério. Eu teria sabido de tudo, se fosse o caso.

— Pia suspirou. — Bem que eu gostaria que isso tivesse acontecido em sua vida. O dr. Icove era um homem adorável, realmente perfeito. Mas continuava apaixonado pela esposa. Uma vez ele me disse que existem alguns presentes da vida, alguns relacionamentos, que nunca poderiam ser substituídos nem reproduzidos. Seu trabalho era o que lhe servia de sustento em todos os níveis. Seu trabalho e sua família.

— E quanto aos programas pessoais? Projetos experimentais nos quais ele trabalhava e que ainda não estavam prontos para serem tornados públicos? Onde ele mantinha seu laboratório pessoal e os dados de seus testes secretos?

— Projetos experimentais ou secretos? — Pia balançou a cabeça para os lados. — Não havia nada disso. O dr. Icove sempre usava os equipamentos daqui da clínica mesmo. Ele os considerava os melhores do mundo Qualquer coisa na qual ele ou os outros pesquisadores estivessem trabalhando certamente ficaria registrada no sistema. O dr. Icove era muito firme e meticuloso quanto a deixar registrados todos os dados.

— Aposto que sim — replicou Eve. — E quanto à sua última cliente? Como foi que eles se cumprimentaram?

— Ele estava atrás da mesa quando eu a levei até sua sala. Acho que se levantou para recebê-la. Não tenho certeza.

— Mas eles se cumprimentaram?

— Humm... Não, acho que não. Agora eu me recordo que ele se levantou da cadeira e sorriu. A cliente disse alguma coisa assim que entrou, antes mesmo de eu anunciar seu nome. Só agora é que eu me lembrei desse detalhe.

Pia calou-se, pensativa, mas logo continuou:

— Sim, eu me lembro. A cliente disse algo do tipo "que bom reencontrá-lo"; afirmou que agradecia muito por ele ter reservado alguns minutos do seu tempo valioso para recebê-la. Algo nessa linha. Creio que ele respondeu que estava muito feliz por vê-la. Acho que foi exatamente isso que ele disse. Em seguida, ofereceu bebidas, água, café ou chá, apontando para a saleta de estar do consultório. Creio que chegou a fazer menção de dar a volta na mesa para ir ter com ela, mas a cliente recusou com a cabeça, agradeceu e disse que não desejava nada. Nesse momento o dr. Icove me disse que estava tudo ótimo. "Ficaremos bem, Pia, pode tirar sua hora de almoço normalmente. Divirta-se." — Nesse instante, começou a chorar. — Puxa, essa foi a última coisa que ele me disse: "Divirta-se."

Acompanhada por Peabody, Eve se trancou no escritório do dr. Icove. A cena do crime fora registrada por completo, deixando no ar o leve aroma das substâncias químicas utilizadas na tarefa. Eve já rodara o programa de probabilidades e de reconstrução da cena, mas queria ver tudo mais uma vez no próprio local, e com companhia.

— Você vai fazer o papel de Icove. Sente-se atrás da mesa — ordenou a Peabody.

Quando Peabody obedeceu, Eve voltou à porta de entrada, virou-se para trás e perguntou:

— O que você está fazendo com a cara, detetive?

— Exibindo meu sorriso de tio boa-praça. Como faria um médico simpático.

— Pode parar! Essa cara assusta qualquer criancinha. Vamos lá! A assistente e Dolores entram na sala. Icove se levanta. As mulheres se aproximam da mesa. Nada de cumprimentos, porque a suspeita provavelmente passou Seal-It nas mãos e o médico perceberia. Como foi que ela escapou do aperto de mãos?

Origem Mortal 145

— Ahn... — Em pé atrás da mesa, como Icove teria ficado, Peabody refletiu por alguns segundos. — Ela se fez de tímida. Olhos no chão, mãos postas na frente do corpo, ou segurando a bolsa pela alça. Nervosa. Ou...

— Ou pode ser que tenha olhado no fundo dos olhos dele, porque já se conheciam de outros carnavais. Seu rosto e seu olhar mostram a ele que dá para descartar a parte dos cumprimentos e do "como vai?" Pense no que ele disse, segundo o relato da assistente. Ele estava feliz por vê-la. A ela, Dolores. Não feliz por conhecê-la, nem por se encontrar com ela. Feliz por *vê-la*.

— Deixando um "novamente" no ar?

— Sim, é isso que suponho. Bebidas são oferecidas e recusadas. A assistente sai e fecha a porta. Os dois se sentam.

Eve sentou-se na cadeira diante da mesa e continuou:

— Ela precisa ganhar algum tempo, enquanto espera que a assistente saia para almoçar. Eles conversam. Pode ser que o médico sugira que eles sigam para a saleta, a fim de tomar chá, mas ela o quer atrás da mesa e recusa a gentileza.

— Por que atrás da mesa? — quis saber Peabody. — Não seria mais fácil eles ficarem próximos se estivessem no sofá?

— É simbólico. Atrás da mesa ele estava no comando, tinha o poder nas mãos. Ela o queria morto no lugar de onde ele exercia o poder. Para sentir que o tirou dele. Aí está você, ela deve ter pensado... Atrás de sua mesa linda em seu consultório imenso com uma bela vista da cidade, reinando sobre a clínica que construiu usando a própria fama. Vestindo um terno caríssimo. Sem saber que já está morto.

— Quanta frieza! — exclamou Peabody.

— A mulher que saiu daqui tinha frieza estampada no rosto e no corpo. O tempo passa e ela se levanta.

Quando Eve se ergueu, Peabody a imitou.

— Ele certamente se levantaria — explicou Peabody. — Foi educado do jeito antigo. Quando uma dama se levanta, ele acompanha. Como fez quando ela entrou.

— Bem-observado. Mas então ela diz: "Sente-se, por favor". Talvez acompanhe a frase com um gesto. Precisa continuar falando, mas escolhe temas leves, nada que insinue confronto. Precisa que ele permaneça à vontade. E tem de dar a volta na mesa para se colocar diante dele.

Eve imitou o movimento que imaginou mentalmente. Caminhou em torno da mesa sem pressa, com os olhos calmos. Reparou quando Peabody, instintivamente, girou a cadeira em sua direção para vê-la de frente.

— Nesse momento ela tem de... — Eve se inclinou até que seu rosto e o de Peabody ficaram quase no mesmo nível. Com a caneta que trazia oculta na mão, deu na parceira uma cutucada de leve sobre o coração.

— Nossa, que susto! — Peabody deu um pulo na cadeira. — Nada de cutucadas, por favor. Por um segundo meio estranho, achei que você iria me beijar de verdade, ou algo assim, mas de repente você... Ahhh!

— Isso mesmo. O ângulo da estocada. Ela estava em pé e ele sentado, mas calculando a altura dela em relação à posição sentada em que ele ficou, ela teve de se inclinar de leve. Veio por este lado; ele girou a cadeira de forma automática, do mesmo jeito que você fez. A arma do crime estava na palma da mão dela, mas ele nem chegou a vê-la. Seus olhos estavam grudados nos dela.

"A suspeita enfia o estilete nele até o fundo e tudo acaba. Ele a conhecia, Peabody. A assassina foi uma das 'colocações' dele, pode apostar. Talvez ele até mesmo a tenha ajudado a conseguir uma identidade falsa, pode ser que isso fizesse parte do pacote. Mesmo assim, é possível que ela seja uma profissional, mas cada vez menos isso está me parecendo um assassinato por encomenda."

Origem Mortal 147

— O filho não a conhecia. Nisso eu também aposto.

— Não a reconheceu é diferente de "não a conhecia".

Franzindo o cenho, Eve circulou pelo consultório.

— Por que ele não tinha um computador nesta sala? Logo aqui, onde trabalhava duas ou três vezes por semana? Por que não guardava os arquivos secretos e codificados aqui no consultório pessoal, bem ao lado da sua posição de poder e comando?

— Se a coisa era secreta, talvez ele preferisse que continuasse assim.

— É... — mas Eve analisou a mesa. As gavetas do arquivo tinham sido trancadas. Ela recolhera todos os arquivos, mas isso não significava que estavam completos.

A porta se abriu e Will Icove entrou.

— O que vocês estão fazendo aqui? — exigiu saber.

— Nosso trabalho. Esta é a cena de um crime. O que *o senhor* está fazendo aqui?

— Este é o consultório do meu pai. Não sei o que andam xeretando por aqui, e também não compreendo o porquê de estarem mais interessadas em manchar o bom nome de papai, em vez de procurar e capturar a assassina dele. Além disso...

— Capturar a assassina dele é o nosso objetivo — retrucou Eve. — Para alcançá-lo, precisamos procurar e xeretar em coisas que podem não agradá-lo. A mulher que se apresentou como Dolores Nocho-Alverez era paciente do seu pai?

— A senhora já vasculhou os registros. Por acaso encontrou o nome dela?

— Não creio que tenhamos examinado todos os registros. — Eve abriu a pasta de Peabody e pegou a foto de Dolores. — Dê mais uma olhada nela.

— Eu nunca a vi em toda a minha vida. — Mas ele não olhou nem mesmo de relance para a foto que Eve manteve estendida.

— Não sei por que ela matou meu pai, e gostaria de saber o motivo de a senhora estar tão interessada em culpá-lo pela própria morte.

— O senhor está enganado. A pessoa que enfiou o estilete no coração do seu pai é a que considero culpada por sua morte. — Eve guardou a foto. — A questão é por quê. Se seu pai e a assassina tinham uma história entre si, isso me dará o motivo. Em que ele estava trabalhando? A que projeto se dedicava de forma privada e durante tanto tempo?

— O trabalho do meu pai era revolucionário. E está todo documentado. Quem quer que seja essa mulher, só pode ser louca. Obviamente é uma desequilibrada. Caso a senhora consiga capturá-la, o que começo a duvidar que aconteça, certamente confirmaremos que ela é uma doente mental. Enquanto isso, eu e minha família estamos sofrendo demais com todo esse luto. Minha esposa e meus filhos já foram para nossa casa nos Hamptons, e pretendo me juntar a eles amanhã de manhã. Precisamos de um pouco de privacidade; momentos de retiro e reflexão, para podermos preparar os funerais do meu pai.

Ele parou de falar e pareceu lutar contra as emoções que transbordavam.

— Não sei de nada sobre o tipo de trabalho que a polícia desenvolve. Várias pessoas me garantiram que a senhora é muito competente. Estou confiando nessa informação, pelo menos até voltar para Nova York. Se até esse momento não houver nenhum progresso, e se a senhora continuar a investigar a vida de meu pai, em vez de sua morte, pretendo apelar para todas as pessoas influentes que conheço, a fim de que esse caso seja transferido para outro investigador.

— Esse é um direito seu.

Ele fez que sim e voltou para a porta por onde entrara. Com a mão na maçaneta, respirou fundo e disse, sem se virar:

Origem Mortal 149

— Ele era um grande homem! — E saiu da sala.

— Ele está nervoso — comentou Peabody. — Está sofrendo, sem dúvida, não creio que esteja fingindo toda essa dor, mas também está nervoso. Acho que tocamos num ponto sensível.

— Mandou a mulher e os filhos para fora da cidade — refletiu Eve. — Esse é um momento excelente para limpar qualquer vestígio incriminador. O pior é que não conseguiremos aquele mandado de busca e apreensão a tempo de impedi-lo, caso ele resolva agir de imediato.

— Se ele apagar dados das máquinas, o pessoal da DDE conseguirá recuperá-los.

— Muito bem. Agora você está falando como uma fã dos técnicos da Divisão Eletrônica. — Eve concordou com a cabeça, mas insistiu: — Vamos forçar a barra para conseguir esse mandado.

O fim do turno chegou e Eve continuava à espera da resposta à sua solicitação. Como último recurso, pegou a caixa de brownies que Nadine trouxera e a levou até a sala minúscula da assistente do promotor.

Assistentes da promotoria, conforme Eve já tinha reparado, não se saíam muito melhor do que tiras comuns, quando o assunto era ambiente de trabalho.

Cher Reo tinha fama de estar sempre com fome. Eve a escolheu porque se aqueles brownies não ajudassem a virar a maré a seu favor, só lhe restaria armar um escândalo que acabaria por lhe garantir muitos dias no noticiário.

Apesar dos cabelos claros e sedosos, dos olhos azul-bebê e as curvas da boca realçadas com tintura labial cor-de-rosa, Cher era conhecida por ser uma trabalhadora implacável. Vestia uma discreta saia cinza que ia até os joelhos, acompanhada por uma blusa branca. O paletó do *tailleur*, na mesma cor da saia, fora colocado com capricho sobre o encosto da sua cadeira.

Sua mesa estava coberta de pastas, arquivos, discos e anotações. Tomava café de uma caneca tamanho família.

Eve entrou na sala quase valsando e colocou a caixa cor-de-rosa em cima da mesa. Percebeu quando as narinas de Cher se dilataram.

— Que foi? — A jovem tinha um leve sotaque sulista e um tom suave e doce. Eve ainda não tinha decidido se o sotaque era genuíno.

— Brownies.

Cher se aproximou ainda mais da caixa, cheirou com força, mas logo fechou os olhos e informou:

— Estou de dieta.

— Tem camadas triplas de chocolate.

— Sacanagem! — Erguendo a tampa alguns centímetros, Cher espiou lá dentro e gemeu: — Muita sacanagem! O que eu preciso fazer para ficar com eles?

— Continuo à espera do mandado de busca e apreensão que eu solicitei para a casa de Icove Filho.

— Pois saiba que será preciso muita sorte para conseguir isso. Você está enfiando espetos nos olhos de um santo, Dallas. — Cher se recostou na cadeira e a girou de leve. Eve viu que ela usava tênis com amortecedores a ar. Mas reparou que havia sapatos muito dignos de saltos altos, finos, em tom cinza-escuro, num dos cantos da sala. — Meu chefe não está disposto a lhe dar carta branca para enfiar esses espetos ainda mais fundo. Precisa de mais elementos para liberar o mandado.

Eve encostou o quadril na quina da mesa.

— Convença-o do contrário. O filho da vítima sabe de alguma coisa, Reo. Enquanto seu chefe brinca de política, em vez de juntar seu peso ao meu e ao de Mira, junto a um juiz, os dados que

Origem Mortal

precisamos poderão ser destruídos. Será que a promotoria realmente quer atrapalhar a investigação do assassinato de um homem da importância do dr. Icove?

— Não. Mas também não pretende jogar merda em seu túmulo.

— Force a barra para conseguir o mandado, Reo. Caso eu consiga o que estou buscando, a coisa vai ser grande. E certamente eu me lembrarei de quem me ajudou a conseguir as provas.

— E se a coisa não der em nada vai ser a mesma coisa: ninguém vai se esquecer de quem a ajudou a estragar tudo.

— Vou descobrir algo valioso. — Eve se afastou da mesa. — Se não confia em mim, pelo menos confie nos brownies.

Reo expirou com força e avisou:

— Vai demorar um pouquinho. Mesmo que eu convença meu chefe a despachar a solicitação, e vou suar para conseguir isso, ainda teremos de convencer um juiz a assinar o mandado.

— Então, por que não colocamos logo essa bola em jogo?

Quando Eve entrou em casa, Summerset estava exatamente onde ela esperava encontrá-lo. Surgiu nas sombras do saguão como uma gárgula, com sua carranca de ameixa seca. Eve decidiu deixar para ele o primeiro golpe. Preferia a retaliação, pois isso geralmente lhe dava a vantagem de ter a última palavra.

Despiu o casacão mais lentamente que de costume. Os dois se entreolharam fixamente, quase com curiosidade. Eve resolveu transformar a cena numa declaração aberta de guerra e pendurou o casacão sobre o pilar do primeiro degrau da escada. A imagem foi muito mais marcante que a promovida pela sua velha jaqueta.

— Tenente... Preciso de alguns instantes do seu tempo.

Ela uniu as sobrancelhas, perplexa. Ele não deveria dizer isso, ainda mais num tom tão educado e inofensivo.

— Para quê?

— O assunto é relacionado a Wilfred Icove.

— O que tem ele?

Summerset, magro demais, quase quebradiço, vestindo um uniforme de mordomo muito severo, todo preto, manteve os olhos negros grudados nos dela. Seu rosto, geralmente sombrio e cheio de presságios, na opinião de Eve, parecia ainda mais tenso que o habitual.

— Eu gostaria de lhe oferecer toda a assistência que puder, a fim de ajudá-la na investigação.

— Nossa, este é um dia histórico — brincou Eve, mas logo estreitou os olhos. — Você o conhecia? Como foi isso?

— Tive um contato rápido com ele. Servi como médico, de forma não oficial, durante as Guerras Urbanas.

Eve olhou para o alto da escada e viu Roarke, que descia.

— Você já sabia disso? — perguntou ela.

— Acabei de saber. Por que não nos sentamos um pouco para conversar? — Antes de Eve ter chance de protestar, Roarke a pegou pelo braço e a levou para a sala de estar. — Summerset me contou que conheceu Icove em Londres e trabalhou com ele em uma das clínicas do exército durante as guerras.

— Trabalhei *para* ele é o termo mais adequado — corrigiu Summerset. — O dr. Icove foi a Londres com a missão de instalar mais clínicas, e essas unidades médicas móveis se transformaram, no fim dos conflitos, no sistema Unilab. O dr. Icove tinha feito parte da equipe que criou o programa em Nova York, onde as revoltas começaram, antes de se espalharem por toda a Europa. Tudo isso aconteceu há mais de quarenta anos — acrescentou —, antes de vocês dois nascerem. Antes de a minha filha nascer.

— Por quanto tempo ele ficou em Londres? — quis saber Eve.

— Dois meses, talvez três ou um pouco mais. — Summerset espalmou as mãos ossudas. — Não sei especificar o tempo exato.

Origem Mortal

Salvou um número incontável de vidas durante esse período, sempre trabalhando de forma incansável. Arriscou a própria vida mais de uma vez. Criou algumas das suas célebres inovações no campo da cirurgia reconstrutiva em pleno campo de batalha. Era isso que as cidades eram, naquela época: campos de batalha. Vocês certamente já viram muitas imagens daqueles anos, mas isso não é nada comparado à experiência de estar lá e vivenciar todo aquele horror. Vítimas que teriam perdido braços e pernas, ou que seriam obrigadas a passar o resto de suas vidas com cicatrizes horripilantes foram poupadas disso devido ao trabalho do dr. Icove.

— Pode-se dizer que ele fazia experiências?

— Eu as chamaria de inovações. Ele criava coisas novas. Soube, pelo noticiário, que a morte dele pode ter sido obra de um assassino profissional. Ainda mantenho contatos importantes em certos círculos.

— Se quiser usá-los, por mim tudo bem — liberou Eve. — Pode bisbilhotar por aí, mas tenha cautela. Até que ponto você o conhecia?

— Não muito bem. Pessoas que servem juntas na guerra geralmente criam laços de amizade de forma quase instantânea, e se tornam até mesmo íntimas. Mas quando não sobra mais nada em comum entre elas, esses laços desaparecem. Depois dos conflitos ele se mostrou um pouco arredio. Distante, talvez.

— Superior?

Um ar de desaprovação surgiu no rosto de Summerset, mas ele acabou concordando.

— Esse termo não seria inadequado. Servimos nossos países juntos, comemos e bebemos juntos, mas o doutor mantinha distância das pessoas que trabalhavam sob suas ordens.

— Descreva para mim a personalidade dele. Pode pular os aspectos da santidade do bom doutor.

— É difícil descrever com precisão. Estávamos em guerra. Uma nova personalidade é criada nas pessoas. Algumas aguentam tudo e brilham; outras, muitas vezes se despedaçam durante a guerra.

— Mas você tinha uma opinião formada sobre ele, como ser humano.

— O dr. Icove era brilhante. — Summerset ergueu os olhos com surpresa quando Roarke lhe ofereceu um copo de uísque. — Obrigado.

— "Brilhante" já está no meu caderninho — disse Eve. — Quero outras definições, tirando essa.

— A senhora quer defeitos? — Summerset provou o uísque.

— Não considero defeito quando um médico jovem e brilhante se sente impaciente e frustrado com as circunstâncias, com os equipamentos e com as instalações péssimas nas quais trabalhávamos. Ele exigia muito dos subordinados, mas como também dava tudo de si e conseguia vitórias fabulosas, geralmente era atendido.

— Você disse que ele era arredio e distante. Só com outros médicos e voluntários ou também com pacientes?

— No início ele fez questão de aprender os nomes de todos os pacientes que tratava, mas eu diria que sofria muito a cada perda. E as perdas eram numerosas e, muitas vezes, horrendas. Devido a isso, ele implementou um sistema em que os pacientes recebiam números, em vez de nomes.

— Números... — murmurou Eve.

— Isso era uma questão de objetividade, como costumava dizer. Aqueles eram corpos que precisavam de tratamento e, muitas vezes, de reconstrução. Pessoas que precisavam continuar respirando, ou eram simplesmente descartadas. Ele era extremamente duro, mas as circunstâncias exigiam isso. Os que não conseguiam se manter afastados do horror eram inúteis para os que sofriam justamente por causa daquele horror.

— A mulher dele foi morta por essa época.

Origem Mortal 155

— Eu trabalhava em outra parte da cidade quando isso aconteceu. Pelo que me lembro, ele partiu de Londres imediatamente, ao receber a notícia da morte dela; foi buscar o filho que tinha sido mandado para o campo, a fim de permanecer a salvo.

— E não tiveram mais contato, desde então?

— Não. Creio que ele nem se lembraria de mim. O dr. Icove seguiu com o seu trabalho e fiquei satisfeito de ver as coisas com as quais sonhava se tornarem realidade.

— Ele falava sobre esses assuntos? Seus sonhos?

— Comigo? Não. — A sombra de um sorriso desfilou pelo rosto de Summerset. — Mas eu o ouvia conversando com os outros médicos. Ele queria curar, ajudar, melhorar a qualidade de vida das pessoas.

— Era um perfeccionista.

— Não existe perfeição na guerra.

— Isso certamente o deixava frustrado.

— Todos nós ficávamos frustrados. As pessoas morriam à nossa volta numa velocidade impressionante. Por mais que salvássemos algumas, havia outras que não conseguíamos resgatar nem ajudar. Naquele tempo, um homem poderia ser baleado na rua por ter sapatos de boa qualidade. Outro, logo adiante, poderia ter a garganta cortada por estar descalço. Frustração é uma palavra fraca para descrever o que sentíamos.

Eve tentou se lembrar do que pesquisara.

— Quer dizer que o filho estava em segurança no campo e a esposa trabalhava ao seu lado.

— Não ao seu lado. Era voluntária num hospital montado para tratar de crianças feridas, e também para abrigar as perdidas ou que tivessem ficado órfãs.

— Ele traía a mulher?

— Como assim?

— Era guerra, ele estava longe da família, sua vida por um fio. Ele dormia com alguém?

— Não vejo o propósito de uma pergunta tão rude, mas não, pelo menos, não que eu soubesse. Era devotado à família e ao trabalho.

— Muito bem. Voltaremos a conversar sobre isso. — Ela se levantou. — Roarke?

Eles saíram da sala e Eve ouviu Roarke murmurando algo para o mordomo, antes de segui-la. Esperou até eles estarem subindo a escada para falar.

— Você não contou nada a ele sobre os dados que descobrimos?

— Não. Essa é uma situação desconfortável.

— Eu sei, mas você vai ter de se manter desconfortável por algum tempo. Não sei se esse assassinato tem motivos que remontam ao tempo das Guerras Urbanas, mas é um ângulo que pretendo investigar. Porém, a não ser que a assassina tenha conseguido uma aparência de uma pessoa dez anos mais jovem, devido a cirurgias ou melhorias cosméticas, também não tinha nascido no tempo da guerra. De qualquer modo...

— Teve um pai e uma mãe. Eles já eram nascidos.

— Isso mesmo. Surgiu mais uma possibilidade: órfãos de guerra. Pode ser que ele tenha começado a fazer experiências ali: tratamentos, "colocações". — Eve caminhou de um lado para outro do quarto, pensando. — Não é nada bonito deixar crianças abandonadas pelas ruas, se alimentando de coisas podres e cadáveres, depois de uma guerra, certo? Algumas delas não vão sobreviver mesmo, e seu negócio seria fazer com que sobrevivessem. Estaria interessado em melhorar a qualidade de vida das pessoas, e também sua aparência. Presenciar tanta carnificina durante a guerra pode ter distorcido a mente dele.

Origem Mortal

Eve olhou mais uma vez para o relógio e reclamou:

— Onde, diabos, está meu mandado?

Ela se largou no sofá e observou Roarke com atenção.

— Como se sentiu em Dublin, quando Summerset recolheu você das ruas?

— Eu me senti protegido, alimentado, consegui dormir numa cama. E nunca mais ninguém me espancou diariamente. — Summerset cuidara disso pessoalmente, pensou Roarke, e lhe dera muito mais do que lençóis limpos e comida para encher a barriga.

— Eu já estava quase morto quando ele me acolheu. Quando consegui voltar a pensar com clareza e saí da cama, superei o choque e me senti empolgado com o tamanho da minha sorte. Achei que Summerset poderia ser minha próxima vítima. Quando tentei limpar sua carteira ele me passou um sermão pungente e inesquecível. Aprendi a me sentir grato pela primeira vez na vida.

— A partir daí, quando ele lhe disse o que fazer, quando o educou, lhe deu um lar e determinou as regras da casa, você aceitou.

— Ele nunca me colocou algemas nem me prendeu em casa, pois sabia que eu fugiria. Mas, em suma, foi como você descreveu.

— Sei. — Eve recostou a cabeça para trás e olhou para o teto. — Depois disso, Summerset se tornou a sua família. Pai, mãe, professor, médico, padre, o pacote completo.

— Em essência, sim. Ah, por falar em família! Vários parentes meus confirmaram que vêm de Clare para Nova York, para passar o Dia de Ação de Graças conosco. Agora que já confirmei tudo, não sei exatamente o que esperar.

— Bem, então somos dois — reagiu Eve, erguendo os olhos para ele.

Capítulo Oito

Tique-taque, pensou Eve, e olhou meio de lado para o *telelink* que colocara sobre a mesa de jantar. A lareira acesa transmitia um calor alegre agradável e um filé suíno com ar sofisticado enfeitava o seu prato.

— Você não sabe que *telelink* vigiado nunca toca? — Ela olhou para Roarke, que espetara com o garfo um pedaço de carne do prato dela e o balançava diante de sua boca. — Seja uma menina boazinha e coma o seu jantar.

— Eu sei como me alimentar sozinha. — Como o garfo continuava imóvel diante de seus lábios, ela comeu o pedaço de porco. Por sinal, delicioso. — Ele já deve ter dado cabo dos documentos todos, a essa hora.

— Há alguma atitude que você possa tomar a respeito?

— Não.

— Então, o melhor a fazer é curtir o jantar.

Algo com aspecto interessante, provavelmente pedaços de batatas, acompanhavam o porco sofisticado. Ela experimentou um deles e comentou:

Origem Mortal   159

— Eles certamente têm grana escondida por aí, em algum lugar. Você está interessado em descobrir onde? — perguntou Eve.

— Tenente, eu estou *sempre* interessado em encontrar dinheiro — afirmou ele, provando o vinho e virando a cabeça meio de lado.

— Mesmo que o mandado não saia, preciso seguir o rastro do dinheiro. Quero saber de onde vêm os fundos para financiar esse projeto, não importa qual seja, e também quais são as comissões e lucros gerados por ele.

— Tudo bem. Meu plano é fazer as refeições aqui mesmo.

— Ué... — Eve franziu o cenho. — Nós já estamos fazendo as refeições aqui. — Espetou mais um pedaço de porco e o exibiu. — Viu só?

— Dia de Ação de Graças, Eve! — Roarke teve de admitir para si mesmo que estava um pouco tenso com aquilo, e se sentia muito inseguro sobre os passos a dar.

Ele sabia como lidar com as pessoas em festas, reuniões, até mesmo quando se tratava de sua esposa muito complicada. Sabia como gerir um império interplanetário e ainda reservar algum tempo para acompanhar as investigações de casos de assassinato. Mas como conseguiria lidar com as pessoas de sua família?

— Ah, entendi. Bem, certamente o prato principal vai ser peru. — Eve girou a cabeça, observando de forma vaga a sala onde se via uma mesa imensa, obras de arte fabulosas, muito brilho nas pratarias e detalhes interessantes na decoração em madeira cara, brilhante e acolhedora. — Esta sala é o local perfeito para um jantar desses. Quanto à pesquisa sobre os dados financeiros da vítima, tudo será oficial, nada por baixo dos panos.

— Puxa, você consegue tirar a graça de tudo.

— Posso conseguir autorização para um levantamento financeiro completo da vida de Icove. Afinal, tenho várias teorias sobre a mesa: chantagem; antiga paciente que pirou de forma inesperada;

até mesmo a possibilidade de um ataque profissional e/ou de motivação terrorista.

— Mas não acredita em nenhuma delas.

— Também não as elimino — contrapôs Eve. — Mas confesso que estão no fim da lista. Temos os discos escondidos e codificados para dar mais peso à autorização para pesquisa. Também tenho argumentos para mostrar que, não importa qual seja esse projeto, ele pode ter sido o motivo para o assassinato. Juntando tudo, vai ser fácil conseguir ordem judicial para esse levantamento sem ferir suscetibilidades. Não vou insinuar que Icove tinha sujeiras em sua vida, apenas que algo a ver com seu trabalho e o dinheiro gerado por isso podem ter levado à sua morte.

— Muito esperta.

— Sou uma garota inteligente. Até conseguir mais evidências, não vou deixar escapar nada sobre minhas teorias sobre possível hibridização humana, escravidão sexual ou treinamentos para acompanhantes licenciadas. Consiga-me o caminho trilhado pelo dinheiro para eu poder seguir em frente.

— Combinado!

Roarke tentou relaxar um pouco e aproveitar o jantar, sem se preocupar com a logística do evento que tinha inventado. O transporte das pessoas não seria problema: ele já providenciara tudo. Quanto às acomodações, aquela casa era grande o bastante para acolher todo mundo, mesmo que o jato viesse lotado.

Mas que diabo ele iria fazer com todas aquelas pessoas, depois que chegassem? Aquilo não seria o mesmo que receber sócios, parceiros de negócios ou amigos.

Puxa vida, agora ele tinha parentes, por Deus! Como conseguiria se acostumar a isso, já que tinha vivido quase a vida toda sem saber da existência deles?

Todos iriam ficar debaixo do seu teto e ele não fazia ideia do que esperar.

Origem Mortal 161

— Será que não seria mais adequado separar uma ala da casa só para as crianças? O que você acha? — especulou ele.

— Sobre o quê?... — Eve fez nova cara de estranheza e deu mais uma garfada. — Ah, isso... Puxa, sei lá! Você é que deve saber como lidar como esse pepino.

— E como é que eu vou saber como fazer uma coisa que nunca vi acontecer antes? — Seu rosto era a imagem da frustração e ele fez uma careta para o vinho. — A situação é irritante!

— Você pode ligar para eles, comunicar que surgiu um imprevisto e cancelar tudo.

— Não sou covarde — reagiu Roarke, baixinho, num tom que a fez ter certeza de que ele já havia pensado nessa possibilidade. — Além do mais, isso seria muita falta de educação.

— Eu consigo ser mal-educada, numa boa. — Deixando de pensar no trabalho por alguns instantes, ela analisou a situação. — Aliás, *adoro* ser mal-educada.

— Por isso é tão boa nisso.

— Sou mesmo. Você poderia dizer aos seus parentes que, devido ao meu envolvimento obsessivo em uma suculenta investigação de assassinato, as comemorações do Dia de Ação de Graças foram canceladas. Ninguém vai comer peru. Gostou da ideia? Fazendo desse jeito, a culpa fica sendo toda minha. "A megera da minha mulher está me arrancando o pelo" — disse Eve, exagerando no sotaque irlandês enquanto balançava um copo d'água para os lados. — "A tenente anda trabalhando o dia todo e também metade da noite, e não me dá nem cinco minutinhos do seu precioso tempo. O que é que um homem pode fazer diante disso? Maldição!"

Ele ficou calado por alguns segundos, olhando fixamente para ela.

— Eu não falo nem de longe com esse sotaque bizarro. Saiba que ninguém que eu conheço fala assim.

— Você nunca se ouviu falar quando está bêbado, e certamente ficaria bêbado de frustração, em uma situação como essa. — Ela encolheu os ombros, bebeu um pouco d'água e sentenciou: — Problema resolvido!

— Nem de perto, mas obrigado pela oferta incomum e generosa. Muito bem, vamos voltar a assassinato, agora, que é um assunto muito mais simples para nós dois.

— Nisso você tem razão.

— Supondo que sua teoria esteja certa, por que você acha que um homem bem-conceituado como Icove iria se dedicar às áreas dúbias da medicina?

— Porque podia fazer isso, para começar. E porque tinha a esperança de construir uma... Como é que você chama?... Uma ratoeira aprimorada. O corpo humano é cheio de falhas, certo? Ele quebra, precisa de reparos e manutenção constante. É frágil. Icove cresceu testemunhando a fragilidade do corpo humano através do trabalho dos seus pais. Mais tarde com o acidente de sua mãe e o subsequente suicídio que ela cometeu. Depois, teve a morte da sua esposa e o pesadelo medonho das Guerras Urbanas. Por tudo isso, talvez tivesse uma aspiração urgente de fazer as pessoas mais perfeitas, torná-las mais fortes, mais duráveis, mais inteligentes, certo? Já alcançara muitos sucessos nessa direção, recebera elogios e reconhecimento pelo seu trabalho e tinha ficado podre de rico. Por que não ir mais à frente?

— Mas só com mulheres?

— Não sei. — Eve balançou a cabeça. — Talvez tivesse uma atração particular e especial pelas mulheres. Sua mãe, sua esposa. Talvez seu foco tenha sido o sexo feminino porque suas mulheres haviam se mostrado frágeis demais.

"Mesmo sendo rico, ele teria de ter um aporte constante de dinheiro para manter o projeto. Provavelmente, essa é mais a sua esfera de atuação que a minha", continuou Eve. "É mais fácil

Origem Mortal

vender mulheres do que homens. Até hoje existem mais acompanhantes licenciadas do sexo feminino do que do masculino. E os predadores sexuais masculinos são mais comuns. Vocês, homens, associam sexo com poder, virilidade, até mesmo com vida. Ou punição, quando têm a mente distorcida. As mulheres, na maioria das vezes, associam sexo com emoção, antes de outra coisa. Ou o enxergam como uma mercadoria ou ferramenta de barganha."

— Ou arma — completou Roarke.

— Sim, isso também. É assim que o mundo funciona. Há mais uma coisa... — Ela comia sem perceber, agora que as peças soltas do caso começavam a girar em sua mente. — Temos aqui um médico revolucionário, com trabalho consagrado, muita fama, muita grana, um ego gigantesco, você conhece esse tipo de gente.

— Naturalmente que sim. — Roarke sorriu.

— Ele já obteve muitas conquistas. Fez um monte coisas boas para a humanidade, trabalho voluntário, recebeu um monte de tapinhas de congratulação nas costas e alcançou um estilo de vida excelente. Mas existem sempre mais coisas, certo? Mais coisas a fazer, mais programas a implantar. Mais planos. Aquele tal de Frankenstein devia ser muito inteligente.

Roarke adorava ver a forma como ela montava as peças de cada caso. O jeito especial com que ela pegava pontas soltas e as juntava numa espécie de bordado.

— Frankenstein criou vida a partir de tecidos mortos.

— Certamente nojento, mas inteligente. Muitos avanços científicos e tecnológicos surgiram com base em um pouco de loucura e muito ego.

— Ou acidentes e coincidências felizes — lembrou Roarke.

Eve concordou, observando as velas que queimavam sobre a mesa.

— Aposto que o primeiro sujeito que fez fogo imaginou que era Deus; seus colegas dos tempos das cavernas devem ter se curvado diante dele.

— Ou quebraram sua cabeça com uma pedra para roubar o fogo que ele criara.

Eve teve de rir e concordou.

— Pode ser, sim, mas você me entendeu. Você criou o fogo e então pensou: "Ei, vamos ver para que serve esse troço. Beleza!... Não precisamos mais comer mastodonte cru! Quero o meu mal-passado, por favor. Ah, merda, taquei fogo no Zé!"

Dessa vez foi Roarke que soltou uma gargalhada e Eve uniu as sobrancelhas.

— Opa, foi mal, Zé — continuou ela. — Agora, você precisa descobrir como tratar uma queimadura. E como enfrentar alguém que *goste* de tacar fogo em outros zés e, talvez, queimar a aldeia. Quando menos se espera, você evoluiu e tem hospitais, tiras, controle climático e... — deu mais uma garfada na carne e a exibiu. — Carne de porco por encomenda.

— Um fascinante resumo da história da civilização.

— Acho que me afastei do raciocínio na hora do mastodonte cru. De qualquer modo, o que quero dizer é: você constrói algo grande e universal, luta contra a morte e se torna famoso por isso. O que falta fazer?

— Algo ainda maior.

O *telelink* tocou e ela o atendeu na mesma hora.

— Dallas falando!

— É melhor você ter certeza — o sotaque sulista arrastado de Reo pareceu mais agitado —, porque vamos todos ficar com o cu na reta.

— Envie o mandado logo!

— Nada disso, quero entregá-lo pessoalmente. Podemos nos encontrar na residência do dr. Icove Junior em vinte minutos. Mais uma coisa, Dallas: se a merda respingar, vou colocar a culpa em você para atenuar meu tombo.

Origem Mortal

— Tudo bem, isso me parece justo. — Eve desligou e olhou para Roarke, avisando: — Lá vamos nós! — E ligou para Peabody.

Eve chegou antes de Reo e de Peabody, e usou o tempo extra para analisar a casa de Icove. A luz de uma das janelas do terceiro andar estava acesa. O escritório ou o quarto de dormir, talvez? Outro local no segundo andar, mais escuro, também exibia uma iluminação difusa. Provavelmente a lâmpada fraca de algum saguão fora deixada acesa, para facilitar a orientação à noite.

O primeiro andar estava às escuras, exceto pelas pequenas luzes de segurança, e o ponto luminoso em vermelho na porta da rua indicava que o sistema de segurança estava ligado.

Aquilo era sinal de que o médico estava em casa. Isso tornaria a entrada mais fácil, mas a busca, em si, mais complicada. Eve decidiu deixar a diplomacia para Reo.

Eram nove e pouco. Noite fechada e um vento frio e cortante. Uma das casas vizinhas tinha um elemento decorativo pendurado na porta da frente, no formato de um peru gordo e colorido.

Isso a fez pensar no Dia de Ação de Graças, que se aproximava, e nos muitos irlandeses estranhos que teria como hóspedes.

Eram parentes de Roarke, lembrou a si mesma. Ela precisava descobrir rapidamente um jeito de interagir numa boa com eles, ou se desviar da turba de forma educada e cuidar da sua vida. Gostava de Sinead, a tia de Roarke, a única que conhecia entre o bando de parentes prestes a despencar em sua cabeça. Mas isso não significava que sabia exatamente o que fazer, ou como lidar com Sinead ou com os outros quando eles estivessem à sua volta, em casa.

Relações familiares eram algo completamente fora de sua órbita.

Roarke não lhe informara por quanto tempo sua parentada iria ficar em Nova York, e Eve tinha medo de perguntar. Talvez só um dia. Quem sabe eles chegariam num dia e iriam embora no outro?

E se ficassem mais tempo? E se a visita durasse uma semana?

Ela bem que podia ter a sorte de acontecer algum homicídio violento e cruel que serviria de desculpa para ela ficar fora de casa a maior parte dos dias.

Nossa, refletiu, com um suspiro, que forma doentia de pensar.

Roarke parecia muito nervoso com aquela história, lembrou a si mesma. Logo ele, que tinha gelo nas veias quando interagia com estranhos. Isso mostrava que aquele encontro de família era importante para ele. Muito importante. Portanto, ela precisaria lhe dar apoio e ser uma boa esposa.

Minha nossa! Por outro lado, não seria culpa dela se um homicídio violento e cruel caísse em seu colo para ser investigado, certo? Afinal, Eve não tinha como controlar essas coisas.

Avistou Peabody virando a esquina da rua, no lado oeste. E viu um magricelo ao seu lado, vestindo calças verde-fluorescente e um casaco comprido em roxo-batata.

— Casacão *mag*! — elogiou McNab. — Existe desse modelo em cores berrantes?

— Não faço ideia. Por acaso eu mandei você trazer seu brinquedo a tiracolo, Peabody?

— Não, mas eu achei que um detetive eletrônico seria útil.

McNab sorriu e seus olhos verdes cintilaram em seu rosto bonito.

— Não que eu me importe quando ela usa meu brinquedo. Escute, Dallas, Mavis mandou lembranças. Nós a encontramos ao sair do prédio, vindo para cá. Ela está gigantesca! — acrescentou, abrindo os braços em torno da barriga para mostrar a extensão da gravidez de Mavis. — Qual é o tamanho desse seu casacão?

— Tamanho T de tenente. Você pode nos prestar assistência na busca, McNab — avisou Eve —, mas nada de xeretar os eletrônicos,

Origem Mortal 167

a não ser que eu ordene. Já que está aqui, você poderá trabalhar nos computadores, pesquisar dados e se comunicar com a Central, desde que eu julgue adequado e permita essa ação.

— Saquei.

— Ahh, vejam aquele peru! — Peabody riu de orelha a orelha ao avistar o enfeite com formato de peru que enfeitava a porta do vizinho. — Costumávamos criar enfeites desse tipo quando eu era pequena. Mas não comíamos peru no Dia de Ação de Graças, pois matar animais era considerado um ato de opressão, uma atitude comercial e politicamente incorreta, na visão dos partidários da Família Livre.

Onde será que Reo tinha se enfiado?, pensou Eve, enfiando as mãos nos bolsos.

— Vamos oferecer um jantar no Dia de Ação de Graças. Se vocês estiverem interessados em aparecer lá em casa, estão convidados — informou, com ar casual.

— Sério mesmo? — Um ar de surpresa e sentimentalismo inundou o rosto de Peabody. — Oh, que bonitinho! Eu adoraria ir, mas vamos passar uns dias com minha família, se não houver nenhum caso em aberto. É nosso primeiro fim de semana desse tipo desde que fomos morar juntos.

McNab exibiu os dentes em um sorriso tenso, e Eve percebeu que ele se sentia nervoso com aquilo. Que medo era aquele que atacava até os corajosos e seguros de si?

— Depois do Natal, vamos passar alguns dias na Escócia, com o clã de McNab. — Dessa vez foi Peabody que exibiu o sorriso tenso. — Vamos fazer o circuito familiar completo antes do fim do ano, se conseguirmos bancar as passagens.

— Tudo bem. — Mas Eve ficou desapontada. Aquilo iria cortar a sensação de "conheço pelo menos algumas dessas pessoas" durante o jantar.

Afastou o problema da cabeça ao ver um carro oficial estacionar junto da calçada. Reo, com seu terninho feminino e os sapatos combinando, saltou do veículo.

Entregou um papel para Eve, antes mesmo de cumprimentá-los.

— Vamos descobrir alguns segredos. Você é a detetive Peabody, certo? — O olhar de Reo pousou em McNab, com ar de flerte.

— E você...?

— Detetive McNab. — Ergueu os ombros com empolgação e completou: — Divisão de Detecção Eletrônica.

— Sou Cher Reo. — Ela estendeu-lhe a mão antes de se dirigir para a entrada.

Peabody deu uma cotovelada nele assim que ela virou de costas.

Quando Eve tocou a campainha, o sistema de segurança piscou duas vezes e respondeu:

Lamentamos informar que os Icoves não esperam visitas, nem aceitam recebê-las a essa hora da noite. Se quiserem deixar um recado, alguém da família ou um empregado lhes dará retorno assim que for possível.

Eve ergueu o distintivo, o mandado, e informou:

— Aqui é a tenente Eve Dallas, do Departamento de Polícia de Nova York, acompanhada dos detetives Peabody e McNab, e da assistente da promotoria Cher Reo. Temos um mandado judicial que nos autoriza a entrar e efetuar buscas em toda a residência. Informe o dr. Icove ou um dos empregados da casa sobre isso. Se não conseguirmos autorização para entrar em cinco minutos, tomaremos as medidas apropriadas.

Um momento, por favor, enquanto sua identificação e documento são escaneados e autenticados.

Origem Mortal

— Vá em frente, mas o relógio está correndo.

Um pequeno raio verde varreu o distintivo e o selo do mandado. Um minuto se passou enquanto o sistema de segurança zumbia baixinho.

A identificação e o documento acabaram de ser autenticados. Um momento, por favor, enquanto a empregada robótica da casa é ativada. Avisamos que o dr. Icove ainda não foi informado a respeito desse mandado.

Interessante, pensou Eve.

— Ligue a filmadora, Peabody — ordenou, e também ligou a sua.

Três dos cinco minutos se passaram antes que a luz de segurança mudasse para verde. A porta foi aberta pela mesma androide educada e bem vestida que Eve conhecera na visita anterior.

— Tenente Dallas, desculpe-me por fazê-la esperar. Eu não estava ativada. — Ela recuou, com cortesia, para deixá-los entrar. — O dr. Icove está em seu escritório pessoal, no terceiro andar. Recebi ordens de não incomodá-lo sob nenhuma hipótese, antes de ser desativada, à noitinha.

— Não se preocupe, eu não recebi essas ordens.

— Mas... — Ao ver que Eve já seguia na direção da escada, a androide resignou-se e cruzou as mãos diante do corpo. — O dr. Icove é muito severo quanto a ser perturbado quando está no escritório. Se a senhora deseja vê-lo, não seria melhor entrar em contato com ele através do interfone? — Apontou para um *scanner* doméstico que ficava ao lado de um *telelink* interno, semelhante ao que Eve tinha em casa.

— Reo, cuide dessa burocracia. McNab, verifique o sistema de segurança da casa. Peabody, venha comigo. — Eve começou a subir a escada.

— A assistente da promotoria ficou de olho nele — murmurou Peabody, quando chegaram ao segundo andar.

— Nele quem?...

— McNab. Ela jogou o maior charme para cima dele, eu reparei. É melhor jogar só charme, senão vou dar uma botinada naquela bundinha sulista dela.

— Você bem que podia comentar alguma coisa sobre a operação que estamos efetuando — sugeriu Eve. — Só para ficar registrado na porra da gravação!

— Estou apenas comentando. — Peabody olhou em torno quando elas se dirigiram para a escada que levava ao terceiro andar. — Que lugar grande! Cores bonitas, obras de arte. O ambiente está muito quieto.

— A esposa e os filhos foram para a casa de praia. Imagino que seu escritório seja à prova de som. Ele desligou a empregada robótica e ativou a segurança da casa. Pelo visto, leva muito a sério essa história de não ser perturbado.

O terceiro andar tinha sido reformado e apresentava três ambientes. Eve reparou em uma pequena área de lazer para crianças; era muito completa, com videogame de última geração, telão de entretenimento, poltronas confortáveis e um recesso para lanches cheio de guloseimas. Mais adiante ficava um aposento mais adulto, com decoração feminina. Uma mistura de sala de estar e escritório com paredes pintadas em tons pastel, janelas em arco e muitas curvas.

Do outro lado do corredor havia uma porta fechada. Como supôs que o escritório fosse à prova de som, Eve não bateu; preferiu apertar o interfone ao lado do portal.

— Dr. Icove, aqui é a tenente Dallas. Estou acompanhada de dois detetives e uma assistente de promotoria. Entramos na casa por meio de um mandado de busca e apreensão. O senhor tem a obrigação legal de abrir essa porta e cooperar conosco.

Origem Mortal

Esperou alguns instantes, mas não obteve resposta.

— Caso se recuse a cooperar, estou autorizada a destravar o trinco e entrar. O senhor pode entrar em contato com o seu advogado ou representante, para confirmar essa informação. Também pode exigir que seu advogado esteja presente para supervisionar nossas buscas.

— Ele prefere a estratégia do silêncio — observou Peabody, depois de alguns instantes.

— Que fique registrado que o dr. Icove foi devidamente informado de seus direitos e obrigações, mas se recusou a responder verbalmente — informou Eve, que continuava gravando tudo. — Vamos entrar sem sua autorização.

Pegou a chave mestra e a enfiou na fechadura.

— Dr. Icove, é a polícia. Vamos entrar!

Abriu a porta.

A primeira coisa que ouviu foi música ambiente, do tipo calmo e meloso que geralmente se ouve em elevadores e sistemas de espera em *telelinks*. A mesa de trabalho ficava diante de um trio de janelas. Se o médico tinha estado trabalhando ali, não havia sinal disso. Uma porta à esquerda se abria para o que dava para ver que era um banheiro. Ao lado da entrada havia um telão de relaxamento ativado para exibir misturas aleatórias de cores suaves que combinavam com a música.

Havia quadros nas paredes, livros, fotos da família e o que Eve imaginou serem prêmios e diplomas.

As telas de privacidade dos vidros estavam acionadas, as luzes eram suaves e o aposento estava confortavelmente aquecido.

Uma saleta de estar em estilo sofisticado tinha sido montada no canto direito, mais além. Sobre a mesinha estava uma garrafa térmica em preto brilhante, um prato de frutas e queijo, uma caneca imensa sobre um pires e um guardanapo verde de linho.

Sobre o sofá estofado em vinho, num couro de qualidade tão alta quanto a do casacão de eve, Wilfred B. Icove Filho jazia deitado com os pés descalços. Um par de chinelos pretos fora colocado, com cuidado, diante do sofá. Ele vestia calças largas cinza escuras e um pulôver também cinza, só que um pouco mais claro.

A ferida no coração manchava o pulôver, e o cabo prateado do estilete cirúrgico brilhava intensamente sob a luz.

— Kit de serviço — ordenou Eve a Peabody. — Dê o alarme. Mande McNab selar as mãos para recolher os discos de segurança agora mesmo. E lacre a casa.

— Sim, senhora.

— Filha da mãe! — murmurou Eve, quando ficou sozinha no escritório. — Filha da mãe! A vítima foi identificada de forma visual pela investigadora principal do caso como sendo o dr. Wilfred B. Icove Filho. Ele foi encontrado morto na cena que está sendo gravada neste momento. Até que os investigadores estejam selados por completo, o corpo não será examinado; o aposento ficará isolado para evitar contaminação da cena do crime. Um estilete comum de uso cirúrgico, semelhante ao usado no assassinato de Wilfred Icove Pai, foi enfiado no peito da vítima. O sangue que forma a mancha exibida na gravação saiu do coração. Como pode ser visto pela imagem, a vítima está reclinada no sofá de seu escritório doméstico. A porta do aposento estava trancada, as luzes estavam com brilho fraco e as telas de privacidade foram ativadas em todas as janelas.

Ergueu a mão ao ouvir passos que se aproximavam. Alguém usando saltos altos.

— A assistente da promotoria vem chegando. Não se aproxime da vítima, Reo. É preciso selar as mãos, antes.

— O que aconteceu? Peabody me disse que Icove está morto. Eu não acre...

Origem Mortal 173

Parou de falar, analisando Eve e dando uma boa olhada no cômodo. Seus olhos foram da porta do banheiro para o centro do escritório, até chegar ao sofá.

Nesse instante, seus olhos giraram para trás, exibindo unicamente a parte branca, e ela emitiu um som penoso, como o de um balão que se esvazia subitamente. Eve precisou correr para ampará-la, e colocou a assistente de promotoria deitada no chão, inconsciente, com as pernas meio tortas colocadas para fora da porta, no corredor. Em seguida a tenente, sem se abalar, deu continuidade à descrição oral do incidente.

— A entrada dos investigadores na residência aconteceu por meio de um mandado de busca e apreensão. A única empregada robótica da casa foi reativada automaticamente pelo sistema de segurança. A cena do crime não mostra indícios de entrada forçada, sem sinal de luta.

Eve ergueu a mão quando Peabody voltou. Sua parceira pulou o corpo da assistente, esparramado na entrada, e perguntou:

— O que houve com ela?

— Desmaiou. Faça o que puder para ajudá-la.

— Vai ver que moças sulistas são delicadas.

Eve passou o spray selante e pegou o kit de serviço. Seguindo o protocolo, verificou os sinais vitais da vítima.

— Morte confirmada — declarou. Em seguida, tirou as impressões digitais do morto. — Identificação confirmada. Peabody, faça uma busca cuidadosa pela casa. Antes, porém, desligue a androide.

— Já fiz isso. Vou fazer os exames iniciais do aposento assim que a bela adormecida acordar. Ele foi apagado do mesmo jeito que o pai?

— Parece que sim. — Eve tirou a temperatura do corpo e olhou para o medidor. — Ele esta morto há menos de duas horas. Droga!

Eve se ergueu, empinou as costas, analisou a posição do corpo e o ângulo do estilete.

— Chegamos logo depois, de novo. Ele estava deitado. Desativou o androide e deixou o sistema de segurança da casa ativado, em modo de "não perturbar". Veio se deitar aqui e não se preocupou com a possibilidade de alguém entrar na casa e se inclinar sobre ele. Pode ser que tenha sido dopado. Vamos analisar isso pelo relatório toxicológico, mas não acredito nessa hipótese. Não acredito *mesmo*. Ele a conhecia, não tinha medo dela. Não receou por sua vida quando ela entrou no escritório.

Eve foi até a entrada do escritório para fixar tudo na mente. Reo já se recuperava e apoiava a cabeça nas mãos. Peabody estava em pé ao lado dela, prendendo o riso de deboche.

— Caia dentro, detetive.

— Claro, senhora. Estou só me certificando de que a civil está bem.

— Estou melhor, obrigada. Só um pouco abalada. — Ela acenou a mão na direção de Peabody. — Vá em frente, pode continuar a trabalhar. É que eu nunca vi um cadáver antes, assim, recém-assassinado — explicou a Eve. — Só em fotos. Nunca dei de cara com um, e isso me pegou desprevenida.

— Desça e espere pela equipe de peritos.

— Farei isso em um minuto. Ouvi você dizer que ele morreu há duas horas. — Os olhos dela estavam vidrados, mas fitou Eve sem pestanejar. — Eu não consegui o mandado mais cedo. Fiz o maior malabarismo para ajeitar tudo, mas não deu para acelerar mais o processo.

— Não estou culpando você.

Reo encostou a cabeça na parede e continuou:

— Pode ser que não, mas é difícil convencer a mim mesma de que não tive culpa. Certamente encontramos algo que não pretendíamos encontrar. Você esperava por isso?

Origem Mortal

— Não, e é difícil convencer a mim mesma de que isso era inesperado. Agora desça, Reo. Tenho muito trabalho aqui.

— Posso entrar em contato com a pessoa mais próxima, para avisá-la — ofereceu ela.

— Faça isso então, por favor. Mas não informe a esposa sobre a morte do marido. Diga-lha apenas que precisamos que ela volte à cidade imediatamente. Faça mais malabarismos, consiga colocá-la num avião da polícia e traga-a em uma hora. Mas mantenha tudo longe do radar da mídia, Reo. Essa bomba vai estourar logo, e vai ser um inferno.

Eve pegou a garrafa térmica e a cheirou com cuidado. Café. Ela embalou tudo, inclusive a caneca e o prato de frutas e queijo, para enviá-los ao laboratório.

Deixando o corpo de lado por alguns minutos, Eve foi até a mesa de trabalho e verificou as ligações dadas e recebidas, bem como os dados que entraram e os que foram apagados. Recolheu todos os discos e embalou o computador pessoal para ser levado à DDE.

— A casa está vazia — relatou Peabody. — Os androides domésticos, três ao todo, foram desativados. Todas as janelas e portas externas estavam trancadas por dentro. Não há sinais de tentativa de invasão. McNab acabou de me comunicar que o disco de segurança que está na máquina neste momento e que, pelo programa, está rodando desde as nove da manhã, tem duas horas de gravação faltando.

— Duas horas — repetiu Eve, pensativa.

— Positivo, tenente. Durante esse período, não há registro das entradas e saídas de pessoas na casa. A gravação foi interrompida às dezoito horas e trinta minutos e voltou só às vinte horas e quarenta e dois minutos. Ela mostra claramente nossa chegada, a confirmação de nossas identidades e admissão ao local, às vinte e uma e dezesseis.

Uma questão de minutos, pensou Eve. Nós a perdemos por minutos. Apontou para o *telelink* da mesa de trabalho e disse:

— Ele colocou o *telelink* em modo de privacidade. Fez isso às dezessete horas. Não houve ligações recebidas no aparelho do saguão. Vamos verificar os outros *telelinks*.

Elas desceram enquanto os peritos subiam.

— A esposa de Icove já está sendo trazida. Chegará aqui em cerca de vinte minutos — informou Reo. — O médico legista também está a caminho. Consegui que Morris, o chefe do departamento, viesse pessoalmente.

— Ele é o melhor. Preciso verificar algumas coisas com meu detetive eletrônico. Você pode aguardar aqui ou ir embora.

— Ir embora? — Reo soltou uma risada curta. — Pode esquecer! Nunca acompanhei a investigação de um homicídio desde o início. Aposto que vão querer me afastar da área quando o caso for encerrado, e vou precisar de munição para permanecer no cargo. Ficarei aqui.

— Tudo bem. Onde fica a sala da segurança? — perguntou a Peabody.

— A área de serviço e a central de segurança ficam logo depois da cozinha, nos fundos da casa.

— Faça um levantamento das ligações de todos os *telelinks*. Recolha os discos da casa para análise. Embale todos os computadores, inclusive os da esposa, os das crianças e os dos empregados. — Olhou para Reo. — Você falou pessoalmente com a esposa?

— Sim, liguei para o número que a empregada robótica me informou, nos Hamptons.

— Muito bem — concordou Eve, e saiu para procurar McNab.

Apesar de ter a aparência de uma vítima terminal da moda excêntrica que infestava as ruas de Nova York, McNab era muito competente quando se tratava de eletrônicos. Estava sentado reto,

Origem Mortal

mais magro que um tubo de néon fluorescente, e zapeava em várias telas diante de um console, pulando com rapidez de uma para outra, enquanto murmurava comandos num *headset*.

— O que está fazendo? Qual é o lance?

Ele lançou um olhar rápido para Eve e afastou os cabelos louros, muito compridos, do rosto.

— Você quer mesmo saber?

— Só o básico. Na minha língua, por favor.

— Estou verificando os sistemas em busca da ação de algum misturador de sinais, uma tentativa de hackeamento dos programas ou possíveis falhas genéricas. Temos um equipamento topo de linha, aqui. Múltiplos recursos, sensores elaborados de movimento e voz, *scanners* de detecção visual. A entrada só é liberada por meio de senha e reconhecimento de voz. Estou equipado só com meu tablet, mas ele é muito bom; até agora não encontrei nenhum furo na segurança.

— Então, como foi que o invasor entrou?

— Boa pergunta. — Ele girou o banco de rodinhas, afastou-se do console principal e coçou o maxilar. — Vou dar mais uma olhada cuidadosa nos sensores da residência toda, mas me parece que o assassino teve acesso à casa com os sistemas desativados.

— Isso significa que alguém o deixou entrar, ou então ele mesmo desligou o sistema de segurança.

— Dei uma olhada rápida na câmera da entrada e ninguém mexeu nela. Geralmente dá para perceber. Quase sempre. Vou investigar mais a fundo, e também vou verificar os outros pontos de acesso à residência, mas se quer saber minha opinião, foi isso mesmo. O vilão entrou na casa valsando. Ou recebeu autorização, ou foi auxiliado por alguém de dentro da casa. Talvez o próprio médico morto o tenha deixado entrar.

— E depois subiu para o terceiro andar, se trancou por dentro no escritório e esperou pela facada no coração?

McNab soprou o ar, inflando as bochechas. Apalpou os bolsos, pegou um círculo de prata especial e passou os cabelos por dentro do objeto, formando um rabo de cavalo.

— Tudo bem, pode ser que não — admitiu ele. — De qualquer modo, quem quer que tenha levado os discos, escolheu os momentos em que apareceu nas imagens. Levou tudo, mas não percebi sinais de arrombamento aqui. E olha que eu precisei usar minha chave mestra para ter acesso a esta sala. O invasor fechou a porta e a deixou devidamente trancada depois de sair.

Eve analisou a central de segurança da casa. Era mais ou menos do tamanho da sua sala na Central de Polícia, só que muito mais sofisticada. Várias telas exibiam imagens dos muitos aposentos e acessos da casa. McNab deixara as câmeras todas ligadas, e Eve viu que os peritos trabalhavam na cena do crime, usando roupas de proteção; Reo estava no andar térreo, falando ao *telelink*; Peabody embalava alguns itens no centro de comunicação e dados que ficava na cozinha.

Eve ficou ali mais alguns instantes, analisando as telas.

— Muito bem — disse, ao avistar Morris, que entrava pela porta da frente e perguntava algo a Reo, seguindo para a escada que lhe fora apontada. — Muito bem — repetiu, pensativa, deixando McNab entregue ao seu trabalho de pesquisa eletrônica.

A androide doméstica que os havia recebido estava parada na porta da cozinha, em modo de espera. Eve a ativou.

— O dr. Icove recebeu alguma visita depois que sua esposa saiu, no início da tarde?

— Não, tenente.

— O dr. Icove deixou a casa em algum momento depois de voltar do trabalho, à noitinha?

— Não, tenente.

Uma das vantagens dos androides, pensou Eve, é que eles respondiam às perguntas de forma direta, sem enrolação.

Origem Mortal

— Quem ativou a segurança da casa? Quem deu ordem para trancar a casa toda, quando anoiteceu?

— O dr. Icove fez isso pessoalmente às dezessete e trinta, pouco antes de me desativar para o período da noite.

— E quanto aos outros androides?

— Ambos foram desativados antes de mim. Fui a última. O dr. Icove me colocou em *standby* às dezessete e trinta e cinco, depois de determinar que não deveria ser perturbado.

— O que ele comeu no jantar?

— Não fui ativada para servir a refeição noturna. Ele tomou canja de galinha às treze e quinze, no início da tarde. Devo informar que o dr. Icove tomou algumas colheres da sopa, apenas, e depois consumiu chá de ginseng e três biscoitos de trigo integral.

— Comeu sozinho?

— Sim, tenente.

— A que horas sua esposa saiu?

— A sra. Icove e as crianças deixaram a casa às doze e trinta. Foi a sra. Icove que me deixou instruções para que eu servisse a sopa e o chá ao marido. Expressou preocupação com o fato de ele não estar se alimentando devidamente e comentou que isso acabaria por deixá-lo doente.

— Eles conversaram?

— Conversas entre membros da família e seus convidados não devem ser reproduzidas publicamente, tenente.

— Esta é uma investigação de assassinato. Sua programação para sigilo deve ser cancelada. Eles conversaram?

A androide demonstrou tanto desconforto quanto seria possível para uma máquina. Por fim, disse:

— A sra. Icove expressou seu desejo de que o dr. Icove fosse com eles para a casa de praia ou, pelo menos, que ele permitisse o envio dos filhos acompanhados unicamente da babá robótica, para que ela pudesse permanecer ao seu lado. O dr. Icove, porém, mostrou-se inflexível, insistiu que ela fosse com as crianças e lhe garantiu que se juntaria a eles em um ou dois dias. Por fim, comunicou seu desejo de ficar sozinho por algum tempo.

— Mais nada?

— Eles se abraçaram. Ele abraçou os filhos e lhes desejou boa viagem. Preparei e servi a refeição que a sra. Icove havia determinado. Depois do almoço, o doutor saiu para a clínica, mas informou que voltaria mis cedo, às cinco da tarde. Realmente fez isso.

— Sozinho?

— Sim, ele voltou para casa desacompanhado. Logo depois, desativou os empregados da casa e trancou tudo.

— Você serviu frutas e queijo no escritório?

— Não, tenente.

— Muito bem. Isso é tudo, por ora.

No terceiro andar, Morris fazia o exame inicial da cena do crime. Vestia um avental transparente sobre a camisa roxo-escura e as calças pretas muito justas. Seus cabelos tinham sido puxados para trás e formavam três rabos de cavalo, um sobre o outro, em perfeito alinhamento.

— Você se produziu todo para mim? — quis saber Eve.

— Tenho um encontro mais tarde, com potencialidades termicamente elevadas. — Empinou as costas. — Mas já posso adiantar muita coisa para você. O que temos aqui é um caso clássico de "tal pai, tal filho". O mesmo método, o mesmo tipo de arma, a mesma causa de morte.

— Foi atacado aqui mesmo, deitado?

— Isso! — Morris se inclinou sobre o corpo. — O assassino estava nesse ângulo, olhando de cima para a vítima, mais ou menos na distância em que estou agora. Muito íntimo e pessoal.

— Preciso de um exame toxicológico completo.

Origem Mortal 181

— Vamos providenciar. — Ele empinou o corpo novamente e olhou para a bandeja. — Nada ali parece ter sido tocado. Uma pena. A aparência das frutas é excelente.

— A androide doméstica relatou que a vítima comeu canja de galinha com três biscoitos integrais, e tomou uma xícara de chá à uma da tarde. Desligou todos os androides da casa às cinco e meia. Nenhum dos empregados serviu essa bandeja de frutas e queijo.

— Então ele mesmo a preparou. Ou o assassino a trouxe de presente.

— Pode ser que esteja com tranquilizantes, mas talvez não. De um modo ou de outro o sujeito fica deitado ali, inerte, esperando que lhe enfiem um estilete no coração?

— Conhecia o assassino.

— Sim. Conhecia e confiava nele. Sentia-se tão à vontade em sua presença que se refestelou no sofá. Talvez ele mesmo tenha deixado o assassino entrar na casa e o trouxe para cá, mas não vejo a coisa rolando desse jeito. — Eve balançou a cabeça. — Por que se dar ao luxo de acompanhar o médico até o terceiro andar e ainda receber comida numa bandeja? Por que não eliminá-lo no andar térreo e economizar tempo e trabalho? Talvez o assassino quisesse levar um papo antes, mas isso não bate, porque a conversa poderia acontecer lá embaixo mesmo. A porta do escritório estava trancada. Por dentro.

— Ah, adoro um mistério desses... Porta trancada por dentro! E você é o nosso Poirot. Só falta o bigodinho e o sotaque.

Eve sabia quem era Hercule Poirot porque tinha pesquisado as obras de Agatha Christie para assistir à peça *Testemunha de acusação* e investigar um assassinato relacionado com a peça.*

---

* Ver *Testemunha Mortal*. (N. T.)

— Nada assim tão misterioso — contrapôs Eve. — O assassino sabia as senhas. Simplesmente cometeu o crime, programou os códigos, fechou a porta da casa e foi embora na maior calma do mundo. É claro que não se esqueceu de levar os discos que mostravam suas imagens. Chegou até mesmo a reativar o sistema de segurança, antes de sair.

— Então ele conhecia bem o lugar.

— Ela. Estou apostando que foi uma mulher. Certamente conhecia o lugar. Recolha o corpo e verifique bem se existe alguma outra marca, picada, sinal de seringa de pressão, qualquer coisa. Acho que você não vai encontrar nada. Nem tranquilizantes na corrente sanguínea. Tal pai, tal filho — repetiu. — Isso mesmo... Foi igualzinho.

Capítulo Nove

Eve deixou passar algum tempo antes de entrar em contato com Roarke.

— Vim à casa de Icove Filho e o encontrei morto. Devo chegar muito tarde em casa.

— Que notícia abreviada, tenente. Morto como?

— Do mesmo modo que o pai. — Eve saiu do escritório enquanto falava ao *telelink*, pois queria ficar de olho na chegada da viúva. — Esposa e filhos foram hoje à tarde para a propriedade que a família tem na praia. Ele ficou sozinho, se trancou dentro de casa e desativou os androides. Encontrei-o deitadinho no sofá do escritório com um estilete cirúrgico enfiado no coração. O aposento estava trancado por dentro e havia uma bandeja com coisas saudáveis em cima da mesa.

— Que interessante! — replicou Roarke.

— Pois é. O mais curioso é que a DDE, até o momento, não descobriu nenhum furo nem tentativas de invadir o sistema de segurança, e o disco que rodava na hora do crime sumiu. A segurança tinha sido novamente ativada quando chegamos, e estava em modo de "favor não incomodar", confirmando o relato da androide doméstica de que o próprio médico tinha desligado tudo no início da noite. O assassino entrou aproximadamente noventa minutos depois. Tudo foi muito bem-planejado.

— Você voltou a considerar a possibilidade de um profissional?

— Há todos os indícios, mas meus instintos negam. Vamos ver no que dá. Mais tarde nos vemos.

— Há algo que eu possa fazer daqui?

— Descubra de onde vem a grana alta — pediu Eve, e desligou no instante em que um sedã apareceu entre as patrulhinhas.

Saiu da casa e foi receber Avril Icove pessoalmente.

Avril estava vestida em cinza claro, calças e suéter, com um casaco vermelho escuro jogado, com estilo, sobre os ombros. As botas de salto alto em couro caro e macio combinavam com o casaco.

Ela saltou do carro antes mesmo de o motorista ter chance de dar a volta para lhe abrir a porta.

— O que aconteceu? Há algo errado? Will!

Eve barrou sua passagem e, com uma das mãos no braço da mulher, sentiu-lhe o corpo estremecer.

— Sra. Icove, preciso que a senhora venha comigo.

— O que houve? O que aconteceu? — Sua voz falhou e seus olhos ficaram grudados na porta da casa. — Foi algum acidente?

— Vamos entrar, precisamos nos sentar por alguns instantes.

— Eles me ligaram dizendo que eu precisava voltar para casa imediatamente. Ninguém quis me informar o motivo. Tentei ligar para Will, mas ninguém atendeu o *telelink*. Ele está em casa?

Havia muitos curiosos reunidos atrás dos cavaletes que a polícia armara para proteger a cena. Eve simplesmente passou por entre eles e conduziu Avril na direção da casa.

— A senhora partiu hoje à tarde, certo?

— Sim, isso mesmo, com as crianças. Will queria que eu e as crianças ficássemos afastados de tudo isso. Também pediu algum tempo para ficar sozinho. Eu não queria deixá-lo aqui. Onde ele está? Will foi ferido?

Eve entrou com ela e foi para longe da escada, direto para a sala de estar.

— Sente-se, sra. Icove.

— Antes, eu preciso falar com Will, tenente.

Eve manteve os olhos firmes e disse:

— Lamento informar, sra. Icove, mas seu marido está morto. Foi assassinado.

A boca de Avril se moveu, mas nenhum som foi emitido quando ela se deixou largar lentamente numa das poltronas. Suas mãos pareceram flutuar por alguns instantes, mas logo se apertaram sobre o colo.

— Will! — Lágrimas brilharam, transformando seus olhos em ametistas líquidas. — Não foi um acidente, então?

— Não. Ele foi morto.

— Como é possível? Como pode ter acontecido? — As lágrimas lhe desciam pelas faces lentamente, agora. — Esperávamos apenas... Ele ficou de se juntar a nós amanhã. Tudo que ele desejava eram algumas horas de paz.

— Sra. Icove, eu gostaria de gravar nossa conversa, para fazer meu relatório — disse Eve, sentando-se também. — A senhora faz alguma objeção?

— Não, não.

Eve ligou a filmadora e recitou os dados mais importantes para a máquina.

— Sra. Icove, preciso verificar seu paradeiro no dia de hoje, entre as cinco e meia da tarde e as nove da noite.

— Como assim?

— Só para deixar registrado, sra. Icove. A senhora poderia me informar onde estava no espaço de tempo que eu determinei?

— Levei as crianças para nossa casa de praia, nos Hamptons.

— Ela esticou o braço de forma distraída e tirou o casaco vermelho do ombro. Ele parecia uma poça de sangue em contraste com as cores suaves da sala. — Saímos de casa logo depois do meio-dia.

— Como foram até lá?

— Num avião. Nosso jatinho particular. Levei as crianças para dar uma volta na praia. Planejávamos fazer um piquenique, mas estava muito frio. Nadamos um pouco na piscina interna, aquecida, e almoçamos. Lissy, nossa filhinha, adora água. Depois, fomos para a cidade; tomamos sorvete e vimos nossos vizinhos lá. Eles voltaram conosco. Don e Hester são seus nomes. Passaram em nossa casa para tomar alguns drinques.

— A que horas foi isso?

Os olhos dela pareciam sem expressão enquanto recitava a movimentação da tarde. Nesse momento, porém, piscou duas vezes, como se despertasse de um sonho.

— Como disse?

— A que horas os seus vizinhos tomaram drinques com a senhora?

— Seis da tarde. Eu acho. Foi por volta de seis horas, ou pouco antes. Eles acabaram ficando para jantar conosco. Eu certamente precisava de companhia. Will prefere ficar sozinho quando está estressado ou aborrecido com algo, mas eu gosto de companhia. Jantamos por volta de sete horas e as crianças foram para a cama às nove. Jogamos cartas depois disso. Bridge com três jogadores: Don, Hester e eu. Foi então que alguém ligou; uma mulher, não me lembro qual é o nome dela. Disse-me apenas que eu precisava voltar para casa. Hester ficou com as crianças. Meus filhinhos!

— Havia algo estressando o seu marido de forma especial?

Origem Mortal

— Claro que sim! Seu pai. Ele foi assassinado. O pai dele foi *morto*. Oh, Deus! — Os braços dela se cruzaram sobre a barriga, numa atitude defensiva. — Por Deus!

— Seu marido se sentia em perigo? Ameaçado? A senhora sabe informar se alguém lhe fez ameaças?

— Não... Não! — repetiu. — Ele estava sofrendo muito por causa do pai. É claro que estava em estado de pesar intenso e também chateado. — Avril, ainda de braços cruzados, envolveu os cotovelos com as mãos e os massageou, como se sentisse frio.

— Ele também se sentia... Sinto dizer isso, mas ele comentou que a senhora não estava fazendo um bom trabalho na investigação. Estava zangado por achar que a senhora, por algum motivo, tentava manchar a reputação do pai dele.

— Especificou de que maneira eu estava fazendo isso?

— Não tenho como dizer. Não sei. Ele estava chateado e queria algum tempo sozinho.

— O que a senhora sabe sobre o trabalho dele?

— Seu trabalho? Ele é um cirurgião muito capacitado e respeitado. As instalações da clínica estão entre as melhores do mundo.

— Ele discutia assuntos de trabalho com a senhora? Mais especificamente os projetos e pesquisas privadas?

— Um homem com tanto poder e com uma profissão tão exigente não gosta de trazer os problemas do trabalho para casa, noite após noite. Ele precisa de um santuário.

— Isso não responde à minha pergunta.

— Não compreendi o que a senhora perguntou.

— O que a senhora sabe a respeito dos projetos do seu marido e do seu sogro que ficam fora dos registros, por assim dizer?

Ainda havia lágrimas em seu rosto, e pareciam mais brilhantes agora, embaçando-lhe os olhos e embargando-lhe a voz.

— Não entendo o que a senhora quer dizer.

— Estou interessada em um projeto de longo prazo, um programa ao qual seu marido e seu sogro se entregavam com muita dedicação. Um projeto que exigiria instalações imensas, dentro ou fora da clínica. Um programa que envolve tratamento de mulheres jovens.

Duas lágrimas lhe escorreram pelo rosto e por um momento, um brevíssimo instante, aqueles olhos cor de lavanda ficaram límpidos. Algo surgiu neles. Algo frio e astuto. Mas logo desapareceu, dissolvido numa nova onda de lágrimas.

— Desculpe, mas não sei nada a respeito dessas coisas. Não me envolvia com o trabalho de Will. A senhora está me dizendo que esse projeto, de algum modo, foi o que provocou a morte dele?

Eve mudou de tática.

— Quem sabia as senhas do sistema de segurança desta casa?

— Ahn... Somente Will e eu mesma, é claro. Seu pai também sabia. E os empregados domésticos, todos androides.

— Mais alguém?

— Não. Will era muito cauteloso quando o assunto era segurança. Trocava as senhas a cada duas semanas. Uma problemão, se quer saber — afirmou, com um leve sorriso no rosto —, porque eu não sou muito boa para decorar números.

— Como era o seu casamento, sra. Icove?

— Como era o meu casamento? Em que sentido?

— Algum problema? Focos de atrito? Seu marido era fiel?

— É claro que era fiel. — Avril desviou o olhar. — Que coisa terrível para se perguntar!

— A pessoa que matou seu marido foi recebida por ele nesta casa, ou então conhecia as senhas. Um homem estressado pode muito bem mandar a esposa e os filhos para fora da cidade, a fim de passar algum tempo com sua amante.

— *Eu* era sua única amante. — A voz de Avril se transformou num sussurro. — Eu era o que ele queria. Will tinha devoção

Origem Mortal 189

por mim. Era um marido e pai amoroso, e um médico dedicado. Jamais me magoaria, nem machucaria os filhos. Will jamais mancharia o nosso casamento com infidelidade.

— Desculpe por perguntar. Sei que é um momento difícil.

— Isso tudo me parece irreal. Quase impossível. Existe alguma coisa que eu deva saber? Não sei que caminho tomar.

— Precisaremos levar o corpo do seu marido para o necrotério, a fim de fazer exames.

— Autópsia. — Avril recuou ao dizer isso.

— Isso mesmo.

— Sei que é necessário. Não gosto de pensar no ato, ou em como vai ser o procedimento. Um dos motivos de Will e eu nunca discutirmos assuntos de trabalho era o fato de não me agradar a ideia de... Cortar uma pessoa com bisturis e raios laser.

— Sensível? Uma esposa de médico e, ao mesmo tempo, uma mulher que adora dramas policiais e histórias sobre crimes?

Houve uma hesitação antes de aparecer um sorriso.

— Creio que o que me agrada são os resultados finais, o sangue eu dispenso. Preciso assinar alguma coisa?

— Não. Pelo menos por enquanto. Existe alguém com quem a senhora gostaria que entrássemos em contato, em seu nome? Ou alguém que queira procurar?

— Não. Ninguém. Preciso voltar para meus filhos. — Suas mãos saíram do colo e pressionaram os lábios, ligeiramente trêmulas. — Meus bebês. Preciso dar essa notícia aos meus bebês. Preciso cuidar deles. Como conseguirei explicar às crianças o que aconteceu?

— A senhora deseja um terapeuta que os ajude a lidar com essa perda?

Avril hesitou novamente, mas balançou a cabeça para os lados.

— Não, agora não. Acho que meus filhos necessitam de mim, nesse momento. Precisam apenas de mim. Só eu e... O tempo. Preciso voltar para meus filhos.

— Vou providenciar para que a senhora seja escoltada de volta.

— Eve se levantou. — Preciso que a senhora se mantenha disponível, sra. Icove.

— É claro, ficarei à sua disposição. Vamos passar a noite em nossa casa nos Hamptons. Longe da cidade. Longe de tudo isso. A mídia não nos deixará em paz, mas ficarei ao lado dos meus filhos. Não quero que eles sejam expostos. Will certamente gostaria que eu protegesse as crianças em um momento como este.

— A senhora vai precisar de alguma coisa desta casa?

— Não. Temos tudo o que precisamos lá.

Eve a viu ir embora, levada pelo sedã, dessa vez com uma escolta policial.

Quando se viu satisfeita com a cena do crime, fez um gesto para Peabody.

— Meu escritório doméstico é mais perto daqui. Vou redigir o relatório lá, mas pode deixar que providenciarei alguém que a leve para casa.

— Quer que eu vá com você?

— No momento seria uma boa. — Eve seguiu para o carro e entregou a Peabody a gravação da conversa com Avril Icove. — Assista isso e me dê suas impressões.

— Tudo bem.

Peabody se acomodou no carro e assistiu à gravação enquanto Eve dirigia.

O carro passou pelos portões da mansão e Eve ouvia a voz de Avril e as perguntas que ela mesma fizera.

— Parece abalada — disse Peabody. — Está chorando muito, mas tenta se segurar.

— O que falta nessa cena?

Origem Mortal

— Ela não perguntou como ele morreu.

— Não perguntou como; não perguntou onde, por que nem quem. E não pediu para vê-lo.

— Puxa, isso é realmente estranho. Mas o choque faz com que as pessoas ajam de modo estranho.

— Qual é a primeira pergunta que uma pessoa em choque faz quando é informada da morte de um ente querido?

— A pergunta número um provavelmente é: "Tem certeza?"

— Ela não perguntou isso, não insistiu para ver provas da morte do marido. Começou com a rotina do "Foi algum acidente?" e se remexeu um pouco como quem tenta retomar o equilíbrio. Até aí tudo bem. Ela realmente tremia muito quando eu a recebi, nada de errado nisso. Mas nem quis saber como ele morreu.

— Porque já sabia? Isso é forçar a barra, Dallas.

— Talvez. Também não perguntou como conseguimos entrar na casa, nem como o encontramos. Não disse "Oh, meu Deus, algum ladrão invadiu a casa, houve um roubo?" Não perguntou se o marido estava na rua e tinha sido assaltado. Eu não contei em nenhum momento que ele foi assassinado dentro de casa. No entanto, se você acompanhar o rosto dela na gravação, vai ver que ela olhou pela porta da sala na direção da escada, várias vezes. Sabia que ele estava morto lá em cima. Eu não precisei contar.

— Podemos descobrir se ela realmente estava na casa de praia, na hora do crime.

— Estava, sim. Recebeu o apoio dos vizinhos. Seu álibi certamente é forte. Mas tem envolvimento com o crime.

O carro parou, mas ambas continuaram sentadas. Eve ficou pensativa, olhando pelo para-brisa.

— Talvez ele estivesse aprontando alguma coisa fora do casamento — sugeriu Peabody. — A esposa pode ter usado o que aconteceu com o sogro como inspiração e conseguiu alguém para eliminar o marido. Talvez *ela* estivesse aprontando alguma e pensou em aproveitar a chance para matar o marido. Repassou a senha para o amante, registrou a voz dele no identificador pessoal e ele espetou o marido usando o mesmo *modus operandi* do primeiro assassinato.

— De onde veio a tigela de frutas e queijo?

— Merda, Dallas, sei lá! Icove pode tê-la preparado para si mesmo, como lanche.

— As frutas e o queijo foram obtidas na unidade de refrigeração da cozinha. Eu chequei.

— E daí?

— Por que descer as escadas, preparar um lanche e levar tudo lá para cima? Quem quer um lanchinho noturno, usa o AutoChef do escritório.

— Lee-Lee Ten — lembrou Peabody. — Talvez Icove também fosse assim. Gostava de beliscar petiscos na cozinha quando estava preocupado com alguma coisa.

— Não, ele não tinha cara de quem beliscava coisas na cozinha à noite. Avril talvez, mas ele não. Não o dr. Will.

— Pode ser que ele estivesse no andar de baixo, tenha resolvido subir e preparou a bandeja para levar com ele. Ao chegar lá em cima decidiu que não estava com tanta fome, se deitou no sofá e tirou um cochilo. O amante da esposa, que é alto, bonito, sensual e sórdido, entrou na casa, subiu até o escritório, enfiou o estilete no coração do rival, recolheu os discos, reprogramou o sistema de segurança e foi embora.

Eve grunhiu um som incerto e determinou:

— Vamos conversar com amigos, vizinhos e associados; precisamos vasculhar as finanças pessoais da esposa e analisar suas rotinas.

— Não gostou da minha possibilidade? O amante alto, bonito, sensual e sórdido?

— Não desconto o amante alto, bonito, sensual e sórdido. Porém, se foi assim, eles planejaram tudo depressa demais para

Origem Mortal 193

o meu gosto. Aposto que essa ação foi planejada com tanta antecedência e cuidado quanto a da morte de Icove Pai. Foram as mesmas pessoas, com os mesmos motivos por trás de ambos os crimes.

— Pode ser que Dolores seja a amante bonita e sórdida da esposa.

— Sim, talvez. De qualquer forma, vamos investigar Avril para descobrir a possível ligação.

Eve abriu a porta da casa e ofereceu:

— Leve o meu carro, mas esteja aqui de volta às sete da manhã. Vamos trabalhar duas horas antes de irmos para a Central.

— Uau! — reagiu Peabody, olhando para o relógio. — Talvez eu consiga dormir umas cinco horas!

— Quer dormir mais? Vá vender sapatos.

Eve não se surpreendeu ao encontrar Summerset, ainda de uniforme completo, no saguão.

— O filho de Icove está tão morto quanto o pai — informou ela. Despindo o casacão e colocando-o sobre o pilar do primeiro degrau. — Se você realmente quiser ajudar, desligue a lâmpada cor-de-rosa da sua memória e analise o passado com as cores reais. Ele estava metido em alguma coisa.

— Todas as pessoas que a senhora encontra têm manchas no passado?

— Têm, sim. — Ela olhou para trás quando começou a subir a escada. — Se você quiser descobrir quem o matou, em vez de tentar canonizá-lo, também deve procurar as manchas da vítima.

Ela continuou subindo e entrou em sua sala de trabalho. Roarke surgiu pela porta que dividia seu escritório do de Eve.

— Se eu aparecesse aqui em casa e um tira viesse me receber na porta para me avisar que você tinha sido assassinado, qual você acha que seria minha reação?

— Você se lançaria numa fossa de desespero, na qual se arrastaria pelo resto da sua vida triste e vazia.

— Rá, até parece. Fala sério!

— Gostei da imagem, mas tudo bem. — Ele se encostou no portal. — Primeiro, imagino que você iria massacrar o pobre mensageiro; depois, tiraria do caminho qualquer pessoa burra o bastante para se colocar na sua frente; iria conferir minha morte por si mesma. Em seguida, pelo menos espero, iria chorar um oceano de lágrimas quentes e amargas sobre meu cadáver. Por fim, iria descobrir tudo sobre o ocorrido, e caçaria meu assassino como um cão raivoso, até os confins da terra.

— Certo. — Ela se sentou na quina da mesa e o analisou. — E se eu não amasse mais você?

— Então minha vida não valeria a pena ser vivida mesmo. Eu simplesmente teria me suicidado, ou talvez morrido devido ao coração ferido e despedaçado.

Ela não conseguiu esconder o riso ao ouvir isso, mas logo ficou séria e balançou a cabeça.

— A viúva não o amava. Fez um show digno de uma atriz, mas não decorou o texto direito e não tinha... Como é que se diz quando os atores... — Lançou os braços para o ar, de um jeito canastrão, exibiu no rosto uma expressão de pavor exagerado e bateu o punho fechado com força no peito, várias vezes.

— Pantomima? Por favor, não repita isso, querida. É meio assustador.

— Não estou fazendo pantomima. Por falar nisso, todas as pessoas deveriam ser incentivadas a atacar nas ruas, com um taco de beisebol, pessoas que se descabelam com emoções exacerbadas. Esse tipo de agressão devia até mesmo ser obrigatório. "Dramatizar demais", essa é a expressão que eu procurava. Avril não conseguiu dramatizar o que sentia de forma convincente. Percebi um tom quando ela falou do marido e outra emoção quando se referiu aos filhos. Ela certamente ama os filhos, mas não amava o pai deles.

Origem Mortal

Ou deixou de amar, com o tempo. Não demonstrou amor incondicional, e Peabody acha que ela tem um amante.

— Parece razoável. Você não concorda com isso?

— Sei lá! Como é que eu conseguiria tempo para arranjar um amante se você me pega em todas as chances que aparecem?

Ele estendeu a mão e deu um puxão carinhoso nos cabelos dela.

— Você está muito agitada com esse caso, não é?

— Devo estar, porque essa história me incomoda. Talvez ela tivesse um amante. Talvez seja esperta, rápida, fria e calculista. Replicou o assassinato do sogro para enevoar as coisas. Mas eu acho que, nesse caso, tudo é exatamente o que parece: assassinatos ligados um ao outro e cometidos pela mesma pessoa. E a esposa está no rolo.

— Por quê? Dinheiro, sexo, medo, poder, raiva, ciúme, vingança. Não são esses os motivos principais de um assassinato?

— O poder está em cena. Ambos eram homens poderosos, mortos por uma arma usada no exercício de sua profissão. Se existe raiva, vem acompanhada de muita frieza. Não vejo medo, e a questão do dinheiro não atrai minha atenção. Ciúme é pouco provável. Vingança? Esse é um fator desconhecido.

— O dinheiro existe em grande quantidade e está bem-distribuído. Não encontrei, até agora, nada suspeito nem questionável. Suas contas estão em ordem, extremamente bem-mantidas e organizadas.

— Existem mais delas em algum lugar.

— Se existem, serão encontradas.

— Vou lhe fazer um resumo de tudo.

Eve contou as novidades rapidamente. Enquanto ouvia, Roarke entrou no escritório dela, abriu uma porta oculta e pegou brandy. Serviu uma taça para si mesmo e, conhecendo sua esposa, ordenou para ela uma xícara de café forte. Torcia para aquela ser a última dose de café de um longo dia.

Ela não gostava das vítimas, refletiu Roarke. Claro que isso não a impediria de perseguir de forma inclemente os responsáveis pelas suas mortes, mas ela mesma não estava se sentindo machucada, como tantas vezes acontecia nos casos de assassinato que investigava.

Eram os enigmas do caso que lhe promoviam a agitação interior que ele citara há pouco; a agitação que ela usaria como combustível ao longo do caso até descobrir as respostas.

Só que os mortos, dessa vez, não a assombravam. As jovens que talvez tivessem sido usadas, sim. Era por elas, conforme Roarke sabia, que Eve trabalharia até ficar exausta, sem desistir enquanto não encontrasse as respostas.

— Não é impossível que o sistema tenha sido invadido — declarou Roarke, quando ela acabou de contar tudo. — Isso depende das habilidades eletrônicas da pessoa que entrou na casa. — Ele entregou-lhe o café. — Porém, para trabalhar naquela vizinhança, àquela hora da noite, a pessoa teria de ser altamente qualificada. E essa qualificação será ainda maior, caso os detetives eletrônicos não encontrem sinal da ação de um hacker após examinar o sistema.

— O mais provável é que ela tivesse as senhas e registro para liberação da sua impressão de voz ao ser admitida na residência. Analisamos os androides também, e a DDE vai desmontá-los peça por peça para ver se estão comprometidos. Se as ordens de Icove foram revogadas pela esposa hoje mais cedo, em algum momento, talvez um dos androides tenha aberto a porta para a assassina e depois teve a memória apagada.

— Mas isso apareceria nos exames. A não ser, repito, que fosse alguém altamente qualificado.

Origem Mortal 197

— Icove não comeu nada. Estava sem apetite. Pode ser que sua barriga tenha reclamado e ele quis fazer uma boquinha. Mas estava trabalhando em seu escritório, completamente isolado. Estava apagando dados incriminadores. Eu apostaria a sua bundinha linda nisso.

Eve andava de um lado para outro, analisando todas as possibilidades.

— Ele certamente não foi para a cozinha a fim de preparar uma bandeja de comida. Seria contraproducente para o trabalho. E quer saber de mais uma coisa? Era uma bandeja linda, preparada com capricho, cheia de lindas frutas, queijo e outras comidinhas apresentados de forma artística. Feminino demais, coisa de esposa.

— Isso eu não saberia avaliar — replicou Roarke, secamente.

— Não me lembro de algum dia minha esposa ter preparado uma bandeja de queijo e frutas arranjados de forma artística para me trazer.

— Ora, vá enxugar gelo! Você sabe do que estou falando. É algo feminino, cheio de frescuras. O tipo de bandeja que uma esposa feminina e fresca prepararia para induzir alguém a se alimentar. Mas não foi a esposa. Ela estava nos Hamptons tomando sorvete com as crianças e recebendo os vizinhos. Cercando-se por todos os lados, para deixar bem claro que estava em outro lugar no momento em que alguém enfiou aquele estilete no coração de Icove, mesmo que alguém peça às testemunhas para jurar sobre uma montanha de Bíblias. Portanto, talvez Icove estivesse aprontando por fora com alguma amante e, de algum modo, essa amante e sua esposa estavam no mesmo barco.

— Voltamos ao sexo.

— Pois é. Talvez ele estivesse chifrando as duas. Pode ser que seu pai fosse um santo de pau oco, um tarado que transava com os três. Mas não creio que seja esse o caso. — Eve balançou a cabeça.

— Não me parece que tenha sido sexo. O ponto chave é o projeto, o trabalho. Ela mentiu para mim sobre desconhecer os projetos do marido e não saber de nada sobre pesquisas de longo prazo que ele estivesse realizando. Foi esse instante de hesitação que atrapalhou sua performance. Havia raiva ali, só uma centelha, mas deu para ver em seus olhos.

Eve provou o café e continuou a falar.

— Pode ser que ela mesma tenha plantado a arma do crime na clínica. Quem iria questionar se a esposa do dr. Will circulasse solta por ali? Seria muito fácil pegar um estilete cirúrgico sem ninguém notar e escondê-lo em algum lugar combinado antes. Avril Icove é a principal ligação entre as duas vítimas. Esteve sob a tutela do pai desde criança e se tornou a esposa do filho. Pode ser que Avril, caso esse projeto tenha começado muito tempo atrás, tenha feito parte dele.

— São muitos anos para esperar por uma vingança — ressaltou Roarke. — Muitos laços emocionais devem ter sido criados ao longo do tempo. Ela não pode ter sido obrigada a se casar, morar e ter filhos com Will Icove, Eve. Isso só pode ter sido escolha dela. Se houver envolvimento da esposa, não é mais provável que ela tenha descoberto o projeto, se colocado contra ele e se mostrado indignada ou enraivecida?

— Mesmo assim ela teria escolha. Quando a pessoa está indignada, denuncia. Ela poderia fazer isso de forma anônima. Entregar às autoridades o suficiente para dar início a uma investigação. Ninguém mata o pai dos próprios filhos por estar aborrecida com os projetos secretos dele. Ou a pessoa o abandona ou ferra com ele legalmente. Matar dois homens desse jeito? Só pode ser um ato pessoal, provocado por uma questão pessoal. — Encolheu os ombros e completou: — Pelo menos é o que eu acho. Vou conversar com Mira.

— Já está tarde. Vamos dormir um pouco, que é melhor.

Origem Mortal 199

— Quero escrever essas impressões antes, enquanto está tudo fresco na minha mente.

Roarke foi até onde ela estava e beijou-lhe a sobrancelha.

— Não beba mais café — aconselhou ele.

Quando ficou sozinha, ela redigiu o relatório e acrescentou algumas anotações aos arquivos do caso. Depois fez algumas perguntas para si mesma:

a) Avril Icove tem algum parente vivo?

b) Qual a data exata e as circunstâncias da tutela que ela recebeu de Icove Pai?

c) Rotinas diárias e semanais? Ela passava algum tempo longe de casa? Ficava sozinha? Ia para onde? Com quem?

d) Possível ligação com a mulher conhecida como Dolores Nocho-Alverez?

e) Ela se submeteu a algum tratamento facial ou escultura corporal?

f) Qual foi a última vez em que esteve na clínica antes da morte do sogro?

Eu era o que ele queria.

g) O que tinha levado para os Hamptons? Se é que levara alguma coisa?

Eve se recostou na cadeira e deixou que as ideias circulassem pela sua mente mais uma ou duas vezes. Desejou café.

Acabou desligando tudo e foi para o quarto. Roarke tinha deixado a luz no mínimo, para que ela não encontrasse o quarto em escuridão completa. Ela tirou a roupa e vestiu uma camisola leve. Quando se deitou na cama, Roarke a puxou com o braço e se encostou nela, de conchinha.

— Eu queria tomar mais café.

— É claro que queria. Vá dormir.

— Ela não quis que eles sofressem.

— Isso mesmo.

Eve começou a cochilar no calor dos braços de Roarke, e murmurou:

— Ela queria que eles morressem, mas não queria que sofressem. Amor. Ódio. Essas coisas são complicadas.

— *Muito* complicadas.

— Amor. Ódio. Mas nenhuma paixão. — Ela abriu um bocejo enorme. — Se eu tivesse de matar você, iria querer que sofresse antes. *Muito.*

— Obrigado, querida. — Ele sorriu no escuro.

Ela riu junto com ele e, logo depois, caiu em sono profundo.

Capítulo Dez

À s sete da manhã, Eve já tomava a segunda xícara de café e analisava os dados que levantara sobre Avril Icove. Pesquisou a data de nascimento de Avril, viu a data da morte de seus pais e reparou que Icove se tornara seu tutor legal antes do sexto aniversário da menina.

Eve foi em frente e encontrou os dados estudantis de Avril. Ela havia estudado na Academia Brookhollow em Spencerville, no estado de New Hampshire, do primeiro ao décimo segundo ano, e completou sua educação na Universidade Brookhollow.

Isso significava que o gentil doutor tinha colocado sua protegida num colégio interno desde a infância. Como será que ela se sentia com relação a isso?, especulou Eve. Tinha perdido a mãe cedo. Mas com quem a criança ficara no tempo em que sua mãe estava... Onde era, mesmo? África. Afinal, quem cuidara da menina enquanto a mãe salvava as pessoas e perdia a própria vida na África?

Assim que perdeu a mãe, ela foi mandada para o internato.

Não tinha parentes vivos. Péssima sorte, essa, refletiu Eve. Não havia irmãos nem irmãs; seus pais também eram filhos únicos.

Os avós já tinham falecido quando ela nasceu. Não havia registros de tios nem tias dos antepassados, nem primos de segundo ou terceiro grau.

Esquisito, aquilo, pensou Eve. Quase todo mundo tinha parentes em algum lugar, mesmo distantes.

Eve não tinha, mas sempre havia exceções às regras genéricas.

Puxa, veja só o que tinha acontecido com Roarke. Tinha passado a vida toda achando que só havia ele no mundo, e de repente... Bam! Descobriu tantos parentes que daria para povoar uma cidade pequena.

Mas os registros de Avril não indicavam nenhum parente de sangue, exceto seus dois filhos.

Portanto, ela estava com quase seis anos de idade quando se viu órfã de forma trágica e Icove, seu tutor legal, a colocou numa escola de pura ostentação. Afinal, já era um cirurgião famoso e ocupadíssimo, à beira de se tornar o "Ícone Icove" da medicina reconstrutiva, criando o próprio filho que tinha, na época, quase dezessete anos.

Garotos adolescentes costumam se meter em encrencas, trazendo e provocando problemas. Mas quando ela pesquisou o dr. Will Icove descobriu um histórico tão imaculado quanto o do pai.

Enquanto isso, Avril passou mais ou menos dezesseis anos basicamente na mesma escola, o que pareceu a Eve algo quase tão terrível quanto cumprir pena numa prisão. É claro que no seu caso pessoal, refletiu, tomando mais um gole de café, a escola tinha sido realmente uma espécie de cadeia.

Eve contou tempo em várias instituições, recordou, até ter a idade legal que lhe propiciou escapar do sistema que a recolhera logo depois de ser achada num beco da cidade de Dallas. Dali, foi direto para a Academia de Polícia. Outro sistema fechado, admitiu para si mesma. Mas dessa vez tinha sido por sua escolha.

Origem Mortal 203

Finalmente ela tivera a chance de escolher um caminho por si mesma.

Será que Avril tinha tido escolha?

Formou-se em artes, acompanhou Eve, com graduações secundárias em ciências domésticas e teatro. Casou-se com Wilfred B. Icove Filho no primeiro verão depois da formatura — época em que o marido já tinha trinta e poucos anos, mantendo-se sem nenhuma mancha nos registros oficiais, e sem nunca ter morado com nenhuma namorada até essa idade.

Eve teria de acionar Nadine para ver se a repórter conseguiria desencavar alguma suculenta notícia antiga, nos arquivos da mídia, sobre algum relacionamento sério do jovem e rico médico.

Não havia nenhum registro de emprego para Avril. Assumira o status de mãe profissional desde o nascimento do primeiro filho.

Nenhuma ficha criminal, também.

Eve ouviu o suave zunir de tênis com amortecimento a ar e tomou mais um gole de café quando Peabody entrou em seu escritório.

— Avril Icove — disse Eve, à guisa de cumprimento. — Quero sua avaliação pessoal sobre ela.

— Bem, puxa vida, não imaginei que teria de enfrentar um teste desses logo de manhã. — Peabody largou a bolsa e apertou os olhos, pensando.

— Elegante e contida — começou. — Bem-criada, exibe boas maneiras, e com isso quero dizer que é correta. Supondo que o lar seja um território dominado por ela, o que é o mais provável, considerando-se que é mãe profissional casada com um médico atarefadíssimo, eu a definiria como uma mulher de bom gosto e muito discreta.

— Mas usa um casaco vermelho — comentou Eve.

— Como assim?

— Nada, talvez isso não seja nada. Mas a casa tem uma elegância calma, suave, e ela me apareceu com um casaco vermelho sangue. — Eve encolheu os ombros. — Mais alguma coisa?

— Bem, ela também me pareceu um tanto subserviente.

— Por quê? — quis saber Eve, olhando de relance para Peabody.

— Na nossa primeira visita ao casal, Icove determinou o que ela devia fazer. Numa boa, nada do tipo "Ei, sua vadia, a conversa ainda não chegou à cozinha". Na verdade ele não foi rude, nem direto em demasia, mas a dinâmica estava lá. Era ele quem estava no controle, tomando as decisões. Ela era a ESPOSA, em letras maiúsculas.

Peabody lançou um olho comprido para o café, mas foi em frente:

— Isso é uma coisa que tem me feito dar tratos à bola. Ela costumava deixar que ele dirigisse o show e tomasse todas as decisões. Portanto, não é de estranhar que tenha exibido um branco total quando soube de sua morte. Viu-se sozinha e sem um manual de estratégia.

— Como assim? Passou dezesseis anos numa escola de primeira linha, teve uma formação de ouro e terminou os estudos com honras.

— Muita gente é boa na escola, mas não desenvolve habilidades práticas para enfrentar a vida.

— Vá pegar café porque você está quase babando.

— Obrigada.

— O pai de Avril caiu fora, sua mãe virou missionária médica na selva e morreu lá — continuou Eve, elevando a voz para Peabody poder ouvi-la da cozinha, para onde fora correndo. — A única ligação que havia entre a menina e Icove era a profissão da mãe. Pode ser que eles tenham sido amantes, mas não vejo relevância nisso.

Origem Mortal

Eve virou a cabeça meio de lado e analisou a foto da carteira de identidade de Avril. Elegante, pensou. Linda. À primeira vista, parecia ser uma pessoa suave. Mas Eve tinha visto furor em seus olhos, por breves instantes. E também vira a força e a frieza do aço neles.

— Vamos voltar à cena do crime — decidiu. — Quero vasculhar a casa toda, cômodo por cômodo. Precisamos conversar com os vizinhos e seus empregados. Vamos confirmar o álibi dela. E quero saber com exatidão quando foi a última vez em que ela esteve na clínica, antes da morte do sogro.

— Agenda cheia! — exclamou Peabody, comendo o donut com cobertura cremosa que pegara na cozinha. — Achei isso lá dentro — disse, com a boca cheia, ao ver que Eve exibia um ar de estranheza diante do donut.

— Lá dentro onde?

— Na letra D do cardápio do AutoChef. — Engoliu o resto sem pestanejar. — McNab ficou cuidando dos eletrônicos na casa da vítima e voltou para casa depois de mim. *Muito* depois. Deixou sinais de alerta em tudo que pareceu estranho nos equipamentos. Vai levar Feeney até lá agora de manhã, e nem precisou você pedir.

— Avril não me pareceu preocupada com os eletrônicos da casa. Nem com o sistema de segurança, nem com as ligações ou os dados. — Eve balançou a cabeça. — Ou ela é mais fria do que demonstra ou não existe nada nos equipamentos que possa incriminá-la.

— Continuo pendendo para a possibilidade de adultério. Se Avril está envolvida, certamente tem um cúmplice. E ninguém mata pelo outro, a não ser por amor. Ou então quando tem rabo preso.

— Ou é pago para isso.

— Ah, isso também, é claro. Andei pensando nas possibilidades. Sei que é meio "eca", mas... E se o sogro andou de sacanagem com a nora? Já sabemos que ele tem muito interesse por mulheres jovens, por causa do projeto. Era tutor de Avril. Pode tê-la usado sexualmente. Depois passou a conquista para o filho, a fim de mantê-la... ahn... Sempre à mão. Talvez pai e filho a dividissem.

— Isso já me passou pela cabeça.

— Então, que tal essa teoria: Avril sempre foi dominada e usada pelos homens. Acaba se interessando por outra mulher. Em nível emocional, e talvez romântico, as duas planejam tudo.

— Dolores.

— Exato! Digamos que elas tenham se conhecido e virado amantes. — Peabody lambeu o açúcar dos dedos. — Combinam de eliminar os dois Icove sem implicar Avril. Dolores pode ter influenciado o filho, se ligou a ele e o seduziu.

— Ele viu a foto dela depois do assassinato do pai. Nem piscou.

— Tudo bem, concordo que é muita frieza, mas não é impossível. Pode ser que ela tivesse uma aparência diferente quando estava com ele. Mudou o cabelo, esse tipo de coisa. Sabemos muito bem que Dolores matou o número um. Temos o mesmo método e a mesma arma no crime número dois. O computador apresentou uma probabilidade de mais de noventa e oito por cento de que a mesma pessoa tenha cometido os dois crimes.

— Noventa e oito vírgula sete por cento. Eu também rodei o programa — confirmou Eve. — Seguindo essa linha de raciocínio e acrescentando minha convicção de que Avril está envolvida, elas se conheciam. Ou Avril a contratou. Isso prova que Dolores estava na cidade depois do primeiro assassinato. Talvez ainda esteja. Quero encontrá-la.

A porta divisória entre os dois escritórios se abriu e Roarke entrou. O terno cor de carvão que vestia era leve e macio, mostrava a agilidade do seu corpo e, de algum modo, ressaltava o azul dos seus olhos, que já eram atordoantes por si só. Seus cabelos estavam penteados para trás, deixando à mostra seu rosto magnífico, e o sorriso fácil e lento fazia coisas quase obscenas com a libido de qualquer mulher.

— Você está babando novamente — murmurou Eve, olhando para Peabody.

— E daí?

— Caras damas... Interrompo vocês?

— Estamos só verificando alguns dados — disse Eve. — Vamos para a rua daqui a pouco.

— Então eu calculei bem o tempo. Como vai, Peabody?

— Numa boa, obrigada. Quero lhe agradecer pelo convite para o Dia de Ação de Graças. É uma decepção não podermos vir, mas já combinamos de passar alguns dias com meus pais.

— É um feriado para passar com a família, mesmo. Mande lembranças para eles. Vamos sentir a falta de vocês. Gostei do seu colar. Que pedra é essa?

— Cornalina. Foi minha avó que fez.

— Ora... — Ele deu um passo à frente e ergueu o pingente. — Um trabalho maravilhoso. Ela vende as joias que produz?

— Só através dos canais comuns aos seguidores da Família Livre. Lojas e feiras *indie*. É uma espécie de hobby.

— Tique-taque! — grunhiu Eve, e ambos olharam para ela: Peabody com ar de embaraço e Roarke com cara de diversão.

— Combina muito bem com você — continuou ele, deixando o pingente cair. — Mas confesso que sinto falta da sua farda.

— Oh, puxa... — Peabody ficou vermelha como um tomate, e Eve lançou os olhos para cima, por trás da parceira.

— Vou deixá-las à vontade em poucos segundos, mas tenho algumas informações que me parecem interessantes. — Roarke olhou para a xícara de café que Peabody ainda segurava, imóvel em sua neblina hormonal. — Bem que eu aceitaria uma xícara de café.

— Café? — Peabody só faltou suspirar, mas logo voltou à real.

— Ah, sim, claro. Vou pegar, pode deixar que eu pego.

Roarke sorriu quando ela saiu.

— Ela é um tesouro — elogiou, olhando para Eve.

— Você a deixou toda agitada. Fez isso de propósito.

A expressão dele era de pura inocência.

— Não faço ideia do que você está falando. De qualquer modo, fico feliz por você ter convidado Peabody e McNab para o nosso jantar, e sinto sinceramente que eles não possam vir. Por falar nisso, xeretei algumas coisas por aí, como você pediu, depois da minha reunião matinal.

— Você já participou de uma reunião? Agora de manhã?

— Foi uma conferência holográfica com minha equipe na Escócia. Eles estão cinco horas à nossa frente e consegui encaixá-los na minha agenda. Também preciso ligar para minha tia na Irlanda.

Isso explicava a ausência dele na saleta da suíte quando ela se levantou, às seis horas, percebeu Eve.

— Você achou o dinheiro?

— De certo modo, sim. — Ele parou e sorriu mais uma vez para Peabody quando ela voltou com uma bandeja.

— Também trouxe café fresco para você, Dallas.

— Achou o dinheiro "de certo modo" em que sentido? — quis saber Eve, impaciente.

Mas Roarke não se apressou dessa vez, e serviu café para todos com muita calma.

— No sentido de encontrar grandes fortunas e rendas anuais canalizadas por meio dos muitos braços das empresas de Icove. Na superfície, tudo parece extremamente generoso e filantrópico.

Origem Mortal

Mas eu fui em frente, cavei mais fundo e encontrei, depois de cuidadosos exames, valores questionáveis.

— De quanto?

— Quase duzentos milhões de dólares até agora, ao longo dos últimos trinta e cinco anos. Dinheiro que eu não consegui associar à renda dele. Quando um homem distribui um valor tão impressionante de verdinhas, isso deveria criar um buraco, por mínimo que fosse, em seus recursos. Mas não aconteceu isso. — Ele bebeu o café.

— Isso indica outra fonte de renda. Uma fonte oculta.

— Parece que sim. E suspeito que haja mais. Estou apenas no início dessa linha de pesquisa. É muito interessante que um homem com fontes de renda questionáveis faça doações milionárias de forma discreta, até anônima, para causas nobres, vocês não acham? A maioria das pessoas com esse perfil compraria um pequeno país para si mesmo.

— Doações anônimas?

— Ele teve muito trabalho para distanciar seu nome dos donativos. Usou muitos intermediários, em vários níveis. Fundos fiduciários, organizações sem fins lucrativos, fundações, todas com cruzamentos constantes entre si e protegidas por corporações e organizações. — Encolheu os ombros. — Não creio que você queira receber uma aula sobre abrigos tributários e subterfúgios desse tipo, tenente. Vamos dizer apenas que ele teve excelente orientação financeira, e decidiu abrir mão desse dinheiro sem levar crédito. E sem se preocupar com o resultado disso na sua renda total. Por outro lado, ele nunca declarou esses valores na declaração de Imposto de Renda.

— Sonegação fiscal?

— De certo modo, sim. Porém, é muito difícil, mesmo para a Receita Federal, extrair provas concretas, já que o dinheiro foi parar em obras de caridade. Mas certamente existe uma infração.

— Então nós precisamos descobrir a fonte extra desses rendimentos. — Eve tomou o café e circulou pela sala. — Sempre existe um rastro.

— Não existe, não. — Os lábios de Roarke se abriram num sorriso sagaz. — Nem sempre.

— Alguém que sempre soube como disfarçar os próprios rastros certamente conseguirá achar um modo. — Retorquiu ela, estreitando os olhos.

— Sim, pode ser.

— Quem sabe se começarmos pela outra ponta? — sugeriu Peabody. — Os lugares que receberam as doações?

— Faça um levantamento dos cinco maiores beneficiários — ordenou Eve. — Envie o resultado para minha sala na Central.

— Pode deixar. Até agora, o maior de todos é uma escola particular.

— Brookhollow? — Eve sentiu uma espécie de arrepio.

— Estrela de ouro para você, tenente! Academia Brookhollow e sua irmã de ensino superior, a Universidade Brookhollow.

— Bingo! — Eve se voltou para o telão com um leve sorriso de satisfação. — Adivinhe quem passou a vida toda estudando nessas instituições?

— Faz sentido — concordou Peabody. — Mas pode-se dizer que ele mandou sua protegida estudar lá porque acreditava na escola que mantinha com seu dinheiro. Ou então o contrário: colocou a grana lá porque era o lugar onde sua protegida estudava.

— Verifique qual das duas opções é a correta. Descubra quando a instituição foi fundada e por quem. Quero a lista das pessoas do corpo docente, diretores, pacote completo. Também quero a lista dos alunos atuais. E os nomes das jovens que fizeram o curso do início ao fim em companhia de Avril Hannson, seu nome de solteira.

Origem Mortal 211

— Sim, senhora. — Peabody correu para o computador e começou a trabalhar.

— Isso me parece quente — elogiou Eve, e olhou fixamente para Roarke. — É uma boa pista.

— O prazer foi meu. — Ele ergueu o queixo dela com o dedo e tocou-lhe os lábios de leve com os dele, antes de ela ter chance de impedir. — Quanto aos assuntos pessoais, você quer que eu entre em contato com Mavis para falar sobre o Dia de Ação de Graças? Estamos em cima da hora e você está com menos tempo que eu, no momento.

— Seria ótimo.

— Mais alguém?

— Não sei. — Ela se remexeu, meio desconfortável. — Acho que Nadine. Também pensei em Feeney. Provavelmente ele vai oferecer um jantar para a família, mas posso confirmar isso.

— Que tal Louise e Charles?

— Ótimo. Boa ideia. Vamos mesmo dar esse jantar?

— Tarde demais para voltar atrás. — Ele tornou a beijá-la. — Mantenha contato comigo, ouviu? Fiquei satisfeito por você me atualizar sobre o caso. — Ele voltou para o escritório e fechou a porta.

— Eu amo McNab — declarou Peabody.

Assim que se virou para a parceira, Eve sentiu repuxar o músculo sob o olho direito.

— Ai, cacete! — reagiu ela. — Precisamos falar disso agora?

— Precisamos, sim. Eu amo McNab — repetiu Peabody. — Levei um tempo para me convencer, até mesmo para chegar a essa conclusão, sei lá como funciona a coisa. Mas ele é o cara. O meu cara! Mesmo que você caísse dura, mortinha da silva, e Roarke decidisse aceitar que eu o confortasse com intermináveis sessões de sexo selvagem, eu provavelmente não entraria nessa. Provavelmente. E mesmo que entrasse, continuaria a amar McNab.

— Pelo menos eu estou morta em sua fantasia sexual.

— É o mais justo. Eu jamais trairia minha parceira. É por isso que, provavelmente, eu jamais transaria com Roarke, mesmo que surgisse a oportunidade. A não ser que você e McNab morressem num acidente bizarro.

— Obrigada, Peabody. Agora eu me sinto muito melhor.

— Além do mais, esperaríamos um intervalo de tempo decente antes de cair na farra. Duas semanas. Se conseguíssemos nos controlar, é claro.

— A coisa melhora a cada instante — garantiu Eve.

— De certo modo, estaríamos celebrando a vida de vocês e nosso amor por ambos.

— Quem sabe você e Roarke não morrem num acidente bizarro — rebateu Eve. — E então, eu e McNab... Não, pelo amor de Deus, não! — Eve chegou a estremecer, só de pensar. — Não amo você tanto assim

— Ah, isso não é nada simpático de se dizer. Uma pena para você, porque McNab manda muito bem na cama.

— Calada! Guarde os detalhes para si mesma.

— Academia Brookhollow — disse Peabody, com um tom subitamente superior. — Foi fundada em 2022.

— Dois anos antes de Avril nascer? Quem foi o fundador? Coloque os dados na tela.

— Telão um.

— Instituição educacional particular — leu Eve, analisando os detalhes. — Para meninas. Só meninas. Fundada por Jonah Delecourt Wilson. Faça uma busca secundária no nome dele, Peabody.

— Positivo.

— Avril estudou do primeiro ao décimo segundo ano, em período integral. A entidade é reconhecida pela Associação Internacional de Escolas Independentes. É a terceira do ranking dentro dos Estados Unidos e a décima quinta do mundo. Tem um

Origem Mortal

campus com trezentos e trinta mil metros quadrados. Isso é muito espaço. Relação professores/estudantes: um para cada seis.

— Muita atenção individual.

— Oferece curso preparatório para a faculdade, com acomodações completas para as estudantes e o corpo docente. É uma comunidade do tipo dedicada, ou seja, planejada para funcionar como educandário. É um ambiente que propõe desafios, mas oferece apoio integral. Ora, que frase interessante. Blá-blá-blá. Oferece base completa para as estudantes entrarem na Universidade Brookhollow, blá-blá-blá. Taxa cobrada pela instituição... Minha Nossa Senhora mãe de Deus!

— Uau! — Peabody arregalou os olhos ao ver o valor. — Esse é o valor cobrado por semestre. Uma nota dessas por seis meses de escola para uma menina de seis anos!

— Providencie uma comparação de preços com outros colégios internos de altíssimo nível — ordenou Eve.

— Pesquisando... O que caçamos exatamente, Dallas?

— Não sei ao certo. Mas estamos quase lá. O dobro — replicou ela. — A Brookhollow cobra o dobro da mensalidade das outras instituições do mesmo nível.

— Achei os dados do fundador, Jonah Delecourt Wilson. Nasceu em 12 de agosto de 1964, faleceu em 6 de maio de 2056. Esse é o famoso dr. Wilson — acrescentou Peabody. — Era médico, fez mestrado, doutorado e pós-doutorado. Ficou conhecido por importantes pesquisas e pelo seu trabalho com genética.

— Sério? Ora, ora...

— Casou-se com Eva Hannson Samuels em junho de 1999. Não tiveram filhos. Eva Samuels, também médica, morreu três anos antes do marido, num acidente com seu jato particular.

— Hannson. Esse era o sobrenome de solteira de Avril. Isso não pode ser coincidência, elas devem ter relação uma com a outra.

— Wilson fundou a escola e trabalhou como primeiro presidente durante cinco anos. Depois disso, sua esposa assumiu o cargo, que manteve até falecer. A presidente atual é Evelyn Samuels, que aparece na pesquisa como sobrinha de Eva Samuels e foi uma das primeiras alunas a se formar pela Universidade Brookhollow.

— Tudo em família. Aposto que quando alguém investe tanto dinheiro numa instituição como essa, recebe todo tipo de benefícios. Certamente uma escola desse quilate tem um laboratório próprio. Que talvez envie algumas das suas cobaias para serem alunas. Eles conseguem uma educação de primeira qualidade para elas enquanto as monitoram em tempo integral. Uma geneticista, um especialista em cirurgia reconstrutiva e um internato só para meninas. Junte esses ingredientes muito bem e o que você obtém?

— Humm... Mensalidades absurdamente altas?

— Mulheres perfeitas. Manipulação genética, melhoramentos estéticos à base de cirurgia, programas educacionais específicos.

— Meu santo Cristo, Dallas.

— Pois é, muito doentio, mesmo. Agora, imagine tudo isso ao quadrado... Podemos dar um passo adiante e especular que as alunas formadas por essa instituição podem ser "colocadas" em leilão por um valor astronômico, junto às pessoas interessadas. Na noite passada, durante a declaração, Avril disse que ela era o que Icove *queria*. Usou essas palavras! Um pai meio sem noção certamente seria capaz de dar ao único filho tudo o que ele queria, certo?

— Isso não é muito ficção científica, Dallas?

— DNA.

— Como disse?

— Dolores Nocho-Alverez... D-N-A. Aposto que esse pseudônimo é uma pequena piada interna. — Eve atendeu o *telelink* no primeiro toque.

Origem Mortal

— Dallas falando!

— Levantei uma quantidade assustadora de dados sobre o pai até agora — informou Nadine. — Devido aos eventos recentes, estou fazendo um levantamento semelhante para Junior. O que está rolando aqui, Dallas?

— Você localizou alguma coisa relacionada com uma sociedade entre o pai e um tal de dr. Jonah Delecourt Wilson?

— Engraçado você perguntar isso. — Os olhos de Nadine se estreitaram de interesse. — Ambos dedicaram muito do seu tempo e habilidades profissionais durante as Guerras Urbanas. Tornaram-se amigos e sócios. Ajudaram a fundar vários centros de reabilitação para crianças, depois das guerras. Há mais detalhes sobre o assunto, e também outras coisas escondidas, preciso cavar mais fundo. Estou sentindo cheirinho de algo podre. Pode ser uma censura da Associação Americana de Médicos ou comissões de inquérito, mas tudo está muito bem-escondido.

— Extraia esse minério lá do fundo, Nadine, porque se eu estiver no caminho certo, talvez você ganhe a maior história da sua carreira.

— Não brinque comigo, Dallas.

— Envie para mim tudo que você já conseguiu. E descubra mais.

— Pelo menos me dê uma declaração curta para eu apresentar no noticiário. Preciso de algo...

— Não dá. Agora preciso ir. Ah, mais uma coisinha... Se Roarke entrar em contato com você, é para falar sobre um convite para o nosso jantar de Ação de Graças.

— Ah é? Que máximo! Posso ir acompanhada?

— Acho que sim. A gente se fala depois.

Eve desligou e chamou Peabody.

— Vamos dar mais uma olhada na casa de Icove.

Peabody salvou as pesquisas no computador e pulou da cadeira.

— Vamos a New Hampshire para investigar a escola?

— Não me surpreenderia se isso acontecer.

Numa residência que mais parecia um palácio debruçado sobre o mar, as telas de privacidade nas paredes de vidro tinham sido todas acionadas, a fim de proteger o ambiente de intrusos. A vista dali era deslumbrante. Dava para ver a água num tom suave de azul-acinzentado, se estendendo até o horizonte.

Ela gostaria de pintar um quadro com a paisagem exatamente daquele jeito, pensou. Vazia, calma e imensa, só com os pássaros caminhando com ar pomposo, junto da orla.

Ela pintaria mais de uma vez, usando cores vivas. Nada de retratos lindos em tons suaves, mas o selvagem e o sombrio, o brilhante e o ousado.

Em breve, ela também viveria do mesmo modo. A liberdade, em sua imaginação, era representada por todas aquelas coisas.

— Gostaria que pudéssemos morar aqui. Ficaria felicíssima se conseguíssemos isso. Poderíamos ficar aqui com as crianças e simplesmente ser quem somos.

— Talvez consigamos, um dia, morar assim, em algum lugar. Seu nome não era Dolores, e sim Deena. Seus cabelos eram ruivos escuros, agora, e seus olhos tinham um penetrante tom de verde. Ela já matara e tornaria a matar, mas sua consciência estava limpa.

— Quando terminarmos, quando tivermos feito tudo o que estiver ao nosso alcance, esta casa terá de ser vendida. Mas existem muitas praias, em outros lugares.

— Eu sei. É que estou me sentindo um pouco melancólica.

— Ela se virou, com seu ar de elegância contida, e sorriu de leve.

Origem Mortal

— Mas não há motivos para tristeza. Estamos livres. Pelo menos, tão perto disso quanto jamais estivemos na vida.

Deena caminhou alguns passos e tomou entre as suas as mãos da mulher que considerava uma irmã.

— Apavorada? — perguntou.

— Um pouco. Mas também empolgada. E triste. Mas não há como evitar isso. Havia amor entre nós, Deena. Mesmo que fosse uma espécie de amor distorcido desde a raiz, ele existia.

— Eu sei. Olhei bem no fundo dos olhos dele quando o matei, e havia amor ali. Um tipo de amor egoísta e errado, mas era amor. Não quis pensar nisso, não me permiti fazê-lo. — Ela inspirou fundo. — Bem, eles me treinaram para fazer exatamente isso: isolar os sentimentos e cumprir a missão. Só que depois de matá-lo... — Fechou os olhos. — Quero ter paz, Avril. Paz, quietude e dias sem mais nada, a não ser isso. Já faz tanto tempo! Você sabe qual é o meu sonho?

— Conte-me. — Avril apertou os dedos de Deena.

— Uma casinha. Um chalé, na verdade. Com um jardim. Flores, árvores e pássaros cantando. Um cão grande, tolo e brincalhão. E alguém que me ame. Um homem que me ame de verdade. Quero muitos dias assim, sem me esconder, sem guerras, sem mortes.

— Você terá tudo isso.

Mas Deena revisitou o passado por alguns instantes, ano após ano. Não havia mais nada além de fugas e esconderijos. Nada além de morte.

— Eu transformei você numa assassina — lamentou.

— Não, nada disso! — Avril se inclinou para frente e beijou o rosto de Deena. — Liberdade. Foi esse o presente que você me deu. — Caminhou até a parede toda envidraçada. — Vou voltar a pintar. Pintar de verdade. Vou me sentir melhor. E vou confortar as crianças, pobrezinhas. Vamos levá-las para bem longe de tudo isso, assim que for possível. Vamos para algum local fora do país, pelo menos por um período. Vamos procurar um lugar tranquilo, onde eles possam crescer livres. Quero que eles tenham a liberdade que nunca tivemos.

— E a polícia? Eles vão querer conversar novamente. Virão mais perguntas.

— Está tudo bem. Sabemos exatamente o que fazer e o que contar. Quase tudo é verdade, então não fica tão difícil. Wilfred certamente respeitaria a mente dessa mulher astuta, a tenente Dallas. Ela é fluida e, ao mesmo tempo, muito direta. É alguém que gostaríamos de ter como amiga, se pudéssemos.

— Precisamos é ter cuidado com ela.

— Sim, muito cuidado. Que tolice gigantesca, a de Wilfred. Era tão egocêntrico que mantinha registros pessoais de tudo em sua casa. Se Will tivesse sabido disso... Pobre Will. De qualquer modo, fico dizendo a mim mesma que talvez seja bom a tenente saber sobre o projeto, ou pelo menos desconfiar de alguma coisa. Poderíamos esperar um pouco mais, para ver se ela consegue unir todas as pontas soltas. Quem sabe ela acaba com o programa por nós?

— Não podemos correr esse risco. Ainda mais depois de termos ido tão longe.

— Sim, não podemos. Vou sentir saudades suas — afirmou ela. — Gostaria que você pudesse ficar. Eu me sentirei muito solitária.

— Você nunca ficará sozinha. — Deena foi até Avril e a abraçou. — Vamos conversar uma com a outra todos os dias. Não vai levar muito tempo.

Avril concordou com a cabeça e perguntou:

— Mas é horrível desejar mais mortes, não é? E querer que tudo aconteça depressa. De um jeito terrível, ela é uma de nós.

Origem Mortal

— Não é mais... Se é que algum dia foi. — Deena recuou um pouco e beijou o rosto de sua irmã. — Seja forte!

— E você, tome cuidado.

Avril observou atentamente quando Deena colocou na cabeça um chapéu de pescador azul, óculos escuros, pegou uma bolsa grande com alça comprida e a passou pelo ombro.

Deena saiu silenciosamente pela porta de vidro, deu uma corrida rápida sobre o terraço e desceu os degraus que davam na areia. Caminhou para longe dali, como uma mulher comum fazendo seu passeio diário pela praia, num dia frio de novembro.

Ninguém poderia adivinhar sua história, de onde ela viera, nem o que tinha feito.

Durante muito tempo. Havia apenas a água, a areia e o som dos pássaros. A batida na porta de Avril foi suave, e sua ordem para que o trinco se abrisse também foi absolutamente calma.

A menininha estava parada ali, loura e delicada como a mãe, esfregando os olhos e chamando:

— Mamãe!

— Aqui, querida. Venha para junto da mamãe, meu amor. — Com um sentimento de amor profundo quase lhe transbordando do peito, ela correu até a menina e a pegou nos braços.

— Papai!

— Sim, eu sei, eu sei... — Ela acariciou a cabeça da filha e beijou seu rosto molhado de lágrimas. — Eu também estou com saudades dele.

De um jeito estranho que nem ela mesma conseguia compreender por completo, o que ela dizia era a pura verdade.

Capítulo Onze

Eve esvaziou a mente e se permitiu ver. A casa em silêncio. O ambiente familiar. Ela entrou pela porta principal, sozinha.

Também tinha ido à clínica sozinha. Matou sozinha.

De volta à cozinha. Por que a bandeja?, perguntou a si mesma, enquanto refazia o caminho que imaginava ter sido usado pela assassina. Para distrair e confortar a vítima.

Era alguém que ele conhecia. Será que o dr. Will conhecia a assassina do seu pai e escondeu isso?

Na cozinha, parou por um instante, analisando o território.

— A androide doméstica não tinha colocado a comida da bandeja. Era pouquíssimo provável que Icove tivesse feito isso para si mesmo.

— Talvez ele a estivesse esperando o tempo todo — sugeriu Peabody. — Foi por isso que ele desligou os androides.

— É possível. Mas por que trancar a casa toda para a noite? Se esperava companhia, por que acionar a segurança noturna completa? Pode ser que ele tenha trancado tudo, desligado

Origem Mortal

os empregados e só então ela o tenha procurado. Ele desce e abre a porta pessoalmente. Ei, que tal comermos alguma coisa?

Mas Eve não gostou da sequencia dos fatos.

— A posição em que ele estava deitado no sofá não é a de quem tem companhia. Eu diria que mais parece um "vou me deitar aqui só para relaxar um pouco". Vamos deixar isso quieto, por enquanto. Ela entrou. Conhecia as senhas ou foi liberada pelo sistema. Foi até a cozinha e preparou a bandeja. Sabia que ele estava lá em cima.

— Por que você acha que ela sabia?

— Porque o conhecia bem. Ela *sabia*. Ou poderia facilmente verificar o aposento em que ele estava pelo *scanner* doméstico, se não tivesse cem por cento de certeza. É bem provável que tenha feito exatamente isso. Eu teria. Isso lhe informou não apenas sua localização, mas também confirmou que ele estava sozinho na casa. Depois ela conferiu os androides, para ter certeza de que estavam todos desligados. E levou a bandeja lá para cima.

Eve se virou e refez o caminho seguido pela assassina.

Será que estava nervosa?, especulou consigo mesma. Será que os utensílios chacoalharam na bandeja, ou ela estava calma como um mar congelado?

Do lado de fora do escritório, Eve manteve as mãos estendidas na frente do corpo, como se segurasse uma bandeja invisível, e virou a cabeça meio de lado.

— Se ele estava trancado lá dentro, ela deve ter usado comando de voz para destrancar a porta e abri-la. Não precisou pousar a bandeja em algum lugar para liberar as mãos. Vamos pedir para os rapazes da DDE darem uma olhada nisso e ver o que descobrem.

— Anotado!

Eve entrou no escritório e analisou o ângulo.

— Ele não a teria visto entrar, pelo menos não de imediato. Certamente a teria ouvido, se estivesse acordado, mas estava deitado com a cabeça voltada para a porta. Ela atravessou o aposento e pousou a bandeja na mesa. Será que se falaram? "Trouxe-lhe uma coisinha para comer. Você precisa se alimentar, cuidar de si mesmo." Viu só, isso é comportamento de esposa. Ela não devia ter se dado ao trabalho de preparar uma bandeja de comida. Isso foi um erro.

Eve se sentou na ponta do sofá. Havia espaço para isso, pensou, lembrando-se da posição em que o corpo de Icove estava posicionado.

— Estando sentada aqui, isso o impede de se levantar, e é também um comportamento de esposa. Nada ameaçador. Então, tudo o que ela precisa fazer é...

Eve se inclinou para a frente, fechando a mão como se segurasse o cabo de um estilete e o lançou para baixo, com força.

— Quanta frieza! — declarou Peabody.

— Sim, mas não completamente. A bandeja foi a peça-chave. Talvez o lanche estivesse preparado com algum tranquilizante, além de servir de pretexto e dar cobertura. Ou também pode ter sido, sei lá... Culpa? Oferecer ao sujeito que vai morrer uma última refeição? Não houve nada desse tipo no primeiro crime. Foi entrar, matar e sair. Sem frescuras.

Eve se levantou do sofá e continuou:

— Tirando isso, todo o resto é muito eficiente. Depois, foi só trancar tudo ao sair, levar os discos, acionar novamente o sistema de segurança. Mas a bandeja continua berrando no meu ouvido que faz parte do plano.

Expirou com força e completou:

— Roarke faz coisas desse tipo. Empurra comida para perto de mim. É uma espécie de instinto nele. Quando estou meio cansada ou preocupada, ele sempre me traz uma tigela de comida, um prato com algo delicioso, e coloca as coisas debaixo do meu nariz.

Origem Mortal

— Ele ama você.

— Pois é. A mulher que fez isso nutria sentimentos por ele. Tinha um relacionamento de algum tipo.

Eve deu mais uma volta pelo escritório e propôs:

— Vamos voltar o foco para a vítima. Por que ele se trancou aqui?

— Para trabalhar.

— Muito bem. Mas ele se deita. Talvez estivesse cansado, ou talvez pense melhor quando está recostado. Ou outro motivo qualquer. — Deu uma olhada no pequeno banheiro do escritório e refletiu sobre isso: — Banheiro apertado para uma casa suntuosa como esta.

— Só serve ao escritório, não pode ser acessado de nenhum outro lugar da casa. Aqui, ele não precisaria de luxos.

— Ah, precisaria, sim! — reagiu Eve. — Olhe para o resto do escritório. Um espaço imenso, mobília requintada, muitas obras de arte. O banheiro pessoal do consultório dele na clínica é muito maior que este, e aqui é a sua casa, o seu lar.

Curiosa com isso, Eve foi até a parede do pequeno banheiro.

— As dimensões disso aqui não estão certas, Peabody.

Eve saiu do escritório com muita pressa e Peabody correu atrás dela. Entraram no escritório de Avril, que ficava do outro lado da parede do banheiro. Eve olhou atentamente para a parede coberta de quadros. Viu a mesinha de trabalho e duas cadeiras posicionadas exatamente no centro.

— Existe alguma coisa entre os dois cômodos, Peabody — sentenciou. — Há um espaço entre essa parede e o banheiro do outro escritório. — Dando a volta mais uma vez, Eve viu um armário embutido para toalhas e suprimentos, e abriu as portas com determinação.

Deu um soco na parede do fundo do armário.

— Ouviu isso?

— Som de coisa sólida. Material maciço. Provavelmente reforçado. *Minha nossa!* — empolgou-se Peabody. — Acho que você descobriu uma sala secreta, Dallas.

Elas buscaram um mecanismo ou uma alavanca, passando as mãos ao longo dos cantos das paredes e das prateleiras. Por fim, Eve se colocou de cócoras, rogou uma praga baixinho e pegou o *telelink*.

— Será que você consegue abrir uma brecha na sua agenda, entre os planos de dominação do mundo e a compra de todos os perus do planeta?

— É possível. Se houver um bom incentivo — reagiu Roarke.

— Achei uma sala secreta, mas não consigo entrar. Provavelmente é ativada eletronicamente. Poderia chamar o pessoal da DDE, mas de onde você está fica mais perto.

— Endereço?

Ela recitou a rua e o número.

— Dez minutos.

Eve se sentou no chão, sentindo-se muito confortável.

— Vou esperar por Roarke aqui. Para aproveitar o tempo, penso em entrar em contato com os álibis. Você bem que poderia bater um papo com os vizinhos, enquanto isso.

— Tudo bem.

Eve fez as ligações dali mesmo, sentada no chão, e não ficou surpresa ao saber que as pessoas que serviam de álibi para Avril, nos Hamptons, confirmaram tudo com precisão impressionante. Já que estava ali, entrou em contato com o dono da sorveteria onde Avril afirmava ter estado com as crianças. Novas confirmações, nos mínimos detalhes, o que também não a deixou surpresa.

— Você estava muito bem-preparada — murmurou para si mesma. Levantando-se do chão, desceu para o primeiro andar da casa.

Dali, ligou para Morris.

Origem Mortal

— Estava para entrar em contato com você, Dallas. O estômago da vítima confirma o que foi relatado como sua última refeição. O exame toxicológico mostrou um ansiolítico. Coisa comum, padrão. E também um tranquilizante leve. Ambos ingeridos mais ou menos uma hora antes da morte.

— Leve em que medida?

— Ele deve ter se sentido relaxado, talvez meio sonolento. Tomou a dose mínima dos dois medicamentos. Foi um coquetel que qualquer pessoa comum usaria para acabar com uma dor de cabeça chatinha, ou apenas descansar um pouco.

— Isso bate com minha suposição. — Eve pensou na posição em que o morto estava, no sofá. — Encaixa direitinho. Descobriu mais alguma coisa?

— Nenhum outro trauma. Vítima do sexo masculino, com rosto perfeito e corpo malhado por exercícios e escultura corporal. Devia estar consciente na hora da morte, mas certamente se sentia meio grogue. A arma do crime é idêntica à do primeiro assassinato. *Causa mortis*: ferimento único e profundo no coração.

A porta da frente se abriu e Roarke entrou com a maior calma do mundo.

— Muito bem, obrigada pela rapidez, Morris. Mais tarde a gente se fala novamente. — Desligou. — Você não precisava arrombar a porta de entrada — disse a Roarke.

— É bom para praticar, tenente. Linda residência. — Analiou a decoração do saguão e da sala de estar. — Um pouco tradicional demais para o meu gosto, e não muito criativa, mas de primeira linha.

— Não posso esquecer de colocar essas observações no relatório. — Eve ergueu o polegar, apontou para cima e subiu a escada.

— O sistema de segurança também é muito bom, a propósito — continuou Roarke, com um tom descontraído. — Eu teria levado mais tempo para hackear a senha se a DDE não tivesse mexido no equipamento. Mesmo assim, alguns vizinhos ficaram curiosos quando me viram chegar. Acho que pensaram que eu era um tira. Isso é surpreendente.

Eve o analisou de alto a baixo. Um colírio para os olhos vestindo um terno de dez mil dólares.

— Não pensaram, não — garantiu ela. — É por aqui.

Ele olhou em torno do escritório. Dava para ver a poeira deixada pelos técnicos da perícia, e Roarke percebeu a ausência dos eletrônicos. Já estavam na DDE, supôs.

— As pinturas são a melhor parte da decoração.

Ele se aproximou de um esboço em giz, um retrato informal da família. Icove estava sentado no chão, com um dos joelhos dobrados, a esposa ao lado com a cabeça encostada em seu braço e as pernas estendidas. As crianças estavam abraçadas diante deles.

— Um belo trabalho, bem-feito e amoroso. Linda família. A jovem viúva é talentosa.

— Ah, é? — Mas Eve levou algum tempo diante do quadro, analisando o retrato. — Amoroso?

— A pose, a luz, a linguagem corporal dos retratados, as linhas e curvas que a artista usou. Isso mostra que foi um momento feliz.

— Por que matar alguém que você ama?

— Os motivos são incontáveis.

— Tem razão — concordou Eve, e se voltou na direção do banheiro.

— Você acha que foi a esposa?

— Sei que ela faz parte disso. Não posso provar nadica de nada a essa altura, mas sei. — Enfiou os polegares no bolso da frente da calça e acenou com a cabeça. — Está bem ali, no fundo daquele armário.

Como Eve fizera ainda há pouco, ele analisou com cuidado o espaço em torno.

Origem Mortal

— Deve estar, mesmo. — Da agenda portátil, ele pegou um tablet finíssimo que emitiu um fino raio de luz vermelha ao ser ligado. Roarke passou o raio pelas paredes do armário e pelas prateleiras.

— O que esse troço faz?

— Shhh!

Eve ouviu um som baixíssimo, um zumbido grave emitido pelo aparelho diferente que Roarke segurava.

— Existe uma placa de aço por trás dessa parede — declarou ele, ao olhar para a tela.

— Descobri isso sem precisar do brinquedinho.

Ele simplesmente ergueu uma das sobrancelhas para ela. Chegando mais perto, teclou algo no tablet. O zumbido virou um bipe em ritmo lento. Ele usou o raio de luz, vasculhando centímetro por centímetro, até chegar a um ponto em que Eve pareceu ouvir o próprio ranger dos dentes.

— E se eu...

— Shhh! — ordenou ele, novamente.

Ela desistiu e desceu para procurar Peabody quando ouviu a porta da frente se abrir.

— Conversei com alguns vizinhos. Ninguém notou nada de estranho. Percebi muita dor, choque e consternação por causa de Icove. Formavam uma família simpática e feliz, segundo a vizinha da casa ao lado. Consegui falar com a dona da casa, Maude Jacobs, antes de ela sair para o trabalho. Frequenta a mesma academia de Avril Icove e malham juntas algumas vezes. Depois da aula, tomam um suco com um monte de vegetais. Ela descreveu Avril como uma mulher agradável, boa mãe, feliz. As famílias jantam juntas a cada dois meses, em média. Nunca percebeu nenhuma área de atrito entre o casal.

Peabody olhou para o alto da escada.

— Resolvi voltar ao ver que Roarke tinha chegado. Não é melhor verificar o quarto secreto antes de continuar com os vizinhos?

— Ele está tentando descobrir como abrir a passagem. Vamos ligar para a DDE — propôs Eve, enquanto voltavam para o escritório. — Peça para eles trazerem... Tudo bem, pode esquecer.

A parede do fundo do armário estava escancarada. A porta, na verdade. Tinha quinze centímetros de espessura e dava para ver uma série de complexas travas na lateral.

— Que máximo! — exclamou Peabody, entrando pela passagem.

No lado de dentro, Roarke se virou e lançou-lhe um sorriso.

— Este é um antigo quarto de pânico convertido em escritório de alta segurança. Quando a pessoa está aqui dentro com a porta fechada e as trancas acionadas, não há como alguém de fora entrar. Todos os aparelhos eletrônicos aqui dentro são independentes e autossustentáveis. — Apontou para uma parede estreita cheia de telas. — Daqui dá para ver o que acontece em toda a casa, tanto dentro quanto fora. Há também um estoque de comida e uma pessoa poderia se proteger aqui dentro de uma invasão, possivelmente até de um ataque nuclear.

— Há registros aqui. — afirmou Eve, olhando para a tela apagada do computador.

— Sim. O sistema tem senha e contrassenha. Eu poderia entrar nele, mas...

— Vamos levar tudo para a Central — interrompeu Eve. — É melhor manter a cadeia de evidências dentro da lei.

— Você pode fazer isso, mas posso lhe adiantar que os dados, provavelmente, foram apagados. Também não encontrei um único disco de dados no cômodo.

— Ele os destruiu antes, ou ela os levou. Se foi essa última hipótese, ela sabia desta sala secreta. A esposa também devia saber.

Origem Mortal

Mesmo que Icove não tivesse lhe contado, ela perceberia. É uma artista, para início de conversa. Entende de simetria, dimensões, equilíbrio, e as proporções do banheiro são muito erradas.

Eve deu uma boa olhada no ambiente, saiu e analisou mais uma vez o escritório.

— Ele não iria destruir os discos — decidiu. — É uma pessoa organizada demais, igualzinho ao pai. Sabe o que mais? Esse projeto é a grande obra da vida deles. Uma espécie de missão. Ele não imaginou que estivesse prestes a morrer, e tinha esse cofre secreto. Sentiu-se seguro a respeito de tudo. Apesar da sua segurança, eu comecei a fazer um monte de perguntas e ele descobriu que o pai guardava os registros. Apesar de codificados, eles eram relativamente acessíveis, um pouco demais, talvez. É por isso que ele resolveu verificar a sala secreta, para se tranquilizar. Mas a coisa toda o deixou obcecado.

— Se ele conhecia a mulher que matou o pai, não ficaria preocupado com a possibilidade de ela vir atrás dele também? — perguntou Peabody, caminhando até onde Eve estava. — Vai ver que foi por isso que mandou a esposa e os filhos para longe. Para segurança deles.

— Quando um cara acha que existe um estilete pronto para entrar em seu coração, demonstra medo. Não foi o caso, aqui. O dr. Will ficou foi puto porque eu cutuquei e questionei o trabalho do pai. Mostrou-se preocupado também, receoso até, de a morte do pai ter sido provocada pelo trabalho que desenvolviam, e a possibilidade de estragarmos o legado deles. Quando um homem receia pela própria vida, ele foge e se esconde. Não se enfia em casa, sozinho, e toma um sedativo. Ele tomou um remédio comum, não muito forte. Morris acabou de me informar — disse Eve, antes de Peabody ter a chance de perguntar.

— Se havia registros — acrescentou —, a assassina os pegou. A pergunta é: o que havia neles?

Virando-se para Roarke, completou:

— Vamos analisar a coisa da seguinte forma: quando você quer eliminar uma organização ou uma companhia... Destruí-la, assumir seu controle ou algo assim, o que você faz?

— Várias coisas. Mas a mais rápida e implacável é decapitar a empresa. Quando a cabeça se separa do resto, o corpo despenca.

— Sim, isso mesmo. — Os lábios de Eve abriram um sorriso sombrio. — Os Icove, pai e filho, eram muito inteligentes. Mesmo assim, era necessário reunir todos os dados, recursos e informações que tivessem chance de encontrar. Especialmente em se tratando de coisas específicas e internas. Eles não dirigiam tudo sozinhos. Tinham de ter outros parceiros. E mesmo que eles sejam encontrados, pelo menos alguns, será necessário levantar os dados completos. E também é importante cobrir os rastros.

— Você acha que a assassina vai atrás de outros cientistas envolvidos no projeto?

Eve confirmou com a cabeça.

— Ela deve estar pensando: "Puxa, por que parar agora?" Vamos chamar os peritos aqui, Peabody. Depois, vamos para a Central. Temos muita leitura pela frente.

Eve desceu a escada enquanto Peabody chamava os detetives eletrônicos.

— Mais uma coisa: Nadine confirmou presença para o jantar de Ação de Graças — avisou a Roarke. — Talvez leve um acompanhante.

— Ótimo. Falei com Mavis. Ela me garantiu que vai com Leonardo, e vão botar para badalar.

— Badalar o quê?

— Algum sino, eu suponho.

— Mas que diabo isso significa? Por que alguém apareceria num jantar trazendo sinos? Algo muito irritante, por sinal.

Origem Mortal 231

— Humm... Ah, Peabody, Mavis me pediu que se eu a encontrasse antes dela... Não, deixe-me dar o recado direito. Ela disse que se eu "trombasse" com você antes de ela "pintar no pedaço", devia avisá-la de que ela e Trina estão com tudo em cima, e se você "topar o lance" poderão se encontrar hoje à noite na casa de Dallas.

Eve ficou completamente pálida.

— Na minha casa? Trina? Nem pensar!

— Ora, ora, querida. — Roarke a consolou dando batidinhas em sua mão. — Seja corajosa, minha pequena guerreira.

Em vez disso, ela se virou para Peabody com a fúria de uma pantera e perguntou:

— O que você andou aprontando?

— Eu simplesmente... Pensei em fazer algo com os meus cabelos e... Ahn... Comentei sobre o assunto com Mavis.

— Você vai ver, sua pequena vaca. Vou matá-la! Vou arrancar seus órgãos internos com as minhas mãos, para depois estrangulá-la com seu intestino grosso.

— Posso fazer minha extensão capilar antes disso, pelo menos? — Peabody tentou um sorriso torto.

— Posso providenciar extensões capilares para você agora mesmo. — Ela estava pronta para pular sobre a própria parceira, mas Roarke a girou, prendeu Eve com os braços nas costas e a manteve imóvel.

— É melhor correr! — disse ele, como conselho para Peabody, mas ela já corria em disparada na direção da porta da rua, quase trotando. — Você pode matar Trina — sugeriu a Eve.

— Não creio que ela possa ser morta — lamentou-se Eve, pensando com terror na especialista em tratamentos de pele e cabelo; provavelmente o único ser vivo dentro e fora do planeta que a deixava aterrorizada de verdade. — Pode me largar. Não vou matar Peabody, pelo menos por enquanto, porque preciso dela.

Ele a virou de frente e a abraçou, oferecendo:

— Há mais alguma coisa que eu possa fazer por você, tenente?

— Pode deixar que eu aviso, se for o caso.

Na rua, não havia sinal de Peabody. Depois de dispensar Roarke, Eve se sentou nos degraus da frente da casa, à espera dos técnicos da perícia, que deviam estar chegando. Já que o seu dia já estava arruinado por completo, ainda mais agora, com a perspectiva de uma noite inteira de tratamentos de beleza, resolveu ligar para o laboratório, a fim de verificar como iam as coisas com o chefe dos técnicos, Dick Berenski, também conhecido, de forma pouco afetuosa, pelo apelido de Dick Cabeção.

— As frutas estavam livres de substâncias perigosas — informou. — E deliciosas, devo acrescentar. — Seu rosto magro demais apareceu na tela. — Queijo, biscoitos, chá, a bandeja toda estava ótima. Era queijo vindo de vacas e cabras de verdade, você acredita? Tudo de primeiríssima qualidade. Uma pena para o doutor, uma falta de sorte completa ele ser morto sem ter chance de degustar os acepipes.

— Você consumiu minhas provas?

— Experimentei-as, apenas. Por falar nisso, elas não eram, tecnicamente, provas, pois ninguém tocou na bandeja. Consegui só alguns fios longos e louros; naturais, antes que pergunte. Um estava no pulôver do morto, e havia mais dois no sofá. Nada na arma do crime. A pessoa que cometeu o assassinato estava com as mãos devidamente seladas. Portanto, também não havia impressões digitais na bandeja de lanche. Nada na comida, nem no prato, nem no guardanapo, nem nos talheres. Não havia absolutamente nada em lugar algum.

Nenhuma digital, pensou Eve, depois de desligar. Se Icove tivesse preparado o próprio lanche, certamente haveria as digitais dele mesmo na bandeja, ou nos talheres. Isso reforçava a sua teoria.

Origem Mortal

— Ahn... Senhora?

Peabody se manteve na calçada, a uma distância segura de Eve. Girava o corpo, apoiada nos calcanhares, como alguém pronto para sair em disparada novamente. Depois de algum tempo, informou:

— Conversei com outra vizinha. Consegui a mesma história e o mesmo tom. Também confirmei a declaração da empregada da casa vizinha sobre as rotinas da família e sua programação regular.

— Que ótimo. Por que não chega mais perto e se senta ao meu lado, Peabody?

— Não, obrigada. Preciso esticar um pouco as pernas.

— Covarde!

— Sem dúvida. — Seu rosto formou uma espécie de pedido de desculpas mudo. — Escute, não planejei nada, Dallas. Não foi culpa minha, sério mesmo. Eu simplesmente me encontrei com Mavis e contei que planejava fazer algo diferente no cabelo. Foi ela que pegou a bola do meu pé e saiu correndo pelo campo em direção ao gol.

— E você não conseguiu impedir o avanço de uma mulher grávida?

— Ela está gorda, mas é veloz. Por favor, não me mate.

— Estou com coisas demais na cabeça para planejar o assassinato que você merece. Mas é melhor torcer para eu continuar atarefada.

De volta à Central, Eve colocou Peabody para destrinchar a massa de dados que Nadine lhe trouxera. Deixemos que ela leia tudo até os olhos começarem a sangrar, pensou Eve, quase satisfeita.

Deu a volta na mesa de sua parceira e agarrou Baxter pela camisa, exigindo saber:

— Você está me cheirando?

— É o casacão. Estou cheirando o couro dele.

— Corta essa! — Eve o largou. — Doente mental!

— Doente mental é apelido do Jenkinson.

— Opa, tô na área — confirmou Jenkinson, erguendo a mão do outro lado da sala.

— Se você não conhece os nomes e os apelidos dos componentes do próprio esquadrão, Dallas, vamos começar a questionar sua capacidade de comando.

— Alguma vez você já fez cirurgia para reconstrução de rosto ou de corpo, Baxter? — Perguntou Eve, tombando o rosto de lado e olhando fixamente para o sorriso vencedor de Baxter.

— Minha aparência de galã é produto de excepcional genética. Por que pergunta? Há algo errado com meu rosto ou corpo?

— Quero que vá até o Centro Wilfred B. Icove. À paisana, claro. Você vai solicitar uma consulta com o melhor cirurgião do lugar.

— O que há de errado com a minha cara, afinal? As mulheres se derretem todas quando eu lanço o poder do meu sorriso sobre elas.

— Tem de ser o melhor reconstrutor facial da clínica — insistiu Eve. — Traga-me um relatório de todos os processos que você vai enfrentar antes do procedimento. Quero saber detalhes sobre os preços, conhecer a energia do lugar. Quero ver como eles vão se sair agora, que os dois Icove estão no necrotério.

— Ficaria feliz em ajudar, Dallas, mas vamos considerar a situação. Quem acreditaria que eu preciso mudar alguma coisa no rosto? — Ele virou de lado e ergueu o queixo. — Saca só esse perfil de arrasar corações.

Origem Mortal   235

— Use-o para encantar algumas das funcionárias do local. Traga-me tudo. Diga que você quer fazer um tour para conhecer a clínica antes de colocar seu rostinho nas mãos deles, esse tipo de coisa. Entendeu ou quer que eu desenhe?

— Entendi tudinho. E quanto ao meu garoto?

Eve olhou para onde o policial Troy Trueheart, auxiliar de Baxter, estava sentado, num cubículo ao fundo da sala, lidando com assuntos burocráticos. O rapaz ainda tinha pouca estrada na polícia, era como um broto em terra nova que Baxter tentava adubar.

— Ele já adquiriu a capacidade de mentir? — quis saber Eve.

— Está bem melhor.

Talvez, mas Trueheart era jovem, esbelto e bonito demais. O melhor seria mandar um tira mais experiente, mesmo quando ele se autoproclamava "destruidor de corações".

— Deixe-o aqui na Central — instruiu Eve. — Você vai gastar só duas horas nessa missão.

E m seguida, Eve procurou Feeney e se ofereceu para lhe pagar o que a cantina da Central de Polícia chamava de lanche.

Eles se espremeram num banco e pediram um sanduíche de pastrami com cara de industrializado, num pão de centeio mais ou menos fresco. Eve cobriu o seu com mostarda aguada, com jeitão de urina infectada.

— Primeiro, Icove Pai — começou Feeney, mergulhando soja frita numa poça de ketchup anêmico. — Nos *telelinks* de casa e do consultório não encontrei registros de ligações para dentro nem para fora, na véspera do assassinato. Consegui gravações das transmissões do aparelho do seu escritório doméstico e do *telelink* pessoal. Nada nem ninguém ligado à suspeita.

Ele mastigou a soja, engoliu-a, e experimentou a substância pegajosa que se fazia passar por pastrami.

— Também dei uma olhada nos *telelinks* do dr. Will. — continuou Feeney. — A esposa ligou para ele dos Hamptons às três da tarde.

— Ela não me contou isso.

— Foi só para avisar que tinham chegado bem. As crianças estavam numa boa, tinham ido tomar sorvete, e um casal de amigos iria aparecer para alguns drinques mais tarde. Ela perguntou se ele tinha se alimentado e se pretendia descansar. Papo doméstico.

— Aposto que ele contou que ia para casa se trancar até o dia seguinte.

— Isso mesmo. — Feeney mergulhou mais soja no ketchup. — Disse que tentaria trabalhar um pouco na clínica e depois iria direto para casa. Estava cansado, com dor de cabeça, porque tinha tido outro encontro tenso com você. Não vi nada que demonstrasse medo ou insegurança.

— Então ela sabia dos planos dele para o resto do dia. O que mais você conseguiu sobre o pai?

— Os registros e históricos dos pacientes da clínica são extensos e muito completos. Pedi a um dos meus rapazes com conhecimento na área médica para analisá-los com atenção. E encontrei algo novo. — Acabou de engolir o sanduíche com o café verdadeiramente tenebroso da cantina. — É uma agenda pessoal, separada da agenda profissional que a assistente nos entregou. Ali, havia vários lembretes: horas de visitas para ver os netos, comprar flores para a nora, um encontro com um dos médicos da equipe, reunião de diretoria. Ele marcou a consulta com Dolores nessa agenda. Escreveu só um D e assinalou o dia e a hora. Nas outras marcações, quando ia ver um médico ou conversar em particular com um paciente, ele usava o primeiro e o último nome, a data,

Origem Mortal

a hora e algum detalhe sobre o tema da conversa. Todos os registros tinham o mesmo padrão, exceto esse. Tem mais uma coisa.

— O quê?

— A agenda eletrônica dele marca tudo deste ano. Estamos em novembro, então já se passaram onze meses. Ao longo desses onze meses, com exceção dos dias em que ele está fora da cidade, em férias ou a negócios, ele tira as noites de segunda e terça-feira de folga; e a tarde de quarta também. Nunca tem nada agendado para esses dias. Nenhum encontro, compromisso, nada.

— Eu já tinha reparado nisso pela outra agenda, a oficial, mas ela não mostrava o ano todo. — Sim, certamente aquilo era um sinal importante, pensou Eve. — Essas são atividades regulares que ele não anotava.

— Com a regularidade obsessiva de quem não deixa de consumir sua porção diária de fibras. — Feeney mergulhou mais um pedaço de soja frita no molho. — Se o sujeito tem algum problema específico para resolver e é organizado, é normal abrir uma brecha na agenda para isso. Mas duas noites e uma tarde todas as semanas durante onze meses? Isso certamente demonstra muito foco.

— Preciso que você estenda a busca mais para trás. Faça o mesmo com Icove Dois. Verifique se eles tiravam as mesmas noites de folga. Também estou interessada em alguma menção à Academia e à Universidade Brookhollow. E também algo relacionado aos nomes de Jonah D. Wilson ou Eva Hannson Samuels.

— Você vai me contar por quê? — quis saber Feeney, digitando os nomes no tablet.

Eve relatou ao capitão tudo o que sabia, enquanto almoçavam.

— Será que a torta de abóbora daqui é muito ruim? — perguntou Feeney, quase para si mesmo, clicando no cardápio da mesa e pedindo mais dois cafés para acompanhar a sobremesa.

— Quanto ao dr. Will, se alguém invadiu as trancas e o sistema de segurança da casa, a pessoa tem mãos invisíveis. Não apareceu nada.

— Quem entrou teve de passar pelo sistema de reconhecimento de voz. Você investigou a gravação?

— Não — Ele balançou a cabeça. — O equipamento não grava nada, por questões de segurança. Isso é para impedir que alguém invada o sistema, copie a voz de alguém autorizado e faça clonagem de sua voz. Quem entrou na casa foi recebido pelo dono, tinha autorização, ou então é um gênio em eletrônica.

— Ela é esperta, mas não é genial. Pelo menos foi esperta o bastante para não parecer que era uma invasão. O mais complicado — disse Eve, e Feeney ergueu as sobrancelhas —, é que o álibi da esposa nos Hamptons é sólido. Segundo ela e os empregados robóticos, ninguém de fora conhecia as senhas ou tinha autorização especial para entrar. Isso nos deixa com um fantasma. Vamos investigar a esposa de novo, mas há várias testemunhas que garantem que ela estava a muitos quilômetros de distância de casa quando o marido teve o coração perfurado. Estamos à cata de um cúmplice, ou de uma ligação entre ela e Dolores. Até agora, nada.

— Exceto o projeto. E a escola.

— Pois é — concordou Eve. — Acho que vou ter de fazer uma viagem até New Hampshire. O que as pessoas fazem lá?

— Não faço a mínima ideia — confessou Feeney, e franziu a testa ao ver o prato que foi servido automaticamente pela ranhura na parede, ao lado da mesa. Sobre ele havia apenas um triângulo meio mole, num tom marrom-alaranjado, que tentava se manter em pé.

— Isso aí é torta de abóbora? — perguntou Eve. — Mais parece um pedaço de...

Origem Mortal

— Não diga a palavra! — alertou Feeney, mais que depressa. — Vou comer esse troço.

Calculando que Peabody ainda iria demorar algumas horas, Eve saiu do almoço e foi para a sala do comandante Whitney, para relatar os novos rumos do caso.

— Você acha que uma escola de reputação elevadíssima como Brookhollow pode ser fachada para uma organização que fornece escravas sexuais? — espantou-se o comandante.

— Tudo se encaixa.

— Whitney passou os dedos pelos cabelos curtos. — Se eu me lembro bem, essa escola era uma das possibilidades, quando nossa filha foi cursar faculdade.

— O senhor fez inscrição para ela?

— A maior parte desse processo está enevoada na minha memória, felizmente. A sra. Whitney certamente se lembra de todos os detalhes.

— Senhor, isso me dá uma ideia... — Território sensível, pensou Eve. — Ordenei a Baxter que fizesse um reconhecimento básico da clínica, apresentando-se como cliente em potencial. Uma vez lá dentro, ele deverá pedir um tour pelas instalações, a fim de verificar o sistema. Entretanto, estou matutando aqui... Caso seja necessário, será que a sra. Whitney concordaria em conversar comigo sobre a sua... ahn... Experiência com a escola?

Ele pareceu, por um instante, tão atormentado quanto Eve.

— Minha esposa certamente não gostaria disso, mas é esposa de um policial. Se você precisar de uma declaração completa, ela a dará, Dallas.

— Obrigada, comandante. Duvido muito que isso seja necessário. Espero que não.

— Eu também, tenente. Mais do que você possa imaginar.

Dali, Eve foi até o consultório de Mira e conseguiu que a recepcionista lhe encaixasse entre dois pacientes para conversar com a psiquiatra. Ao entrar, nem se sentou, apesar de Mira lhe oferecer a cadeira.

— A senhora está bem? — quis saber Eve, quando viu a médica.

— Um pouco abalada, para ser franca. Os dois se foram. Eu conhecia Will, gostava muito dele, e também de sua família; estivemos todos juntos várias vezes.

— Como a senhora descreveria a relação dele com a esposa?

— Afetuosa, um pouco antiquada, feliz.

— Antiquada em que sentido?

— Minha impressão é que ele comandava as coisas na casa. Tudo ali girava em torno das necessidades e das rotinas de Will, mas eu percebia que essa dinâmica funcionava bem para o casal. Avril é muito amorosa, uma mãe devotada, e adorava ser mulher de médico. É uma artista de muito talento, mas parecia feliz em deixar sua arte em segundo plano, em vez de abraçar suas habilidades com paixão.

— E se eu lhe dissesse que ela teve participação nos assassinatos?

Os olhos de Mira se arregalaram e piscaram duas vezes.

— Com base na minha avaliação profissional do caráter dela, eu teria de discordar.

— A senhora os encontrava socialmente, de vez em quando. Enxergava-os exatamente como eles queriam ser vistos. Concorda com essa afirmação?

— Sim, mas... Eve, o perfil que criei do assassino indica uma pessoa fria, eficiente e altamente controlada. Minha impressão geral sobre Avril Icove, e isso vem de muitos anos, é a de uma mulher de coração mole, comportamento manso, que não só estava satisfeita com seu estilo de vida como o valorizava enormemente.

— Ele a criou para o próprio filho.

Origem Mortal 241

— Como assim?

— Eu *sei*. Icove Pai a moldou, educou, treinou, literalmente a criou para ser o par perfeito para o filho. Não era um homem que aceitava menos que a perfeição. — Eve resolveu se sentar, inclinou-se de leve e completou: — Ele a mandou para uma escola especial, exclusiva, particular, onde poderia mantê-la sob controle. Ele e seu amigo e sócio, dr. Jonah Wilson, um geneticista.

— Espere um instante. — Mira ergueu as duas mãos. — Vá devagar. Você está me falando de manipulação genética? Avril tinha cinco anos quando Wilfred assumiu sua tutela.

— Sim, mas talvez tivesse interesse nela há mais tempo. Existe alguma ligação entre Avril e a esposa de Wilson. Elas têm o mesmo sobrenome, embora eu ainda não tenha encontrado nenhum dado sobre essa relação. Deve haver algum indício de um relacionamento entre a mãe dela e Icove, que se tornou seu tutor legal. Wilson e sua esposa foram os fundadores da escola para onde Avril foi mandada.

— É muito provável que exista realmente uma ligação de amizade, e isso pode ser o motivo de Icove ter escolhido essa escola em particular, Eve. Mas o simples fato de Wilfred conhecer ou ser sócio de um geneticista, não significa que...

— A manipulação genética que ultrapasse as fronteiras do controle de doenças e correção de defeitos hereditários foi banida deste país. Essas leis foram criadas porque as pessoas e a ciência sempre querem ir mais além. Se é possível curar ou consertar um embrião, por que não criá-lo por encomenda? "Quero uma menina loura de olhos azuis; já que vocês estão com a mão na massa, que tal um narizinho levemente arrebitado?" As pessoas pagam uma grana violenta pela perfeição.

— Isso já é terreno de pura especulação, Eve.

— Pode ser. Mas temos um geneticista, um cirurgião de reconstrução facial e corporal, uma escola particular aristocrática. Com esses elementos na mão, não é preciso ir muito longe para especular. Eu sei o que é ser treinada e preparada para ser algo especial no futuro. — Eve se recostou a agarrou os braços da cadeira com força.

— Eve, você não pode supor que um homem como Wilfred seria capaz de abusar de uma criança, física ou sexualmente.

— A crueldade é só um dos métodos para treinamento. Dá para obter os mesmos resultados com ternura. Meu pai me comprava doces. Às vezes ele me dava um presente, depois de me estuprar. Como um torrão de açúcar que o treinador dá para um animal ensinado, depois da façanha.

— Avril gostava muito dele, Eve, eu via isso. Ela o considerava como um pai. Nunca esteve presa. Se quisesse ir embora, teria toda a liberdade para isso.

— A senhora sabe como isso funciona — replicou Eve. — O mundo está cheio de pessoas aprisionadas sem que sejam necessárias barras de ferro. O que estou lhe perguntando é se a senhora acha que ele poderia fazer algo desse tipo. Ele aceitaria enveredar por esse caminho em nome da *ciência*? Sua obsessão com a perfeição poderia tê-lo levado a manipular uma criança, a fim de transformá-la na esposa perfeita para o próprio filho, e também mãe dos seus netos?

Mira fechou os olhos por um instante.

— O avanço na ciência que tudo isso representaria certamente o teria deixado interessado. Se acrescentarmos a essa mistura suas tendências perfeccionistas, talvez ele se sentisse até mesmo seduzido. Eve, se você tem razão em algum nível, em qualquer nível, é bem possível que ele considerasse o que fazia como algo que visava o bem maior.

Isso mesmo, refletiu Eve consigo mesma. Deuses autoproclamados sempre pensam assim.

Capítulo Doze

Assim que Eve entrou na passarela aérea, Baxter a seguiu, com um andar pesado, e sentenciou:

— Aquele lugar é uma fraude.

— Por quê? O que conseguiu?

— Para começo de conversa, eu não tenho um "nariz assimétrico que desequilibra as proporções entre meus maxilares, o queixo e distância até as sobrancelhas". Isso é papo furado!

Franzindo o cenho, Eve analisou o rosto dele com atenção e reconheceu:

— Realmente, eu não vejo nada de errado com o seu nariz.

— Porque não tem, mesmo.

— Está bem no meio da cara, onde é o lugar dele — explicou ela, saindo da passarela no andar em que ambos trabalhavam. Logo adiante, apontou para a máquina que vendia refrigerantes e entregou algumas fichas de crédito para Baxter.

— Pegue uma lata de Pepsi para mim.

— Algum dia você vai ter de voltar a interagir com máquinas automáticas, sabia?

— Por que você chamou a clínica de fraude? Tentaram empurrar algum procedimento para cima de você? Fizeram pressão, obrigaram você a assinar algum contrato?

— Depende do ponto de vista. Eu sabia que você queria que eu bancasse o babaca rico, então aceitei me submeter a alguns exames para diagnóstico através de imagens. Quinhentos dólares! Vou cobrar do departamento.

— Quinhentos dólares? Merda, Baxter! — Eve pensou no orçamento apertado da sua divisão, pegou a lata de Pepsi e agarrou as fichas que tinha colocado a mais na mão de Baxter. — Pague sua própria bebida.

— Mas você queria que eu entrasse lá para dar uma boa olhada na área de clientes e na rotina do lugar, não foi? — Fez um biquinho de deboche ao ver Eve recolher as fichas de crédito, mas logo digitou sua senha e pediu uma *cream soda*, bebida à base de baunilha. — Sua sorte foi eu não aceitar passar para a fase dois, com imagens escaneadas do corpo inteiro. Essa custa mil dólares. Mesmo assim, meu rosto foi ampliado e colocado num telão. Meus poros mais pareciam crateras da Lua, é mole? De repente começaram a marcar um monte de linhas na minha cara para provar o quanto meu nariz estava fora do centro e minhas orelhas eram afastadas da cabeça. Puxa, minhas orelhas são ótimas, *excelentes*! Depois, vieram com um papo estranho de substituir as células mortas da minha derme. Não vou permitir que ninguém substitua minha derme.

Eve encostou-se à parede do corredor e o deixou prosseguir.

— Depois de destruírem sua autoestima, eles mostram como ficaria sua aparência depois dos procedimentos. Eu entrei na pilha e disse coisas do tipo "Uau, quero isso para mim", apesar de não notar diferença nenhuma. Ou quase nenhuma. As mudanças eram imperceptíveis. Você deve louvores à minha capacidade de enganar as pessoas, Dallas. Lancei o maior charme para a técnica

Origem Mortal

e a convenci a me mostrar o lugar, que é de altíssimo nível. Tem de ser, pelo preço que eles cobram. Sabe o valor dos procedimentos completos que eles me propuseram? Vinte mil dólares! Vinte mil, e olhe só para mim — Abriu os braços e deslizou as mãos sobre si mesmo. — Eu sou um cara superpintoso.

— Ah, caia na real, Baxter. E quanto ao resto? Percebeu algum lance estranho?

— O lugar parecia um túmulo. Um cemitério completo, na verdade. Todos os funcionários usavam braçadeiras pretas. Quando eu perguntei a uma das técnicas o motivo daquilo, ela desatou a chorar. Lágrimas sinceras! Contou-me dos assassinatos e eu saquei meus dotes de ator dramático. Ela acha que foi tudo obra de um estudante de medicina que pirou e anda matando médicos consagrados por puro ciúme profissional.

— Puxa, vou colocar essa possibilidade no meu chapéu de palpites. Você conversou com algum cirurgião?

— Como além de bonito eu sou muito charmoso, convenci a dra. Janis Petrie, um mulherão, a encaixar uma consulta para mim na agenda dela. A dra. Supergata é um anúncio ambulante do próprio trabalho, e todos me garantiram que é uma das melhores das que trabalham na clínica. Aproveitei para falar com ela sobre os crimes, como se estivesse nervoso por buscar tratamento ali ou até mesmo estar no local, e me mostrei preocupado com os acontecimentos.

Ele tomou um gole do refrigerante e continuou:

— Olhos marejados mais uma vez. Ela me assegurou que o Centro Icove é a melhor clínica de reconstrução facial e escultura corporal em todo o país. Mesmo com as tragédias a clínica está em boas mãos, segundo ela. Como eu continuei me mostrando inseguro e nervoso, ela me ofereceu um passeio completo pelo lugar, na companhia de dois guardas. A empresa é poderosa, viu? Pena que eu não tenha conseguido acessar nenhuma das salas exclusivas para médicos e funcionários. Nenhum paciente ou cliente em potencial pode entrar lá.

— Mas fez muita coisa, por enquanto. Eu aviso você sobre o caso. — Eve deu um passo para trás, mas, antes de ir embora, analisou Baxter com atenção estudada, apertando os olhos. — Não há nada de errado com o seu nariz.

— Não há mesmo!

— Mas talvez suas orelhas sejam um pouco para fora, agora que você me chamou atenção para o detalhe.

Eve o deixou preocupado e com ar frenético, tentando conferir o próprio rosto na máquina de bebidas.

Assim que Eve entrou na sala de ocorrências, Peabody pulou da cadeira, em seu cubículo, e saiu atrás da tenente. Assim que entrou na sala de Eve, logo atrás dela, tentou o olhar de cão servil.

— Já não fui punida o suficiente? — perguntou.

— Não existe punição tão grande quanto os seus crimes.

— Que tal se eu lhe contar que encontrei uma possível ligação entre Wilson e Icove? Isso não seria útil para sua ideia de que eles tinham parceria em procedimentos médicos questionáveis?

— Se a informação for valiosa, você receberá liberdade condicional.

— Eu acho que é quente. Nadine é tão meticulosa que meu cérebro começou a derreter e escorrer pelos ouvidos às três da tarde, mas reconheço que ela nos poupou um tempão, pois não precisaremos mais garimpar essas informações.

Depois de dizer isso, Peabody juntou as mãos como se fosse rezar.

— Por favor, senhora, posso tomar um café?

Eve torceu o polegar, apontando-o para o AutoChef.

— Vasculhei a vida de Icove nos primeiros anos — continuou Peabody, enquanto programava o café. — Sua formação acadêmica, sua pesquisa em áreas de reconstrução celular e suas

Origem Mortal 247

inovações sobre o assunto. Ele desenvolveu muitos projetos com crianças. Um trabalho impressionante, Dallas. Nessa época, ele se entupiu de prêmios, auxílios, bolsas de estudo. Casou-se com uma socialite cuja família era conhecida por suas filosofias e atividades filantrópicas. E teve um filho.

Parou para experimentar o café e emitiu um longo e orgástico "ahhh", antes de continuar.

— Foi nesse momento que estouraram as Guerras Urbanas, com caos, brigas e rebeliões. Icove se apresentou como voluntário, oferecendo seu tempo, habilidade e consideráveis recursos financeiros para equipar os hospitais.

— Até agora você não me contou nada que eu já não saiba.

— Espere só... Preciso explicar o contexto. Icove e Wilson foram fundamentais para a criação da Unilab, que fornecia e continua fornecendo unidades móveis de laboratórios e pesquisas para grupos e organizações como o Médicos sem Fronteiras e o Direito à Vida. A Unilab ganhou um Prêmio Nobel da Paz por isso. Isso tudo aconteceu logo depois de a esposa de Icove ter sido morta em uma explosão em Londres, onde trabalhava como voluntária num abrigo para crianças. Mais de cinquenta mortes, a maioria crianças. A esposa de Icove estava grávida de cinco meses.

— Grávida? — Os olhos de Eve se estreitaram. — Eles já sabiam o sexo do bebê?

— Menina.

— Mãe, esposa, filha. Icove perdeu três figuras femininas importantes para ele. Muito duro, isso.

— Terrível. Muitas reportagens foram feitas sobre a morte trágica e heroica de sua esposa, e também sobre a vida do casal. Foi uma grande história de amor com final infeliz. Pelo visto, ele se tornou recluso logo depois disso, trabalhando para a Unilab e se mantendo em clausura com o filho. Enquanto isso, Wilson viajava pelo mundo fazendo campanha pela suspensão do banimento das leis sobre aplicações dos princípios da eugenia em toda parte.

— Eu sei — disse Eve, baixinho. — Já imaginava isso.

— Wilson proferiu discursos, palestras, escreveu vários artigos e injetou muita grana na ideia. Um dos seus argumentos mais comuns era a própria guerra. Por meio da modificação e manipulação genética, as crianças poderiam nascer com mais inteligência e menos tendências à violência. Sua lógica era: "Se já estamos usando a tecnologia para curar e prevenir defeitos no nascimento, por que não criar uma raça mais inteligente e mais pacífica? Uma raça superior?"

— Esse é um argumento antigo — continuou Peabody —, ideias que eram apresentadas como vantagens no debate, havia muitas décadas. Wilson convenceu alguns poderosos sobre a validade de seus argumentos, em plena atmosfera pós-guerra. Foi quando surgiu a questão de quem iria decidir qual o nível satisfatório de inteligência, ou que tipo de violência seria aceitável e até necessária para autopreservação e defesa da espécie humana. E já que estavam discutindo sobre esse papo de raça perfeita, será que não deveriam criar só crianças brancas ou negras? Louras? Onde fica a fronteira entre a natureza e a ciência? Quem vai bancar tudo isso? Ele começou a forçar a barra, alegando que a humanidade tinha o direito nato, até mesmo o dever, de aperfeiçoar a si mesma, de eliminar a morte, a doença e acabar com as guerras, a fim de dar o próximo salto evolutivo. Por meio da tecnologia, o homem seria capaz de criar uma raça superior, além de aprimorar suas habilidades físicas e intelectuais.

— Não havia um sujeito que repetia esse mesma ladainha, no século vinte?

— Exato. E os opositores de Hitler não hesitaram em embarcar no jogo dele, na época. No caso de Wilson, Icove saiu do isolamento e o apoiou. Exibiu fotos de bebês e crianças que tinha operado

Origem Mortal

e questionou a sociedade sobre se, em termos de ética, haveria diferença entre prevenir os defeitos genéticos antes do nascimento ou consertar tudo depois do parto. Uma vez que a lei, a sociedade e a ética já tinham permitido a pesquisa e a manipulação genética em casos que julgavam justos e aceitáveis, não seria o momento de expandir esse conceito? A voz de Icove levou algum tempo para afrouxar alianças e barreiras políticas, mas acabou ampliando as áreas de modificação genética, a fim de prevenir defeitos transmissíveis pelos genes. Logo surgiram boatos de que a Unilab realizava experiências em áreas ilegais ou proibidas. Bebês encomendados sob medida, por exemplo; seleção e programação genética e até clonagem de pessoas.

Eve, que havia se largado na cadeira para ouvir tudo, empinou o corpo e perguntou:

— Boatos ou fatos?

— Isso nunca foi esclarecido. Nadine assinalou alguns dos relatos, que mostram que os dois cientistas foram investigados, mas não há muitas notícias nem dados concretos sobre o assunto. Meu palpite é que ninguém queria queimar a imagem de dois ganhadores do Prêmio Nobel, sendo que um deles era herói de guerra, um viúvo que criava o filho sozinho. Acrescente à mistura vastas somas em dinheiro e as reclamações se calaram.

— Porém, quando a maré começou a mudar, na época do pós-guerra, e o Movimento Família Livre e suas propostas tiveram um momento de altíssima popularidade, Icove e Wilson recuaram e tiraram o time de campo. Wilson e a esposa já tinham fundado a escola, a essa altura, e Icove seguiu em frente com suas pesquisas sobre cirurgia de reconstrução, expandindo-a para a área de escultura cosmética. Fundou uma clínica e um abrigo em Londres com o nome de sua esposa morta, e deu continuidade à criação do seu império médico. Logo depois, dedicou-se à construção da sua mundialmente famosa clínica, aqui em Nova York.

— Mais ou menos na época em que a escola Brookhollow e os centros e clínicas de recuperação de Icove estavam sendo construídos, ele se tornou guardião da filha do sócio, que tinha cinco anos. A escolha do momento para isso acontecer foi perfeita, tornando muito cômodo matricular a menina na instituição. A Unilab já tinha instalações no mundo todo, a essa altura.

— E duas fora do planeta. Uma dessas instalações se transformou no Centro Icove, aqui em Nova York.

— É muito prático poder acompanhar o trabalho tão de perto — refletiu Eve. — Arriscado, talvez, mas conveniente. — Duas noites e uma manhã, todas as semanas. A melhor forma de utilizar bem esse tempo é trabalhar no projeto que sempre foi sua menina dos olhos, certo? — Ele teria de ser mais cuidadoso para manter tudo em segredo, mas podemos verificar isso. O que diabos, exatamente, iremos procurar, Peabody?

— Sei lá! Fui reprovada em biologia e passei raspando em química.

Eve ficou sentada imóvel, fitando o espaço vazio por tanto tempo que Peabody, por fim, estalou os dedos diante dela.

— Você ainda está aqui?

— Já sei! Ligue para Louise. Pergunte se ela está interessada em ficar com a pele toda gosmenta de cremes diversos, ter os cabelos fritos e curtir tudo o mais que está no nosso cardápio de atividades para hoje à noite. Agite isso.

— Tudo bem, mas o que isso vai...

— Simplesmente faça o que mandei. — Eve se virou para a mesa e ligou o *telelink*. Em vez de passar pelos canais lentos e se desviar da assistente de Roarke, usou sua senha particular e deixou-lhe uma mensagem de voz.

— Ligue para mim assim que tiver chance. Tenho uma missão clandestina que você vai adorar. Vou para casa daqui a pouco, e se a coisa estiver muito enrolada por aí eu conto tudo quando você aparecer em casa.

A dois quarteirões de casa, ela o avistou se aproximando, pelo espelho retrovisor do carro. Achou tão divertido que pegou o *telelink* do painel e ligou para ele.

— Você acha que eu não sei quando tem alguém na minha bunda, garotão?

— Eu sempre me delicio vendo sua bunda, tenente. A mensagem não me pareceu urgente, mas me deixou intrigado.

— Conto tudo daqui a pouco. Só por curiosidade: sua agenda está muito lotada para amanhã?

— Tem um pouco disso, um pouco daquilo. São numerosas as atividades em minha interminável conquista do mundo, arrematando fortunas e comprando todo o estoque de peru do planeta.

— Dá para fazer uma brecha de duas horas?

— Isso vai envolver atos sexuais suarentos e possivelmente ilegais?

— Não.

— Nesse caso, preciso consultar minha programação.

— Se o tempo dedicado a essa atividade me ajudar a encerrar o caso, você obterá os atos sexuais suarentos e ilegais que escolher.

— Que beleza! Para sua sorte, acho que tenho duas horas livres justamente amanhã.

Ela riu e levou o carro por entre os portões da mansão, que se abriram lentamente. Entrou na frente de Roarke.

— Acho que isso nunca tinha acontecido antes — comentou Eve, depois que cada um saiu do carro. — Chegarmos em casa ao mesmo tempo.

— Então, vamos aproveitar a oportunidade para fazer algo que raramente fazemos: dar uma volta.

— A noite está caindo.

— Ainda tem luz suficiente — discordou ele, e passou o braço com jeito amoroso sobre os ombros dela, que acompanhou o passo dele e perguntou, sem preâmbulos:

— O que você sabe sobre a Unilab?

— É uma organização com muitos tentáculos que teve suas origens durante as Guerras Urbanas. O braço humanitário da empresa fornece laboratórios permanentes e móveis para grupos médicos voluntários: Unicef, Médicos sem Fronteiras, Corpo da Paz, entre outros. Sua divisão de pesquisas, cuja sede fica aqui em Nova York, é considerada uma das mais importantes do país. Também mantém clínicas em áreas rurais e urbanas em todo o mundo, com o fim de fornecer cuidados médicos a pessoas de baixa renda. Sua primeira vítima foi um dos fundadores da organização.

— Agora com o cofundador, o fundador e também o seu filho mortos, a Unilab talvez esteja interessada em um investidor externo que tenha mais dinheiro que Deus.

A maioria das organizações tem interesse em quem as financie, mas por que você imagina que a diretoria da Unilab estaria interessada no meu dinheiro, especificamente?

— Porque ele viria acompanhado pelo seu cérebro, pelos seus contatos e sua experiência. Creio que se você atrair a atenção deles, a Unilab concordará em marcar uma reunião e fazer um grande tour para lhe apresentar as instalações.

— Será mais fácil obter uma acolhida calorosa se eu lhes acenar com uma doação ou contribuição substancial.

— Caso escolha essa abordagem, ficaria estranho você aparecer acompanhado por um consultor da área?

— Pelo contrário. O estranho seria eu surgir lá sem um séquito.

— Enquanto caminhavam, luzes suaves iam se acendendo ao longo da trilha, ativadas por sensores de movimento. Roarke perguntou

Origem Mortal

a si mesmo se não deveria oferecer algumas atividades externas para as crianças. Talvez fosse uma boa ideia instalar alguns equipamentos de playground.

Aquilo tudo o enlouquecia.

— Qual é o seu plano? O que estamos procurando, exatamente? — perguntou a Eve.

— Qualquer coisa. O lugar é gigantesco. Eu jamais conseguiria um mandado para vasculhar todas as instalações. No caso de eu solicitar uma liminar, ou algo assim, isso poderia demorar vários meses. Se houver algo a ser encontrado por lá, certamente terá desaparecido antes de eu conseguir autorização para entrar. Caso eles estejam fazendo manipulação genética ou outra coisa ilegal, o mais provável é que estejam realizando os procedimentos mais importantes fora dali, em alguma propriedade particular.

— Como a escola, por exemplo?

— É... Ou em algum bunker subterrâneo no leste europeu. Ou fora do planeta. O universo é grande pra cacete. Mas eu aposto que Icove Pai, ou ambos, na verdade, iriam querer algo mais perto do trabalho, para ser mais fácil de acompanhar. Nesse ponto, a clínica seria o local ideal.

Eve relatou a Roarke os progressos na investigação, enquanto rodeavam a casa. O crepúsculo estava no fim, envolvendo os jardins no frio manto da noite.

— Filhos perfeitos — declarou Roarke. — É nisso que você está focando?

— Acho que essa foi a principal motivação para ele. Icove Pai trabalhou com crianças no início da carreira. Esperava um bebê. Perdeu-o quando a esposa grávida foi morta. Tinha a capacidade, por meio da cirurgia, não só de reconstruir ou reparar, mas também de modificar, melhorar, tornar perfeito. Seu melhor amigo era um geneticista com inclinações radicais. Aposto que descobriu muita coisa sobre pesquisas e tratamentos genéticos. Garanto que os bons doutores tinham muitas conversas intensas e produtivas.

— Então outra criança veio parar em suas mãos.

— Isso. Uma menina ligada aos Samuels. É engraçado que Wilson e a esposa não tenham sido nomeados tutores legais dela; preciso pesquisar mais a fundo esse detalhe. Mas certamente a controlavam. Adultos controlam crianças, especialmente quando as mantêm isoladas.

Roarke se virou de lado e beijou os cabelos de Eve com suavidade. Uma mensagem silenciosa de compreensão e conforto.

— Pode ser que Wilson tenha transado com Avril antes mesmo de ela ter nascido. — Essa ideia fez o estômago de Eve se retorcer. — Tenho quase certeza de que eles fizeram experiências com ela, de um jeito ou de outro. Talvez os filhos de Avril também tenham feito parte desse projeto. Pode ser que isso tenha provocado uma reação extrema nela. Imagine só, ter os filhos monitorados em nível celular por um microscópio.

Quando terminaram de dar a volta na casa — o equivalente, pensou Eve, a dar a volta em quatro quarteirões —, ela percebeu os faróis de um carro que atravessava os portões naquele momento.

— Droga! Acho que o circo chegou à cidade.

Um circo seria uma boa ideia, pensou Roarke. Quem sabe ele não poderia dar um fim àquela loucura.

— Eu curto muito um desfile — comentou ele.

Eve poderia tentar a estratégia de entrar correndo, subir a escada voando e se esconder lá em cima, ao menos por um tempinho. Mas Summerset se colocara na base da escada, como uma estátua.

— Os *hors d'oeuvres* foram servidos na sala de estar — anunciou ele. — Seus primeiros convidados estão chegando.

Eve torceu os lábios, pronta para dar um rugido, mas Roarke a empurrou para a frente, convidando:

Origem Mortal

— Venha, querida. Vou lhe servir uma maravilhosa taça de vinho.

— Que tal uma dose dupla de zinger? — Ela girou os olhos, mirando o teto. Ele riu e ela cedeu: — Uma civilizada taça de vinho antes da tortura é melhor.

Ele serviu a bebida e se inclinou sobre Eve, roçando os lábios sobre os dela ao lhe entregar a taça.

— Você ainda não tirou seu coldre, querida.

— Sim, eu sei — disse Eve, e seus olhos brilharam intensamente, por um segundo.

Mas o brilho desapareceu na mesma velocidade quando ela ouviu a voz de Trina e os guinchos de Mavis. Ambas pareciam alegríssimas no instante em que Summerset as recebeu no saguão.

— É melhor eu tirar logo o coldre — resmungou Eve. Trina não tem um sistema nervoso que eu possa atingir com minha arma de atordoar.

Eve não tinha muita certeza de como acabara ali, cercada por um bando de mulheres. Muito menos entendia o porquê de todas elas se mostrarem tão empolgadas com a perspectiva de terem seus rostos, corpos e cabelos besuntados por gosmas diversas. Na cabeça de Eve, suas amigas e ela não tinham tanta coisa em comum, afinal. A dedicada médica de sangue azul, a ambiciosa e inteligente repórter do Canal 75, a robusta tira que havia nascido entre partidários da Família Livre. Acrescentem à mistura Mavis Freestone, a antiga ladra de rua, atualmente a maior sensação musical nos palcos e telões de todo o mundo, além da aterrorizadora Trina, com sua mala sem fundo cheia de frascos de pastas, cremes e loções. Sem dúvida, aquele era um grupo muito, muito estranho.

Mas ali estavam todas elas, espalhadas pela sala de visitas de Roarke, felizes e agitadas como uma ninhada de cãezinhos.

Todas elas falavam pelos cotovelos! Eve nunca tinha compreendido por completo o motivo de as mulheres tagarelarem tanto, além de terem um suprimento aparentemente infindável de *assuntos* sobre os quais conversar. Comida, homens, elas mesmas, roupas, mais homens, cabelos. Até mesmo sapatos! Eve nunca teria imaginado que havia tanta coisa para conversar sobre sapatos, sendo que nenhum dos assuntos tinha relação direta com caminhar calçando um deles.

Como Mavis estava grávida, bebês eram um dos assuntos favoritos do papo animado.

— Eu me sinto completamente mag — garantia Mavis, devorando queijos caros, biscoitos, vegetais diversos e tudo que estivesse ao seu alcance, como se a comida estivesse prestes a ser declarada ilegal. — Estamos na trigésima terceira semana, e todos dizem que ele, ou ela, escuta as coisas e até vê tudo, mesmo lá de dentro. A cabeça do bebê já está para baixo, pronta para se encaixar no canal do parto. Às vezes eu sinto o pezinho do bebê me chutando com força.

— Chutando o quê? — quis saber Eve, intrigada. — Os rins? O fígado? Pensar nisso a fez desistir de experimentar o patê.

— Como Leonardo está lidando com a expectativa? — perguntou Nadine.

— Ele é o máximo. Já começou a ter aulas. Por falar nisso, Dallas, você e Roarke precisam se inscrever no curso para auxiliares do parto.

Eve emitiu um som gutural, que não conseguiu expressar a imensidão do terror que sentiu.

— Que lindo, vocês vão ajudar? — Louise abriu um sorrisão de orelha a orelha. — Isso é maravilhoso! É muito bom para a mãe ter à sua volta pessoas que ela ama e nas quais confie, durante o trabalho de parto.

Origem Mortal

Eve foi poupada de emitir um comentário sobre o assunto porque Louise perguntou a Mavis que método ela planejava usar e para quando seria o nascimento.

Conseguiu resmungar a palavra "covarde" baixinho, para si mesma, mas se esqueceu de tudo ao avistar Roarke entrando na sala.

E se serviu de mais uma taça de vinho.

Apesar da sua barriga imensa, que parecia se expandir ainda mais a cada segundo, Mavis não parava de se mexer. Tinha trocado os usuais saltos agulha e as sandálias plataforma por botas com sola de gel, mas Eve sabia que o modelo certamente também estava no auge da moda. As botas tinham uma padronagem em motivos abstratos, com figuras cor-de-rosa sobre um fundo verde, e iam até os joelhos.

Para acompanhar as botas, Mavis vestira uma saia verde cintilante e um top muito justo que ressaltava ainda mais sua barriga protuberante, em vez de disfarçá-la. As mangas da blusa tinham o mesmo desenho das botas, e acabavam em uma cascata de plumas rosa e verdes.

Seus cabelos vinham presos num elaborado penteado alto, de onde saíam pontas rosa e verdes. Os brincos também eram feitos com plumas, que pareciam lhe pender dos ouvidos. Um pequeno coração cintilante fora tatuado ao lado de um dos olhos.

— Devemos começar logo — sugeriu Trina, que transformara os próprios cabelos numa cachoeira branca ofuscante que lhe descia pelas costas e sorria de forma diabólica, na opinião de Eve.

— Temos muita coisa para fazer. Onde vai ser a sessão de hoje?

— Roarke mandou preparar a área da piscina coberta — informou Mavis, jogando mais um petisco na boca. — Eu pedi a ele para fazermos tudo lá, porque nadar um pouco fará muito bem para mim e para minha barriga.

— Preciso conversar com Nadine e com Louise em particular — avisou Eve. — É assunto de trabalho.

— Puxa, isso é mais que demais! Podemos nos encontrar lá embaixo, então. E vamos levar a comida, certo? — Para garantir, pegou uma das tigelas e a carregou.

Aquela não era a forma mais apropriada para falar sobre homicídios, refletiu Eve, sentada na sauna a vapor ao lado de Louise.

— Eu topo! — decidiu Louise, e bebeu alguns goles de uma garrafa de água mineral. — Vou combinar a hora com Roarke. Se perceber algo suspeito eu lhe conto. Se bem que acho difícil. Se estiver rolando algum tipo de manipulação ou engenharia genética por lá, certamente não será nas áreas às quais teremos acesso, mas pode ser que eu perceba algo diferente no ar.

— Você concordou muito depressa em me ajudar.

— Preciso de algo diferente e excitante na minha vida. Além do mais, existem limites, seja na medicina ou na ciência. Para mim, este é um deles. Não tenho problemas em exercer atividades ilegais, para ser franca. Afinal, até o controle de natalidade era considerado ilegal aqui mesmo nos Estados Unidos, há menos de duzentos anos. Sem pesquisas secretas e movimentos clandestinos, as mulheres ainda teriam filhos todo ano e estariam com o corpo detonado antes dos quarenta. Isso não me serve, obrigada.

— Se é tão liberal, Louise, por que considera antiético arrumar os genes até tudo ficar perfeito?

— Você já reparou em Mavis? — respondeu Louise, balançando a cabeça.

— É difícil não reparar.

Dando uma risada, Louise tomou mais um gole de água e continuou:

— O que está acontecendo com Mavis é um milagre. Tirando os processos anatômicos e biológicos, criar vida é um milagre que

Origem Mortal

deve permanecer intocado. É claro que podemos e devemos usar nosso conhecimento e a tecnologia para garantir a saúde e a segurança da mãe e da criança. E eliminar defeitos de nascença sempre que isso for possível. Mas cruzar os limites para projetar bebês sob medida? Manipular emoções, aparência física, capacidade mental e até traços de personalidade? Isso não é milagre, é ego.

A porta da sauna se abriu. Peabody apareceu com a cara coberta de gosma azul e avisou:

— Sua vez, Dallas.

— Nada disso. Ainda preciso conversar com Nadine.

— Então, vou antes de você! — Com o que pareceu a Eve um entusiasmo doentio, Louise se levantou num pulo e saiu da sauna.

— Mande Nadine aqui, para o meu escritório — ordenou Eve a Peabody.

— Ela não pode. Está no estágio da desintoxicação. Toda enrolada, parece uma múmia — explicou Peabody. — Em vez de faixas, Trina usou algas marinhas.

— Que imagem nojenta!

Eve vestiu um robe. A área da piscina, sempre luxuriante com suas plantas e árvores tropicais, havia se transformado em um horripilante campo de tratamento. Havia várias mesas acolchoadas com corpos estendidos sobre elas. Sorrisos estranhos, música esquisita. Trina vestira um jaleco de técnica de laboratório. Os respingos sobre ele tinham todas as cores do arco-íris. Eve preferia que aquilo fosse sangue, por um motivo simples: de sangue, pelo menos, ela entendia bem.

Mavis jazia sobre uma das mesas, imóvel, os cabelos coloridos revestidos por uma capa protetora e o resto do corpo coberto de várias substâncias em muitos tons que Eve não pretendia identificar.

Sua barriga era... Prodigiosa.

— Repare só nos meus peitos. — Mavis ergueu os braços e apontou os dedos para os seios. — Eles estão tipo megaimensos. Gostei muito desse efeito colateral da gravidez.

— Que bom! — Eve deu umas batidinhas carinhosas na cabeça de Mavis e saiu na direção de Nadine.

— Estou no paraíso — murmurou Nadine, assim que percebeu a presença de Eve.

— Nada disso. Está nua sobre uma mesa, enfaixada por algas marinhas. Presta atenção!

— As toxinas estão abandonando meus poros em massa, nesse exato momento. Isso significa que vou poder encher a cara de vinho, quando acabarmos.

— Presta atenção! — repetiu Eve. — Vou lhe contar algo novo, mas é extraoficial, pelo menos até eu receber autorização para divulgar.

— Extraoficial, extraoficial! — repetiu Nadine, imitando a voz de Eve, mas sem abrir os olhos. — Vou pagar mil paus a Trina para ela tatuar essa palavra na sua bunda.

— Tenho indícios de que os Icove lideraram, ou pelos menos participaram de forma ativa, num projeto baseado em manipulação genética. Boa parte dos fundos para esse projeto pode ter vindo da venda de mulheres que foram criadas por engenharia genética, e depois treinadas para atender às necessidades específicas de clientes em potencial.

Os olhos de Nadine se arregalaram, e o verde deles sobressaiu em contraste com a pele besuntada de amarelo-claro.

— Você está de sacanagem comigo!

— Não, e lhe digo mais uma verdade: você está parecendo um peixe, e também fede igual. Péssimo, isso. Creio que Avril Icove pode ter sido parte dessa experiência. E também acho que foi cúmplice nas mortes do sogro e do marido.

Origem Mortal 261

— Tire-me daqui! — Nadine tentou se sentar, mas o cobertor elétrico em torno dela a manteve presa à mesa.

— Não sei fazer isso, e não quero nem tocar nesse troço. Fique quieta e escute. Estou analisando isso por muitos ângulos. Talvez esteja errada em alguns pontos, mas tenho certeza de que saquei o essencial da história. Quero que você descubra tudo sobre Avril Icove.

— Agora mesmo é que eu não sairia da cola dela nem que você tentasse me impedir.

— Adule-a e consiga uma entrevista, você é boa nessas coisas. Faça com que ela fale a respeito do trabalho pelo qual os mortos eram conhecidos. Tente extrair alguma informação sobre a questão genética. Você mesma descobriu a ligação da clínica com Jonah Wilson, e poderá tocar no assunto. Mas precisa manter o tom solidário, enfatizar o bem que eles fizeram para a humanidade e toda essa merda.

— Sei como fazer meu trabalho.

— Você sabe conseguir uma boa história — concordou Eve. — Mas eu quero que você me consiga dados. Se eu tiver razão, ela tomou parte em dois assassinatos, e se desconfiar que você está cavando tão perto da mina, por que motivo hesitaria em eliminá-la também? Você vai apenas fazer uma pesquisa, Nadine. Não tenho nada contra Avril Icove, nem mesmo um indício que possa usar contra ela num interrogatório.

— Mas ela pode contar algo interessante a uma repórter solidária, que depois repassará tudo a você.

— Você é muito esperta. É por isso que estou lhe pedindo para fazer isso, mesmo você estando deitada aí parecendo uma truta humana mutante.

— Pode deixar que eu lhe consigo alguma coisa. E quando eu der esse furo jornalístico, o céu será o limite para a minha carreira.

— Mas não abra o bico até o caso estar encerrado. Pode ser que os Icove não sejam os únicos peixes graúdos envolvidos nisso. Não sei se ela vai gostar de entregá-los de bandeja. Portanto, explore o lado humano da história. O homem que foi a figura paterna para ela; o marido, pai dos seus filhos; ambos com as vidas ceifadas por um ato de inexplicável violência. Pergunte-lhe sobre a educação que teve e sua ligação com a arte. Você quer um perfil da mulher, da filha, da viúva, da mãe.

Nadine apertou os lábios amarelos.

— As muitas facetas dela, apelando sempre para sua individualidade. Quero que ela me leve aos seus relacionamentos com os homens, em vez do contrário. Ela está no centro dos holofotes. Uma boa abordagem. E meu produtor vai ficar muito satisfeito ao longo do processo.

Ouviu-se um sinal sonoro triplo.

— Estou pronta — anunciou Nadine.

— Então vou pegar o molho tártaro.

Não havia como escapar do que vinha a seguir. Com Mavis ao seu lado, com as mãos e os pés imersos em água azul espumante, enquanto Peabody roncava levemente mais adiante, debaixo de óculos de realidade virtual para relaxamento, Eve resolveu enfrentar estoicamente um tratamento facial. A substância com aspecto de sêmen, que Trina jurou que era outra coisa, já tinha sido espalhada por todo o cabelo da tenente.

— O que pretendo fazer com você é uma limpeza total do corpo do seu rosto, enquanto seus cabelos ficam de molho no suco da alegria.

— Isso não faz sentido. Corpo não tem rosto. Corpo é corpo, rosto é rosto.

— Mas tem gente que ficaria muito mais bonita se usasse a bunda no lugar do rosto.

Eve caiu na gargalhada antes de conseguir segurar.

— Todas vocês vão receber toques diferentes nos cabelos, com exceção de Mavis. Preparei o dela hoje de manhã. Você vai perceber algo diferente nos seus.

— Não! — Com ar defensivo, Eve levou a mão aos cabelos e percebeu que eles estavam cobertos com a suspeita gosma leitosa.

— Ai, caraca!

— Vou clarear de leve seus cabelos, ou tentar aplicar extensões para deixá-los compridos — avisou Trina. — Só por diversão.

— Minha vida não aguenta mais tanta diversão. Não quero mudança nenhuma nos cabelos.

— Não posso tirar sua razão.

— Por que diz isso? — quis saber Eve, abrindo um dos olhos, desconfiada.

— Porque mantê-los do jeito que são funciona bem, no seu caso. Mas você não cuida deles, nem da pele, como deveria. Bastam alguns minutos por dia, sabia?

— Eu cuido dos cabelos, sim — disse Eve, quase num resmungo.

— Do corpo você cuida, sim, reconheço. Aliás, tem um material magnífico, um tônus muscular invejável, supermag. Alguns dos meus clientes têm merda debaixo da pele esculpida — lamentou-se.

Os olhos de Eve se abriram na mesma hora. O medo de Trina, percebeu naquele momento, com raiva, tinha bloqueado seu acesso a uma fonte preciosa de informações.

— Alguma vez você fez tratamentos em alguém que tenha usado os serviços da Clínica Icove?

— Um cocô de gente. — Trina torceu o nariz enquanto trabalhava. — Esse povo forma mais de cinquenta por cento da minha base de clientes. Você não iria gostar deles, pode acreditar.

— Já fez algum tratamento no rosto de Avril, esposa de Will Icove?

— Ela frequenta o salão Utopia. Já trabalhei lá, faz uns três anos. Ela só se tratava com Lolette, mas eu a atendi num dia em que Lolette faltou ao trabalho por causa de um olho roxo. O namorado dela era um babaca, conforme eu avisei desde o início, mas ela me ouviu, por acaso? Claro que não, até que ele...

— Avril Icove — repetiu Eve, para encerrar a novela mexicana. — Deu para você perceber se ela se submeteu a algum procedimento médico ou cosmético? Escultura, reconstrução, aprimoramento cirúrgico?

— Quando você tem um corpo completamente despido sobre uma mesa, sendo analisado por *scanners* de última geração, dá para sacar se é tudo natural. Ela passou por melhorias, sim. Poucas. Alguns acertos no rosto, um discreto aumento nos peitos. Tudo trabalho da mais alta qualidade, mas isso já era de esperar.

Icove afirmara categoricamente que sua esposa era perfeita por natureza.

— Você tem certeza disso? — insistiu Eve.

— Qual é? Você conhece seu trabalho muito bem, e eu conheço o meu. Por que pergunta?

— Só por curiosidade. — Eve tornou a fechar os olhos. Pensar o tempo todo em assassinatos tornava um tratamento facial quase suportável.

Capítulo Treze

Depois de uma noite interminável, onde ela consumiu mais álcool do que seria prudente — embora certamente isso fosse necessário —, Eve se arrastou até sua sala. Talvez uma ou duas doses de café forte servissem para rebater os efeitos do álcool; assim, ela ainda poderia encaixar uma boa hora de trabalho, antes de ir para a cama.

A primeira missão da noite era verificar os arquivos médicos de Avril. Eve tinha interesse em saber que tipo de cirurgias encontraria na pesquisa.

Depois, iria averiguar mais de perto a Academia Brookhollow.

Tomava o primeiro gole de café forte quando Roarke entrou em sua sala.

— Seu cagão. Na hora H você amarelou, não foi? — reclamou Eve.

— Não sei do que está falando, querida.

— Você está mais amarelo que a barriga de Nadine, duas horas atrás.

— Não sei que papo é esse, nem quero saber.

— Você caiu fora e me deixou sozinha lá, passando sufoco.

Ele lançou-lhe um olhar que, em outro homem, transmitiria um ar de infinita inocência.

— Percebi que as festividades desta noite eram direcionadas apenas para mulheres. Como respeito muito os rituais femininos, retirei-me discretamente.

— Isso é "papo furado", como você mesmo diz, seu amarelão. — Saiu de fininho assim que Mavis falou das aulas de treinamento para o parto.

— Reconheço minha culpa nisso, e não me envergonho. Cair fora me fez muito bem. — Pegou o café da mão de Eve e tomou um gole. — Mesmo assim, Mavis me caçou pela casa.

— Ah, foi?

— Você nem imagina! E pode desfazer essa cara de satisfação porque você também está nessa comigo, meu amor, atolada até o pescoço. Em algum momento entre a limpeza de pele e a manicure, Mavis me cercou e me entregou as informações e os horários das aulas que teremos de assistir para participar do parto. Não temos escapatória.

— Eu sei. Estamos condenados.

— Condenados — repetiu Roarke. — Eve, teremos de assistir a vários vídeos sobre o tema.

— Oh, Deus!

— E faremos simulações.

— Pode parar! — Ela agarrou a caneca de café da mão dele e sorveu vários goles. — Ainda faltam muitos meses.

— Semanas — corrigiu.

— Para mim, é como se fossem meses. Afinal, são necessárias várias semanas para completar um mês. Sei que não é neste momento, não é hoje; isso é o que importa. Preciso pensar em outra coisa, agora, tenho de trabalhar. Podem surgir algumas mudanças até lá, para nos livrar disso — acrescentou, caminhando até a mesa.

— Várias coisas podem acontecer. Por exemplo: podemos ser sequestrados por terroristas antes de Mavis entrar em trabalho de parto.

— Puxa, quem dera!

Eve teve de rir diante disso, enquanto solicitava ao computador as listas de clientes e pacientes dos Icove.

— Descobri que Trina besuntou Avril de cremes uma vez, e me garantiu que a viúva passou por escultura corporal, pois viu tudo pelo *scanner*, durante a consulta. O mais provável é que um dos Icove tenha feito o procedimento, ou pelo menos trabalhado como consultor.

— Consultor, na certa. Tratar ou operar um membro da família é algo eticamente questionável.

— Se um dos dois a atendeu, ela está na lista. Esse é o procedimento legal. Computador, procure por Avril Icove na lista de consultas ou de procedimentos cirúrgicos.

Processando... Avril Icove não se encontra na lista de pacientes.

— Como assim? Isso não bate com o que é eticamente aceitável. Você é esposa e nora de dois médicos muito conceituados e não usa os serviços deles quando resolve se operar? Não aceita o seu amado esposo como consultor num procedimento no qual ele é o maior especialista que existe? — Eve tamborilou com os dedos. — Se eu tivesse uma bolada de dinheiro para investir, não iria procurar um estranho. E se quisesse arrombar o Banco Central Americano...

— Boa ideia, isso não seria uma aventura divertida?

— Certamente eu procuraria você.

— Obrigado pela preferência, querida. Pode ser que eles a tenham consultado e examinado sem deixar registros disso.

— Por que fariam isso? O lance é o seguinte: entendo que o dr. Will apregoe para o mundo que o rosto e o corpo perfeito da esposa foram dádivas de Deus. Entendo que exija sigilo e tudo o mais. Ei, sua tira enxerida, isso não é da sua conta! Mas não entendo esse sigilo no caso de uma correção leve ou algo do tipo. Se ela se submeteu a procedimentos cirúrgicos e usou o Centro Icove para isso, por que não registrar o evento? Isso é legalmente obrigatório, para começo de conversa.

— Pode ser que ela tenha feito essas "leves correções" de modo extraoficial, ou em outra das clínicas que pertencem à família.

— Esse foi meu primeiro pensamento, o que me levou a outra questão. Preciso de imagens dela. Fotos antigas, para comparar. E também tem a escola Brookhollow. O local mais lógico para Avril e Dolores terem se conhecido, se é que trabalharam juntas nos crimes, é a escola. Só que não existe nenhuma Dolores listada nos arquivos do lugar, nem como aluna e nem como funcionária. Vou baixar as imagens da identidade de todas as mulheres que assistiram às aulas ou trabalharam lá na época de Avril. Depois, vou mandar o sistema comparar todas as fotos com a imagem que eu tenho de Dolores.

— Um passo lógico. Isso vai levar um bom tempo, e o seu cheirinho está delicioso.

— É a gosma com a qual me cobriram.

— Sou uma vítima indefesa desses produtos cosméticos modernos. — Para provar isso, ele deslizou para trás dela e mordeu-lhe a nuca.

Eve deu-lhe uma cotovelada e avisou:

— Preciso começar logo isso.

— Eu também. Computador, acessar os registros da Academia e da Universidade Brookhollow! — ordenou Roarke.

— Ei, esta é a minha máquina.

Ignorando-a, ele enlaçou a cintura dela com força e completou:

Origem Mortal

— Buscar e marcar as fotos da identidade de estudantes, funcionários...

— Esposas e filhas de funcionários incluídas, bem como quaisquer outras funcionárias, esposas de funcionários e filhas de outros funcionários, inclusive da limpeza e da manutenção — completou Eve.

— Você é muito completa e meticulosa — elogiou Roarke.

— Vamos manter as coisas assim.

— Estou fazendo a minha parte — disse ele, enfiando a mão por baixo da camiseta de Eve.

— Não estou falando disso. Vou deixar essa possibilidade no ar por algum tempo. Pode ser que ela tenha conhecido Dolores em algum encontro de ex-alunos. Computador, busque uma imagem semelhante para... Puxa, Roarke, segure sua onda um minutinho!

As mãos dele estavam muito ocupadas.

— O que Trina passou em você dessa vez? Vamos comprar um barril disso.

— Não sei. Estou perdendo a concentração. Comparar as imagens geradas com as fotos da identidade e com as imagens da gravação da segurança na pasta de Dolores Alverez-Nocho.

Múltiplos comandos recebidos. Processando...

— Pode ser que elas tenham se conhecido longe de lá, na clínica, ou em um simples salão de beleza. Avril pode tê-la contratado. Há dezenas de opções.

— Precisamos começar em algum lugar — argumentou Roarke, virando Eve de frente para ele. — Seus cabelos têm o cheiro de folhas de outono.

— Folhas mortas?

— Levemente queimadas. E seu sabor é de... Deixe-me ver. — Mordiscou suavemente a pele de Eve desde o alto da testa, seguindo pela maçã do rosto e a boca. — Açúcar e canela aquecidos juntos. — Ele abriu o primeiro botão da calça dela enquanto aprofundava o beijo. — Agora eu preciso fazer uma verificação completa, para ver se Trina deixou alguma outra surpresa para mim.

— Eu avisei que lhe daria vários nós em cada um dos braços se ela me aplicasse alguma tatuagem temporária, dessa vez.

Ele a acariciou nos braços lentamente, de baixo para cima, passou os dedos suavemente pelos seios, e o coração dela disparou.

— Você sabe que isso só serve para incentivar Trina, querida. É um desafio. Não vejo nada aqui — informou ele, puxando a camiseta de Eve e tirando-a pela cabeça. — Humm... Só os seios lindos e não tatuados da minha esposa.

— Os de Mavis estão megaimensos. — Eve deixou a cabeça tombar para trás, enquanto os lábios dele roçavam os dela.

— Sim, eu reparei.

— Ela pediu para Trina pintar um dos mamilos de azul e o outro de rosa.

Ele ergueu a cabeça de leve.

— Isso é informação demais para mim. O melhor é simplesmente dizer que eu prefiro os seus.

O estômago dela se apertou de prazer quando ele cobriu-lhe os lábios com os dele.

— Aproveite para falar essas coisas, porque eu bebi vinho demais. Se não fosse isso, não estaria cedendo tão depressa.

Ele abriu o botão seguinte da calça de Eve e ela escorregou até o quadril.

— Tire o resto — murmurou ele.

— Você ainda está todo vestido. — A cabeça dela girava.

— Tire o resto — repetiu ele, deslizando suas mãos lentamente sobre as de Eve, enquanto ela arrancava a calça.

— Você está nua, quente e macia, e me agrada a ideia de passear com minha língua por você todinha, de cima a baixo, e depois de baixo para cima, até você... Ora, ora, o que temos aqui?

O cérebro de Eve parecia distante e lerdo; ela simplesmente piscou uma vez e acompanhou a direção dos olhos de Roarke, que lhe desciam devagar pelo corpo.

Lá embaixo, nos lados da barriga, havia três pequenos corações em vermelho vivo, com uma longa seta de prata atravessando cada um. Todos, Eve percebeu, apontavam para o mesmo ponto.

— Que porra é essa? E se alguém me vir com esse troço?

— Se outra pessoa além de mim tiver a mesma visão maravilhosa desses coraçõezinhos, você estará em sérios apuros. Ele pontilhou lentamente os três caminhos, com os dedos, e isso a fez estremecer. — Eles são muito bonitos.

— Mas são corações cintilantes apontando para o espaço entre as minhas pernas!

— Isso mesmo. No meu caso, apesar de agradecer muito por eles me apontarem a direção, tenho certeza de que conseguiria achar o caminho sozinho. — Para provar o que dizia, desceu com os dedos até a entrada que as setas apontavam e colocou dois deles dentro dela, penetrando-a lentamente.

A respiração de Eve desapareceu por um instante e ela apertou os ombros de Roarke para se equilibrar.

Por Deus, o calor dela! Rápido, intenso e abrasador. Só isso já o seduzia.

— Adoro observar seu rosto quando o êxtase o invade. Quando eu me conecto a você. Adoro perceber o momento em que você se deixa dominar, Eve.

Os joelhos dela viraram geleia, e tudo acima deles latejou de tensão, em meio a sensações intensas. Excitação líquida se espalhou por dentro dela enquanto as mãos dele, seus lábios, sua língua e seus dentes puseram-se a explorar-lhe os espaços vazios. Ouvi-lo dizer seu nome enquanto ele se encostava nela, quase entrando enquanto assumia o comando, foi único. A música que havia na voz dele a seduziu ainda mais, e suas mãos continuaram a excitá-la e atormentá-la.

Eve se permitiu surfar aquela onda, até sentir que se mesclava por completo com ela.

A flexibilidade dela, num contraste imenso com sua força e determinação, o excitava de forma louca. Desesperada. O envolvimento absoluto dela com ele, com ambos, era completo; tudo à volta deles era levado para bem longe numa enxurrada de prazer e de paixão, de amor e de desejo. Quando ele se deitou de costas no chão, devagar, carregando-a consigo, ela pareceu lhe escorregar sob as mãos como seda. Então ele tomou-lhe a boca, quente e generosa. Sua pele era macia e perfumada.

Logo ele estava dentro dela, onde nada mais havia. E ele sentiu quando ela se abriu, complacente e generosa, para tomá-lo finalmente por inteiro, dentro de si.

Eve toparia numa boa e sem reclamar, se tivesse de ficar encolhidinha e se largar dormindo ali mesmo, no chão do escritório. Todas as células do seu corpo estavam relaxadas e satisfeitas. Só que, assim que começou a cochilar, sacudiu-se toda e se sentou. Deu um grito de susto ao ver o gato na ponta da mesa, olhando para ela fixamente com seus olhos bicolores.

Roarke analisou o gato atentamente enquanto acariciava as costas de Eve.

— Será que Galahad aprova ou desaprova o nosso comportamento? Ele não dá nenhuma dica — comentou ele.

— Estou cagando e andando, mas acho que ele não deveria nos assistir fazendo sexo. Isso não pode ser correto.

— Talvez devêssemos lhe arrumar uma namorada.

— Ele é castrado.

— Mas pode ser que aprecie a companhia.

— Não a ponto de dividir suas porções de salmão. — Como era meio esquisito se sentir observada por um gato, especialmente quando tudo o que lhe cobria o corpo eram três corações vermelhos cintilantes, Eve agarrou as calças e as vestiu.

Ao passar os dedos pelos cabelos em desalinho, o computador apitou. Galahad deu um pulo, mas logo esticou a perna e começou a se lamber.

A tarefa foi completada...

— Seu cálculo de tempo revelou-se preciso. — Eve se ergueu e vestiu a camiseta. — O melhor é que eu acho que essa sessão de sexo limpou o álcool do meu organismo.

— De nada, querida. — Roarke disse isso com uma risada, mas Eve já tinha aprendido muita coisa em mais de um ano de casamento e retrucou:

— Sabe o jeito como você me toca? Ele neutraliza os traumas provocados por Trina. Você tem um poder muito grande.

Seus olhos a observaram com um calor especial quando ele se levantou do chão.

— As coisas do coração precisam sair de cena, agora — avisou Eve. — Computador, exibir as fotos parecidas no telão!

Primeiro par em exibição...

— Bingo! — Eve se empolgou quando as fotos apareceram lado a lado. — Olá, Deena.

Deena Flavia, nascida em 8 de junho de 2027 em Roma, na Itália. O pai, Dimitri Flavia, era um médico pediatra. A mãe,

Anna Trevani, era psiquiatra. A retratada é filha única. Não se casou, nem há registros de que tenha coabitado com alguém. Não há registro de filhos. Não possui ficha criminal. Seu último endereço conhecido é a Universidade Brookhollow. Nenhum dado registrado depois dos dias 19 e 20 de maio de 2047. A imagem exibida é a foto da sua identidade, e foi tirada em junho de 2045.

— Linda jovem — declarou Roarke. — Muito atraente.

— E sumiu no ar. Formou-se muito cedo. Computador, busque qualquer informe sobre o desaparecimento de Deena Flavia. Faça uma pesquisa internacional.

Processando...

— Mais uma tarefa: seus pais ainda estão vivos? Se for o caso, descobrir onde moram, sua atividade profissional e o local de emprego.

Entendido. Processando...

— O endereço dela é a Universidade, não uma casa comum. Não tem ficha criminal, não se casou, nunca morou com ninguém e tomou chá de sumiço antes de completar vinte anos.

— E reapareceu doze anos depois só para matar os Icove — completou Roarke.

— Tem uns dois anos menos que Avril, mas frequentaram a escola na mesma época. Em um colégio interno exclusivo como esse, fatalmente se conheceram em algum momento.

— Mas não é um salto grande demais? De colegas de escola para parceiras de crime?

— Sem dúvida, mas a escola foi a via de ligação. Avril viu a foto da assassina na clínica e não comentou: "Ei, essa é a Deena,

Origem Mortal

de Brookhollow. Puxa, eu não via essa colega há muitos anos!" Sei muito bem — disse Eve, erguendo a mão antes de Roarke contestar —, que seu advogado de defesa vai argumentar que Avril não é obrigada a se lembrar de todas as alunas que conheceu quando estudava. Também vai dizer que já tem mais de doze anos desde que ela saiu da faculdade, o que, por "coincidência" é o mesmo tempo desde que Deena sumiu em pleno ar. De qualquer modo, isso prova que Avril esteve no mesmo local que a suspeita, e também na mesma época.

Tarefa secundária completada. Dimitri Flavia e Anna Trevani residem em Roma. Ambos trabalham no Instituto da Criança, naquela cidade.

— Computador, efetuar uma pesquisa cruzada, em busca de possíveis ligações do Instituto da Criança de Roma com Wilfred B. Icove Pai e/ou Wilfred B. Icove Filho, e também uma possível associação entre a instituição romana e Jonah Delecourt Wilson.

Tarefa secundária acionada. Processando...

— Posso fazê-la ganhar tempo, querida — anunciou Roarke. — Já contribuí para essa instituição através das minhas subsidiárias italianas e sei que, pelo menos no passado, Icove Pai fez parte da diretoria.

— Isso está cada vez melhor. Então existe uma ligação com os Flavia. Por sua vez, eles se ligam a Deena, também conhecida como Dolores, que se liga a Avril, que tem relação com Brookhollow. Conseguimos formar um belo diagrama, basta montá-lo.

Tarefa principal encerrada. Não existe registro de denúncia de desaparecimento de Deena Flavia em nenhum lugar do mundo.

— Eles não denunciaram seu desaparecimento porque sabem onde ela está ou porque não querem tiras xeretando. Se for a segunda hipótese, devem ter contratado algum investigador particular. De um jeito ou de outro, ela está sumida há mais de uma década, e...

Tarefa adicional encerrada. Wilfred B. Icove Pai fez parte do quadro de consultores do Instituto da Criança, em Roma, como cirurgião e palestrante convidado, desde a criação do instituto, em 2025, até sua morte. Jonah Delecourt Wilson também fez parte do quadro de consultores de 2025 a 2048.

— Muito bem. Agora nós temos...

Pergunta...

— Que foi? — reagiu Eve.

A usuária Eve Dallas deseja que a busca de imagens relacionadas que aparecem nos arquivos da Brookhollow seja encerrada?

— Que outras imagens você encontrou?

Pessoas com feições semelhantes foram encontradas na busca secundária dos registros atuais da Academia Brookhollow, todas ligadas a Deena Flavia.

— Mas antes você disse que só havia uma! Droga, exibir no telão.

Afirmativo...

Origem Mortal

A pessoa que apareceu tinha o rosto mais redondo e mais suave que Deena Flavia. E era uma criança.

— Identificação da imagem em tela — ordenou Eve, com o coração quase pulando da garganta.

Diana Rodriguez, nascida em 17 de março de 2047, na Argentina. Seus pais são Hector Rodriguez, técnico de laboratório, e Magdalene Cruz, fisioterapeuta.

— Locais de trabalho dos pais?

Processando... Hector Rodriguez trabalha na Genedyne, laboratório de pesquisas. Magdalene Cruz trabalha no Centro de Reabilitação e Reconstrução Santa Catarina.

— Buscar possíveis associações entre esses dois locais de trabalho e Wilfred B. Icove Pai; Wilfred B. Icove Filho; Jonah Wilson; Eva Samuels ou Evelyn Samuels.

— Ela não é filha deles — garantiu Roarke. — Pelo menos, não é filha biológica. Ela é a imagem perfeita de Deena Flavia.

— Basta criá-las para depois oferecê-las. Crie-as e venda-as. Filhos da mãe! Basta manipular os genes para gerar fetos perfeitos, manipulados sob medida. Depois vem um bom treinamento, educação de primeira linha e uma programação completa. Para terminar, é só entregar a mercadoria.

Roarke se aproximou dela e, de forma instintiva, massageou-lhe os ombros.

— Você acha que ela queria ficar com a criança ou está apenas se vingando?

— Não sei. Depende do que a atinge mais fundo. Talvez as duas coisas.

O sistema voltou com a lista dos quatro nomes e suas respectivas localizações na Argentina.

— Computador, continuar busca e descobrir outras imagens que batam com essas. Comparar as imagens em tela com as de todas as alunas da Academia e Universidade Brookhollow, inclusive as atuais. Listar todos os dados em todos os resultados.

Processando...

— Deixe o computador trabalhar um pouco — propôs Roarke, com voz suave —, e vamos dormir um pouco. Você precisa estar com a cabeça limpa para amanhã. Suponho que você vai querer visitar New Hampshire.

— Acertou em cheio!

Eve acordou assim que amanheceu, mas viu que Roarke já tinha levantado antes dela e estava completamente vestido. Desejando-lhe bom-dia entre grunhidos, ela foi se arrastando até o chuveiro, ordenou jatos de água a trinta e oito graus e meio e se deixou cozinhar um pouco até acordar. Foi para o tubo secador de corpo, tomou rapidamente a primeira xícara de café do dia e se sentiu quase humana.

— Coma alguma coisa — ordenou Roarke, e trocou o canal do telão, abandonando os relatórios financeiros e ligando o canal de notícias.

— Vou comer qualquer coisa — avisou ela, de dentro do closet.

Ao sair, ele olhou para as roupas que ela trazia na mão e sentenciou:

— Não.

— Não o quê?

— Essa roupa não serve.

Origem Mortal

Se a palavra *ofendida* viesse com uma imagem no dicionário, ao lado da definição, certamente seria uma foto da cara que Eve exibiu.

— Ah, qual é? — reclamou ela.

— Você vai fazer uma visita oficial a um colégio interno exclusivo e de alta classe. Deve demonstrar autoridade.

— Aqui está minha autoridade, garotão — reagiu ela, dando um tapinha no coldre sobre o espaldar da cadeira.

— Um terninho seria melhor.

— Um o quê?

— Você conhece o conceito — disse ele, suspirando e se levantando. — Aliás, devo lembrá-la de que há muitas roupas assim nesse closet. É preciso exibir poder, prestígio e simplicidade. Você deve parecer uma pessoa importante.

— Para mim, basta uma roupa que cubra minha bunda.

— Um traseiro especial, que é uma pena ficar coberto, eu lhe garanto. Porém, como devemos seguir as regras, é melhor cobri-lo bem. Use este conjunto aqui. As linhas sóbrias e o tom de cobre escuro imprimem força ao visual da roupa. Complemente com isto. — Ele pegou uma blusa com decote baixo em tom azul-acinzentado. — Aproveite para arrasar de vez, querida. Use uma bela joia.

— Não vou à porra de uma festa. — mesmo assim, ela vestiu a calça do conjunto. — Sabe do que você precisa? Uma androide com corpo de modelo para vestir. Talvez eu lhe dê uma de presente, no Natal.

— Por que aceitar uma cópia quando eu já tenho a modelo perfeita? — Ele abriu o cofre de joias no closet de Eve e escolheu brincos de ouro trabalhado e um imenso pingente de safira.

Para ganhar tempo, apesar de ofendida, Eve vestiu tudo o que Roarke escolheu. Mas empacou quando ele a mandou dar uma voltinha, girando o dedo no ar.

— Você está abusando da sorte, meu chapa.

— Não custa tentar. Você continua parecendo uma tira, tenente. Só que muito bem-vestida.

— Puxa, os bandidos vão ficar boquiabertos com meu bom gosto em questões de moda.

— Você vai se surpreender — rebateu ele.

— Tenho de trabalhar.

— Você pode pedir os resultados aqui mesmo, enquanto toma o café da manhã. Se uma máquina pode ser multifuncional, você também pode.

Aquilo não lhe pareceu correto, mas o terninho também era estranho. Além do mais, já que Roarke estava fazendo um pedido para ele, Eve aproveitou e ordenou ao AutoChef que lhe preparasse uma bela rosca.

— Você devia comer algo com mais substância.

— Estou energizada demais. — Sua sala não era o único lugar onde ela podia andar de um lado para o outro, lembrou a si mesma, e começou a fazer isso na saleta de estar, enquanto esperava a rosca. — Alguma coisa vai aparecer.

— Dados no telão! — ordenou Roarke.

Entendido. Exibindo fotos de pessoas com feições idênticas... Número um de um total de cinquenta e seis...

— Cinquenta e seis? — Eve parou de andar. — Não pode ser. Mesmo com essa grande variação de tempo e o número de estudantes envolvidas, não é possível que você tenha descoberto tantas pessoas com feições idênticas. Não é possível que... Ei, espere um pouco!

Ela olhou para a foto número um.

Brianne Delaney, nascida em 16 de fevereiro de 2024 em Boston, Massachusetts. Os pais são Brian e Myra Delaney. O nome de solteira da mãe era Copley. Não tem irmãos. Casou-se com George Alistar em 18 de junho de 2046. O casal tem dois descendentes. O primeiro é Peter, nascido em 12 de setembro de 2048. A segunda filha se chama Laura, nascida em 14 de março de 2050. Todos moram em Atenas, na Grécia.

Imagem semelhante à de Bridget O'Brian, nascida em 4 de agosto de 2039 em Ennis, na Irlanda. Seus pais eram Seamus O'Brian e Margaret O'Brian, que tinha Ryan como nome de solteira. Ambos faleceram. Não tem irmãos. Sua tutela legal ficou com Eve Samuels e, após sua morte, com Evelyn Samuels. Atualmente está matriculada e reside na Universidade Brookhollow, em New Hampshire.

— Pausar as informações, computador. Ela teve um filho aos doze anos? — perguntou Eve.

— Isso pode acontecer — disse Roarke —, mas...

— Pois é, esse *mas* é o que pega... Deixar apenas as imagens, computador. Dividir as telas e aumentar as fotos em cinquenta por cento.

Processando...

Quando as fotos apareceram. Eve chegou mais perto.

— Elas têm o mesmo tom de pele, o que é esperado. Cabelos ruivos, pele branca, sardas, olhos verdes. Eu diria que está tudo razoável para esses traços e características herdadas. Mesmo nariz, mesma boca, mesmo formato dos olhos e do rosto. Aposto que se você contasse as sardas, encontraria o mesmo número em ambas as fotos. A menina é uma miniatura da mulher adulta. Como se fosse um...

— Clone — terminou Roarke, baixinho. — Cristo Jesus.

Eve respirou fundo, duas vezes, e ordenou:

— Computador, apresentar a próxima foto.

Levou mais de uma hora. O enjoo veio até o centro da barriga e ficou estacionado lá, como um tumor.

— Eles estão clonando meninas. Não apenas mexendo com o DNA delas para lhes aprimorar o intelecto ou a aparência. Não estão simplesmente projetando as bebês e ajustando-as física e intelectualmente, a fim de melhorá-las. Eles estão criando-as. Estão violando todas as leis internacionais e criando cada uma das meninas. E estão vendendo-as. Algumas delas são direcionadas para o casamento — continuou Eve, analisando a tela. — Outras, provavelmente estão sendo lançadas no mercado negro. Muitas devem estar sendo preparadas para dar continuidade ao trabalho. Médicas, professoras, técnicas de laboratório. E eu, que julguei que eles estivessem fazendo bebês com traços e feições encomendadas, ou treinando acompanhantes licenciadas. Mas é pior, muito pior do que essas duas possibilidades.

— Ouço rumores, de vez em quando, sobre pesquisas de reprodução por clonagem feita de forma clandestina. Já soube de gente que apregoou sucesso na empreitada. Mas as leis são tão severas, tão pesadas e universais que ninguém conseguiu provar nada até hoje.

— Como é que isso funciona? Você sabe?

— Não com precisão. Nem remotamente, para ser franco. Minhas indústrias fazem algumas pesquisas sobre clonagem, todas dentro dos parâmetros determinados por lei. Produzimos tecidos e órgãos. Uma célula é implantada em um óvulo feminino criado por simulação e ativado eletricamente. Se a empresa é privatizada, como é o caso da nossa, as células originais são doadas pelos clientes, que pagam regiamente pelos tecidos de substituição que são gerados. Esses tecidos não sofrem riscos de rejeição depois dos transplantes. Suponho que, no caso de clonagem com fins de

Origem Mortal

reprodução, entram células e óvulos verdadeiros, os quais, uma vez fecundados, são implantados em um útero.

— De quem?

— Essa é a questão.

— Preciso apresentar todas essa evidências para o comandante e conseguir autorizações e mandados antes de bater na escola. Você poderia colocar Louise a par de tudo?

— Claro.

— Eles devem ganhar bilhões de dólares com isso — acrescentou Eve.

— No bruto, sim.

— Isso é muito mais que simples brutalidade.

— Não, não. — Foi um alívio rir um pouco. — Estou falando de ganho bruto. Certamente o custo de uma operação dessa envergadura custa milhões em montagem de laboratórios, desenvolvimento de tecnologia, manutenção da escola, da universidade, além da rede de contatos. O lucro líquido também deve ser altíssimo, suponho, mas e quanto aos custos e riscos, Eve? Acho que estamos tratando de um trabalho de amor.

— Você acha? — Ela negou com a cabeça. — Temos quase sessenta meninas matriculadas na Academia, neste exato momento. Devem existir centenas de outras por aí, já formadas. O que aconteceu com os espécimes que não deram muito certo? Qual será o tamanho do amor deles pelas meninas que não eram perfeitas?

— Que pensamento abominável.

— Muito. Tenho milhões deles.

Eve levou algum tempo para descrever as novas informações em um longo relatório. Em seguida, entrou em contato com Whitney e solicitou uma reunião breve, logo cedo. Pegou Peabody a caminho da Central e solicitou que alguém fosse buscar o parceiro dela.

Peabody entrou no carro e balançou os cabelos para os dois lados. Estavam quase dez centímetros mais compridos e tinham as pontas levemente viradas para fora.

— McNab se ouriçou todo com os meus cabelos. Preciso me lembrar de sacudir as coisas com mais frequência.

Eve olhou para a parceira meio de lado e sentenciou:

— Você está com uma aparência mais juvenil.

— Eu sei! — Obviamente feliz com o comentário, Peabody se aninhou com força no assento. — Foi fantástico me sentir uma garotinha depois que eu cheguei em casa ontem à noite. McNab entrou em órbita com o creme de papaia para erguer os peitos.

— Pode parar. Poupe-nos dos detalhes. Temos um problemão.

— Imaginei que você não veio me pegar em casa só para me poupar de ser esmagada pela multidão no metrô.

— Vou contar tudo no caminho, e você vai ouvir o resto diante do comandante. Vou marcar uma reunião com a equipe completa, incluído o pessoal da DDE, para as dez da manhã.

Peabody não disse nada quando Eve relatou o que tinha descoberto. Manteve o silêncio até elas entrarem na garagem da Central.

— Nenhum pergunta nem observação? — quis saber Eve.

— Estou só... Absorvendo os fatos, eu acho. Isso é tão contrário aos meus princípios que você nem imagina. Esses conceitos estão gravados no meu DNA, por assim dizer. Por causa do jeito que fui criada e ensinada. Produzir vida é função de um poder maior. Nossa tarefa, nosso dever e nossa alegria devem ser nutrir a vida, protegê-la e respeitá-la. Sei que isso parece papo de Família Livre, mas...

— Não é muito diferente do que eu penso. Porém, sensibilidades pessoais à parte, a reprodução humana por clonagem é ilegal sob as leis de Nova York, do país, e também da legislação que

Origem Mortal

rege a ciência e o comércio dentro e fora do planeta. As evidências indicam que os Icove desrespeitaram todas essa leis. E suas mortes, fato que traz o problema para o nosso domínio, foram resultado direto disso.

— Será que seremos obrigadas a repassar o caso para o... Quem é que lida com esse tipo de crime? O FBI? A Polícia Global? Interplanetária?

O rosto de Eve estava muito sério quando ela saltou do carro e bateu a porta.

— Não se eu conseguir evitar — afirmou. — Quero que você entre em modo de pesquisa profunda. Traga-me tudo que conseguir levantar sobre clonagem humana. As áreas técnicas, as áreas legais, os equipamentos necessários, as técnicas, os debates, as reivindicações, as histórias, os mitos. Precisamos conhecer o assunto a fundo, para saber do que estamos falando quando chegarmos à Academia Brookhollow.

— Dallas, pelas evidências que você levantou, vamos encontrar muitas dessas meninas lá. Algumas ainda são crianças. Apenas crianças!

— Vamos lidar com o problema quando chegar a hora certa para isso.

Whitney não se mostrou tão reticente quanto Peabody, e bombardeou Eve com muitas perguntas ao longo de toda a apresentação oral do relatório.

— Estamos falando do ganhador de um Prêmio Nobel, tenente, cujo funeral está marcado para as quatorze horas de amanhã e será assistido por chefes de estado de todo o mundo. Seu filho, cuja reputação e aprovação aumentavam em progressão geométrica e acabariam por se igualar aos índices do pai, será igualmente honrado na semana que vem. A cidade de Nova York vai sediar esses dois eventos. Os esquemas de segurança e organização da mídia, além dos terríveis detalhes do tráfego enlouquecido, já são um pesadelo à parte. Se um leve sopro disso vazar para o público, tudo se tornará mais que um pesadelo, e alcançaremos o estágio de um caos completo em nível internacional.

— Nada vai vazar.

— Quero que você se certifique disso por completo, e confirme dez vezes cada fato levantado.

— Cinquenta e seis pessoas iguais, senhor, só na Academia Brookhollow. Acredito que muitos desses casos, talvez todos, correspondam aos códigos que Icove Pai mantinha em seu apartamento. Eram seus casos em aberto, por assim dizer. Ele trabalhava intimamente com um geneticista e foi, em certo momento do passado, um defensor feroz da manipulação genética.

— A manipulação genética já é uma área espinhosa. Clonagem humana é uma floresta escura e enlameada. As ramificações disso serão...

— Comandante, as ramificações já resultaram em duas mortes.

— Sim, mas esses desdobramentos vão ecoar para muito além desses dois homicídios. Existem muitas questões políticas, sociais, religiosas e médicas envolvidas aqui. Se suas suposições se mostrarem fatos concretos, Dallas, existem muitos clones espalhados por aí, e vários deles são menores de idade. Algumas pessoas os considerarão monstros. Para outras, serão vistos como vítimas. — Ele massageou os olhos lentamente. — Vamos precisar da opinião de especialistas a respeito de muitos ângulos. Todas as agências governamentais do mundo, desde a Global até a OSP, Organização para a Segurança da Pátria, vão pular no nosso cangote por causa disso.

— Se o senhor os notificar dessas recentes descobertas, eles vão querer tirar o caso das nossas mãos. E vão encerrar a investigação.

— Certamente. Qual é sua objeção em relação a isso?

Origem Mortal

— Esses homicídios são meus, comandante.

Ele permaneceu calado por um momento, analisando o rosto de Eve. Por fim, tornou a perguntar:

— Qual é sua objeção específica, tenente?

— Além do fato de o caso ser meu, e essa é a objeção mais importante, senhor, o fato é que uma ação desse tipo precisa... *Tem de ser* interrompida. Se o governo... Qualquer governo, enfiar o dedo nessa torta suculenta, vão logo querer armar algo secreto. Haverá mais pesquisas confidenciais, mais experiências. Vão jogar toda essa sujeira para debaixo do tapete, e analisar tudo que descobrimos até agora debaixo de um microscópio. Vão designar o caso como Código Azul, bloquear a mídia, impedir todas as formas de comunicação. Os Icove serão saudados em seus funerais com todas as honras, e o trabalho que desenvolveram nas sombras jamais verá a luz do dia. Quanto a esses... espécimes que foram criados — Eve disse a palavra acompanhando-a com uma careta, por falta de um termo melhor —, eles serão recolhidos, examinados, sondados, confinados e interrogados. Eles foram fabricados, senhor, mas continuam sendo de carne e osso como o resto das pessoas, como todos nós. Porém, não serão tratados como pessoas comuns. Talvez não exista um jeito de interromper o processo, nem de impedir que isso aconteça, mas quero acompanhar o caso até o fim. Até não ter mais para onde ir adiante.

O comandante colocou as mãos sobre a mesa e anunciou:

— Preciso colocar Tibble a par de tudo.

— Certamente, senhor — concordou Eve.

Eles não conseguiriam se desviar dos canais tradicionais de comunicação sem o conhecimento do secretário de segurança.

— Creio que Reo, a assistente de promotoria, poderia ser muito útil para analisar os aspectos legais — sugeriu Eve. — Ela é inteligente, esperta e ambiciosa o bastante para manter a tampa fechada sobre o caso até o momento certo para abrir essa caixa de Pandora. Estou utilizando os serviços da dra. Mira e da dra. Dimatto como consultoras da área médica na investigação, pelo menos até o momento. A avaliação de ambas também nos poderá ser muito útil. Preciso solicitar um mandado de busca para os registros da escola, e gostaria de levar Feeney comigo nesta visita, para me ajudar a vasculhar os dados no local.

Whitney concordou com a cabeça e completou:

— Considere esta operação como status Código Azul. Modo confidencial, restrito apenas a um círculo pequeno e fechado. Bloqueio total da mídia. Reúna a sua equipe. — Olhou para o relógio e avisou: — Quero uma reunião com todos os envolvidos em vinte minutos.

Capítulo Quatorze

Ela havia alterado sua aparência. Era muito boa nisso. Ao longo dos últimos doze anos, já tinha sido muitas pessoas diferentes. E ninguém. Suas credenciais eram perfeitas — meticulosamente geradas e falsificadas de forma impecável. Tinha de ser assim.

A Academia Brookhollow era um prédio tradicional em tijolinhos cobertos com hera. Nada de domos contemporâneos de vidro, nem suntuosas torres de aço; apenas dignidade e um ar de tradição aristocrática. Havia gramados extensos, árvores robustas, jardins magníficos, pomares vicejantes. Também havia quadras de tênis e um centro de equitação, dois dos esportes considerados adequados para as alunas da instituição. Uma das suas colegas tinha conquistado uma medalha olímpica de ouro em equitação aos dezesseis anos. Três anos depois saiu da escola para se casar com um jovem aristocrata britânico que apreciava cavalos tanto quanto ela própria.

Todas as alunas eram criadas com uma finalidade específica, e serviam a esse propósito. Mesmo assim, ela se sentira feliz ao ir embora dali, lembrou-se Deena. A maioria das jovens sentia o mesmo.

Deena não se ressentia das que se sentiam felizes, e faria tudo que estivesse ao seu alcance para proteger as vidas que as pessoas como ela haviam construído.

Só que toda guerra tinha seu preço, e algumas daquelas pessoas seriam expostas. Mesmo assim outras, muitas outras, finalmente conheceriam a liberdade que lhes tinha sido negada até então.

E quanto às que haviam resistido, falhado ou tinham sido questionadas?

O que foi feito delas?

Por essas e pelas outras que viriam, ela arriscaria tudo.

Ali na Academia havia três piscinas, duas delas internas, além de três laboratórios científicos muito bem-equipados, um salão holográfico, dois auditórios imensos, um conjunto de palcos no nível do que se via de melhor na Broadway. Também havia uma academia para treinar artes marciais, três centros avançadíssimos para condicionamento físico, e uma clínica completa para tratamentos e aulas. Por trás daqueles muros também havia uma central de mídia, onde as alunas selecionadas para seguir carreira nessa área eram treinadas. Por fim, havia um estúdio completo para música e dança.

Eram vinte salas de aula ao todo, com instrutores de carne e osso e também androides.

O salão de refeições era comum a todos, alunas e funcionários. A comida servida ali era balanceada, em termos nutritivos, e muito saborosa. Era servida três vezes por dia, precisamente às sete da manhã, ao meio-dia e às sete e meia da noite.

Petiscos para o meio da manhã e da tarde eram disponibilizados no solário, sempre às dez da manhã e às quatro da tarde.

Deena adorava os pães de minuto. Tinha excelentes lembranças do sabor levemente adocicado deles.

Origem Mortal

Os dormitórios para as alunas eram espaçosos e muito bem-decorados. Quando, aos cinco anos, as aspirantes passavam em todos os testes, eram transferidas para esses dormitórios. As recordações de tudo que acontecera nos cinco primeiros anos de vida da nova colega eram devidamente... ajustadas.

Com o tempo, era possível apagar por completo — ou quase isso — a sensação de ter sido um ratinho de laboratório dentro de um labirinto.

Todas as alunas recebiam um uniforme completo e algumas roupas adequadas, projetadas para combinarem com sua formação, origem e história de vida.

Todas tinham origem e passado, em algum lugar. As alunas sempre vinham de alguém ou de algum lugar, mas não era a verdade que recebiam ali. *Nunca* era a verdade.

O nível de exigência era alto e havia muito rigor. Uma estudante da Academia Brookhollow devia sempre exceder as expectativas para, então, seguir para a faculdade, ali mesmo, e continuar em frente. Até o momento da colocação.

A própria Deena falava quatro idiomas fluentemente. Isso tinha sido muito útil. Sabia resolver complexos teoremas matemáticos, identificar e datar artefatos arqueológicos, conseguia dar saltos mortais duplos perfeitos e sabia organizar um jantar oficial para duzentos convidados.

Eletrônicos eram como brinquedos, para ela. E também sabia matar com muita eficiência, utilizando-se de uma imensa variedade de métodos. Sabia muito bem como satisfazer um homem na cama e era capaz de discutir política interplanetária com esse mesmo homem na manhã seguinte.

Não fora projetada para se casar nem ser companheira de ninguém, e sim para atuar em operações clandestinas. Nesse ponto, refletiu, sua educação tinha sido irretocável e muito bem-sucedida.

Era lindíssima, sem falhas genéticas. Sua estimativa de vida, segundo as projeções, era de mais de cento e cinquenta anos. Que poderiam ser consideravelmente estendidos por meio dos constantes avanços na tecnologia médica.

Tinha fugido dali aos vinte anos e passara outros doze se escondendo de tudo e de todos, forjando uma vida falsa na clandestinidade e aprimorando as habilidades que havia desenvolvido na academia. Pensar que ainda teria de viver mais de um século daquele jeito, a essa altura da vida, era um pesadelo constante.

Ela não matava de forma fria, embora sua eficiência fosse completa. Matava por puro desespero, mas com o fervor de uma guerreira que defende os inocentes.

Para a morte programada para aquele dia, ela vestiu um terninho preto como as asas do corvo, confeccionado sob medida, na Itália. Dinheiro não era problema para Deena. Afinal, ela havia roubado meio milhão de dólares antes de fugir. Desde então, tinha conseguido muito mais. Poderia levar uma vida boa e confortável, e certamente conseguiria viver sem ser descoberta. Mas tinha uma missão. Em toda a sua vida, tinha apenas uma missão.

E estava prestes a completar mais uma etapa.

O preto absoluto do terninho conseguia fazê-la parecer ainda mais feminina. Também ajudava a ressaltar o ruivo brilhante dos seus cabelos e o verde profundo dos seus olhos. Tinha passado mais de uma hora, naquela manhã, modificando de forma sutil os contornos do rosto. Agora, exibia um queixo ligeiramente arredondado e um nariz com mais volume.

Também acrescentara alguns quilos ao longo do corpo, todos eles para acentuar-lhe as curvas.

Aquelas mudanças seriam o bastante. Ou talvez não.

O fato é que ela não tinha medo de morrer, mas ficava aterrorizada ao se imaginar sendo pega. É por isso que levava o que precisaria usar em caso extremo dentro de uma pequena cápsula, para a eventualidade de ser identificada e capturada.

Origem Mortal

O pai permitiu que ela entrasse e lhe marcou uma hora. Tinha acreditado na sua história de solidão e arrependimento. Não tinha visto a própria morte estampada nos olhos dela.

Ali, porém, na sua velha prisão, eles acabariam por descobrir o que ela fizera. Se a reconhecessem, seu disfarce seria desmascarado e isso representaria o fim de sua missão. Mas haveria outras que seguiriam em frente, caso ela tombasse. Muitas outras.

Mesmo com medo e dor no fundo da garganta, seu rosto aparentava calma e serenidade. Ela aprendera a fingir, também. Aprendera a não entregar aos olhos externos o que sentia. Aprendera a não revelar nada do que lhe ia na alma.

Seus olhos se encontraram, pelo espelho retrovisor, com os da pessoa que dirigia o carro. Ela tentou abrir um sorriso e fez que sim com a cabeça.

Parou diante dos portões da academia, para as verificações da segurança. Seu coração disparou naquele instante. Se tudo fosse uma armadilha, ela nunca mais conseguiria passar através dos portões de ferro novamente. Nem viva nem morta.

Mas logo ela se viu do lado de dentro dos muros, o veículo fazendo, lentamente, as curvas graciosas por entre os gramados. As árvores, os jardins, as esculturas.

O prédio principal do complexo foi crescendo diante dela, com seus cinco andares. Tijolinhos claros enfeitados com hera. Vidraças cintilantes e colunas resplandecentes.

As meninas, pensou, e sentiu vontade de chorar ao vê-las. Jovens, lindas, com o frescor da infância, caminhando por ali sozinhas, em pares ou em grupos maiores, rumo aos outros prédios. Dirigindo-se para as aulas ou para os momentos de recreação.

Para testes. Para melhorias. Para avaliações.

Esperou que o carro parasse por completo. A pessoa que dirigia o carro saltou e abriu-lhe a porta com uma mesura estudada. Ofereceu-lhe a mão. A dela estava fria, quase gélida.

Deena não mostrou nenhuma reação além de um educado sorriso quando Evelyn Samuels saiu pela porta principal para cumprimentá-la pessoalmente.

— Sra. Frost, seja bem-vinda a Brookhollow. Sou Evelyn Samuels, diretora da academia.

— É um prazer finalmente conhecê-la. — Ela estendeu a mão. — Os gramados e os prédios do complexo são ainda mais impactantes quando vistos pessoalmente.

— Vamos levá-la em um tour completo por nossas instalações. Antes disso, porém, convido-a para um chá.

— Isso seria maravilhoso. — Ela passou pelas portas duplas da entrada e seu estômago se retorceu. Olhou em torno com interesse casual, como faria a mãe de uma possível nova aluna ao visitar a escola onde planejava matricular sua filha.

— Eu tinha esperança de a senhora trazer Angel consigo, para que pudéssemos conhecê-la.

— Ainda não. Como sabe, meu marido alimenta dúvidas sobre a decisão de mandar nossa filhinha estudar tão longe. Preferi vir sozinha nessa primeira visita.

— Não tenho dúvidas de que a senhora e eu conseguiremos convencê-lo de que Angel não apenas será completamente feliz aqui, como também se beneficiará de uma educação e de uma experiência comunitária de níveis superlativos. Este é o nosso saguão principal. — Exibiu ela, com um gesto amplo. — As plantas que enfeitam o lugar foram plantadas e cresceram em pavilhões preparados para programas de horticultura, da mesma forma que nossos jardins. Os quadros que a senhora vê nas paredes foram criados por nossas alunas, ao longo dos anos. Aqui no prédio principal, no primeiro andar, temos os nossos centros administrativos; também ficam ali o nosso salão de refeições, o solário, uma das nossas seis bibliotecas, as cozinhas e as salas de aula onde são ministrados os cursos de ciências culinárias. Meu escritório também funciona

Origem Mortal 295

aqui no térreo, durante o horário das aulas. Gostaria de levá-la até lá para conversarmos mais à vontade, se a senhora puder me acompanhar.

A mente de Deena gritava "caia fora, saia correndo, fuja, se esconda". Mas ela simplesmente sorriu e aceitou, dizendo:

— Se a senhora não se importa, eu adoraria tomar esse chá.

— Claro! Um momentinho só... — Ela pegou um *telelink* portátil. — Abigail, poderia providenciar para que o chá seja servido na minha sala, para recebermos a sra. Frost? Imediatamente!

Enquanto a diretora guiava Deena, ia apontando para tudo e explicando.

Evelyn continuava a ser exatamente como antes, Deena reparou. Formal em demasia, muito bela, transbordando de orgulho de sua escola, com sua voz firme e jeito erudito de falar. Movia-se com eficiência; afinal, eficiência era a palavra-chave em sua vida. Usava os cabelos curtos num penteado mais leve, agora, em suaves tons de castanho. Seus olhos eram sombrios e sagazes. Os olhos não haviam mudado em nada. Eram os mesmos "olhos da sra. Samuels".

Os olhos de Eva Samuels.

Deena deixou que aquelas palavras ressoassem em seus ouvidos. Ela já tinha ouvido toda aquela ladainha, quando era prisioneira ali. Viu jovens passando, pouco mais que meninas, arrumadas como se fossem bonecas em seus uniformes azuis e brancos, conversando em voz baixa, como se esperava que acontecesse no saguão de entrada.

De repente viu a si mesma, tão magra, tão doce, descendo com graça e suavidade pela escada que vinha da ala oeste. Estremeceu de leve uma vez — uma única vez era o permitido — e afastou, deliberadamente, os olhos da menina.

Ela iria passar ao lado da menina; ficaria tão perto que certamente conseguiria sentir o cheiro da pele dela. E teve de ouvir a própria voz quando ela as cumprimentou:

— Bom-dia, sra. Samuels. Bom dia, senhora visitante.

— Bom-dia, Diana. Como foi sua aula de culinária?

— Muito bem, obrigada por perguntar. Fizemos suflês.

— Excelente! A sra. Frost veio nos visitar hoje porque tem uma filha que talvez venha se juntar à nossa família, aqui em Brookhollow.

Deena fez um esforço e obrigou-se a fitar atentamente os profundos olhos castanhos da menina, que eram exatamente iguais aos seus. Será que percebeu uma pontada de insatisfação ali, como tinha havido nos seus? Estaria ali a centelha de determinação fervendo em fogo baixo, borbulhando sob a superfície sereníssima de seu rosto? Ou eles tinham conseguido um meio de subjugar e amansar aqueles sentimentos?

— Tenho certeza de que sua filha iria gostar muito de Brookhollow, sra. Frost. Todas nós adoramos este lugar.

Esta é minha filha, pensou Deena. Ajudai-me, Senhor.

— Obrigada, Diana — foi o que respondeu à menina.

Surgiu um sorriso lento e fácil, e seus olhos se mantiveram grudados mutuamente por mais um instante, antes de a criança se despedir de forma muito educada e se afastar.

O coração de Deena lhe martelou o peito. Elas haviam reconhecido uma à outra. Como seria possível isso não acontecer? Como alguém conseguiria olhar fixamente para olhos que eram seus sem perceber isso?

Enquanto Evelyn seguia seu caminho, alheia ao que acontecera ali, Deena olhou para trás por sobre o ombro. A menina fez o mesmo. Seus olhos se encontraram novamente, e dessa vez formou-se outro tipo de sorriso, mais completo, mais aberto, mais cruel.

Vamos escapar daqui, pensou Deena, com determinação. Não conseguirão nos manter aqui dentro.

Origem Mortal

— Diana é um dos nossos tesouros — elogiou Evelyn. — Brilhante e questionadora. Muito atlética, também. Apesar de nosso foco ser o de proporcionar a todas as nossas estudantes a mais abrangente educação acadêmica possível, também realizamos testes completos e avaliações constantes, pois assim somos capazes de ressaltar seus pontos fortes e suas principais áreas de interesse.

Diana... Esse nome era tudo o que Deena conseguia manter na cabeça, entre emoções que davam cambalhotas em sua cabeça e através do seu corpo. Mas ela conseguira dizer as coisas certas e fazer os movimentos apropriados, e foi levada para o escritório de Evelyn Samuels.

As alunas só eram admitidas naquele santuário quando eram particularmente boas, ou então tinham cometido alguma infração grave. Deena nunca tinha atravessado aquela porta.

Sempre tomou todo o cuidado para se misturar bem com as colegas.

Mas haviam lhe contado o que esperar dentro da sala, tinha recebido a planta e as especificações exatas do lugar. Portanto, concentrou-se no aqui e no agora, na missão que precisava ser cumprida naquele instante, e afastou a imagem da menina para longe da mente.

A suíte era decorada com as tradicionais cores da escola — azul e branco. Paredes brancas, estofados azuis, piso branco, tapetes azuis. Duas janelas viradas para o leste e uma janela dupla voltada para o sul.

O aposento era à prova de som e não continha câmeras.

Havia dispositivos de segurança, é claro, nas janelas e na porta. E Evelyn Samuels usava uma espécie de relógio de pulso dotado de um comunicador minúsculo. Havia dois *telelinks* sobre a mesa, um para a escola e um particular.

Havia também um telão e, por trás dele, um cofre onde ficavam guardados os arquivos e históricos de todas as alunas.

A bandeja de chá tinha sido colocada sobre uma mesa branca. Os pratos eram azuis e os biscoitos, brancos.

Deena aceitou a cadeira que lhe foi oferecida e esperou que Evelyn Samuels servisse o chá.

— Por que não me fala um pouco mais a respeito de Angel, sra. Frost?

— Ela é o meu coração. — Apesar dos esforços, Deena se lembrou de Diana.

— É claro. — Evelyn sorriu. — A senhora mencionou que ela demonstra habilidades artísticas.

— Sim, adora desenhar. É uma atividade que lhe dá muito prazer. Quero que ela seja feliz, mais que qualquer outra coisa.

— Naturalmente. Agora...

— Que colar interessante, o seu! — elogiou Deena. Faça agora, pensou, nesse exato momento, antes que fique enjoada. — Posso vê-lo de perto?

No instante em que Evelyn baixou os olhos na direção do pingente, Diana se levantou da cadeira e se inclinou de leve para a frente, como se admirasse a pedra. O estilete estava em sua mão.

Décimos de segundo depois, estava dentro do coração de Evelyn.

— Você não me reconheceu, Evelyn — disse ela, diante do olhar atônito de Evelyn Samuels. O sangue já escorria sobre sua blusa imaculadamente branca. — Viu apenas o que esperava ver, como imaginávamos. Continua perpetuando esta obscenidade. Por outro lado, sabemos que foi criada para isso, então talvez não tenha culpa. Desculpe — disse, baixinho, enquanto observava Evelyn morrer. —, mas isto precisa ter um fim.

Ela se levantou, passou um líquido selante nas mãos com muita habilidade e foi até o telão. Encontrou o controle onde lhe haviam dito que estaria. Afastou o telão, que estava preso à parede por

Origem Mortal

uma dobradiça, e usou o decodificador que trazia na bolsa para destravar o cofre.

Levou todos os discos. Não ficou surpresa nem ofendida ao encontrar uma quantia substancial de dinheiro vivo em notas novas. Embora preferisse fundos eletrônicos, papel-moeda era sempre útil.

Tornou a trancar o cofre e fechou o telão, prendendo-o no lugar.

Saiu da sala sem sequer olhar para trás, e ligou o sistema de privacidade do aposento.

Sem demonstrar pressa, apesar do coração que galopava em seu peito, saiu do prédio e seguiu em direção ao carro, onde a pessoa ao volante já estava à sua espera.

Respirou devagar e pausadamente quando elas seguiram pela alameda, rumo aos portões de saída. Quando eles se abriram de forma majestosa, a pressão em seu peito diminuiu um pouco.

— Você foi rápida — comentou a pessoa que dirigia o carro.

— É melhor agir com rapidez. Evelyn não me reconheceu, mas... Eu vi Diana, e ela também me viu. E soube quem eu era.

— Eu devia ter executado essa parte do plano.

— Não. Havia câmeras. Mesmo com um álibi sólido, você não conseguiria ganhar das evidências produzidas pelas câmeras. Eu não passo de fumaça. Desiree Frost já não existe. Mas Avril Icove... — Ela se inclinou para o banco da frente e apertou o ombro de Avril. — Ela ainda tem muito trabalho a fazer.

O peso do seu nome e os consideráveis bilhões que existiam por trás dele garantiram a Roarke uma reunião marcada para as dez da manhã com a representante do presidente do Centro Icove.

— O contato vai ser informal e as negociações estarão em fase preliminar — contou Roarke a Louise enquanto dirigiam por um terrível engarrafamento. — Mas pelo menos isso nos garantirá passar pela porta.

— Se Dallas estiver na trilha certa, as repercussões de tudo isso serão arrasadoras. Não apenas com relação à tecnologia que vem sendo desenvolvida clandestinamente, mas também na explosão da reputação dos Icove, das instalações envolvidas com o projeto e todas as outras questões paralelas. Pelo amor de Deus, Roarke! Imagine o dilema ético, legal e moral que teremos para lidar com os clones propriamente ditos. Guerras médicas, legislativas, políticas e religiosas serão inevitáveis. A não ser que tudo possa ser abafado e acobertado.

— É esse caminho que você escolheria? — perguntou ele, virando-se para ela e erguendo uma das sobrancelhas.

— Não sei. Admito que estou muito dividida. Como médica, a ciência envolvida nisso me fascina. Mesmo a ciência desenvolvida para o mal pode ser sedutora.

— Geralmente é até mais interessante.

— Isso mesmo. Os debates sobre o estudo e a criação artificial de gêmeos idênticos voltam à cena de tempos em tempos. Embora eu me oponha fundamentalmente a isso, reconheço que é um assunto poderoso. E repleto de possibilidades. Replicar seres humanos em laboratório, selecionar alguns traços e características, eliminar outros. Quem decide quais são os parâmetros para isso? O que fazer com os resultados falhos, que sempre acontecem em qualquer tipo de procedimento experimental? Repito: se Dallas estiver na trilha certa, a que tipo de tentação um homem de reputação inatacável como Icove poderá ter cedido? Usar clones como mercadorias?

— Se isso for comprovado, quando acontecer e se tornar público — acrescentou Roarke —, as pessoas ficarão horrorizadas e fascinadas. Será que meu vizinho do lado é um clone? Se for apenas um clone e fizer algo que me deixe revoltado, eu não tenho

Origem Mortal

301

o direito de matá-lo? Governos vão competir ferozmente entre si por essa tecnologia. E depois? Os responsáveis pelas descobertas deverão entrar para a história sem máculas na biografia? Deve haver pagamento pelo que fizeram. Deve haver equilíbrio, justiça. Pelo menos é isso que Eve acha.

— Vamos dar um passo de cada vez. Já estamos quase lá.

— Você saberá exatamente o que estamos procurando?

— Acho que descobrirei quando perceber algo suspeito — disse Louise, dando de ombros.

— Você gostaria disso?

— Disso o quê? — Ela olhou para ele.

— Recriar a si mesma?

— Por Deus, não. E você?

— Nem em um milhão de anos. Temos a tendência de nos reinventar a cada instante, certo? Estamos em constante evolução, ou pelo menos deveríamos estar. Isso é mais que suficiente. Mudamos porque somos feitos para isso, certo? As pessoas, as circunstâncias e as experiências nos modificam. Para melhor ou para pior.

— A história da minha vida, o meu sangue, a minha criação, o ambiente no qual passei meus primeiros anos de formação, tudo isso contribuiu, segundo aprendi com minha família, para me predispor a um determinado tipo de vida e de trabalho. — Louise ergueu um dos ombros. — Não escolhi isso, e as escolhas e experiências que eu tive me modificaram. Conhecer Dallas me modificou novamente, e me deu a oportunidade de trabalhar no abrigo Dochas. Conhecer vocês dois colocou Charles no meu caminho, e o nosso relacionamento também me modificou mais um pouco. Serviu para eu me abrir mais. Qualquer que seja o nosso DNA, é a aventura de viver e de ser que nos torna do jeito que somos. Acho que precisamos amar, por mais que isso possa parecer frívolo. Precisamos amar para nos sentirmos realmente vivos e verdadeiramente humanos.

"Foi a morte que fez com que Eve e eu nos conhecêssemos. E por mais que isso pareça frívolo, existem momentos em que eu sinto que foi ali que eu respirei de verdade pela primeira vez na vida."

— Isso que você acabou de dizer é lindíssimo.

— Agora temos uma vida, e muito complicada, por sinal — Ele riu de leve. — Perseguimos assassinos e cientistas loucos enquanto planejamos o jantar de Ação de Graças.

— Para o qual eu e Charles adoramos ter sido convidados. Estamos contando os dias para a festa.

— É a primeira vez que organizamos algo assim, em estilo familiar. Você vai conhecer meus parentes da Irlanda.

— Mal posso esperar. Estou sendo sincera.

— Minha mãe tinha uma irmã gêmea — comentou Roarke, baixinho, quase para si mesmo.

— É mesmo? Eu não sabia disso. Eram gêmeas idênticas ou fraternas?

— Idênticas, a julgar pelas fotos. Tudo isso que está rolando por fora faz com que eu especule uma porção de coisas. Quanto será que minha tia compartilhou com a minha mãe, além dos traços físicos?

— Relações familiares são como todas as outras: leva algum tempo para descobrirmos. E finalmente chegamos!

Louise pegou um espelhinho, conferiu seu rosto e afofou um pouco os cabelos enquanto o carro parava junto da calçada.

Foram recebidos por três homens de terno, levados através do sistema de segurança e conduzidos a um elevador particular. Roarke avaliou que a única mulher do grupo, uma morena com trinta e poucos anos, olhos penetrantes e terninho impecável estava no comando da equipe.

Sua impressão inicial se confirmou quando ela assumiu as rédeas dos acontecimentos.

Origem Mortal 303

— Estamos muito honrados e satisfeitos pelo seu interesse no Centro Wilfred B. Icove — começou ela. — Como sabe, fomos atingidos por uma dupla tragédia há poucos dias. Os funerais do dr. Icove Pai acontecerão na tarde de hoje, aqui mesmo na capela. Nossas instalações administrativas e o setor de pesquisa e desenvolvimento serão fechados ao meio-dia, em sinal de luto e respeito.

— É compreensível — disse Roarke. — Agradeço muito que a senhorita tenha conseguido um horário especial para nos receber, apesar da decisão de última hora, de minha parte, ainda mais considerando o momento tão difícil que a empresa atravessa.

— Ficarei disponível ao longo de toda a sua visita, a fim de responder as perguntas ou buscar as respostas que não tenha de imediato — acrescentou ela, com um sorriso brilhante. — Serei sua assistente para tudo que precisar.

Roarke se viu pensando no que ele imaginava que outros também especulavam: será que era ela uma das clones?

— Qual a sua função aqui, srta. Poole?

— Sou a chefe de operações de todas as instalações.

— Mas a senhorita é muito jovem para um cargo tão importante — comentou Roarke.

— É verdade. — O sorriso dela não perdeu o brilho nem por um segundo. — Vim trabalhar na clínica assim que saí da faculdade.

— Que universidade a senhorita cursou?

— Universidade Brookhollow, mas fiz o curso acelerado. — As portas se abriram e ela fez um gesto com a mão. — Por favor, podem entrar. Vou levá-los diretamente à sra. Icove.

— Sra. Icove?

— Sim. — Poole tornou a estender o braço e tomou a frente dos visitantes, levando-os até a recepção, atrás de belas portas de vidro. — O dr. Icove Pai foi diretor geral da clínica no passado, e o dr. Will assumiu esse posto quando seu pai faleceu. Agora, a sra. Icove está cumprindo o papel de diretora geral até que um sucessor permanente possa ser eleito. Apesar das tragédias recentes, a clínica continua funcionando de forma normal, com a eficiência de sempre, servindo às necessidades dos clientes e pacientes. O cuidado e a satisfação deles é nossa maior prioridade.

As portas do que, antes, era o escritório de Icove se abriram. Poole entrou na frente e se anunciou:

— Sra. Icove?

A diretora provisória estava de costas para a porta e observava o céu cinzento e pesado de Nova York através das janelas altas e largas. Virou-se ao perceber que alguém a chamava. Seus cabelos louros estavam presos em um coque, deixando-lhe o rosto limpo. Vestia preto dos pés à cabeça, e seus olhos cor de lavanda pareciam exaustos e tristes.

— Oh, sim, Carla. — Conseguiu exibir um sorriso genérico, deu alguns passos e estendeu a mão para Roarke e, depois, para Louise. — Estou encantada em recebê-los.

— Nossos pêsames por suas perdas recentes, sra. Icove.

— Obrigada.

— Meu pai conheceu seu sogro — informou Louise. — E eu tive a oportunidade de assistir a uma série de palestras que ele apresentou, quando eu ainda cursava a faculdade de medicina. Sua perda será muito sentida nos meios médicos.

— Sim, ele fará muita falta. Carla, poderia nos dar alguns minutos a sós, por favor?

Uma centelha de surpresa surgiu por um décimo de segundo no rosto de Poole, mas foi habilmente disfarçada.

— É claro, sra. Icove. Estarei aqui fora, caso a senhora precise dos meus serviços.

Ela saiu e fechou as portas.

— Vamos nos sentar? — convidou a diretora temporária. — Esta era a sala do meu sogro. Cá entre nós, acho que ela intimida

Origem Mortal 305

um pouco as pessoas. Vocês gostariam de tomar um café ou alguma outra bebida?

— Não precisa se preocupar, estamos bem.

Todos se acomodaram na sala de estar do escritório e Avril colocou as mãos no colo.

— Não sou uma mulher de negócios, nem tenho aspirações nessa área. Estou longe disso. Minha função aqui é, e continuará sendo, a de ser um símbolo, a representação e a continuidade do nome Icove.

Ela baixou os olhos e examinou as mãos com pesar. Roarke reparou que ela girou a aliança de casada com o polegar.

— De qualquer modo, julguei importante recebê-lo pessoalmente quando o senhor demonstrou interesse no sistema Unilab e na clínica. Mas serei franca com o senhor.

— Por favor, seja.

— Carla... isto é, a srta. Poole, acredita que o senhor tem a intenção de adquirir a maior parte das ações da Unilab. Pelo menos, essa visita me parece uma espécie de expedição de reconhecimento, com essa finalidade. Estou certa nessa avaliação?

— A senhora faria objeções a isso, se fosse o caso?

— Nesse momento, creio que é muito importante uma avaliação cuidadosa da situação, para podermos reconstruir a imagem da clínica exatamente como ela era, com as instalações e funções que a tornaram única no mundo. Nesse ponto, é fundamental que eu, como atual chefe da família, me envolva diretamente no processo, na medida em que isso for possível. No futuro não muito distante, gostaria de pensar que alguém com a sua reputação, as suas habilidades de empreendedor e seus instintos, poderá ser uma mão forte que nos guiará ao longo da transição e do longo trabalho que precisará ser realizado. Porém, gostaria de um pouco mais de tempo para essa avaliação e possíveis formas de reconstrução. Como o senhor sabe, sr. Roarke, provavelmente com uma percepção mais aguçada do que a minha, a clínica é composta de elementos completos e multifacetados. Tanto meu marido quanto meu sogro eram muito atuantes aqui, em todos os níveis. Teremos um processo de reconstrução muito trabalhoso e doloroso.

Direta e franca, pensou Roarke. Muito lógica, também, e devidamente preparada para uma reunião como aquela.

— No futuro, a senhora deseja atuar de forma permanente na administração da Unilab e da clínica, sra. Icove?

Ela sorriu de forma contida e educada, mas apenas isso.

— Não tenho nenhuma intenção desse tipo. Mas quero tempo para desempenhar meu papel atual e analisar com muita calma a opção de colocar tudo isso em mãos capazes. — Ela se levantou. — Vou deixá-los com Carla, agora. Ela será capaz de lhes oferecer um tour muito mais abrangente e detalhado do que eu conseguiria. Além do mais, certamente saberá responder às suas perguntas de forma mais clara e inteligente.

— A srta. Poole me parece muito preparada. Mencionou ter sido aluna da Universidade Brookhollow. Certamente a senhora sabe que eu fiz algumas pesquisas, antes de vir para esta reunião. Vi que a senhora também se graduou pela Brookhollow, não foi?

— Isso mesmo. — O olhar dela se manteve firme e determinado. — Embora seja mais jovem do que eu, Carla conseguiu se formar antes de mim. Ela participou do programa de cursos acelerados.

Na Central de Polícia, Eve conduzia uma reunião de informações gerais em uma das salas de conferência. Participando dessa reunião estavam o secretário de segurança Tibble, o comandante Whitney, a assistente de promotoria Cher Reo, a dra. Mira, Adam Quincy, conselheiro para assuntos legais da Polícia de Nova York, além de sua parceira Peabody e os companheiros de sempre, o capitão Feeney e o detetive McNab.

Origem Mortal

Quincy, como era típico em reuniões daquele tipo, bancava o advogado do diabo. Ainda bem que essas situações eram raras na vida de Eve. Indignado, ele perguntou:

— Você está falando sério ao alegar que os Icove, o Centro Icove, o sistema Unilab, a Academia, a Universidade Brookhollow e, potencialmente, todas ou quase todas as instalações com as quais esses dois respeitados médicos tinham ligação estiveram envolvidos em práticas médicas ilegais que incluem clonagem humana, impressão molecular fisiológica e comercialização de mulheres?

— Obrigada por resumir tudo de forma tão objetiva, Quincy.

— Tenente. — Tibble era um homem alto, magro, com um rosto escuro e duro como ônix. — Conforme nosso conselheiro jurídico acabou de ressaltar, essas acusações são assombrosas e seriíssimas.

— Sim, senhor, realmente são. Mas não foram apresentadas de forma leviana. Ao longo das nossas investigações, apuramos que Wilfred Icove Pai era amigo e colaborador do dr. Jonah Delecourt Wilson, um notável geneticista que apoiava a supressão dos limites legais nas áreas de manipulação genética e reprodução humana por clonagem. Após a morte da sua esposa, Wilfred Icove saiu em campo publicamente, para apoiar as posições do seu amigo e sócio. Apesar de, mais tarde, esse apoio ter cessado por questões políticas, ele nunca se retratou nem demonstrou ter modificado suas antigas ideias. Juntos, esses homens construíram instalações...

— Clínicas médicas — emendou Quincy. — Laboratórios. O respeitado sistema Unilab, pelo qual ambos ganharam o Prêmio Nobel.

— Tudo isso é incontestável — rebateu Eve. — Eles dois também foram fundamentais para a criação da Academia Brookhollow. Wilson foi o primeiro presidente da escola e da universidade. Foi sucedido por sua esposa, e depois pela sobrinha dela.

— Mais uma instituição respeitada.

— Avril Icove, tutelada de Icove Pai, e que mais tarde se tornou esposa de Icove Filho, frequentou essa instituição. A mãe de Avril também era sócia de Icove Pai.

— O que explica ele ter sido indicado como guardião legal da menina.

— A mulher suspeita de matar Icove Pai, visualmente identificada como Deena Flavia, também foi aluna em Brookhollow.

— Em primeiro lugar, ela foi identificada apenas visualmente — rebateu Quincy, erguendo a mão e começando a contar com os dedos. — Em segundo lugar...

— Você vai esperar que eu acabe de falar? — reagiu Eve.

— Quincy — disse Tibble, com a voz baixa —, guarde a réplica para a hora certa. Continue, tenente, apresente-nos o resto das evidências.

Alguém, em algum lugar, afirmou que uma imagem vale mais que mil palavras. Eve alegrou-se ao ver que a cara de Quincy, naquele momento, valia mais que dois bilhões de palavras. Quanto a ela, estava munida com muitas imagens.

— Peabody! — ordenou. — Jogue as primeiras imagens no telão.

— Sim, senhora. — Peabody teclou as fotos e as colocou na ordem previamente marcada.

— Esta é uma imagem conseguida por uma das câmeras de segurança do Centro Icove. Ela mostra a mulher que se apresentou como Dolores Nocho-Alverez, no instante em que saía do consultório do dr. Wilfred Icove Pai, momentos depois da hora confirmada de sua morte. Dividindo a tela está a foto da identidade de Deena Flavia, tirada treze anos atrás, pouco antes de ela desaparecer. Por sinal, um desaparecimento que não foi comunicado a nenhuma autoridade.

— Tenho a mesma impressão — comentou Reo, erguendo uma das sobrancelhas ao olhar para Quincy. — É claro que existem maneiras de duplicar imagens e mudar a própria aparência de forma temporária ou permanente. A pergunta, aqui, é por que ela faria isso? Se Dolores teve acesso à foto da identidade de Deena, poderíamos argumentar que Deena sabia de tudo ou foi cúmplice. De um modo ou de outro, isso as liga novamente.

— Feeney? — perguntou Eve.

— Os dados de Dolores Nocho-Alverez são falsos, todos eles: nome, data e local de nascimento, pais, endereço. É o que chamamos de "bainha", um disfarce rápido e temporário composto por dados inexistentes.

— Próxima foto, Peabody — ordenou Eve, antes de Quincy ter a chance de interromper. — Esta é a foto de uma das alunas da Academia Brookhollow, aos doze anos.

— Nós já concordamos com o fato de que a mulher conhecida como Deena Flavia frequentou a Academia — disse Quincy.

— Sim, concordamos. Só que esta não é Deena Flavia. Seu nome é Diana Rodriguez, e doze anos é sua idade atual. Ela estuda na Academia Brookhollow e foi identificada pelo computador, por meio de comparação de imagens e programas de envelhecimento e rejuvenescimento, como sendo Deena Flavia.

— Pode ser filha dela — murmurou Quincy.

— O sistema declarou que as duas são a mesma pessoa. No caso, se ela for filha de Deena, teremos um delito de falsa identidade e registros falsos de uma menor. E ainda restará uma pergunta: como permitiram que uma menor de idade engravidasse e desse à luz uma criança sem notificar o fato, e dentro dos muros de uma respeitada instituição? Não existem registros de adoção nem de tutela dessa criança. E existem mais cinquenta e cinco fotos condizentes umas com as outras, exatamente iguais a esta, de antigas alunas de Brookhollow que correspondem a alunas menores de idade que frequentam a escola atualmente. Quais são as chances de cinquenta e seis alunas terem cinquenta e seis filhas que reproduzem de forma tão perfeita a aparência das mães?

Eve esperou um segundo, mas ninguém a contestou.

— Todas essas cento e doze alunas estudaram ou estudam na mesma instituição. Nenhum dado das jovens indica adoção, tutela ou origem em famílias adotivas, e nenhum registro cita os nomes dos pais biológicos.

— Que sinuca de bico — murmurou Tibble. — Você está com uma tempestade nas mãos, tenente, com muitos raios. Precisamos descobrir um jeito de não queimar nossos traseiros nessa fogueira. Quincy!

Ele massageava as laterais do nariz com os dois dedos, e sentenciou:

— Precisamos analisar todas as fotos. — Ergueu a mão antes de Eve ter chance de reclamar. — Temos de comparar uma por uma, se realmente quisermos levar isso adiante.

— Muito bem, então. — Eve sentiu o tempo lhe escoando pelos dedos. — Passe as fotos seguintes, Peabody.

Capítulo Quinze

Na clínica, Roarke deixou que a eficiente Carla Poole os guiasse pelos moderníssimos laboratórios para diagnósticos por imagens e simulações, até chegar às áreas de exames e procedimentos cirúrgicos, realizados com o auxílio de equipamentos de ponta.

Ele reparou nas câmeras de segurança, em especial nas que estavam localizadas com destaque. Também havia sistemas de controle em todas as saídas. Fez alguns comentários, perguntou uma ou outra coisa, mas deixou que Louise tomasse a frente na conversa.

— Suas instalações para exames e análises de pacientes são soberbas — elogiou Louise, olhando em torno, dentro de um salão equipado com uma avançada cadeira de exames dotada de monitoramento por contorno, computadores e equipamentos para geração de imagens e *scanners* de corpo e rosto.

— Temos doze salas para esse fim. Cada uma delas é controlada individualmente e pode ser ajustada para ir de encontro às necessidades e exigências dos pacientes e clientes externos. Os sinais vitais do paciente, seus padrões de ondas cerebrais e os outros dados fundamentais são monitorados, analisados e documentados em tempo real, enquanto a consulta está sendo feita.

— Existem opções de realidade virtual?

— Como a senhora sabe, doutora, qualquer procedimento médico, por menor que seja, provoca estresse no cliente ou paciente. Oferecemos uma seleção de programas de realidade virtual que ajudam os pacientes a se sentirem relaxados durante os exames. Também conseguimos personalizar alguns programas exclusivos que permitem que o cliente veja e sinta como ele ou ela vai ficar depois do tratamento.

— Reparei que vocês também são associados a um hospital geral com instalações para emergências, que funciona num espaço adjacente a este prédio.

— Isso mesmo. Em caso de ferimentos, se a reconstrução facial ou corporal for necessária ou desejada, o paciente poderá ser trazido para cá, depois de devidamente estabilizado, e prosseguirá o tratamento em nosso setor de emergência. Uma equipe de médicos e técnicos fica responsável por cada paciente, e tudo é escolhido através da análise das necessidades específicas de cada pessoa. O mesmo esquema pode ser providenciado para clientes externos.

— Mas um paciente ou cliente certamente pode escolher seu médico principal, certo?

— É claro — disse Poole, com muita suavidade. — Se, mesmo após nossas recomendações, o paciente desejar uma equipe médica externa ou alternativa, cedemos à sua vontade.

— E há privilégios para médicos observadores?

— Sim, dentro das limitações da nossa política interna. Mas sempre permitimos, após o consentimento do paciente, observações avulsas para propósitos educacionais.

Origem Mortal

— E todos os procedimentos são gravados?

— Sim, conforme determina a lei — garantiu Poole, com sua voz macia. — Essas gravações são lacradas após cada procedimento, e só podem ser acessadas e examinadas por requisição do paciente ou ordem judicial. Agora, creio que os senhores devem estar interessados em ver de perto uma das nossas salas para cirurgias.

— Eu certamente estou — concordou Louise. — Mas também tenho muito interesse em conhecer suas áreas de pesquisa. Afinal de contas, o que os Icove e esta clínica conseguiram alcançar é algo de lendário na literatura médica. Eu adoraria dar uma olhada nos laboratórios.

— É claro. — Sem perder o ritmo, a assistente avisou: — Algumas dessas áreas têm acesso restrito, devido ao sigilo das pesquisas, problemas de contaminação ou segurança. Mas existem vários níveis liberados que eu creio que a senhora achará muito interessantes.

Louise realmente achou interessante. Mostrou-se atônita com o tamanho do espaço físico e o avanço tecnológico dos equipamentos. O setor de laboratórios que lhe foi mostrado tinha o formato de uma explosão solar, e era como se tentáculos retos individuais se espalhassem em todas as direções a partir de um cubo central onde seis pessoas trabalhavam voltadas para fora, em monitores ligados a diferentes vias de atuação. Estruturas especiais ficavam na ponta de cada um dos tentáculos, e nelas havia balcões, estações de trabalho e telões. As paredes de cada área também seguiam códigos específicos de cores, e os técnicos dentro dessa área vestiam jalecos no mesmo tom.

Não havia ligações entre os tentáculos que partiam do cubo central, conforme Roarke reparou.

Carla Poole os levou até uma porta larga e desimpedida na ponta do tentáculo de trabalho de cor azul, e usou seu crachá de segurança e sua impressão palmar para ter acesso ao local.

314 J. D. ROBB

— Cada setor aqui é voltado unicamente para sua própria área de atuação e equipe de pesquisa. Eu não tenho autorização para explicar como todo o sistema funciona, mas temos acesso irrestrito para acompanhar uma das etapas. Como podem ver, vários androides médicos estão promovendo tratamentos e análises. Os androides foram programados para fornecer dados ao cubo central; são monitorados por cada chefe de seção, e também servem para a obtenção e acesso interno às reações e respostas que acontecem em pacientes humanos. Foi através desse processo que a tecnologia que hoje é mundialmente conhecida pelo nome de *derma* foi desenvolvida. Seu uso em vítimas de queimaduras extensas, como a senhora sabe, dra. Dimatto, é revolucionário.

Roarke abstraiu-se da conversa, embora continuasse demonstrando atenção absoluta. Tinha vários laboratórios daquele tipo e reconheceu algumas das câmaras de simulação usadas e os vários testes que estavam sendo realizados ao mesmo tempo. No momento, porém, estava mais interessado era na estrutura do lugar, na organização do espaço e no sistema de segurança do prédio.

E reconheceu a chefe dos técnicos do setor denominado "tentáculo azul". Ela era uma das ex-alunas da Universidade Brookhollow.

— Cinquenta e seis pares perfeitamente iguais — concluiu Eve. — Para acrescentar mais peso a estas substanciais evidências, devo informar que trinta e oito por cento das alunas graduadas pela Universidade Brookhollow desempenham funções importantes em alguma subsidiária das clínicas Icove. Outros cinquenta e três por cento de ex-alunas estão casadas ou moram com algum parceiro, e se casaram no período de um ano depois de terminar a faculdade.

Origem Mortal

— Essa é uma proporção altíssima de casamentos ou coabitações — comentou Reo.

— Muito acima da média nacional — concordou Eve —, e completamente fora da escala de probabilidades. As restantes nove por cento de estudantes, como foi o caso de Deena Flavia, desapareceram no ar.

— Não existem dados sobre elas? — perguntou Whitney.

— Nenhum, comandante. De qualquer modo, o capitão Feeney e o detetive McNab continuarão a realizar buscas através dos nossos bancos de imagens. Há mais um detalhe: embora não exista registro de parentesco entre elas, nem dados oficiais a respeito, tanto Avril Icove quanto Eva Samuels compartilham o mesmo nome de família: Hannson. A conclusão desta equipe investigativa, e também o resultado de todos os programas de probabilidades, é que a entrada na residência dos Icove na noite da morte de Icove Filho foi obtida por meio de ajuda interna, ou então o próprio Will Icove conhecia, com certo grau de intimidade, a pessoa que o assassinou.

— Ele conhecia Deena Flavia — concordou Reo. — Isso faz sentido.

— Não, não creio que tenha sido assim — rebateu Eve. — Não acredito que Deena Flavia tenha matado Wilfred Icove Filho. Acho que quem fez isso foi sua esposa.

— Mas ela não estava na cidade no momento do crime — lembrou Reo. — Seu álibi é sólido.

— Parece que sim, mas... E se houver outra mulher como ela andando por aí?

— Oh. — O queixo de Reo caiu. — Puta merda!... Desculpe o palavrão, comandante.

— Você acha que Icove clonou a própria nora? — Whitney se recostou tanto na cadeira que ela estalou. — Mesmo que ele tenha ido tão longe, o bebê clonado ainda seria uma criança.

— Não se a clonagem tiver acontecido enquanto ela ainda era menina. Os primeiros trabalhos e os interesses principais na época das primeiras pesquisas de Icove Pai eram as crianças. Ele projetou instalações especialmente para elas durante as Guerras Urbanas. Havia muitas crianças feridas naquela época. Muitas delas ficaram órfãs. Ele era tutor da criança desde a primeira infância, e a manteve separada do mundo. Algo nela lhe pareceu especial, ou marcante. Será que ele resistiria à tentação de duplicá-la? O que acha, dra. Mira?

— Diante do que sabemos e suspeitamos, não. De certo modo, num sentido bem realista, ela era filha dele. Icove tinha a capacitação, o conhecimento, o ego e o afeto por ela. E certamente ela soube de tudo — completou, antes mesmo de Eve perguntar.

— O afeto dele por ela certamente exigiria que ela soubesse dos seus planos. A menina deve ter sido treinada, *programada* seria o termo mais adequado, para aceitar tudo e talvez até celebrar a conquista.

— E se essa tal programação se desfez? — quis saber Eve. — E se ela, de repente, passou a rejeitar a ideia?

— Ela pode ter sentido uma forte compulsão de eliminar tudo que a ligava a esse segredo, ao treinamento e à vida que levara até então. Se a jovem deixou de aceitar o que havia acontecido em sua infância, algo que foi arquitetado pelo homem em quem ela mais confiava na vida, ela poderia, sem dúvida, matá-lo.

Quincy ergueu a mão para falar.

— Por que não existem mais clones dela na escola, supondo que esses dados estejam corretos?

— Se os dados estiverem corretos — disse Mira, e Eve teve a impressão de que a médica ainda alimentava a esperança de tudo ser um equívoco —, ela se casou com o filho de Icove e lhe deu dois netos. Will Icove pode ter exigido do pai que não fossem

Origem Mortal 317

criadas outras gêmeas artificiais de sua esposa; talvez ela, ou ambos, tenham preservado algumas das próprias células para o caso de um futuro procedimento. Uma espécie de seguro de vida. Um tipo de imortalidade.

— Dra. Mira — Tibble cruzou as mãos e bateu de leve com os polegares no lábio inferior. — Em sua opinião profissional, a teoria da tenente Dallas tem algum peso?

— Diante dos dados, das evidências, das circunstâncias e do tipo de personalidade das pessoas envolvidas, eu chegaria às mesmas conclusões da tenente.

Tibble se ergueu na mesma hora e ordenou:

— Quincy, consiga esse mandado de busca e apreensão para a tenente Dallas. Tenente, providencie transporte para a sua equipe e para a assistente da promotoria. Jack, você vai comigo — acrescentou, virando-se para o comandante. — Vamos ver se conseguimos impedir que essa bomba exploda nas nossas caras. — Expirou longamente e completou: — Vou esperar um pouco mais antes de entrar em contato com o governo federal. Até o momento, essa continua sendo uma investigação de homicídio. Qualquer atividade criminal descoberta no curso dessa investigação permanecerá dentro do perímetro de ação da Polícia de Nova York, até não termos alternativa. Se você encontrar o que procura, Dallas, e se for necessário fechar essas escolas e levar menores de idade sob custódia, teremos de alertar as agências federais.

— Entendido. Obrigada, senhor.

Eve esperou até Tibble, Whitney e Quincy saírem da sala antes de se pronunciar.

— O secretário nos conseguiu um tempo extra, vamos usá-lo. Peabody, pegue alguns kits de serviço. Feeney, precisamos de alguns *scanners* eletrônicos portáteis, analisadores de códigos e dados, recuperadores e misturadores de sinais, tudo que você tiver em sua caixinha de surpresas. O melhor que houver. Perdemos um tempão aqui, então vou entrar em contato com minha fonte agora mesmo. Vamos nos encontrar no heliporto principal em vinte minutos.

— Estou indo. Venha comigo, garoto — Feeney apontou a porta para McNab com o polegar.

McNab saiu correndo atrás do capitão, mas parou no portal, olhou para trás e exclamou:

— Sei que não é muito apropriado dizer isso, mas não resisto: esse caso está espetacular!

Calou a boca e deu o fora antes de levar uma esculhambação de Eve, mas ela sabia que poderia deixar a bronca por conta de Feeney.

— Não faço parte da sua equipe de campo — disse Mira. — Sou apenas consultora e conheço minhas limitações. Para mim, porém, seria importante se eu pudesse ir com vocês. Talvez eu consiga ser útil, e mesmo que não seja... Isso seria um grande favor pessoal.

— Então a senhora está dentro. Vinte minutos.

Eve pegou o *telelink* e ligou para a linha particular de Roarke.

— Você me pegou por pouco — disse ele, ao atender. — Acabamos de sair da clínica.

— Mais tarde quero saber de tudo com detalhes. Agora eu vou para New Hampshire. Preciso de transporte rápido, e que seja grande o bastante para levar seis pessoas e um monte de equipamentos. E preciso que alguém venha nos pegar aqui na Central.

— Um jetcóptero especial pegará vocês daqui a trinta minutos.

— Estaremos no heliporto principal do prédio. Obrigada.

* * *

Origem Mortal

Eve ficou zonza quando abriu a porta do terraço que dava para o heliporto principal da Central de Polícia. Nas torres e prédios em volta, o tráfego intenso dos helicópteros de emergência e outros veículos aéreos formava uma cacofonia insuportável de zumbidos, estalos e ruídos de hélices e motores. A esperança de Eve era que, com a bondade de Deus, o voo deles até New Hampshire não seria muito turbulento.

O vento forte bagunçou os cabelos de Eve e desfez o penteado novo de Peabody, que viu as pontas dos fios se embaraçando em ondas loucas e descontroladas.

— Conte-me tudo o que você descobriu sobre clonagem — exigiu Eve, em voz alta.

— Achei muita coisa — gritou Peabody de volta. — Organizei os discos por temas: histórico, debates, teoria médica e procedimentos.

— Relate-me apenas o básico. Quero entender exatamente o que estou procurando.

— É trabalho de laboratório, provavelmente semelhante a muita coisa que se vê em clínicas para tratar de casais com problemas de fertilidade, instalações para acompanhamento de mães de aluguel, esse tipo de coisa. Sistemas de refrigeração e preservação para células e óvulos. *Scanners* para testar a viabilidade dos materiais. O lance é o seguinte: quando você faz sexo e engravida, o bebê recebe metade dos genes do óvulo e a outra metade do espermatozoide.

— Sei como funciona a parte de fazer sexo e engravidar.

— Pois é. A diferença, na reprodução por clonagem, é que todos os genes vêm de uma única pessoa. O pesquisador pega uma célula da doadora, remove o núcleo dela e a implanta em um óvulo fertilizado que teve seu núcleo removido.

— Quem é que *inventa* essas coisas?

— Cientistas pirados. Mas, enfim, a partir desse ponto, eles já têm um óvulo estável devidamente preparado. A experiência continua por meio de aceleradores químicos ou elétricos, a fim de fazer o óvulo se transformar num embrião o qual, se o processo for bem-sucedido e se provar viável, poderá ser implantado no útero de uma mulher, resultando numa gravidez como outra qualquer.

— Sabe de uma coisa? Isso é simplesmente nojento.

— Se você deixar de lado o fato de que tudo se originou a partir de uma única célula reprodutora, não é muito diferente da concepção *in vitro*. O caso, aqui, é que se a gravidez avançar normalmente e o embrião chegar a termo com sucesso, o bebê será uma cópia exata da pessoa que doou o núcleo da célula original.

— E onde eles mantêm essas mulheres?

— Como assim?

— Onde mantêm as mulheres que receberam esses implantes? Elas não podem ser alunas. Tudo teve de acontecer em algum local específico. E nem todas as alunas são clones. Não é possível ter um bando de mulheres com a barriga do tamanho da que Mavis exibe circulando pelo campus. Deve haver algum tipo de alojamento para elas, certo? Essas mulheres precisam ser acompanhadas e monitoradas ao longo de toda a gestação. Eles devem manter instalações apropriadas para realizar partos normais e cesarianas, e também para sei lá o nome dos exames que a criança precisa fazer depois que nasce.

— Cuidados neonatais e pediátricos. Sim, eles certamente têm instalações para isso tudo.

— E também sistemas de segurança, para impedir que nenhuma das mulheres mude de ideia no meio do caminho ou fique se gabando depois, falando coisas do tipo "Ei, quer saber de uma novidade? Dei à luz a mim mesma ontem".

— Isso é *realmente* nojento.

Origem Mortal

— Também precisam de sistemas de recuperação de dados, decodificadores, hackers. Técnicos que tenham a habilidade de gerar identidades novas, que mais tarde conseguirão driblar os sistemas de reconhecimento. Isso tudo sem mencionar a estrutura imensa para tirar os clones para fora das instalações e inseri-los no mundo real. E de onde vem a porcaria do dinheiro para tudo isso? Roarke descobriu que eles doam muita grana para um monte de lugares. De onde vem o dinheiro para manter toda essa operação?

Eve se virou ao ver Feeney e McNab chegando pela porta do heliporto. Cada um carregava uma caixa imensa de equipamentos da DDE para trabalhos de campo

— Trouxe tudo — informou Feeney. — Estamos preparados para qualquer contingência que surja no local. O mandado já chegou?

— Ainda não. — Eve olhou para o céu turbulento. Aquela iria ser uma viagem pavorosa.

Feeney pegou seu saquinho de amêndoas açucaradas no bolso e as ofereceu a todos.

— Andei pensando... — começou ele. — Por que razão, apesar de já ter uma quantidade tão grande de gente no mundo, um babaca resolve fazer mais um monte delas? Só porque ele pode?

Eve mordeu uma das amêndoas e sorriu.

— E ainda tira toda a graça da fabricação — palpitou McNab, que dispensou as amêndoas e colocou na boca um cubo de goma de mascar. — Elimina a parte boa logo de cara. Não tem mais a mãe dizendo "Oh, Harry, olhe para o nosso bebê saltitante e feliz. Você se lembra daquela noite em que decretamos o famoso 'que se dane a camisinha', depois de ficarmos completamente bêbados?" Puxa vida, se um sujeito vai limpar a bunda de um bebê por mais de dois anos, deveria, pelo menos, ter a lembrança do instante em que afogou o ganso e gozou loucamente na hora da transa.

— E não existe o sentimento — acrescentou Peabody, comendo uma amêndoa. — Nada de papos do tipo "Olha só, querido! Ele tem os seus olhos, o meu queixo!..."

— "Mas o nariz é igual à da sua ajudante" — completou Eve.

Feeney riu alto e migalhas de amêndoas mastigadas foram ejetadas da sua boca.

Todos assumiram uma atitude sóbria quando Mira apareceu na porta do heliporto, acompanhada de Reo.

A doutora estava arrasada, observou Eve. Cheia de olheiras e com aparência de muito cansada. Provavelmente era um erro levá-la e lhe esfregar na cara a verdade nua e crua.

— Meu chefe, o consultor Quincy e seus chefes estão conversando com um juiz neste exato momento — contou Reo a Eve. — Espero que o mandado esteja assinado, lacrado e enviado digitalmente quando estivermos a caminho de lá.

— Ótimo. — Eve apontou com a cabeça para o oeste. — Espero que seja o nosso jetcóptero. — Virou-se de lado, deu um passo à frente e falou baixinho para Mira: — A senhora não é obrigada a fazer isso.

— Sou sim. É o que sinto. A verdade nem sempre é confortável, mas temos de viver com ela. Preciso saber toda a verdade. Eve... Desde a época em que eu tinha menos idade do que você tem hoje, Wilfred foi uma espécie de padrão de vida para mim. Admirava sua capacidade e suas conquistas, sua devoção à arte da cura, sua dedicação ao ofício de melhorar a vida das pessoas. Considerava-o um amigo, e hoje resolvi fazer isso em vez de participar do funeral dele.

Olhou diretamente para Eve e completou:

— E terei de conviver com essa realidade.

— Muito bem. Mas se a senhora precisar recuar, a qualquer momento, ninguém vai considerar errada sua atitude.

— Recuar não é uma opção para pessoas como você e eu, não é verdade, Eve? Seguimos em frente porque foi isso que prometemos fazer em nossa profissão. — Ela deu uma batidinha carinhosa no braço de Eve. — Eu ficarei bem.

O jetcóptero era grande, preto e brilhante como uma pantera. A aproximação dele agitou um pouco o ar, e Eve sentiu que vinha chuva. Depois de balançar suavemente, aterrissou no local marcado. Eve não chegou a ficar surpresa ao reparar que era Roarke quem pilotava a aeronave. Sentiu-se apenas um pouco irritada.

— Olá, tenente! — cumprimentou ele, lançando um sorriso irresistível quando Eve entrou no jetcóptero.

— Que voo emocionante! — empolgou-se Louise, soltando o cinto de segurança ao lado do piloto e indo para o banco de trás. — Sei que não é apropriado, mas estou empolgada demais com toda essa história.

— Então, sente-se ao lado de McNab, para fazer piadas e dar risadinhas a viagem toda. Por falar nisso, quem chamou você e Louise para participar dessa missão? — perguntou a Roarke.

— O jetcóptero é meu. Além disso, podemos lhe fazer um relato da visita à clínica enquanto estivermos a caminho de New Hampshire.

— Tem alguma coisa muito estranha por lá — garantiu Louise, enquanto Feeney e McNab arrumavam os equipamentos.

— Humm... Estofamento de veludo! — Reo acariciou o braço de sua poltrona e deu de ombros quando Eve lhe lançou um olhar de censura. — Se ela pode ser inapropriada, eu também posso. Sou Cher Reo, assistente da promotoria — apresentou-se, estendendo a mão para Louise.

— Louise Dimatto, médica.

— Eve Dallas, chefona do pedaço — rebateu a tenente. — Apertem os cintos e vamos nessa.

— Caras damas e cavalheiros... Como as condições climáticas estão muito adversas, aguentem firme até sairmos da zona de turbulência. — Roarke ligou alguns interruptores e esperou que a tela lhe mostrasse que o espaço acima deles estava livre. De repente, lançou o jetcóptero num movimento vertical tão brusco que o estômago de Eve despencou centenas de metros e rolou descontrolado pela Nona Avenida.

— Merda, merda, merda! — murmurou ela, baixinho, sugando o ar com força e se segurando nos braços da poltrona. A aeronave se lançou para a frente, fazendo-a colar no encosto. Os primeiros pingos de chuva explodiram sobre o para-brisa e ela rezou sinceramente, pedindo para não vomitar a rosca que tinha ingerido no café da manhã.

McNab gritou um empolgado "Irra!", como se estivesse num rodeio, enquanto o jetcóptero corcoveava, girava e se sacudia pelo céu. Para se acalmar, Eve imaginou que esganava o detetive lentamente, até ver a vida desaparecer de seus olhos.

— Peabody, antes de passarmos aos assuntos oficiais, devo dizer que seus cabelos estão muito charmosos — elogiou Roarke.

— Oh. — Ela enrubesceu de leve e levou a mão às pontas novas e soltas. — Você gostou mesmo?

— Gostei muito. — Roarke ouviu o grunhido de Eve ao seu lado. — Avril Icove, no cargo de presidente temporária, nos recebeu na sala que pertencia ao sogro.

— O quê? — Eve arregalou os olhos, e só então percebeu que os tinha fechado com força. — Como assim?

Roarke sabia que essa informação iria diminuir o medo e o enjoo da sua mulher e confirmou:

— Ela está atuando como presidente temporária da clínica, até o conselho diretor indicar alguém para o cargo, e fez questão de nos receber pessoalmente. Afirmou que não é uma mulher de negócios, nem pretende assumir o posto. Acreditei nela. Depois,

Origem Mortal

pediu que eu ofereça à empresa um tempo para que ela se recupere da perda dos donos, caso eu pretenda comprar a Unilab ou a clínica.

— Ela me pareceu muito sincera — completou Louise, inclinando-se para a frente e forçando o cinto de segurança, a fim de participar da conversa. — Seu pesar controlado também me pareceu genuíno. Ela ainda comentou, com muita diplomacia, que a clínica iria se beneficiar muito com um novo dono competente e visionário como Roarke.

— Ela pareceu disposta a vender a empresa?

— Certamente. — Roarke ajustou a aeronave quando a turbulência diminuiu. — Não tem treinamento na área médica e não entende de negócios, mas duvido muito que o conselho diretor aceite tão depressa a venda da empresa. Creio que foi por isso que ela nos recebeu pessoalmente. Quer desenvolver uma relação amistosa, uma espécie de ligação direta com o general externo, antes da reviravolta.

— O que provavelmente quer é mais tempo para tirar de lá as provas de tudo, para depois escondê-las ou destruí-las. Que diabos ela pretende *obter* com tudo isso?

— Isso eu não sei dizer, mas a chefe de operações da empresa, também uma ex-aluna da Academia Brookhollow, foi muito cuidadosa ao escolher as áreas que poderíamos visitar.

— Num primeiro momento, a preocupação com o sigilo não é estranha — explicou Louise. — Mas se olharmos o que pode estar por baixo de tudo, existem muitos detalhes suspeitos.

— Especialmente as câmeras secretas nas salas de exames e cirurgias — afirmou Roarke.

— Se as câmeras são secretas, como foi que você as descobriu? — quis saber Eve.

Roarke lançou à mulher um olhar exibido e um pouco indignado.

— Ora, tenente! Acontece que eu levei um sensor comigo.

— Conseguiu passar pela segurança com ele?

— Meu aparelhinho parece uma agenda eletrônica comum. Posso lhe garantir que as salas que visitamos tinham câmeras ocultas, e todas estavam ligadas durante nosso passeio. Certamente existe, na clínica, um espetacular sistema de dados e segurança secundária.

— Sem falar no laboratório — completou Louise. — Interessante, em termos arquitetônicos. Muito elaborado e com equipamentos soberbos, mas totalmente ineficaz.

— Como assim?

Louise explicou a estrutura do globo, com o cubo e os tentáculos, enquanto a chuva castigava o para-brisa da aeronave.

— Você pode ter níveis diferentes de segurança — continuou ela. — É comum haver andares separados e níveis independentes para áreas específicas de testes e pesquisas. Certamente, no caso de pesquisas sigilosas, é comum haver exigências elevadas para acessar as instalações. Mas essa estrutura não tem lógica.

— Os tentáculos tinham especificações de segurança e acessos diferentes uns dos outros? — insistiu Eve.

— Exato. Cada um com um chefe regional, sem contato com as outras linhas de trabalho.

— Há câmeras de segurança do tipo padrão à vista de todos — acrescentou Roarke. — Descobri um número igualmente elevado de câmeras ocultas nas áreas dos *scanners*. O mais interessante é que cada estação de trabalho só fornece dados independentes à sua chefia, e não resultados globais. São apenas pedaços soltos de informação

Eve pensou na estrutura dos laboratórios da polícia. O chefe geral conseguiria acessar qualquer setor, para rever e/ou analisar os testes realizados, em tempo real. O lugar parecia uma colmeia, um labirinto de salas separadas por vidros. Apesar de alguns setores

Origem Mortal

exigirem alto nível de hierarquia para acesso, as áreas onde as pequenas abelhas trabalhavam tinham ligação com todas as outras câmaras à sua volta.

— Pelo visto, eles procuram manter cada equipe focada apenas na sua parcela de trabalho — analisou Eve. — Isso limita ou elimina a confraternização entre os funcionários e os bate-papos desnecessários. O acesso genérico é concedido apenas aos chefões. Muito eficiente para quem quer manter tarefas secretas ou ilegais bem ocultas.

Ela refletiu sobre tudo aquilo, analisou a chuva torrencial lá fora e completou:

— Também deve haver um espaço que possa ser isolado de todo o complexo. Um setor de... Como é que se chama aquela especialidade de medicina que trata de partos e bebês?

— Obstetrícia — respondeu Louise.

— O quarto que eu visitei mais parecia a suíte de um hotel de luxo — lembrou Eve. — Talvez eles mantenham as incubadoras humanas lá na clínica mesmo, cheias de estilo e segregadas do resto dos pacientes. Peabody, prepare uma lista para mim. Descubra os nomes das ex-alunas que se graduaram em medicina, com destaque para quem se especializou em pediatria e obstetrícia.

— O mandado está chegando — avisou Reo, acompanhando a transmissão em um computador colocado no colo. Quando o aparelho começou a zumbir, seu rosto se acendeu. — Estamos prontos!

— Para tudo é preciso exercício — resmungou Eve. — A prática leva à perfeição. Todo aprendizado é baseado em prática, em treinamento. Deve haver alguma coisa desse tipo por lá.

— Logo vamos descobrir — avisou Roarke, apertando algumas teclas. — Estamos iniciando a descida.

Ela vislumbrou o vulto quase indistinto do prédio por entre a névoa úmida e a chuva forte. Tijolinhos vermelhos, domos de vidro e claraboias. Paredes de pedra e árvores desnudas. Percebeu o azul-acinzentado de uma piscina coberta para o inverno, e os tons vibrantes verdes e brancos de quadras de tênis. Trilhas serpenteavam através dos jardins e pátios, para motonetas, caminhadas, bicicletas ou carrinhos de golfe. Viu cavalos e, para seu choque, avistou vacas em uma imensa área externa.

— Vacas! Para que eles têm vacas?

— Pecuária, imagino — disse Roarke.

O termo fez Eve ter rápidas e horrendas visões de seres humanos se acasalando com bovinos, e ela balançou a cabeça com força para afastar essa ideia.

— Tiras, também. Temos muitos tiras — reparou Eve. — Três patrulhas e uma van do necrotério. Droga!

Não eram veículos da polícia estadual, notou ela, tentando ver o que vinha escrito nas patrulhas e nas fardas, enquanto Roarke se colocava no ângulo certo, rumo ao heliporto. Eram agentes da polícia municipal, decidiu. Pegou seu tablet e fez uma pesquisa rápida para saber o nome do chefe da divisão local.

— James Hyer é o xerife — anunciou ela. — Cinquenta e três anos, nascido e criado aqui em New Hampshire. Serviu o exército durante quatro anos assim que saiu da escola. Conquistou o distintivo da polícia há vinte anos, e é comandante há doze. Casado há dezoito anos, tem um filho de quinze anos, James Junior.

Ela analisou a foto da identidade do comandante local, bem como seu histórico básico, para tentar descobrir um pouco mais sobre ele. Rosto rechonchudo e vermelhão. Talvez apreciasse a vida ao ar livre e algumas biritas no bar local. Corte de cabelo militar nos fios castanho-claros. Olhos azul-claros e muitos pés de galinha. Pelo visto, não gostava de tratamentos de beleza ou rejuvenescimento. Aparentava a idade que tinha, talvez alguns anos mais.

Origem Mortal

Eve já soltava o cinto de segurança no instante em que o jetcóptero tocou o solo. E já estava lá fora, seguindo a passos largos na direção da escola, quando dois policiais vieram até o heliporto.

— Esta é uma área de segurança privada — explicou um deles.

— Vocês terão de voltar e...

— Sou a tenente Dallas — Eve exibiu o distintivo. — Polícia de Nova York. Preciso falar com o xerife Hyer. Ele está no local?

— Isso aqui não é Nova York não, dona! — informou o segundo policial cheio de marra, tomando conta da situação, pensou Eve, como se fosse o dono do pedaço. — O xerife está muito ocupado.

— Que coincidência, eu também estou. Assistente de promotoria Reo, venha cá, por favor!

— Temos um mandado amplo de busca e apreensão para todo o complexo, os prédios principais e as instalações secundárias. — informou Reo, e exibiu a cópia que acabara de imprimir. — Buscamos evidências relacionadas com dois homicídios acontecidos no estado de Nova York, distrito de Manhattan.

— Acabamos de cercar a cena de um crime — repetiu o segundo policial, e abriu as pernas para impor respeito.

— Quero saber seu nome e posto — exigiu Eve.

— James Gaitor. Sou o comissário substituto do xerife do condado. — Exibiu uma risadinha de escárnio, e Eve permitiu que ele mantivesse a pele grudada ao corpo devido à possibilidade de ser apenas um burro sem noção do perigo.

— É melhor comunicar nossa chegada ao seu superior, comissário substituto Gaitor, ou vou prendê-lo e acusá-lo formalmente de tentativa de obstrução da justiça.

— Você não tem autoridade de nenhum tipo aqui.

— Este mandado me dá toda a autoridade necessária para fazer valer seus termos e exigências, conforme acordado com governo do estado de New Hampshire. É por isso, Gaitor, que você vai entrar em contato com seu superior nos próximos dez segundos, ou vou derrubar você no chão, algemá-lo e jogar seu traseiro idiota e pomposo na cela mais próxima.

Eve fitou-o com determinação e viu que sua mão tremeu levemente junto da arma.

— Se você sacar essa arma, comissário, vai ficar sem usar a mão por uma semana. De qualquer modo não vai precisar dela, porque vou torcer seu pau minúsculo e transformá-lo num pretzel, e a simples ideia de uma masturbação básica vai lhe provocar dores indescritíveis.

— Por Deus, Max, segure sua onda — aconselhou o outro comissário, agarrando o companheiro pelo braço. — Já entrei em contato com o xerife, tenente, ele está saindo do prédio. Podemos ir caminhando ao encontro dele, por favor.

— Obrigada.

— Adoro vê-la trabalhar — comentou Roarke com Feeney.

— Eu estava até torcendo para que o babaca pegasse a arma. O show teria sido muito melhor.

— Quem sabe teremos mais sorte na próxima vez.

Gaitor saiu na frente e parou para falar com um homem que Eve reconheceu como Hyer. O xerife ouviu com atenção e balançou a cabeça para os lados. Depois, tirou o quepe e passou a mão sobre a cabeça, antes de apontar com o dedo na direção de uma das viaturas.

Gaitor afastou-se dali na mesma hora, pisando duro. Hyer caminhou na direção de Eve.

— Porque a Polícia de Nova York resolveu despencar do céu no meio desse temporal num jetcóptero filho da mãe como esse aí, lindo e imenso?

— Temos um mandado de busca relacionado com dois homicídios no meu território. Sou a tenente Dallas — acrescentou Eve,

Origem Mortal

estendendo a mão. — Divisão de Homicídios da Polícia de Nova York.

— Sou Jim Hyer, xerife da área. Pelo visto, você já chegou chutando o saco de um dos meus homens. É verdade que deu-lhe um esporro e ameaçou prendê-lo, Nova York?

— Exato.

— Aposto que ele mereceu. Temos uma encrenca dos diabos, aqui. A diretora e presidente da escola foi encontrada mortinha da silva em sua sala privativa.

— O nome dela é Evelyn Samuels?

— Isso mesmo.

— A causa da morte foi esfaqueamento. Acertei? Uma única estocada com um estilete enfiado no coração.

Os olhos dele se fixaram nos de Eve, analisando-a.

— Acertou em cem por cento. Vai ganhar troféu Joaninha de Ouro, mais tarde. Topa trabalharmos na mesma sintonia e cooperarmos um com o outro, Nova York?

— Por mim está tudo bem. Peabody! Esta é minha parceira, detetive Peabody. Trouxe também o capitão e um detetive da DDE, duas médicas, a assistente da promotoria e um consultor civil especializado em situações de crise. Estaremos à sua disposição para elucidar o seu homicídio, xerife, e compartilharemos os dados que determinem a provável ligação entre o seu crime e os nossos.

— Não posso pedir mais que isso, Nova York. Você deseja ver o corpo, suponho.

— Desejo, sim. Assim que seus homens determinem um local onde a minha equipe possa esperar, minha parceira e eu daremos uma olhada na cena do crime.

— Freddie, cuide desses simpáticos turistas. Temos uma situação estranhíssima — continuou o xerife, enquanto levava Eve pelo prédio principal da Academia. — A vítima tinha marcado hora com uma ricaça que reside fora do estado. As testemunhas que interrogamos até o momento relatam que ela fez uma visita rápida para conhecer o local e em seguida entrou na sala privativa da vítima. As gravações do sistema de segurança confirmam tudo isso. Algumas bebidas foram solicitadas e já tinham sido servidas. Onze minutos depois de entrar na sala a visitante saiu, fechou a porta, dirigiu-se à saída da escola e entrou no mesmo carro que a trouxera. O motorista a levou embora na mesma hora.

Ele estalou o dedo para mostrar a rapidez com que tudo aconteceu e completou:

— Pesquisamos o veículo: marca, modelo e placa, captados pelas câmeras. Está registrado no nome de uma mulher e já a identificamos pelo sistema. O nome é Desiree Frost.

— Esse nome é falso — avisou Eve.

— Você tem certeza?

Escolas em geral sempre provocavam calafrios em Eve. Mesmo assim ela caminhou impassível ao lado de Hyer, ao longo do imenso saguão. Tudo estava silencioso como uma tumba.

— Onde ficam as estudantes e os funcionários?

— Levamos a cambada toda para um auditório que fica em outro prédio. Estão em segurança.

Eles subiram os degraus largos e pararam na porta. Eve notou, com alívio, que o corpo ainda não tinha sido movido. Dentro da sala havia três pessoas; duas delas ainda vestiam roupas de proteção para peritos em cenas de crime. A terceira examinava o corpo.

— Este é o dr. Richards, nosso médico legista. Ali estão Joe e Billy, técnicos forenses.

Eve os cumprimentou enquanto selava as mãos e passava o spray para Peabody.

— Algum problema se nós gravarmos tudo em vídeo?

— Por mim, nenhum problema — respondeu Hyer.

— Ligar filmadora, Peabody. Vamos começar o exame.

Capítulo Dezesseis

Quando Eve terminou de examinar a cena do crime e o corpo, saiu da sala.

— Gostaria que a minha equipe da Divisão de Detecção Eletrônica pudesse examinar os computadores do lugar. E quero que meu consultor civil dê uma olhada na cena do crime.

— Você vai me contar o porquê de tudo isso?

— Tenho duas vítimas do sexo masculino que foram mortas por esse mesmo método. Os mortos tinham ligações com esta instituição.

— Você está falando dos Icove, certo?

A impaciência tomou conta de Eve.

— Se já sabe, por que perde meu tempo perguntando?

— Queria conhecer sua versão. Ao ver um corpo morto pelo mesmo método usado para apagar dois médicos proeminentes de Nova York, é claro que isso me ocorreu. Eu me lembrei de ter visto a imagem da suspeita, uma tremenda gata. Também tenho uma tremenda gata como suspeita principal. Não parece o mesmo mulherão, mas talvez haja mais de uma assassina por aí. Ou talvez, se eu rodar as duas fotos no computador para analisar a estrutura do rosto, as duas fotos vão bater. A pergunta é: por que uma mulher ou mulheres que querem dois médicos da cidade mortos vêm até aqui para matar a diretora de uma escola para meninas?

— Temos motivos para acreditar que a assassina ou as assassinas frequentaram esta instituição.

— Devem ter ficado realmente insatisfeitas com suas notas — brincou ele, olhando para o prédio.

— A escola é uma tortura, mesmo. Você já é xerife há muitos anos. Quantas vezes foi chamado aqui?

O xerife Hyer tinha uma boca estreita, mas exibiu muito charme quando a abriu lentamente.

— Esta é a primeira vez. Já estive aqui socialmente em muitas ocasiões. O teatro da escola apresenta várias peças famosas, três ou quatro vezes por ano. As apresentações são abertas ao público. Minha mulher gosta desse tipo de coisa. Eles também oferecem um passeio guiado pelos jardins toda primavera. Minha mulher me arrasta para isso também.

— Não lhe parece esquisito que, em todo esse tempo, você nunca tenha recebido uma chamada para procurar uma aluna saudosa de casa que tenha pulado o muro e fugido? Ou um roubo, a morte natural de alguém, um ato de vandalismo?

— Sim, talvez seja estranho. Mas eu não posso vir aqui reclamar que as meninas não fazem merdas.

— Alguma vez você viu uma das meninas saindo com um garoto da área, ou indo até a cidade e se metendo em apuros?

— Não. Elas nunca vão à cidade, e é claro que eu sempre estranhei isso. Quando minha mulher me trazia até aqui, eu sempre xeretava um pouco e fazia perguntas. Mas nunca soube de nada de anormal que eu pudesse investigar — disse, olhando mais uma vez em torno. — Nada, a não ser o instinto estranho que eu sentia, sabe como é?

Origem Mortal   335

— Sim, entendo o que quer dizer.

— O problema é que essa é uma escola de bacanas, e eu sou peixe miúdo. Não tenho motivos para agir baseado em palpites. Em certas ocasiões, aconteceu de alguns dos garotos locais tentarem entrar na propriedade pulando o muro ou o portão. Isso é natural e até mesmo esperado. Só que o pessoal da segurança sempre os pegava, antes mesmo de colocarem o pé no chão. Estou lhe contando tudo o que sei, Nova York, mas não estou recebendo nenhuma informação sua em troca.

— Desculpe, xerife, mas não posso lhe contar muita coisa. Esse caso é Código Azul.

— Uau! — os olhos dele se arregalaram. — Então a coisa é mais grave do que eu imaginava.

— O que posso lhe contar é que temos fortes motivos para acreditar que rolam mais coisas aqui dentro, além de aulas. Seu instinto estava certo, xerife. Agora, preciso deixar minha equipe trabalhar à vontade. Temos de analisar os discos de segurança e os registros das alunas. E também vou interrogar algumas testemunhas.

— Pelo menos me dê alguma dica, em sinal de boa fé.

— Wilfred Icove Pai foi assassinado por uma mulher que frequentou esta escola e, quando acabou o curso, desapareceu em pleno ar. Não existem registros dela depois dessa data, e não houve informe de nenhuma pessoa desaparecida. Acreditamos que os dados oficiais dela sejam falsos, possivelmente com a anuência ou ajuda da vítima. Acreditamos que ela também matou ou foi cúmplice na morte de Wilfred Icove Filho. E também achamos que ela e uma cúmplice acabam de deixar essa morte no seu colo, xerife. A Academia Brookhollow foi o lugar onde tudo começou, e não creio que a assassina já tenha terminado sua missão. Deve haver muitos dados aqui que poderão ser úteis para nós dois. Vou lhe repassar tudo o que tiver autorização para divulgar. E quando con seguir mais informações liberadas, prometo entregá-las também.

— Você acha que esta escola possa servir de local para algum tipo de culto?

— Não é tão simples. Trouxe duas médicas comigo, e elas poderão examinar algumas das alunas. Uma delas é psiquiatra e terapeuta. Conseguirá ajudá-las com o trauma da situação.

— Eles têm muitos médicos e terapeutas na equipe de funcionários.

— Eu sei, mas gostaria que as profissionais que eu trouxe lidassem com isso.

— Muito bem.

— Obrigada. Peabody, conte as novidades à equipe. Depois, você poderá ajudar o xerife Hyer com a confirmação da identidade da vítima. Peça a Roarke para me encontrar na cena do crime daqui a dez minutos.

Eve analisou o vídeo da segurança. Tinha ocorrido uma modificação grande em termos de aparência, decidiu. O cabelo da suspeita estava mais armado, de forma a atrair o olhar, e o rosto parecia um pouco mais cheio. Cútis mais suave, tom de pele mais claro, olhos com cor diferente. O formato da boca também. Ela devia ter usado um equipamento especial para conseguir esse efeito.

— Mas é ela — garantiu Eve, falando consigo mesma. — Quem não esperava alguém com essa aparência, ou não prestou atenção, não a reconheceria. Ela é muito boa nisso. É melhor rodar o programa de identificação para ter certeza. Também falta analisar as mãos e o formato das orelhas, mas tenho certeza que é ela.

Ou talvez *uma* delas, pensou Eve. Como era possível ter certeza?

— A vítima não a reconheceu — acrescentou. — Isso tudo é tão...

Parou de falar subitamente ao ver que Diana Rodriguez apareceu no vídeo, descendo as escadas.

Origem Mortal 337

Qual seria a sensação, especulou, em silêncio, de ver você mesma vindo em sua direção? A criança que você foi?

Eve se lembrou de si mesma quando tinha essa idade. Uma solitária, marcando passo pela vida, com tantas feridas abertas por baixo da máscara que usava diante da sociedade que era espantoso não ter sangrado até a morte.

Eve, quando criança, não era nem um pouco parecida com a menina do vídeo, que era belíssima. Ela parou na porta e conversou de forma muito educada com a mulher mais velha. A criança que Eve foi não demonstrava tanta pose quanto a jovem da tela. Muito menos a confiança completa que ela exibia.

Eve engoliu uma exclamação de espanto ao presenciar o momento em que os olhos de Deena e de Diana se encontraram.

Ela sabia. A menina sabia.

Observou com atenção a forma como as duas deram uma olhada para trás e se analisaram mutuamente, depois de se despedirem e caminharem em direções opostas, e pensou: *a menina não apenas sabe como compreende e aprova.*

Ora, por que não aprovaria? As duas são a mesma pessoa.

— Você quer que eu acelere um pouco a imagem? — perguntou Hyer, depois que Samuels e Deena entraram na sala privativa da diretora.

— Hein? Ah, sim, por favor.

Ninguém apareceu nem perto da porta durante o tempo que se passou — continuou ele. — Não foram feitas nem recebidas ligações pelo *telelink*. — Parou o disco e o colocou em tempo real.

— Aqui está o momento exato em que ela saiu.

— Quanta frieza. O mesmo rosto impassível exibido depois da morte de Icove. Ela não se apressou, simplesmente... Vejo que recolheu alguma coisa da sala.

— Como é que você sabe?

— A bolsa está muito mais pesada do que quando entrou. Repare em como o corpo dela forma um leve ângulo para o lado, para se ajustar ao peso. Volte a gravação, congele a imagem no momento em que ela entrou e divida a tela com sua imagem na saída.

Ele obedeceu e fez um bico com o lábio inferior, pensativo, enquanto ambos avaliavam a imagem.

— Pode ser... Realmente pode ser — concordou ele. — Esse detalhe me passou batido. E a bolsa não é tão grande, ela não pode ter tirado lá de dentro algo maior do que...

— Discos de arquivos. Quer apostar que ela levou discos e outros registros? Ela não mata para roubar, nem por lucro. A vítima usava joias caras. Ela quer recolher informações. Isso bate com meu palpite.

Eve levou Roarke até a cena do crime.

— O que você vê aqui? — quis saber dele.

— Uma sala de encontros muito bem-decorada. Estilo feminino, mas nada de muito piegas. Muito bem-projetada, muito moderna.

— O que você não vê?

— Nenhuma câmera de segurança, como as que existem em outras áreas. Por outro lado — continuou, pegando no bolso o que parecia uma pequena agenda eletrônica —, é isso que mantém a privacidade do lugar. Aqui é realmente privativo — sentenciou. — Não há câmeras.

— Muito bem. Então, estamos num ambiente seguro. Nada de câmeras, paredes à prova de som. A vítima certamente tinha um escritório de trabalho, talvez mais de um. Também tinha aposentos onde morava e dormia, que certamente serão vasculhados. Só que este aqui é o seu pequeno santuário no prédio principal.

Origem Mortal

Ela pode ter dados, relatórios, registros e tudo mais em outro lugar. Mas por que ter um pequeno santuário como este se não for para usá-lo? Deena levou alguma coisa daqui de dentro, algo que guardou na bolsa, mas... O que você vê?

Roarke analisou mais uma vez a sala, longamente.

— Está tudo no lugar — decidiu. — Ordem completa, tudo de bom gosto. Decoração equilibrada. Muito mais, embora em escala menor, que a casa de Icove Pai. Não vejo sinais de que alguém tenha procurado nem levado nada do local. Quanto tempo a assassina passou aqui dentro?

— Onze minutos.

— Então, considerando que a morte ocorreu nesse espaço de tempo, o que quer que tenha levado estava à vista de todos, ou então ela sabia exatamente onde encontrá-lo.

— Fico com a hipótese número dois, porque ela certamente não veio pegar um vaso de plantas ou um suvenir. E nossa vítima não teria nenhum dado incriminador à vista de todos. Esse não foi um assassinato por impulso, foi planejado e proposital. Ela conhecia a rotina do lugar.

Conhecia e já praticou tudo em outra ocasião, pensou Eve.

— Evelyn Samuels se encontrava com pais e tutores de alunas em potencial aqui nesta sala. Não que aceitasse muita gente de fora; só um número suficiente para gerar renda e promover diversidade na instituição. Manter sua sólida reputação pública. Fazia entrevistas com candidatos a emprego em outro dos seus escritórios. Deena devia conhecer bem esse esquema, mas escolheu esta sala. Queria que a conversa ocorresse aqui. Queria levar algo que ficava guardado aqui, depois de eliminar Samuels. Vamos descobrir o que é.

Examinou primeiro uma mesa lateral pequena. Era um lugar óbvio, mas às vezes as coisas eram óbvias, mesmo.

— Preciso convencer o xerife Hyer a permitir que eu transporte o corpo para Nova York.

— Por quê? — quis saber Roarke, passando os dedos, com muito cuidado, nos cantos e em torno dos quadros.

— Quero que Morris faça a autópsia. Só aceito ele. Quero saber se ela se submeteu a alguma cirurgia ou escultura corporal. E quero que nosso programa de análise de imagens compare o corpo dela com o da esposa de Wilson, Eva Samuels.

— Você acha que ela possa ser um clone? — perguntou Roarke, parando o que fazia e olhando para Eve. — Um clone de Eva Samuels?

— Acho, sim. — Ela se agachou para procurar algo debaixo do tampo de uma mesa. — Quando eu examinei o corpo, descobri algo interessante.

— O quê?

— Os clones sangram e morrem como qualquer pessoa.

— E se você está certa a respeito de Deena, eles também matam, do mesmo jeito que os seres concebidos de forma natural. Ah, aqui está!

— Encontrou?

— Parece que sim. — Soltou o telão da parede. Eve veio do outro lado da sala e se colocou ao seu lado. — Isso é uma maravilha! — murmurou, fazendo dançar os dedos sobre a superfície do cofre embutido na parede. — Núcleo de titânio com uma proteção dupla em *duraplast*. A combinação tripla para abri-lo inclui comando de voz. A sequência incorreta automaticamente ativa uma combinação e um código alternativos, além de disparar o alarme em cinco locais fora daqui.

— E você descobriu tudo isso só de olhar para o cofre?

— É como reconhecer um Renoir, querida Eve. Arte é arte, não importa a forma em que se apresente. Vou levar algum tempo para abri-lo.

Origem Mortal

— Então caia dentro e me avise quando conseguir entrar. Preciso confirmar algumas coisas com a equipe e pegar umas declarações.

Eve entrou em contato com Mira e a encontrou do lado de fora do auditório.

— Qual é a sua impressão, doutora?

— São crianças, Eve. Muitas são jovens adultas. Assustadas, confusas, empolgadas.

— Dra. Mira...

— São crianças! — repetiu a médica, e mostrou um pouco de tensão na voz. — Não importa a forma como foram criadas. Precisam de conforto, de proteção, de alguém que as tranquilize.

— E que diabos a senhora acha que estou fazendo aqui, reunindo-as para uma execução em massa?

— Muita gente vai querer exatamente isso. Dirão que não são como nós, que são artificiais. Abominações. Outros desejarão examiná-las, estudá-las, como fariam com um rato de laboratório.

— O que acha que Icove fez? Sinto muito se isso a magoa, doutora, mas como chama o que ele fez com elas todos esses anos, a não ser examiná-las, estudá-las, testá-las e treiná-las?

— Acho que ele as amava.

— Ah, *porra nenhuma*! — explodiu Eve, girando o corpo e se afastando alguns passos, tentando esfriar sua fúria.

— Ele estava certo, agiu de forma moral? — Mira ergueu as mãos, como se tentasse alcançar Eve. — Não, em nenhum nível. Mas não consigo acreditar que elas não passavam de experiências para ele. Meios para alcançar um fim. São meninas lindas. Brilhantes, saudáveis. Elas...

— Ele se certificou bem disso, não foi? — disse Eve, girando o corpo mais uma vez. — Quis ter certeza absoluta de que elas atingiam e se mantinham dentro das suas expectativas. Onde estão as que não conseguiram alcançar o padrão esperado? E essas aí dentro? — balançou os braços e apontou para a porta. — Quais foram as escolhas delas? Não houve escolha! Elas representavam apenas as escolhas *dele*, a visão *dele*, os padrões *dele*. Cada uma delas! O que o torna diferente, no fundo, de um homem como meu pai? Criando-me, trancando-me como um rato na gaiola, treinando-me. Icove era intelectualmente mais avançado, e supomos que seus métodos não incluíam surras, períodos de fome e estupro. Mas ele também criou, aprisionou e vendeu suas criaturas.

— Eve...

— Não. Escute-me com atenção, doutora. Deena pode ter sido uma adulta consciente quando o matou. Talvez não tenha receado por sua vida, mas eu *sei* exatamente como ela se sentiu. Sei o porquê de ela ter enfiado aquele estilete cirúrgico no coração dele. Enquanto Wilfred Icove não estivesse morto, ela continuaria naquela gaiola. Isso não me impedirá de procurar por ela, nem de fazer o trabalho com toda a minha capacidade e dedicação, mas ela não matou um inocente. Não tirou a vida de um santo. Se a senhora não for capaz de deixar de lado a imagem idealizada que tem dele, não poderei usar seus serviços.

— E quanto à *sua* objetividade, como ela fica, já que você o enxerga como um monstro?

— As evidências o pintam como um monstro — rebateu Eve. — Mas usarei essas evidências para identificar, prender e condenar a pessoa ou pessoas que o assassinaram. Neste exato momento, tenho quase oitenta meninas menores de idade ali dentro, sem falar nas quase duzentas que estão na faculdade, e que podem ou não ter tutores legais legítimos. Elas precisam ser encontradas, interrogadas e, obviamente, protegidas. Porque nada disso é culpa delas. O culpado de tudo é *ele*. Quando eu estiver lidando com essas meninas, quero que a senhora se mantenha afastada. Espere no jetcóptero até eu conseguir alguém que a leve de volta a Nova York.

Origem Mortal 343

— Não fale comigo nesse tom! E não pense que vai me tratar como aqueles pobres-diabos que você adora humilhar.

— Vou falar com a senhora como me der na telha, e quero que minhas ordens sejam *obedecidas*. Sou a investigadora principal do caso de assassinato dos dois Icove. A senhora está aqui sob minha autoridade e quer estragar tudo. Ou volta *agora* para o jetcóptero ou vou mandar um policial escoltá-la.

Mira parecia cansada, mas enfrentou Eve e se colocou diante dela com determinação, as pontas dos seus sapatos se encostando.

— Você não pode interrogar essas crianças sem eu estar presente. Sou psiquiatra e terapeuta. Você não tem permissão legal para interrogar menores de idade sem a presença de uma psiquiatra autorizada, nem sem obter permissão dos pais ou guardiães legais dessas crianças.

— Posso usar Louise.

— Louise não pertence ao quadro da Polícia de Nova York, nem está autorizada a atuar como policial. Portanto, para usar uma expressão que você gosta tanto, tenente: vá enxugar gelo!

Mira girou nos calcanhares e entrou no auditório apressada.

Eve entrou logo atrás, chutando a porta. Quando seu *telelink* tocou, ela o atendeu com raiva.

— Que foi, droga?

— Entrei — avisou Roarke. — Dê só uma olhada.

Eve fez uma careta ao olhar para a tela do *telelink*, onde Roarke mostrava o interior do cofre, totalmente vazio.

— Ótimo! Que beleza! Vasculhe as outras salas dela e remeta tudo que encontrar para Feeney.

— Fico feliz em colaborar. Ahn, tenente... Livre-se desse bicho que a mordeu antes que ele arruíne o caimento do seu terninho novo.

— Estou ocupada demais para me divertir com essa piada. — Ela desligou o *telelink* e caminhou marchando pelo auditório. — Quero Diana Rodriguez em uma sala particular — avisou a Mira.

— Vi uma pequena sala de espera no térreo.

— Ótimo. Leve-a até lá. — Enquanto saía dali, Eve pegou o comunicador. Peabody, relatório.

— O computador confirmou que Deena Flavia e Desiree Frost são a mesma pessoa. Ainda não obtivemos resultados na análise do motorista que ficou no veículo, à espera. Estou verificando todas as empresas de transporte em um raio de cento e sessenta quilômetros.

Eve esperou um momento antes de responder, para clarear a mente.

— Verifique todos os voos que entraram e saíram de qualquer ponto de Nova York e dos Hamptons. Você tem a lista de todas as propriedades que pertencem aos Icove?

— Sim, senhora.

— Investigue-as também. Independentemente do que achar, não esqueça as listas completas dos passageiros. E precisamos dos registros de voo de todas as aeronaves particulares que entraram e saíram desses locais.

— Fui!

Eve parou de andar e ligou para Feeney.

— Consiga-me uma pista!

— Estou trabalhando nisso. Os computadores da escola têm camadas extras de segurança. Estou batendo em mais muros de proteção que a porra do Pentágono. Conseguimos penetrar em todas até agora. Talvez tenha algo interessante para você em uma das câmeras externas: uma imagem parcial do motorista.

— Quero ver isso. Mande-a para mim.

Origem Mortal

— Deixe-me brincar com ela, antes. Quero ver se a clareio um pouco e melhoro sua definição.

— O mais rápido que conseguir, então.

Eve se sentiu mais calma. Isso era bom. O arranca-rabo com Mira a deixara muito agitada. Mexera em emoções e recordações que Eve trabalhara ferozmente, ao longo da investigação, para suprimir. Uma boa policial não podia aceitar que o próprio passado prejudicasse o trabalho, lembrou a si mesma, enquanto seguia para a sala de espera no saguão. Ela não podia se dar ao luxo de pensar no que fora, no que fizera, nem no que haviam feito com ela.

A sala de espera era bem-iluminada, alegre, equipada com várias máquinas de venda automática de lanches e guloseimas, três AutoChefs, balcões compridos e limpos, mesas e cadeiras confortáveis. Havia ainda uma unidade de entretenimento e uma bela coleção de vídeos.

Eve tinha sido mantida em quartos imundos, muitas vezes no escuro. Tinham-lhe negado comida. Tinham-na impedido de conhecer o conceito de companheirismo e a camaradagem.

Mesmo assim, uma jaula revestida de seda, refletiu, continuava a ser uma jaula.

Olhou para uma das máquinas de venda eletrônica. Precisava de uma dose forte de açúcar, ou algo do tipo. Só que não havia ninguém para servir de intermediário entre ela e a máquina do mal. Olhou fixamente para o equipamento, balançando as fichas de crédito que trazia no bolso.

Quase cedia à tentação de ordenar uma lata de Pepsi quando ouviu passos. Em vez de se arriscar, acomodou-se diante de uma das mesas coloridas e aguardou.

A menina era lindíssima. Cabelos escuros muito brilhantes, olhos castanho-escuros. Seu rosto se tornaria mais fino na adolescência, imaginou Eve, livrando-a do rosto ainda redondo, típico da infância. Ainda não caminhava de forma desengonçada, mas em pouco tempo isso começaria a acontecer.

— Diana, esta é a tenente Dallas — apresentou Mira.

— Boa-tarde, tenente.

Eve pegou as fichas de crédito no bolso.

— Escute, garota, por que não pega algo para bebermos, enquanto conversamos? Pode escolher o que quiser. Para mim uma Pepsi, por favor. Deseja algo, doutora?

— Estou bem. Muito obrigada.

Pelo menos mais alguém, além dela, parecia ter sido mordido por algum bicho, percebeu Eve.

— Tenho fichas de crédito ganhas com meus trabalhos acadêmicos e atléticos — informou Diana, aproximando-se da máquina de bebidas. — Ficarei feliz em usá-las para adquirir nossos refrigerantes. Diana Rodriguez — informou, em voz alta, para a máquina. — Nivel Azul 505. Uma Pepsi e um refrigerante de laranja, por favor. Tenho uma convidada.

Boa-tarde, Diana. Seu pedido foi aprovado. Os créditos serão deduzidos automaticamente.

— Gostaria da bebida servida num copo com gelo, tenente Dallas?

— Não, basta a lata, obrigada.

Diana trouxe as duas latas para a mesa e se sentou, com movimentos elegantes e eficientes.

— A dra. Mira me disse que a senhora precisava falar comigo sobre o que aconteceu com a sra. Samuels.

— Isso mesmo. Você sabe o que aconteceu com a sra. Samuels?

— Ela foi assassinada. — A voz da menina se manteve calma e educada, sem sinais de tremor, incômodo ou empolgação.

Origem Mortal

— Abigail, sua assistente pessoal, encontrou-a morta em seu escritório particular às onze e meia da manhã de hoje. Abigail ficou muito atormentada e gritou. Eu estava na escada e a vi saindo do escritório correndo, aos berros. Tudo ficou muito confuso por algum tempo, mas logo a polícia chegou.

— O que você fazia na escada?

— Tínhamos preparado suflês na aula de culinária, de manhã cedo. Havia uma dúvida que eu pretendia tirar com minha instrutora.

— Você também tinha estado ali por perto antes, e conversou com a sra. Samuels, certo?

— Sim. Fiz isso no intervalo após a aula de ciências culinárias, antes de me dirigir para a aula seguinte, filosofia. A sra. Samuels recebia, naquele momento, uma visitante no saguão principal.

— Você conhecia a visitante?

— Nunca a vi aqui antes. — Diana fez uma pequena pausa e permitiu-se apreciar um gole minúsculo do refrigerante de laranja.

— A sra. Samuels apresentou-me a visitante. Seu nome era sra. Frost. A diretora também comentou que a sra. Frost estava interessada em enviar sua filha para estudar em Brookhollow.

— A sra. Frost conversou com você?

— Sim, tenente. Eu lhe disse que tinha certeza de que sua filha iria apreciar muito as aulas em Brookhollow. Ela me agradeceu.

— Só isso?

— Sim, senhora.

— Andei verificando os discos de segurança e me parece que houve mais uma coisa. Você e a sra. Samuels olharam para trás, uma para a outra, no instante em que você saiu da sala.

— Sim, senhora — concordou Diana, sem hesitar, com os olhos firmes e diretos. — Fiquei um pouco embaraçada por ela me pegar olhando para a sua figura. Isso não é educado. Mas é que eu a achei belíssima e não resisti; gostei muito dos seus cabelos.

— Você já a conhecia?

— Nunca a encontrei antes da manhã de hoje.

— Não foi isso que eu perguntei. Você a conhecia, Diana?

— Eu não conhecia a sra. Frost.

— Você é esperta — elogiou Eve, recostando-se na cadeira.

— Tenho um QI de cento e oitenta e oito. Alcancei nota 9,6 na escala de tarefas práticas e nota 10 em compreensão. Minha avaliação na categoria solução de problemas também é 10.

— Aposto que sim. Se eu lhe dissesse que esta escola não é exatamente o que finge ser, o que você diria?

— Depende. O que ela finge ser?

— Inocente.

Houve uma leve reação nas feições de Diana, que afirmou:

— Quando uma característica ou uma emoção humana é aplicada a um objeto inanimado, isso nos coloca diante de uma questão deveras interessante. Será o elemento humano que expressa a dita característica ou emoção, ou será que é possível o objeto em si demonstrar essa característica e essa emoção?

— Sim, já sei que você é esperta. Alguém magoou você?

— Não, tenente.

— Conhece alguém em Brookhollow que tenha sido, alguma vez, magoada ou ferida?

Deu para ver um curto lampejo em seus olhos desconfiados.

— A sra. Samuels. Ela foi morta, e imagino que isso deve doer.

— Como se sente a respeito disso? Sobre a sra. Samuels ter sido assassinada?

— Assassinato é ilegal e imoral. Pergunto a mim mesma quem vai cuidar de Brookhollow, agora.

— Onde estão seus pais?

— Eles moram na Argentina.

— Você gostaria de entrar em contato com eles?

Origem Mortal

— Não, senhora. Se for necessário, alguém da administração da escola fará isso.

— Você quer ir embora de Brookhollow?

Pela primeira vez, Diana hesitou.

— Acho que... Minha mãe vai decidir se eu devo ficar ou sair.

— Mas você quer sair?

— Quero ficar em companhia de minha mãe, quando ela achar que é o momento certo.

Eve se inclinou e perguntou, baixinho:

— Você compreende que eu estou aqui para ajudá-la?

— Creio que a senhora está aqui para cumprir com o seu dever.

— Vou ajudá-la a sair daqui.

— Eve... — interrompeu Mira.

— Vou ajudar você a sair daqui. Olhe para mim, Diana, olhe para mim. Você é muito esperta, e sabe que se eu digo que farei isso, arranjarei um modo de conseguir. Se você for sincera e direta comigo, vai sair daqui em minha companhia e nunca mais precisará voltar.

Apareceram lágrimas em seus olhos, que brilharam intensamente, mas não chegaram a cair. Em pouco tempo eles ficaram novamente secos.

— Minha mãe decidirá o momento certo de eu ir embora.

— Sabe quem é Deena Flavia?

— Não conheço ninguém com esse nome.

— Icove?

— O dr. Wilfred B. Icove foi um dos fundadores de Brookhollow. A família Icove é uma das nossas maiores benfeitoras.

— Você sabe o que aconteceu com eles?

— Sei, tenente. Participamos de um pequeno serviço religioso na capela, ontem, em honra deles. Foi uma tragédia terrível.

— Você sabe por que essa tragédia aconteceu com eles?

— Seria impossível, para mim, conhecer o motivo de eles terem sido mortos.

— Pois eu sei o motivo. E quero impedir que o problema continue. A pessoa que matou os Icove e a sra. Samuels também quer acabar com o problema. Só que o jeito que ela escolheu para fazer isso é errado. Matar é errado.

— Em tempos de guerra, matar é uma atividade necessária e até incentivada. Em alguns casos, é considerado um ato heroico.

— Não faça seus joguinhos comigo — disse Eve, com impaciência. — Mesmo que ela considere isso uma guerra, não pode vencer todos. Mas eu posso acabar com o problema. Posso fazer com que ele tenha um fim. Onde foi que eles criaram você?

— Não sei. A senhora vai nos destruir?

— Não. Por Deus! — Eve se lançou na direção da menina e pegou suas mãos entre as dela. — Não! É isso que eles dizem a vocês? É esse um dos meios de que se utilizam para manter vocês aqui, andando na linha o tempo todo?

— Ninguém acreditará na senhora. Ninguém acreditará em mim. Sou só uma garotinha. — Sorriu ao dizer isso, e pareceu uma criança de idade indefinida.

— Eu acredito em você. A dra. Mira acredita em você.

— Outras pessoas... Altas autoridades e pessoas de mente estreita... Caso acreditem, irão nos destruir ou nos trancar em algum lugar. A vida é importante, e eu quero manter a minha. Gostaria de ir, agora, para ficar com as outras meninas. Por favor.

— Vou impedir os testes e o treinamento.

— Acredito nisso, mas não posso ajudá-la. A senhora pode me dar licença?

— Tudo bem, pode ir.

Diana se levantou da cadeira e disse:

— Não sei quando eu comecei. Não me lembro de nada que aconteceu antes dos cinco anos.

Origem Mortal

— Pode ter sido aqui?

— Não sei. Espero que ela saiba — apontou para Mira. — Obrigada, tenente.

— Vou levá-la de volta — disse Mira, erguendo-se. — Você quer que eu traga alguma outra aluna?

— Não. Quero falar com a próxima pessoa na linha hierárquica. A vice-presidente.

— Sra. Sisler — informou Diana. — Ou a sra. Montega.

Eve fez que sim com a cabeça e ensaiou um gesto suave, mandando que Mira levasse Diana de volta, quando seu comunicador tocou.

— Dallas falando. O que você conseguiu?

— Está sozinha? — perguntou Feeney.

— Estou, por enquanto.

— Consegui outra imagem da orelha esquerda da pessoa que dirigia o carro. O perfil não está muito claro, mas é o bastante para nos conseguir um mandado contra Avril Icove.

— Filha da mãe! Avril Icove foi vista por um monte de pessoas, incluindo Louise e Roarke, ao mesmo tempo. Esse vai ser um interrogatório interessante. Arranje tudo e coloque essa bola em campo. Vamos organizar uma busca completa e abrangente, e solicitar a cooperação da polícia local. Preciso que você fique à frente disso. Mande buscar androides na Central, para manter a segurança da operação. Vou deixar McNab seguir com você, mas preciso de Peabody. Entre em contato com Reo, repasse a ela tudo o que você levantou e peça para ela conseguir o mandado. Vou prender nossa suspeita.

CAPÍTULO DEZESSETE

Tudo aquilo levou tempo, e Eve se irritou com a demora. Passou-se uma eternidade antes de ela conseguir enviar a requisição, receber a autorização e programar uma equipe de androides de busca que Feeney iria supervisionar. Perdeu mais tempo na dança diplomática com a polícia local. E mais tempo esperando que Reo arquitetasse uma abordagem certeira para conseguir o mandado com o juiz.

— Pode ser uma convocação para interrogatório por ela ter, possivelmente, testemunhado um crime? — perguntou Reo. — Isso é o melhor que você vai obter com essa confirmação parcial na imagem que Feeney conseguiu. Ainda mais se considerarmos que Avril Icove concedeu a Nadine Furst uma entrevista exclusiva, ao vivo, diretamente do Centro WBI. É uma série de três matérias, e Nadine já deve ter gravado as outras duas. Talvez você consiga levar Avril Icove para a sala de interrogatório, mas duvido que consiga um mandado de prisão preventiva.

— Vou pegar o que conseguir.

Origem Mortal 353

Peabody chegou quase correndo e avisou:

— Até agora não houve progresso na identificação da suspeita, nem do veículo. Nenhum nome bate com os pseudônimos que ela usou antes, pelo menos em relação a transportes públicos ou privados. Conseguimos localizar muitos possíveis voos em jatinhos particulares, mas eliminamos todos por completo, com exceção de três: um para Buenos Aires, outro para Chicago e o terceiro para Roma. Existem propriedades e instalações do império Icove nessas três cidades.

— Buenos Aires... Argentina. Merda! — Eve pegou o comunicador, teclou algumas palavras com rapidez e entrou em contato com Whitney. — Senhor, preciso de um canal de comunicação aberto com o Ministério das Relações Exteriores. Tenho motivos para acreditar que Hector Rodriguez e Magdalene Cruz, listados como pais de Diana Rodriguez, possam estar em perigo de vida real e imediato. É alta probabilidade de que Deena Flavia esteja lá, ou a caminho. Preciso que a polícia local os coloque sob custódia, para sua própria proteção.

— Vou tentar, mas se essa crise se ampliar e atingir nível internacional, Dallas, não conseguiremos manter o sigilo sobre a operação por muito mais tempo.

— Não precisarei de tanto tempo assim, senhor. Vou levar Avril Icove para interrogatório.

Passava pouco das oito da noite quando Eve chegou à residência dos Icove. A casa estava às escuras, a não ser pelas luzes de segurança.

— Talvez ela esteja na casa de praia — sugeriu Peabody. — E pode ser que tenha agarrado os filhos e sumido em pleno ar.

— Não creio. — Eve apertou a campainha e encostou o distintivo na placa de segurança, para ser liberada. A mesma mensagem do tipo "favor não incomodar" foi ouvida, mas ela deu uma contraordem. A androide doméstica abriu a porta.

— Boa-noite, tenente Dallas. Olá, detetive Peabody. A sra. Icove e as crianças já se recolheram e pediram para não ser incomodadas. Devo perguntar se o assunto que as traz aqui não poderia esperar até amanhã de manhã.

— Não pode, não. Mande a sra. Icove descer.

— Como desejar, tenente. As senhoras não preferem entrar para esperá-la na sala de estar?

— Dessa vez não. Vá buscá-la.

A androide começou a subir a escada, mas Avri já vinha descendo. As câmeras de segurança da casa deviam tê-la alertado. Ela certamente tinha visto e ouvido tudo.

— Boa-noite, tenente. Como vai, detetive? Vocês conseguiram alguma novidade sobre a investigação?

— Trago uma ordem judicial exigindo que a senhora me acompanhe até a Central, para ser interrogada.

— Não compreendo.

— Temos motivos para acreditar que a senhora foi testemunha de um homicídio ocorrido na manhã de hoje na Academia Brookhollow.

— Mas eu estive aqui em Nova York o dia todo. Fui ao funeral do meu sogro.

— Sei... É muito interessante como isso funciona. Já identificamos Deena Flavia. Também conversei pessoalmente com Diana Rodriguez. Sim, estou vendo que essas notícias a surpreendem um pouco — observou Eve, ao notar que Avril recuou, abalada.

— Já tenho evidências suficientes para mandar tudo para o espaço: as escolas, a clínica e as outras instalações ligadas à sua família. Quando fizer isso, certamente encontrarei mais conexões, o suficiente para prender a senhora e Deena Flavia sob acusações múltiplas, incluindo conspiração para cometer assassinatos. Por

Origem Mortal 355

enquanto, porém, sra. Icove, a senhora é apenas uma testemunha. Vamos à Central para ter uma longa conversa.

— E quanto aos meus filhos? Eles estão descansando. Foi um dia terrível para eles.

— Aposto que foi. Se a senhora não tiver confiança em deixá-los aos cuidados da androide responsável, posso conseguir uma representante do Serviço de Proteção à Infância.

— Não! Não — repetiu, um pouco mais calma. — Vou deixar algumas instruções com a governanta. Tenho o direito de entrar em contato com uma pessoa, não tenho?

— A senhora tem o direito de convocar e receber um advogado ou representante legal, ou então ligar para outra pessoa, à sua escolha, que possa representá-la. Mas essa pessoa ou pessoas deverão confirmar a leitura da ordem e estar presente durante o interrogatório.

— Preciso só de um instante para entrar em contato com alguém e planejar os cuidados para as crianças, durante minha ausência.

Foi direto para o *telelink*, ordenou que o sistema funcionasse em modo de privacidade e se virou de frente para a tela. Sua voz não passou de um murmúrio ao longo de toda a conversa. Assim que desligou, tornou a se virar, e o medo que expressava no rosto havia desaparecido.

Chamou os três androides da casa e lhes deu instruções específicas e detalhadas sobre o que era para ser feito durante sua ausência, caso uma ou ambas as crianças acordassem, bem como o que deveria ser dito a elas. O aviso de "favor não incomodar" foi novamente ligado, e era para permanecer assim até que ela determinasse o contrário.

— É muito importante que as pessoas que me representam venham nos encontrar aqui, tenente, para podermos seguir num grupo só. A senhora poderia me fornecer uma hora para isso?

— Por que uma hora?

— Responderei a todas as suas perguntas. Tem minha palavra — Avril cruzou os dedos das duas mãos, como se tentasse permanecer calma. — A senhora pensa que sabe tudo, mas não sabe. Peço apenas uma hora, não é muito. Talvez leve menos tempo. De qualquer modo, preciso trocar de roupa e dar uma olhada nas crianças, antes de acompanhá-la.

— Tudo bem. Peabody!

— Pode deixar que eu subo com a sra. Icove.

Quando se viu sozinha, Eve aproveitou o momento livre para conferir como iam as coisas com Feeney.

— Estou num laboratório, agora, que é ligado a uma espécie de clínica-escola. Nos documentos, o espaço está descrito como um local para tratamentos ambulatoriais, avaliação e centro de treinamento. Há muitas explicações sobre como monitorar a saúde das crianças, seu bem-estar, índices nutricionais, além de muitas instruções da área médica. Eles também tratam de pequenos ferimentos das alunas aqui, e promovem situações de simulação para as estudantes. Seis médicas formam a equipe, trabalhando em sistema de rodízio, além de dois androides médicos, utilizados vinte e quatro horas por dia, sete dias por semana. O lugar está equipado com as máquinas mais avançadas na área. Tão modernas, na verdade, que há coisas aqui que eu nunca tinha visto na vida. Estou vasculhando as centrais de dados e os *scanners*. Ainda é cedo para confirmar, mas parece que todas as alunas são obrigadas a exames semanais completos.

— Um esquema muito rígido, mas não ilegal.

— Preciso de um pouco mais de tempo — pediu Feeney, prometendo resultados.

Ela se despediu e ligou para Roarke, que já estava em casa.

— Vou voltar para casa muito tarde, hoje — avisou ela.

Origem Mortal 357

— Já suspeitava. Como tenho confiança absoluta no seu trabalho, sou capaz de apostar que o caso estará encerrado até amanhã de manhã; você terá todo o direito de tirar algum tempo para si mesma e curtirá esse fato.

— Tirar um tempo para quê?

— Sexo louco seria uma boa pedida, mas como alguns dos meus parentes vão chegar amanhã de tarde...

— Amanhã? Mas amanhã não é o Dia de Ação de Graças. — Será que era?...

— Não, mas é véspera... Quarta-feira. E eles vão ficar em nossa casa mais alguns dias. Conforme combinamos.

— Eu sei, mas não combinamos nada para quarta-feira, especificamente, certo?

— Você nem sabia que amanhã era quarta-feira!

— Isso não vem ao caso. Vou encaixar algum tempo para eles, se puder. No momento, estou com uma confusão danada prontinha para estourar no meu colo e me cagar toda.

— Você anda com muitas imagens envolvendo merda, ultimamente. De qualquer modo, acho que vai se animar em saber que descobri o rastro em mais uma parte do dinheiro.

— Por que não me contou logo de cara? Onde foi que...

— Querida, não precisa agradecer, o prazer foi todo meu. E não se preocupe com meu cérebro, que está quase derretendo por causa dessa pequena tarefa.

— Puxa... Tudo bem, muito obrigada. Beijinho, beijinho, abra o bico!

— Adoro você. Há momentos em que não consigo entender por quê, mas mesmo assim eu a adoro. Encontrei uma espécie de funil financeiro que sai dos cofres da Brookhollow e...

— Para fora da escola? Eles usaram a grana das escolas para distribuir propinas? Esqueça o beijinho-beijinho. Se isso se confirmar, prometo dar para você na primeira oportunidade que pintar, até deixá-lo completamente cego e surdo.

— Isso me parece delicioso, vou marcar na agenda. Enquanto isso, eu confirmo: eles usaram a escola para lavar dinheiro e o distribuíram para contas de várias organizações sem fins lucrativos, incluindo a Unilab; também armaram um esquema de...

— Organizações sem fins lucrativos? — Eve fez uma pequena dança da vitória. — Topo vestir a fantasia que você escolher.

— Ora vejam, isso está cada vez mais interessante. Eu sempre tive o desejo secreto de transar com uma...

— Mais tarde combinamos os detalhes. Quero tudo devidamente documentado, pegue todos os detalhes que conseguir. Se eu conseguir provar que eles usaram a escola para lavagem de dinheiro sujo e canalizar verbas para organizações sem fins lucrativos, posso invocar a lei RICO, contra fraudes fiscais, e ainda acrescentar todo tipo de acusações suculentas; dá até para fechar as escolas, mesmo sem termos encontrado nada suspeito nas dependências.

— Mas vai ter de entregar o caso aos agentes federais.

— Estou cagando e andando para isso. Sabe quanto tempo iria demorar para desmontar essa rede e desencavar os roedores de todos os locais em que estivessem desenvolvendo o mesmo trabalho, ou partes dele? Quanto tempo até conseguirmos libertar todas as garotas? Mas se pudermos cortar a fonte, cortamos o trabalho. Agora preciso ir, porque tem alguém na porta. Deve ser o advogado de April. Mais tarde eu ligo de volta.

Eve foi quase pulando até a porta. Agora dava para sentir como todo o esquema funcionava, do início ao fim.

Foi nesse instante que viu a luz de segurança da tranca ficar verde. Sacou a arma assim que a porta se abriu.

E a segurou firme, apesar de sentir o coração quase despencar de susto.

Origem Mortal 359

Duas mulheres aguardavam para entrar, do lado de fora da porta. Eram idênticas: mesmo rosto, mesmo cabelo, mesmo corpo. Era tudo igual, até as roupas e as joias.

Ambas lhe lançaram um sorriso lento e sóbrio.

— Tenente Dallas, somos Avril Icove — disseram, em uníssono.

— Mãos na cabeça e cara para a parede!

— Estamos desarmadas — disseram.

— Mãos na cabeça! — repetiu Eve, sem mudar o tom. — Virem-se para a parede.

As duas obedeceram em movimentos sincronizados e Eve pegou o comunicador.

— Peabody, pegue a testemunha e desça com ela imediatamente.

— Estamos indo.

Eve revistou uma de cada vez. Era muito esquisito, notou, sentir exatamente o mesmo formato de corpo, as mesmas texturas de pele.

— Viemos responder às suas perguntas — informou a mulher da direita.

— Renunciamos ao nosso direito de trazer um advogado, nesse momento — Ambas olharam por sobre o ombro. — Vamos lhe oferecer cooperação total.

— Isso vai ser lindo.

Elas se viraram, ergueram os olhos na direção da escada e sorriram.

— Oh... Uau! — A exclamação de Peabody demonstrou choque e empolgação. — Estou no Surreal World.

Eve esperou até que a mulher que desceu com Peabody fosse se colocar ao lado das outras duas.

— Qual de vocês é a Avril Icove que mora neste endereço?

— Somos Avril Icove. Somos a mesma pessoa.

— Que lindo! — Eve virou a cabeça de lado. — Vamos começar a festa. Andem! — ordenou, apontando a sala de estar.

Elas se moviam de forma idêntica, reparou Eve, sem conseguir detectar a menor diferença no ritmo, na postura ou no tamanho dos passos.

— E agora, o que faremos? — perguntou Peabody, baixinho, com os olhos grudados nas três mulheres.

— Transferência de jurisdição, para início de conversa. Não podemos levar as três para a Central de Polícia, porque estamos em Código Azul. Vamos levá-las de forma rápida e discreta até minha casa. Vamos interrogá-las lá. Chame Whitney, ele vai querer participar. — Pegando o *telelink*, Eve ligou para casa.

— Estou partindo para o plano B — avisou, assim que Roarke atendeu.

— Que é...?

— Ainda não decidi. Preciso de uma área fechada aí em casa para um interrogatório importante, e ela precisa ser anexa a uma sala externa para observação. Estou indo para aí com... É melhor mostrar visualmente, para o impacto ser maior.

Virou o *telelink* e, com a câmera do aparelho, deu uma panorâmica nas três mulheres sentadas no sofá.

— Ah... Isso é *muito* interessante — reagiu Roarke.

— Sim, estou fascinada. Vamos sair daqui a minutos.

Guardou o *telelink*, recolocou a arma no coldre e avisou:

— Prestem atenção em como a coisa vai rolar. Vocês três vão sair daqui e entrar discretamente no banco de trás da viatura. Se uma de vocês resistir, as três passarão a noite no xadrez. Serão levadas a um local seguro, onde um interrogatório completo será realizado. Não estão tecnicamente presas, neste momento, mas são obrigadas a prestar depoimento. Cada uma das três tem o direito de permanecer calada.

Origem Mortal 361

Foi o que elas fizeram enquanto Eve recitava seus direitos e obrigações legais.

— Vocês entenderam tudo que foi dito?

— Perfeitamente. — As vozes pareciam um só.

— Peabody, vamos cair fora daqui.

Não houve resistência. Cada uma delas entrou com muito charme no carro, as três se deram as mãos e seguiram em completo silêncio.

Será que elas se comunicavam por telepatia?, especulou Eve consigo mesma, atrás do volante. Será que precisavam conversar umas com as outras ou seus pensamentos eram exatamente os mesmos?

Essa possibilidade não a convenceu, mas era um enigma fascinante.

Muito esperta a ideia de vestirem a mesma roupa. Faz com que o observador leve um choque e as transforma, inconscientemente, em uma só pessoa. É preciso manter o controle e lembrar que são mulheres muito espertas.

Inteligência tinha sido um dos pré-requisitos de Icove no seu trabalho. Se não tivesse insistido tanto nesse quesito para suas criações, ainda estaria vivo.

Eve fez um sinal discreto para Peabody se manter calada, e começou a planejar sua estratégia.

— Esta casa é linda! — elogiou uma das três, ao passar pelo portão.

— Sempre tivemos curiosidade para conhecê-la por dentro — disse a segunda, sorrindo.

— Mesmo sob circunstâncias incomuns — completou a terceira.

Em vez de responder, Eve continuou a dirigir pela alameda e parou diante da casa. Ela e Peabody se colocaram ao lado do trio e as encaminharam até a porta.

Foi o próprio Roarke que abriu a porta.

— Minhas caras damas — cumprimentou ele, educado e inabalável como sempre.

— O local está preparado?

— Sim — garantiu ele, olhando para Eve. — Sigam-me, por favor.

Ele as levou até o elevador que estava parado no saguão, e onde cabiam exatamente seis pessoas.

— Sala de reuniões do terceiro andar! — ordenou ele ao sistema.

Eve não sabia que havia uma sala de reuniões no terceiro andar, mas manteve a informação para si mesma quando o elevador se moveu.

Quando as portas se abriram ela reconheceu a área, vagamente. Roarke usava aquele espaço nas raras ocasiões em que presidia reuniões holográficas ao vivo com funcionários de todo o mundo que não caberiam no seu escritório pessoal.

Havia uma cintilante mesa de reuniões no centro da sala, e saletas de estar nas duas pontas do enorme espaço. Um balcão de bar baixo, comprido e brilhante fora instalado perto de uma parede revestida em espelho do chão ao teto. Na parede oposta ficava um moderníssimo centro de dados e comunicações.

— Sentem-se — ordenou Eve. — E esperem aqui. Peabody, fique na porta, de guarda. — Fez sinal para Roarke e o levou até o corredor, fora da sala.

— Há uma sala para observação por trás do espelho?

— Sim, claro. A sala de reuniões também é totalmente monitorada por vídeo e áudio. Seus observadores poderão se sentar com todo conforto na sala ao lado. Você não está fascinada com tudo isso?

— Muito, mas preciso pensar, porque elas são cheias de truques. De certo modo, esperam por esse momento desde que nasceram. Estão preparadas.

Origem Mortal

— E muito unidas.

— É... Talvez não tenham escolha, a não ser se manter unidas. Não sei nada disso, como poderia saber? Mas reparei que não estão tensas. Uma delas estava, a primeira. Mas assim que ligou chamando as outras, acalmou-se. Leve-me até a sala de observação.

Ela entrou com Roarke em uma espaçosa sala de estar, com cores leves e ambiente tranquilo. Portas externas davam para um dos muitos terraços da casa e uma espécie de telão revestia toda a parede que dava para a sala de reuniões.

— Ligar telão — ordenou Roarke. — Modo de observação. Ligar áudio.

— Foi como se a parede se dissolvesse no ar. Eve conseguiu ver a sala de reuniões por completo. Peabody continuava ao lado da porta com o rosto impassível; muito profissional. As três mulheres se sentavam em uma das pontas da mesa. Seus dedos continuavam entrelaçados.

Eve enfiou as mãos no bolso do casacão que se esqueceu que vestia.

— Elas não dizem "eu", dizem sempre "nós". Estão se metendo a espertas ou são apenas honestas?

— Um pouco dos dois. Mas a esperteza é um fator importante, aqui. As roupas e os penteados idênticos, isso tudo é calculado.

— Eu sei — concordou Eve, pegando o comunicador para falar com Peabody. — Atenda em modo privado — ordenou, e esperou alguns segundos. — Deixe-as sozinhas por alguns instantes, saia da sala, vire à direita e entre na primeira porta do corredor.

— Sim, senhora.

— Elas sabem que estão sendo observadas — apontou Roarke.

— Estão acostumadas a isso.

— Puxa... — desabafou Peabody, ao entrar na sala de observação. — Mais bizarrices numa série já grande de fatos e eventos bizarros. Sou só eu que acha ou tudo isso tem uma nota altíssima no quesito arrepios?

— Imagine como dever ser para elas — rebateu Eve. — Já ligou para Whitney?

— Ele está chegando, acompanhado pelo secretário Tibble, que solicitou a presença da dra. Mira.

— Para quê? — Eve sentiu um súbito retesamento nas costas.

— Não costumo questionar o comandante — disse Peabody, com muita humildade. — Gosto de ser detetive.

Eve caminhou ao longo de toda a parede de vidro. Ouvia apenas murmúrios indistintos lá dentro. As mulheres continuavam sentadas e pareciam relaxadas.

— Precisamos identificar cada uma delas pelas impressões digitais, antes de qualquer coisa; depois, solicitaremos que elas forneçam amostras para análise de DNA e faremos o teste. Precisamos ter certeza absoluta do que temos pela frente. Podemos adiantar isso antes mesmo de a equipe de observação chegar.

Tentando colocar as coisas em ordem na cabeça, Eve despiu o casacão e completou:

— Vamos separá-las para identificar cada uma. Elas não vão gostar disso.

Como imaginava, sentiu a primeira quebra na serenidade reinante quando entrou na sala e ordenou que Peabody acompanhasse uma delas para fora dali.

— Queremos permanecer juntas.

— Isso é um procedimento de rotina. Preciso identificar e fazer um interrogatório preliminar com cada uma de vocês, em separado. — Bateu de leve no ombro de uma delas. — Acompanhe-me, por favor.

— Estamos dispostas a cooperar, mas queremos permanecer juntas.

— Não levará muito tempo, prometo. — Eve pegou sua Avril e a levou até um dos recessos no canto da sala, onde pegou um kit de identificação. — Não posso interrogá-las sem confirmar sua

Origem Mortal

identidade. Peço que registre suas impressões digitais aqui e me forneça uma amostra de DNA.

— Vocês sabem quem somos. Sabe *o que* somos.

— É importante registrar tudo. Concorda com o procedimento?

— Tudo bem.

— Você é a mesma Avril Icove com quem eu conversei logo depois da morte de Wilfred Icove Filho?

— Somos a mesma. Somos uma só.

— Entendi essa parte. Mas só uma de vocês estava lá. Tinha outra na praia. Onde estava a terceira?

— Nem sempre conseguimos estar fisicamente juntas. Mas estamos sempre unidas.

— Isso está parecendo aqueles papos esotéricos dos integrantes da Família Livre. Sua impressão digital confirma que você é Avril Icove. Vamos para o DNA. Cabelo ou saliva?

— Espere um segundo. — Avril fechou os olhos e respirou fundo. Quando tornou a abri-los, havia lágrimas neles. Pegou uma haste para coleta de material, deixou que algumas lágrimas pingassem na ponta da haste e a devolveu a Eve.

— Um truque novo! — Eve inseriu a haste no *scanner* portátil.

— Todas as suas emoções são fabricadas?

— Sentimos tudo. Amamos e odiamos, rimos e choramos. Mas fomos bem-treinadas.

— Aposto que sim. Decodificamos todos os registros no arquivo pessoal de Icove. Como o exame vai levar alguns minutos, vamos conversar um pouco. — Eve deixou a máquina trabalhar e analisou Avril. — E quanto aos seus filhos? Foi ele quem os criou?

— Não. São filhos comuns. — Tudo nela pareceu se enternecer. — Foram concebidos e gerados dentro dos nossos corpos.

São crianças inocentes que precisam ser protegidas. Se a polícia nos garantir que vai proteger nossos filhos, acreditaremos.

— Farei tudo que puder para proteger seus filhos, Avril. — garantiu Eve, lendo o resultado do *scanner*.

As três mulheres foram testadas. Segundo os *scanners* e as avaliações químicas, as três eram a mesma pessoa.

Eve se juntou à equipe na sala de observação, que incluía Cher Reo. Mais uma vez, ordenou que Peabody permanecesse na sala com as mulheres, que haviam tornado a se reunir na ponta da mesa.

— O DNA bate. Não há dúvida sobre a identidade delas. O que temos lá dentro em termos técnicos, legais e biológicos, são três Avril Icove.

— Isso é inacreditável — comentou Tibble.

— Vamos caminhar sobre um campo minado aqui, em termos de lei — avisou Reo. — Como interrogar uma testemunha e/ ou uma suspeita quando existem três delas que são legalmente a mesma pessoa?

— Considerando o fato de que elas se apresentaram como uma única entidade — disse Eve. — Se essa é a posição delas, nós a usamos.

— Fisiologicamente isso talvez possa ser verdade, mas emocionalmente... — Mira sacudiu a cabeça para os lados. — Elas não tiveram as mesmas experiências, não viveram as mesmas vidas. Certamente existem diferenças entre elas.

— Amostras de DNA. A primeira me ofereceu uma lágrima, que lhe surgiu no olho por comando pessoal voluntário. As outras duas preferiram usar a saliva. A primeira estava se exibindo mais que as outras. Porém, as três me fizeram requisições idênticas para que os filhos sejam bem-tratados e protegidos.

Origem Mortal 367

— A relação entre mãe e filho é a mais primitiva e determinante. Apenas uma delas deu à luz, e...

— São duas crianças — interrompeu Eve. — Não sabemos, a não ser que elas concordem em se submeter a um exame, se duas das três pariram duas crianças.

Uma nova expressão de horror surgiu no rosto de Mira.

— Sim, você tem razão. Mas se... Bem, de qualquer modo, considerando a condição de extrema intimidade que vemos entre essas mulheres, seu instinto primal em relação aos filhos pode ser igualmente íntimo.

— Elas podem se comunicar telepaticamente?

— Não sei dizer. — Mira ergueu as mãos. — Geneticamente são idênticas É muito provável que seu ambiente nos anos de formação também tenha sido exatamente o mesmo. Em algum momento, porém, foram separadas. Sabemos, por experiências científicas que existem gêmeos idênticos que mantêm um laço único, a ponto de um captar os pensamentos do outro. Mesmo quando eles são separados durante anos por muitos quilômetros de distância, a ligação permanece. Também é possível o desenvolvimento de algum tipo de sensibilidade extrassensorial. Pode ser que essa qualidade seja inerente à célula usada para criá-los ou tenha se desenvolvido devido a circunstâncias extraordinárias.

— Preciso começar logo.

Elas ergueram a cabeça e olharam para Eve como se fossem uma única pessoa. Para manter o protocolo, Eve trouxe uma filmadora e a ligou.

— Interrogatório com Avril Icove, ligado às mortes irregulares e não esclarecidas de Wilfred B. Icove Pai e Wilfred B. Icove Filho. Sra. Icove, a senhora já foi informada de todos os seus direitos e obrigações legais?

— Já.

— Compreendeu todos eles?

— Perfeitamente.

— Seria mais fácil, para efeito da nossa conversa, se me fosse dada a chance de ouvir uma de cada vez.

— É difícil saber o que a senhora espera de nós — disseram, olhando umas para as outras.

— Vamos tentar a verdade. Você — Eve apontou para a mulher que ficara na ponta. — Por enquanto, você responde. Qual das três morava no local onde Wilfred Icove Jr. foi assassinado?

— Nós três morávamos lá, em um ou outro momento.

— Por escolha própria ou porque foram obrigadas a aceitar essa situação por ordem do seu marido ou do seu sogro?

— Era esse o arranjo que nosso pai determinou. Sempre. Escolha? Não nos era dada essa opção.

— Mas você o chama de pai.

— Ele era nosso pai. Somos suas filhas.

— Biológicas?

— Não, mas foi ele que nos produziu.

— Do mesmo modo que produziu Deena Flavia?

— Ela é nossa irmã. Não biologicamente — acrescentou Avril —, mas em termos emocionais. É como nós. Não por completo, mas é uma de nós.

— Ele criou vocês e outras como vocês através de procedimentos científicos ilegais?

— Ele denominava o programa de Nascimento Silencioso. Devemos explicar o que significa?

— Devem, sim. — Eve se sentou e se recostou numa cadeira. — Por que não me contam tudo de uma vez?

— Durante as Guerras Urbanas, papai construiu uma forte amizade com Jonah Wilson, o famoso geneticista, e também sua esposa, Eva Samuels.

Origem Mortal

— Primeira pergunta a respeito disso: qual era o relacionamento de vocês com Eva Samuels? Vocês têm o nome de solteira dela.

— Não existe parentesco. Não somos filhas dela. O sobrenome foi algo conveniente para todos.

— Seus pais biológicos são os declarados em seus registros oficiais?

— Não sabemos quem foram nossos pais verdadeiros. É pouco provável que sejam os declarados.

— Muito bem, vamos em frente. Wilfred Icove, Jonah Wilson e Eva Samuels começaram a trabalhar juntos.

— Eles tinham muito interesse no trabalho uns dos outros. Apesar de papai, a princípio, ter se mostrado cético e prudente demais em relação às teorias e experiências mais radicais do dr. Wilson...

— Desde essa época — continuou a segunda Avril —, já havia experiências. Embora se mostrasse cético, papai não conseguia negar sua fascinação. Quando sua mulher foi morta, ele foi derrotado pela dor. Ela estava grávida da primeira filhinha deles, e ambas morreram. Ele tentou chegar lá a tempo de resgatá-las, e depois fez de tudo para recolher o corpo delas. Nada disso foi possível. Ele chegou tarde demais.

— Tarde demais para tentar preservar o DNA da esposa e, potencialmente, recriá-la.

— Isso mesmo — confirmou a terceira Avril, sorrindo. — Tente compreender. Ele não conseguiu salvar sua mulher e a filhinha que ela carregava no ventre. Apesar de toda a habilidade e os seus conhecimentos na área, ele fracassou nisso, do mesmo modo que tinha fracassado em salvar a própria mãe. Mesmo assim, começou a estudar o que poderia ser feito a respeito. Quantos entes queridos poderiam ser salvos, entende?

— Por clonagem.

— Nascimento Silencioso — corrigiu a primeira, assumindo a conversa novamente. — Havia muita gente morta, milhares se perderam. Inúmeras sofreram muita dor. Sem falar nas incontáveis crianças órfãs ou feridas. Ele pretendia salvá-las. Sentiu-se compelido a isso.

— Salvá-las por meios fora do comum.

— Eles... Papai e Wilson trabalhavam em segredo. Afinal, muitas das crianças, na verdade, jamais teriam tido vidas reais. Eles dariam essa chance a elas. Ofereceriam um futuro a elas.

— Eles usaram as crianças que encontraram nas guerras? — perguntou Peabody. — Sequestraram crianças?

— Vejo que isso a deixa indignada.

— E não devia deixar?

— Nós três fomos uma dessas crianças de guerra. Desenganadas. Nosso DNA foi preservado, nossas células coram criadas. Acham que deveríamos ter morrido ali?

— Acho.

As três olharam para Eve ao mesmo tempo, e cada uma delas concordou com a cabeça.

— Pois é, essa é a ordem natural das coisas — continuou Avril. — Deviam ter permitido que morrêssemos ali, que deixássemos de existir. Mas não permitiram. Havia tentativas fracassadas durante o processo. Todos os fracassos eram destruídos, ou usados para estudos posteriores. Isso aconteceu repetidas vezes, dia após dia, anos após anos, até que cinco de nós se mostraram viáveis.

— Existem mais duas de vocês? — quis saber Eve.

— Havia. Todas nós nascemos em um mês de abril, que em francês é Avril. Por isso recebemos esse nome.

— Vamos voltar o filme alguns segundos. Onde foi que ele conseguiu as mulheres para implantar nelas os seus embriões?

— Não houve mulheres. Não nos desenvolvemos dentro de um útero humano. Não tivemos chance de receber esse presente

Origem Mortal

único. Os úteros eram artificiais, uma grande conquista da ciência. — Nesse momento a voz dela se tornou mais dura, e a raiva que sentiu por dentro brilhou em seus olhos como lágrimas não vertidas. — Todos os passos do desenvolvimento podem ser monitorados. Cada nova célula que cresce pode ser analisada por métodos de engenharia, e também ajustados e manipulados. Não temos mãe.

— Onde? Onde isso é feito?

— Não sabemos. Nem sequer nos lembramos de nada que aconteceu nos cinco primeiros anos de nossas vidas. Tudo foi apagado por meio de drogas, tratamentos e hipnoses.

— Se é assim, como foi que ficaram sabendo de tudo que estão me contando?

— Will. Ele contava alguns detalhes sobre o processo. Amava-nos muito e tinha orgulho do que éramos. Tinha muito orgulho do seu pai e das conquistas que alcançara. Muita coisa nós soubemos por meio de Deena, e descobrimos mais informações quando começamos a questionar tudo.

— Onde estão as outras duas?

— Uma delas morreu há seis meses. Quanto à última... Não conseguimos sustentá-la.

Pararam de falar e se deram as mãos.

— Soubemos recentemente que as outras viveram por cinco anos. *Nós* vivemos por cinco anos. Mas não fomos fortes o suficiente para alimentar o crescimento intelectual e físico delas; nosso intelecto não estava se desenvolvendo de acordo com os altos padrões exigidos. Ele nos matou. Injetou um veneno em nós, como faria com um animalzinho que tem uma doença terminal. Fomos dormir e nunca mais acordamos. A partir daí, sobraram só três.

— Existem provas de tudo isso?

— Sim. Deena as obteve. Ele a criou muito inteligente e engenhosa. Talvez tenha calculado mal o alcance da sua curiosidade, da sua humanidade. Deena descobriu que era, originalmente, duas, mas a outra não teve permissão para se desenvolver além dos três anos. Quando Deena nos contou isso, não conseguimos acreditar. Na verdade, não queríamos acreditar. Ela fugiu. Queria que fugíssemos com ela, mas...

— Amávamos Will. Amávamos papai. Não saberíamos como existir sem eles.

— Mas ela entrou em contato com vocês novamente.

— Sempre mantivemos contato. Nós a amávamos, também. Mantivemos seu segredo por vários anos. E nos casamos com Will. Era muito importante fazê-lo feliz, e foi o que fizemos. Quando ficamos grávidas, pedimos uma coisa a ele e a papai. Uma única coisa. Que nossos filhos — qualquer criança que nós e Will tivéssemos juntos — jamais fossem clonados. Exigimos que eles nunca fossem usados dessa maneira. Eles nos deram sua palavra de honra.

— Uma de nós teve um filho.

— Outra teve uma filha.

— E a terceira carrega uma menina.

— Você está grávida?

— A criança foi concebida há três semanas. Não sabíamos disso. Não queríamos que Will soubesse. Ele quebrou sua promessa. A promessa sagrada que nos tinha feito. Onze meses atrás, ele e papai recolheram células das nossas crianças. Isso precisava ter um fim. Nossos filhos precisam ser protegidos. Fizemos, e continuaremos a fazer, tudo o que for possível para que isso não vá adiante.

Capítulo Dezoito

Eve se levantou, foi até o bar e programou um café para si mesma e outro para Peabody. Agora elas falavam uma de cada vez, mas mantinham a mesma unidade. Uma continuava o discurso exatamente no ponto em que a outra havia parado.

— Desejam beber alguma coisa? — ofereceu Eve.

— Apenas água. Obrigada.

— Como foi que vocês descobriram que Will tinha quebrado sua promessa?

— Conhecíamos nosso marido muito bem e percebemos que havia algo errado. Um dia, quando ele estava fora de casa, fomos verificar os arquivos do seu escritório pessoal e descobrimos as pastas das crianças. Foi então que resolvemos levar nossos filhos embora daqui, pegá-los e desaparecer por completo.

— Só que isso não iria proteger os que eles já tinham criado. Haviam fabricado células especiais para depois alterá-las e aperfeiçoá-las. Iriam testar e analisar todas elas.

— Nossos filhos tinham crescido dentro de nós, no calor do nosso útero, e eles pegariam isso para fazer réplicas deles num laboratório frio. Em suas anotações, Will afirmava que isso era apenas uma precaução, para o caso de alguma coisa acontecer com as crianças. Só que elas não eram objetos que podem ser substituídos. Em todos esses anos, essa foi a única coisa que pedimos a Will, e ele não foi capaz de honrar sua promessa.

— Contamos tudo a Deena e percebemos que era preciso impedir que isso continuasse. Eles nunca parariam por si mesmos, enquanto estivessem vivos. Nunca saberíamos de tudo que precisávamos saber até eles estarem mortos e nós termos mais controle sobre as coisas.

— Então foram vocês que mataram os dois? Vocês e Deena?

— Isso mesmo. Plantamos a arma do crime para ela. Acreditávamos que ela não seria identificada. Se isso tivesse acontecido, pegaríamos todos os registros; queríamos ter condições de encerrar o projeto de vez. Depois, levaríamos as crianças para bem longe, um lugar onde estivessem a salvo, e só então voltaríamos para Will.

Eve trabalhava no ritmo delas e, de um modo estranho, descobriu que isso era muito eficaz.

— Uma de vocês levou Deena até a escola para que ela matasse Evelyn Samuels?

— Ela era como nós, um clone criado a partir do DNA de Eva Samuels; foi programada para levar o projeto adiante. Evelyn era uma réplica de Eva, a senhora sabe disso.

— Eva ajudou a nos matar e também matou Deena, quando suas irmãs não se mostraram perfeitas o bastante. Ela também eliminou outros. Muitos outros. Consegue ver como somos? Não era permitido nenhum defeito em nós, nem físico, nem biológico. Era essa a determinação de papai. Nossos filhos têm defeitos, como toda criança tem ou deveria ter. Sabíamos que eles pegariam o que nossos filhos eram para alterá-los.

Origem Mortal 375

— Não tivemos escolha, a partir do momento em que eles nos criaram. Houve centenas de pessoas que não tiveram escolha, que foram treinadas todos os dias até completarem vinte e dois anos e serem consideradas prontas. Nossos filhos terão escolhas.

— Qual de vocês matou Wilfred Icove Filho?

— Somos a mesma pessoa. Matamos nosso marido.

— Foi a mão de uma de vocês, apenas, que segurou o estilete.

As três ergueram a mão direita, que era idêntica, e completaram:

— Somos a mesma pessoa.

— Conversa fiada! Cada uma de vocês tem um par de pulmões, um coração, rins. — Eve derramou um pouco de água na mão esquerda da Avril Icove mais próxima da mesa. — Viram só? Apenas uma ficou com a mãozinha molhada. Uma de vocês entrou naquela casa, foi até a cozinha, preparou um lanche bonito e saudável para o homem que pretendia matar. Uma de vocês se sentou ao lado dele, quando ele se recostou no sofá. E enfiou um estilete em seu coração.

— Éramos a mesma pessoa naquele momento. Uma de nós morava na casa, servia de mãe para nossos filhos e de esposa para nosso marido. Uma morava na Itália, na área rural da Toscana. A casa de campo lá é grande, a propriedade é lindíssima. Assim como o castelo na França, onde outra das três morava. A cada ano, no dia da nossa criação, éramos trocadas. E uma de nós ganhava um ano para passar com os filhos. Sempre julgamos que não houvesse outra escolha.

Lágrimas brilharam nos três pares de olhos.

— Fizemos tudo o que nos mandaram fazer. Sempre, sempre. Um ano a cada três, éramos e vivíamos a pessoa que fomos programadas para ser. Depois, eram mais dois anos de espera. Porque éramos o que Will queria, e também o que seu pai determinou que ele deveria ter. Ele nos criou para que o amássemos, e nós o amávamos. Só que quem consegue amar também consegue odiar.

— Onde está Deena?

— Não sabemos. Entramos em contato com ela no instante em que concordamos em colaborar com a senhora. Contamos a ela o que pretendíamos fazer, o que precisava ser feito, e avisamos que ela deveria desaparecer de cena novamente. Ela é muito boa nisso.

— A escola já tem uma segunda geração.

— Sim, de muitas alunas. Não de nós. Foi isso que Will exigiu do pai. Mas sabemos que existem muitas células nossas preservadas, em algum lugar. Só por garantia.

— Algumas réplicas foram vendidas — afirmou Eve.

— Colocadas, na verdade — confirmou outra delas. — Papai chamava esse processo de "colocação". Pessoas feitas sob encomenda geram uma quantidade absurdamente grande de dinheiro, e era preciso um aporte financeiro gigantesco para dar continuidade ao projeto.

— Todas as pessoas que serviram de base para esse programa foram escolhidas no tempo das Guerras Urbanas? — quis saber Eve.

— Crianças, algumas pessoas adultas mortalmente feridas. Médicas, cientistas, profissionais da área técnica, acompanhantes licenciadas, professoras.

— Todas do sexo feminino?

— Até onde sabemos, sim.

— Alguma vez vocês pediram para sair? Da escola?

— Para onde, e para fazer o quê? Fomos treinadas e testadas todos os dias de nossas existências, a vida toda. Recebemos um propósito para justificar nossa existência. Todos os minutos, dia e noite, éramos reguladas e monitoradas. Mesmo durante o que eles chamavam de "tempo livre". Fomos escolhidas e carimbadas para ser, para fazer, para saber, para agir, para pensar.

Origem Mortal 377

— Se foi assim, como foi que acabaram matando o homem que as criou?

— Porque fomos programadas para amar nossos filhos. Teríamos vivido como eles queriam que vivêssemos, desde que deixassem nossos filhos em paz. A senhora quer sacrifícios, tenente Dallas? Escolha uma de nós, qualquer uma, e ela confessará tudo.

Uniram as mãos com força, mais uma vez.

— A que for escolhida irá para a prisão pelo resto dos nossos dias, desde que as outras duas estejam livres para ir embora daqui, levando os filhos para um lugar onde jamais serão tocados, nem estudados. Um lugar onde eles nunca serão alvo do interesse, olhares e dedos apontados em sua direção. Nem serão objetos de medo ou fascinação. A senhora não tem medo de nós, do que somos?

— Não. — Eve se levantou. — E também não busco o sacrifício de ninguém. Estamos interrompendo o interrogatório neste momento. Por favor, permaneçam aqui. Peabody, venha comigo.

Ela passou pela porta, trancou-a e seguiu direto para a sala de observação. Reo já estava no *telelink*, tendo uma conversa inflamada com alguém, embora falasse aos cochichos.

— Elas sabem onde está Deena Flavia — declarou Whitney.

— Sabem, senhor. Sabem onde ela está, ou como encontrá-la. Certamente têm informações de contato. Posso separá-las novamente e trabalhar com cada uma em separado. Com a confissão gravada, poderei conseguir um mandado para que verifiquemos qual delas está grávida, se isso for verdade. A grávida deverá estar um pouco mais vulnerável. Peabody também poderá trabalhar individualmente com cada uma delas no estilo "fala mansinho". É muito boa nisso. O próximo passo será procurar o local dos laboratórios especificamente usados para o projeto, descobrir para onde levaram os dados que havia e quem está na lista de pessoas que serão eliminadas por Deena, se é que falta alguém. Só sei que elas ainda não deram a missão por encerrada. Não realizaram tudo o que se propuseram fazer, e foram orientadas para alcançar o sucesso.

Eve olhou para Mira em busca de confirmação.

— Eu concordo — afirmou a médica. — Nesse momento, elas estão informando o que querem que saibamos. Desejam ajuda para encerrar o programa, e também nossa solidariedade. Querem que a polícia saiba o porquê de terem feito o que fizeram e o motivo de estarem dispostas a sacrificar a própria vida em prol disso. Vocês não vão conseguir quebrar essa união.

— Quer apostar? — perguntou Eve, erguendo as sobrancelhas.

— Isso não tem nada a ver com sua excelente capacidade para interrogar suspeitos, Eve. Elas *são* a mesma pessoa. Suas experiências de vida são diferentes em detalhes tão insignificantes que nem contam. Foram criadas para ser a mesma pessoa; depois, foram treinadas e receberam rotinas que garantiam que elas seriam *sempre* uma pessoa só.

— Mas foi a mão de uma delas que segurou o estilete.

— Você está sendo literal demais — reclamou Mira, com impaciência — Num sentido muito verdadeiro, a mão que cometeu o crime pertencia às três.

— Todas elas podem ser acusadas — lembrou Tibble. — Conspiração para assassinato em primeiro grau.

— Nunca chegarão aos tribunais — avisou Reo, desligando o *telelink*. — Meu chefe e eu concordamos totalmente nesse ponto. Pelo que acabamos de ouvir ali dentro e pelo que sabemos, nunca convenceremos ninguém. Qualquer advogado de defesa colocará nossos traseiros na reta com facilidade, antes de tentarmos chegar a um julgamento por assassinato. Para ser franca, até eu gostaria de defendê-las. Ficaria feliz e acabaria rica e famosa por trabalhar nesse circo.

Origem Mortal 379

— Então elas devem ser liberadas, assim, numa boa? — quis saber Eve.

— Você pode tentar acusá-las, mas a mídia vai morder você, triturar sua bunda e depois cuspi-la fora. Os grupos de direitos humanos vão cair dentro e, em cinco minutos, muitas organizações pelos direitos dos clones serão formadas em toda parte. Dallas, se você conseguir fazer com que elas nos levem até Deena, isso vai ser muito bom e interessante. Eu adoraria ouvir a história dela. Se houver apenas uma Deena, poderemos costurar algum acordo. Mas com essas três, isso será impossível.

Apontou para o vidro e para as três mulheres reunidas na ponta da mesa. Então, continuou:

— Você tem um caso de cárcere privado, lavagem cerebral, capacidade de raciocínio diminuída, crianças em perigo. Se eu fosse defendê-las, ainda acrescentaria a velha legítima defesa. E tudo isso colaria na mesma hora. Não existe jeito de vencermos essa parada.

— Três pessoas foram mortas.

— Três pessoas — lembrou Reo —, que conspiraram para violar leis internacionais e sapatearam em cima dessas leis durante décadas. Três indivíduos que, pelo que vimos de verdade até aqui, criaram pessoas e depois tiraram as vidas daquelas que não alcançaram os padrões determinados pelo seu grupinho criminoso e macabro. O mesmo grupo as produziu e as matou. Puxa, como são inteligentes!

Reo foi até o vidro e completou:

"Você ouviu o que elas disseram? Fomos programadas para ser, para fazer, para sentir e assim por diante. Essa é uma linha de defesa forte e impenetrável. Porque elas realmente foram arquitetadas, criadas e marcadas. Agem como foram programadas para agir. Defenderam seus filhos do que muitos chamarão de pesadelo."

— Descubra o máximo que conseguir, Dallas — ordenou Tibble. — Descubra onde está Deena Flavia, quero os locais e mais detalhes.

— E por enquanto, fazemos o quê? — quis saber Eve.

— Prisão domiciliar. Vamos deixá-las protegidas até o encerramento do caso. Elas deverão usar braceletes de localização. Serão vigiadas por androides vinte e quatro horas por dia. Vamos ter de passar esse pepino para os federais, Jack.

— Sim, senhor, teremos de fazer isso — concordou o comandante.

— Consiga todos os detalhes, Dallas — repetiu Tibble. — Vamos verificar, confirmar e colocar pingos em todos os "i"s. Em vinte e quatro horas, o mais tardar, passaremos a bola para os federais. Vamos cuidar para essa bola não quicar nem rebater na nossa cara.

— Preciso voltar para a promotoria e começar as estratégias sobre o que fazer, quando e como fazer. — Reo pegou sua pasta. — Se você descobrir mais alguma novidade que eu possa usar, Dallas, quero ser informada, de dia ou de noite.

— Vou acompanhar todos até a saída — ofereceu Roarke, colocando-se junto à porta.

— Preciso conversar com a tenente — anunciou Mira, permanecendo onde estava. — A sós, se vocês não se incomodam.

— Peabody, vá lá dentro. Dê uma folga a elas, ofereça-lhes um bom banho, e também, comida e bebida. Depois escolha uma, separe-as das outras e tente arrancar mais informações dela. Pegue leve e seja amistosa.

Quando se viu sozinha com Mira, Eve foi até o imenso bule de café que Roarke colocara sobre a mesa e serviu uma caneca para si mesma.

— Não pretendo pedir desculpas pelos meus comentários e reações de hoje mais cedo — avisou Mira.

Origem Mortal 381

— Ótimo. Eu também não. Se é só isso que a senhora quer...

— Às vezes você é tão dura que é difícil acreditar que alguém a aguente, Eve. Isso não é verdade, é claro, apenas desabafo. O fato é que se Wilfred e seu filho fizeram as coisas que Avril Icove diz, é um fato reprovável.

— Observe pelo vidro, doutora. Está vendo as três? Essa imagem vai muito além da comprovação de tudo que elas contaram.

— Sei avaliar o que vejo. — Sua voz estremeceu de leve, mas logo se tornou mais firme. — Sei que ele usou crianças; não usou adultos voluntários, em plena idade da razão e bem-informados. Em vez disso escolheu inocentes, menores de idade, feridos, moribundos. Não importam seus motivos nem objetivos, o que ele fez o condena por si só. É muito difícil, Eve, condenar uma pessoa que considerávamos um herói.

— Estamos repetindo a mesma ladainha.

— Droga, demonstre um pouco de respeito!

— Por quem? Por ele? Pode esquecer! Pela senhora, tudo bem, numa boa. Eu a respeito muito, doutora, é isso que está me deixando puta. Porque se a senhora ainda mantém algum vestígio de respeito por ele, então...

— Não o respeito mais. O que ele fez está fora de qualquer código de ética. Talvez eu perdoasse um erro seu motivado pelo luto arrasador. Só que ele não parou. Perpetuou o erro. Brincou de Deus com as pessoas, não apenas criando-as, mas também manipulando-as. Fez isso com a vida dela e de muitas outras. Ele as ofereceu ao filho como se fossem um prêmio!

— Foi exatamente isso que ele fez.

— Seus netos! — Mira apertou os lábios, comovida. — Ele planejava usar os próprios netos.

— Além dele mesmo.

Mira soltou um suspiro longo e irregular, antes de afirmar:

— Sim, Eve. Eu me perguntava quando é que você iria se dar conta disso.

— Se um homem tem o poder de criar vida, por que se curvar à morte? Garanto que ele tem suas células pessoais preservadas em algum lugar, com ordens para que sejam ativadas assim que ele morrer. Ou já tem uma versão mais jovem de si mesmo trabalhando em algum lugar por aí.

— Se for o caso, você deve encontrá-lo e impedi-lo de ir em frente.

— Ela já pensou nisso. — Eve apontou para o vidro. — Ela e Deena. Chegaram lá muito antes de mim e adorariam ir a julgamento.

Eve foi até o vidro e analisou as duas mulheres que ainda estavam na sala de reuniões.

— Isso mesmo — continuou. — Se os filhos estiverem longe, protegidos, ela adoraria enfrentar um tribunal para comer os jurados com batatas e acabar com esse circo. Aceita passar o resto da vida numa prisão sem pestanejar, desde que o que aconteceu seja tornado público. Sabe que não passaria nem um dia na cadeia, mas está disposta a tal sacrifício, se for esse o preço a pagar.

— Você a admira.

— Eu lhe dou nota máxima no quesito "colhões". Eu admiro quem tem colhões, quem tem peito e coragem. Ele a colocou num molde e, programada ou não, ela quebrou esse molde. E acabou com ele.

Eve sabia o quanto era custoso matar o próprio carcereiro. O próprio pai.

— A senhora deveria ir para casa, agora, doutora. Vai ter de passar muito tempo com elas amanhã, para colocar os tais pingos nos "i"s que Tibble determinou. Hoje já está muito tarde para começarmos isso.

— Muito bem. — Mira foi até a porta, mas parou. — Entenda que tenho todo o direito de ficar um pouco chateada, Eve; também tenho direito de ter uma bela explosão irracional como a de hoje, motivada pela raiva e por sentimentos feridos.

— E eu tenho o direito de esperar que a senhora seja perfeita, doutora, porque é assim que eu a vejo. Portanto, se a senhora começar a sair por aí agindo como uma descontrolada, parecendo humana como o resto de nós, isso vai me desconcertar e confundir.

— Puxa, quanta injustiça você me dizer isso! Mas é comovente. Eve... Você sabia que não existe mais ninguém no mundo que consiga me irritar tanto quanto você? Com exceção de Dennis e de meus filhos, é claro.

— Acho que isso também é comovente, mas me pareceu uma bofetada de luva — disse Eve, enfiando as mãos nos bolsos.

Um sorriso se abriu nos rosto de Mira.

— Esse é um velho truque de mãe, um dos meus favoritos. Boa-noite, Eve.

Eve permaneceu com a cara colada no vidro, observando as duas mulheres. Elas beliscavam o que lhe pareceu uma salada com frango grelhado e bebiam água, de vez em quando.

Conversavam pouco, apenas amenidades. A comida, o tempo, a casa. Eve continuava analisando-as quando a porta se abriu e Roarke entrou.

— Conversar com um clone é o mesmo que falar sozinho?

— Essa é uma das muitas perguntas e observações irônicas que serão feitas quando isso tudo se tornar de conhecimento público.

— Ele foi até onde Eve estava, colocou-se atrás dela e pousou as mãos em seus ombros. Descobriu o ponto exato onde os nós provocados pela tensão muscular a massacravam. — Relaxe um pouco, tenente.

— Preciso ficar acordada. Vou esperar dez minutos antes de voltar ao interrogatório.

— Suponho que você e Mira fizeram as pazes.

— Não sei o que fizemos. Acho que ambas estavam mais irritadas do que putas uma com a outra.

— Já é um progresso. Vocês conversaram sobre Reo ter dito tudo aquilo que você esperava ouvir?

— Não. — Eve suspirou longamente. — Acho que Mira estava tão irritada que isso lhe escapou. — Ela espiou por cima do ombro e olhou fixamente para o marido. — Mas não escapou à sua percepção.

— Não estou irritado com você há tantos dias que devo estar quase batendo o recorde. Você não quer que elas sejam punidas. Nem acusadas, nem julgadas, nem condenadas.

— Não, eu não quero que elas sejam punidas. Quem decide essas coisas não sou eu, mas realmente não quero. Não é justo trancafiá-las em algum lugar. Elas já estiveram presas a vida toda, tudo isso precisa parar; tanto o que foi feito quanto o que elas estão fazendo.

Ele se inclinou e a beijou na testa.

— Elas já têm um lugar para onde ir. — disse Eve. — Têm um local de fuga preparado, com tudo planejado. Deena também deve ter providenciado isso. Provavelmente eu conseguiria descobrir que lugar é esse, mais cedo ou mais tarde.

— Se tivesse tempo para isso, aposto que sim. — Ele acariciou-lhe os cabelos. — É isso que você deseja?

— Não. — Ela se virou e pegou a mão dele. — Quando elas sumirem de cena, não quero saber para onde foram. Assim, não precisarei mentir quando perguntarem. Agora eu preciso trabalhar.

Origem Mortal

Ele a segurou e a beijou longamente.

— Por favor, me avise caso precise dos meus serviços.

Eve trabalhou mais com elas. Interrogou-as em grupo, depois as separou mais uma vez. Pegou cada uma em dupla, com Peabody. Deixou-as em paz por algum tempo, mas tornou a conversar com as três mais tarde.

Eve seguia as regras, linha por linha. Ninguém que fosse, mais tarde, analisar as gravações dos interrogatórios, poderia acusá-la de não ser meticulosa e correta.

Elas não exigiram advogado em nenhum momento, nem mesmo quando Eve prendeu braceletes de localização nas três. Quando as levou de volta para a mansão da família Icove, já nos primeiros minutos do dia seguinte, elas demonstraram uma fadiga considerável, mas mantiveram a calma e a serenidade o tempo todo.

— Peabody, por favor, espere aqui pelos androides da polícia e programe tudo. — Eve deixou a parceira no saguão e levou as três mulheres até a sala de estar. — Vocês não devem deixar as dependências desta casa. Se tentarem isso, os braceletes irão nos enviar um sinal; vocês serão pegas e levadas para a prisão na Central de Polícia por violação penal. Acreditem em mim: aqui é muito mais confortável.

— Por quanto tempo teremos de esperar?

— Até serem liberadas dessa restrição pela Polícia de Nova York ou por outra autoridade. — Deu uma olhada para trás, a fim de garantir que Peabody não iria ouvir e completou, baixinho: — Ninguém está nos ouvindo. Contem-me onde Deena está. Se ela tornar a matar alguém, isso não vai ajudar ninguém. Vocês querem que tudo termine aqui e eu posso ajudá-las a conseguir isso. Se quiserem que o caso chegue aos ouvidos do público, posso conseguir que isso aconteça.

— Seus superiores e as autoridades governamentais que se envolverão nesse caso não vão querer que isso se torne público.

— Estou lhes dizendo que posso conseguir que isso ocorra, mas vocês não estão tornando isso fácil. Eles vão me bloquear. Vão me deixar de fora, e também minha equipe e meu departamento. As autoridades vão recolher vocês como se fossem hamsters. Vocês e qualquer pessoa assim que encontrarem. Vão colocá-las numa porra de um cercadinho para poderem estudá-las com calma. Vocês voltarão para onde estavam no início.

— Por que se incomoda com o que possa acontecer conosco? Nós matamos.

Ela também já tinha matado, pensou Eve. Para salvar a si mesma, para escapar do destino que alguém havia programado para ela. Para viver sua própria vida.

— Vocês poderiam ter saído dessa enrascada sem tirar a vida de ninguém. Poderiam ter agarrado as crianças e desaparecido no ar. Mas escolheram fazer as coisas desse jeito.

— Não foi por vingança. — A que falou isso fechou os olhos estranhamente belos, cor de lavanda. — Foi por liberdade. Para nós, para as crianças, para todas as outras.

— Eles nunca parariam com o programa — emendou a segunda. — Criariam mais de nós e clonariam nossos filhos.

— Eu sei — replicou Eve. — Não é minha função determinar se o que fizeram teve ou não justificativa, e já estou ultrapassando os limites conversando abertamente sobre essas coisas. Se não quiserem que eu encontre Deena, descubram um jeito de entrar em contato com ela. Digam-lhe para parar, aconselhem-na a fugir. Assim, vocês conseguirão quase tudo que buscam. Eu lhes dou minha palavra.

— E quanto às outras mulheres, as alunas, os bebês?

Origem Mortal

Os olhos de Eve ficaram sem expressão quando afirmou:

— Não posso salvar todos. Nem vocês podem. Mas certamente poderão salvar muita gente se me contarem onde Deena está. E se revelarem onde fica a base de operações dos Icove.

— Nós não sabemos onde fica. Mas... — A que falou olhou para suas gêmeas e esperou pela concordância delas. — Descobriremos um jeito de entrar em contato com Deena, para fazer o que pudermos.

— Vocês não terão muito tempo para isso — avisou Eve, e as deixou sozinhas.

Do lado de fora da casa, o ar bateu gelado no rosto de Eve e em suas mãos. Isso a fez pensar no inverno, nos meses compridos e escuros que estavam chegando.

— Vou dar uma carona para você até sua casa.

— Sério? — O rosto cansado de Peabody se iluminou. — Vai me levar até o centro da cidade?

— Preciso de um tempo para pensar, mesmo.

— Pense quanto tempo quiser — sugeriu Peabody ao entrar no carro. — Preciso ligar para meus pais assim que amanhecer. Vou avisar que vamos nos atrasar para o jantar de Ação de Graças, se é que conseguiremos ir.

— Quando é que vocês pensavam em viajar?

— Amanhã de manhã. — Peabody deu um bocejo imenso. — Planejávamos sair bem cedo para escapar do engarrafamento do feriadão.

— Podem ir.

— Ir aonde?

— Seguir conforme estava planejado.

Peabody parou de esfregar os olhos exaustos e piscou depressa.

— Dallas, não posso cair fora nesse ponto da investigação só para comer tortas.

— Pois eu estou lhe dizendo que pode. — O tráfego felizmente estava leve. Eve evitou a Broadway com suas festas eternas, e seguiu por entre os despenhadeiros de pedra da cidade que não dormia, quase tão sozinha como se pilotasse um veículo lunar no lado escuro do nosso satélite. — Vocês fizeram planos e devem mantê-los. Vou atrasar um pouco o encerramento do caso — avisou, quando Peabody tornou a abrir a boca.

Sua parceira permaneceu calada e sorriu escondido.

— Pois é, eu já desconfiava disso. Só queria que você contasse. Quanto tempo você acha que pode conseguir a nosso favor?

— Não muito. Mas o fato é que minha parceira vai estar fora, caindo de boca na torta da família. Os parentes de Roarke também estão prestes a despencar nas nossas cabeças. Quando as pessoas se espalham para se entupir de peru até o cérebro, fica difícil entrar em contato com elas para fazer a coisa andar.

— A maioria das repartições federais estará fechada amanhã, e permanecerá assim até segunda-feira. Tibble sabia disso.

— Pois é. Portanto, talvez isso atrase as coisas por algumas horas, talvez ganhemos um dia inteiro, se Deus quiser. O secretário de Segurança quer a mesma coisa e vai cobrar pressa de nós, mas também vai preferir atrasar as coisas.

— E quanto à escola, as alunas, os funcionários?

— Ainda estou pensando nisso.

— Perguntei a Avril, quer dizer, a uma delas, o que pretendem fazer com os filhos. Como iriam explicar a existência de três mães. Ela me disse que vão explicar a eles que as três são irmãs que se reencontraram depois de uma longa separação. Não querem que eles saibam de toda a verdade, nem sobre a criação delas; nem o que o pai deles fazia. Todos vão sumir do mapa, Dallas, na primeira oportunidade.

Origem Mortal

— Sem dúvida.

— Nós vamos lhes dar essa oportunidade?

Eve manteve os olhos firmes na rua.

— Na condição de agentes da lei não iremos, sob nenhuma hipótese, facilitar a fuga de testemunhas fundamentais para um caso.

— Certo. Quero ver meus pais, falar com eles. Engraçado como quando alguma coisa mexe de verdade com sua cabeça, a pessoa quer sempre falar com mamãe e papai.

— Não sei nada dessas coisas.

— Desculpe. — Peabody retraiu-se e apertou os olhos. — Merda. Sofro ataques de imbecilidade quando estou cansada.

— Tudo bem. Digo que não sei nada disso por não ter tido pais normais. Como eles também não tiveram. Se é esse fator que as torna artificiais, então eu também sou.

— Quero conversar com meus pais — repetiu Peabody, após um longo momento. — Sei o quanto sou afortunada por ter pais, irmãos, irmãs e o resto da família. Sei que eles vão me escutar, e isso é importante. Não ter essas coisas, ser obrigada a resolver sozinha todos os problemas que caem na sua cabeça e criar uma vida própria a partir do nada não é ser artificial. Pelo contrário, é ser tão realista quanto é possível.

As ruas e o céu estavam quase vazios. De vez em quando um cartaz animado explodia em cores e luzes, alardeando sonhos de prazer, beleza e felicidade a preços de banana.

— Você sabe por que eu vim para Nova York? — perguntou Eve.

— Não exatamente.

— Porque é um lugar onde a pessoa pode estar sozinha. Você pode sair na rua junto com milhares de indivíduos e, mesmo assim, estar completamente sozinha. Além da vontade de ser tira, isso era a coisa que eu mais desejava na vida.

— Era mesmo?

— Por alguns anos foi exatamente assim. Por muito tempo isso era tudo o que eu queria. Passei grande parte da minha vida sendo anônima, e depois passei a ser monitorada constantemente nos programas de lares adotivos e escolas estatais. Queria me tornar novamente anônima, mas nos meus termos. Queria um distintivo, ponto final. Fico pensando comigo mesma... Se esse caso tivesse caído no meu colo cinco ou dez anos atrás, talvez eu não tivesse lidado com ele do jeito que lidei. Talvez eu simplesmente as prendesse e pronto. Preto no branco. Não é só o trabalho, são os anos de experiência que trazem os tons de cinza. São as pessoas às quais você se liga, mortas e vivas, que pintam tons novos na nossa vida.

— Concordo com a última parte. Mas não importa o momento em que esse caso lhe caísse nas mãos, você agiria desse mesmo modo. Porque é o jeito certo. Isso é o que conta, é o que determina tudo. Avril Icove é uma vítima. Alguém precisa se colocar do lado dela.

— Ela tem umas às outras — disse Eve, sorrindo.

— Boa frase. Meio esquisita e melosa, mas muito boa, considerando as circunstâncias.

— Vá dormir um pouco. — Eve estacionou diante do prédio de Peabody. — Pode deixar que eu me comunico com você, caso precise de alguma coisa. Até lá, descanse um pouco, faça as malas e viaje.

— Obrigada pela carona. — Peabody bocejou mais uma vez ao sair do carro. — Feliz Dia de Ação de Graças, se não nos virmos antes.

Eve se afastou do meio-fio e reparou, pelo espelho retrovisor, que McNab havia deixado uma luz acesa no apartamento, para Peabody.

Origem Mortal 391

— Também haveria uma luz acesa à sua espera em casa, pensou. E alguém que a escutaria com atenção.

Mas ainda não.

Colocou o carro no piloto automático e pegou o *telelink* pessoal.

— Que foi? — reagiu Nadine, e Eve conseguiu ver duas tênues silhuetas ao fundo.

— Encontre-me na Boate Baixaria.

— Como assim? Agora, neste momento?

— Exatamente agora. Leve um bloquinho de anotações, nada eletrônico. Não quero registro de nenhum tipo, Nadine, nada de câmeras. Só você, os velhos bloquinhos de papel e alguns lápis. Estarei à sua espera.

— Mas...

Eve desligou e continuou dirigindo.

O gigantesco segurança na porta da boate era grande como uma sequoia e preto como ônix. Usava muito ouro. A camiseta justa no corpo se espalhava pelo seu peito imenso; as botas de cano alto combinavam com a calça de couro colada às pernas, e as três correntes grossas em torno do pescoço poderiam facilmente ser usadas como arma.

Uma cobra tatuada parecia deslizar pela sua bochecha esquerda.

Ele arrastava dois bêbados como se fossem panos de chão, quando Eve chegou. Um deles era branco, com uns cento e vinte quilos de gordura maciça. O outro era mestiço com predominância oriental, e mais parecia um lutador de sumô.

O segurança os arrastava pelo colarinho e já estava quase no meio-fio, diante da boate.

— Da próxima vez que vocês tratarem com descortesia uma das minhas *fun-cio-ná-rias*, vou torcer os paus de vocês como se fossem panos molhados, e eles não vão poder ser usados por muito tempo.

Ele bateu com as cabeças dos clientes uma contra a outra, fazendo um barulho seco — tecnicamente, um ato ilegal —, e os deixou caídos na sarjeta.

Quando se virou, avistou Eve, que chegava.

— Qual é a boa, Branquela? — cumprimentou ele.

— E aí, Crack, como vão as coisas?

— Ah, não posso reclamar muito, não. — Ele bateu e esfregou as mãos duas vezes. — O que está fazendo aqui? Morreu alguém na área e não me avisaram?

— Preciso de uma cabine particular. Tenho um encontro — avisou Eve, ao ver as sobrancelhas dele se erguerem, com muito interesse. — Nadine vem aí, mas vou logo avisando: nós nunca estivemos aqui.

— Como eu suponho que vocês não querem uma das minhas cabines para rolarem na cama peladas, o que é uma pena, isso deve ser um pepino oficial. Não sei de nada, não vi nada, não ouvi nada. Vamos entrar.

Eve entrou e foi recebida por uma mistura de barulho ensurdecedor e cheiros diversos que incluíam cerveja choca, zoner — e uma variedade de drogas ilegais que podiam ser fumadas ou ingeridas —, sexo recente, suor e outros fluidos corporais que ela preferiu não identificar.

O palco do lugar estava lotado de dançarinas nuas e uma banda tocava; os músicos vestiam pouco mais que tapa-sexos em tons fosforescentes. Mulheres também dançavam nas mesas usando penas, purpurina ou simplesmente nada; rebolavam e se moviam de forma sensual, para evidente delírio dos frequentadores.

O bar estava cheio; quase todos os clientes estavam bêbados ou chapados.

Origem Mortal

Um ambiente perfeito.

— Estou vendo que os negócios vão bem — comentou Eve, quase aos berros, tentando abrir caminho lentamente pelo mar de pessoas.

— Feriadão. Agora vamos ficar com gente saindo pelo ladrão até janeiro; depois, vamos continuar lotados porque a porra do frio vai estar foda demais para fazer festas ao ar livre. A vida é boa. E como vão as coisas com você, a minha tira magricela e branquela favorita?

— Vão bem.

— Seu marido continua tratando você bem? — perguntou o gigante negro, levando-a pela escada até as cabines privativas.

— Sim, nessa área está tudo beleza.

Eles recuaram quando um casal saiu de uma das cabines, aos tropeções, quase nus, rindo de forma alucinada e exalando fedores indefinidos.

— Não quero a cabine deles, não! — avisou Eve.

Crack simplesmente riu de orelha a orelha e digitou uma senha no painel da cabine ao lado.

— Esta aqui é a nossa cabine *deluxe*. A boate está lotada hoje, mas a maioria dos clientes escolhe as acomodações mais baratas. Esta aqui está limpeza total. Fique à vontade, coelhinha. Pode deixar que eu trago a boazuda da Nadine quando ela aparecer lá embaixo.

Quando viu Eve procurando alguma coisa no bolso, ele avisou:

— Nem pense em me pagar pela cabine. Fui ao parque hoje de manhã e levei um papo sério com minha garotinha, ao lado da árvore que você e seu marido plantaram em memória dela. Nem pense em me pagar por qualquer favor que eu lhe faça na vida.

— Tudo bem, então. — Eve pensou na irmã caçula de Crack, e em como o gigante tinha chorado em seus braços ao lado da irmã, no necrotério. — E aí, algum plano para quinta-feira?

A jovem representava sua família. Sua única família.*

— Dia do Glu-glu... Arrumei uma gata de responsa. Acho que vamos encaixar um peru na jogada, entre uma ou outra festividade para celebrar a data.

— Legal. Se quiser o serviço completo, sem os eventos paralelos aos quais você se refere, vamos oferecer um jantar lá em casa. Pode levar sua gata de responsa.

Os olhos de Crack se tornaram mais suaves com a emoção do convite, e o ritmo marcado do sotaque das ruas sumiu de sua voz quando ele disse:

— Puxa, eu agradeço muito. Ficaria muito honrado em ir à sua casa em companhia da minha amiga. — Disse isso e colocou a mão, que parecia uma laje de pedra, sobre o ombro de Eve. — Vou até lá embaixo esperar por Nadine, apesar de eu não ter visto você nem ela.

— Obrigada.

Eve entrou na cabine e a analisou rapidamente. Pelo visto, "deluxe" significava que a cabine tinha uma cama de verdade, e não uma maca com colchão de palha. O teto era espelhado, o que lhe pareceu um pouco intimidador. Mas havia uma tela com o cardápio e uma ranhura na parede, por onde a comida era servida. Também havia uma mesa minúscula e duas cadeiras.

Eve olhou para a cama e um cansaço lento e quase líquido tomou conta dela. Decidiu que trocaria toda a comida das próximas quarenta e oito horas por vinte minutos na horizontal, se tivesse chance. Em vez de se arriscar a fazer isso, foi até o cardápio e pediu um bule de café e duas xícaras.

É claro que o café seria terrível. Bebidas feitas com soja e produtos químicos variados sempre tinham gosto de piche rançoso.

---

* Ver *Retrato Mortal*. (N.T.)

Mas certamente haveria cafeína em quantidade suficiente para mantê-la acordada.

Sentou-se à mesa e tentou focar os pensamentos na conversa que teria com Nadine. Seus olhos quase se fecharam e sua cabeça tombou para a frente. Eve sentiu o sonho rastejar para dentro da sua cabeça, como se fosse um monstro de garras lisas e pontudas que lhe invadia a mente.

Uma sala muito branca, ofuscante de tão clara. Dezenas e dezenas de caixões. Ela estava dentro de um deles. A criança que ela fora, toda ensanguentada, estava ali, com marcas roxas do mais recente espancamento. A menina chorava e implorava, enquanto tentava escapar do lugar.

E ele estava ali ao lado. O homem que a criara estava ali, rindo sem parar.

Fabricada por encomenda, disse ele, e riu, riu, riu. *Quando uma não dá certo, basta jogá-la fora e experimentar a seguinte. Você nunca vai se livrar de mim, garotinha. Seu inferno jamais terá fim.*

Eve deu um pulo na cadeira e colocou a mão na arma. Viu o bule com as xícaras sobre a mesa e ouviu a ranhura da parede se fechar.

Por um momento colocou a cabeça nas mãos, só para recuperar o ritmo normal da respiração. Estava tudo bem, fora apenas um cochilo. Só um cochilo.

Especulou consigo mesma quais seriam os sonhos que invadiam a mente de Avril quando ela ficava cansada demais para afastá-los.

Quando a porta se abriu, ela se servia de café.

— Obrigada, Crack. — Eve ouviu a voz de Nadine.

— Disponha, peitinhos de mel. — Ele piscou o olho e fechou a porta.

— É bom que a novidade seja boa — reclamou a repórter, se largando na cadeira diante de Eve. — Já passa das três da manhã.

— Mesmo assim você está linda e, pelo que ouvi dizer por aí, seus seios são doces.

— Quero um pouco desse veneno — exigiu Nadine.

— Esvazie a bolsa em cima da cama — ordenou Eve, servindo a segunda xícara.

— Vá à merda, Dallas.

— Estou falando sério, esvazie a bolsa. Depois, eu vou escanear você para descobrir se há algum grampo eletrônico espetado na sua bunda. Essa história é importante demais, Nadine.

— Você já devia ter aprendido a confiar em mim.

— Você nem estaria aqui se eu não confiasse. De qualquer modo, preciso seguir as regras e me precaver.

Com mau humor estampado no rosto, Nadine abriu a bolsa imensa, foi até a cama e a virou do avesso.

Eve se levantou, entregou-lhe uma xícara de café e começou a analisar os objetos espalhados. Carteira, documentos de identidade, cartões de crédito e de débito, dois cigarros feitos com ervas medicinais guardados em uma embalagem especial, dois bloquinhos de papel, seis lápis perfeitamente apontados. Uma agenda eletrônica desligada, dois *telelinks* e um tablet, também desligados. Dois espelhinhos de mão, três frascos de desodorante bucal, uma caixinha prateada com remédios para dor de cabeça, quatro bastões de tintura labial, pincéis de maquiagem, escovas para cabelo e mais onze frascos diversos, tubinhos, potes e cremes para maquiagem.

— Santo Cristo! Você carrega essas gosmas todas por aí para passar na cara? Vale o trabalho?

— Devo lembrá-la de que são três da manhã e estou linda e poderosa. Em compensação, você está com olheiras tão grandes que dois assassinos psicóticos conseguiriam se esconder debaixo delas.

— Sou da Polícia de Nova York. Nunca dormimos.

Origem Mortal 397

— Nem os profissionais da imprensa, pelo visto. Você assistiu à minha entrevista com Avril Icove, ontem à tarde?

— Não, mas ouvi falar.

— Consegui uma matéria exclusiva.

— O que achou da entrevistada?

— Uma pessoa calma, com muita elegância e dignidade. Estava linda de luto. Mãe devotada. Gostei dela. Não consegui arrancar muitas informações pessoais, devido à sua insistência em dizer que só estava conversando comigo por respeito ao sogro e ao marido falecidos. Mas pode deixar que vou escavar tudo o que está por trás dessa história. Temos mais duas entrevistas agendadas.

As duas últimas, Nadine nunca conseguiria gravar, refletiu Eve. Mas haveria compensações para a repórter. Muitas.

Eve passou um *scanner* pelo corpo de Nadine.

— Acredite se quiser, mas estou fazendo isso para a sua proteção, tanto quanto para a minha. Estou prestes a quebrar o Código Azul.

— Icove?

— É melhor você se sentar para ouvir minhas condições inegociáveis. Em primeiro lugar, essa conversa nunca aconteceu. Assim que você chegar de volta em casa, deverá se livrar do *telelink* que usou para receber minha ligação. Você nunca recebeu essa ligação, é claro.

— Sei como me proteger, e também minhas fontes.

— Simplesmente ouça. Você já pesquisou muita coisa a respeito dos Icove e os ligou, por conta própria, a Jonah Wilson e Eva Hannson Samuels. A partir daí, ligou os pontinhos até Brookhollow. Suas fontes de informação na polícia não negam nem confirmam nada relacionado à sua pesquisa. Você precisa fazer uma visita a Brookhollow. Vai precisar ter provas disso em seus registros. Ao chegar lá, você vai fazer a ligação entre as mortes de Evelyn Samuels e os assassinatos dos Icove.

— Essa é a presidente da Academia e diretora da escola! — reagiu Nadine, já anotando tudo. — Quando ela foi morta?

— Descubra. Você vai se mostrar curiosa e esperta o bastante para verificar as identidades das alunas e cruzar as informações delas com as de ex-alunas. Na verdade, você já fez isso. — Eve pegou um disco lacrado no bolso. — Adicione isso aos seus registros. Tenha todo o cuidado para deixar suas impressões digitais, e somente elas, no disco.

— O que tem aí dentro?

— Existem mais de cinquenta alunas cujas identidades são exatamente as mesmas de ex-alunas. Isso caracteriza falsificação de dados. Faça uma cópia extra de tudo e esconda no local onde costuma guardar dados para salvá-los de confisco.

— O que os Icove faziam lá que exigia identidades falsas para as alunas?

— Eles as clonavam.

Ao ouvir isso, Nadine quebrou a ponta do lápis que usava.

— Está falando sério? — espantou-se.

— Desde as Guerras Urbanas.

— Meu santo Jesus Menino. Diga-me que você tem provas disso.

— Não só tenho provas como também três clones da pessoa conhecida como Avril Icove. As três mulheres estão em prisão domiciliar.

— Nossa, pode me comer de ladinho! — exclamou Nadine, girando os olhos arregalados.

— Tive um dia comprido e estou cansada demais para jogos sexuais. Continue a escrever, Nadine. Assim que acabar e voltar para casa, crie um rastro eletrônico para confirmar a forma como obteve essas informações. Depois, queime as anotações e faça outras. Vá a Brookhollow e cave bem fundo. Pode entrar em contato comigo, e provavelmente deve fazer isso, exigindo que

Origem Mortal

eu negue ou confirme o que descobriu. Não lhe direi sim nem não, e isso ficará registrado. Depois, irei até os meus superiores com a informação de que você está sentindo cheiro de algo podre. Preciso relatar isso. Portanto, fareje depressa.

— Já fiz a maior parte da pesquisa que exige longas caminhadas, e dá para juntar as pontas soltas. Só que não cheguei tão longe. Desconfiei apenas de manipulação genética, bebês fabricados por encomenda, vendas no mercado negro.

— Tem isso na história, também. Descubra os podres todos. Tenho um dia de prazo, talvez dois, antes de ser obrigada a alertar o governo federal, que vai agarrar o caso no ato. Para encobrir tudo. Espalhe a merda que conseguir espalhar, para eles não poderem enterrar tudo. Desmascare todo mundo, e faça isso depressa. Vou lhe repassar tudo o que puder, antes de entregar o caso a eles. A partir daí, não poderei lhe dar mais nada. E lembre-se: não estou lhe fazendo um favor — acrescentou Eve. — Quando você divulgar isso, vai sofrer muita pressão de todos os lados.

— Sei como lidar com a pressão. — Os olhos de Nadine pareciam mais focados e astutos do que nunca, enquanto continuava a escrever. — Vou absorver os golpes todos quando for a público com essa bomba.

O encontro levou mais uma hora, as duas ingeriram outro bule do café nojento e os bloquinhos de Nadine foram todos usados.

Ao sair, Eve não confiava nem um pouco nos seus reflexos e colocou a viatura mais uma vez no piloto automático. Mas não conseguiu dormir, nem fechou os olhos. O carro parou diante da casa, ela saltou e entrou pela porta como uma sonâmbula.

Summerset estava à espera dela, no saguão.

— Por Deus! — reclamou ela. — Até os vampiros precisam de algumas horas de sono, sabia?

— Não vi acusações diretas nem indiretas a nenhum dos Icove.

— Que bom!

— A senhora certamente já sabia disso, tenente. Também ja deve ter conhecimento de que, segundo dizem por aí, existe uma operação gigantesca com muita grana por trás. Esse programa oferece mulheres jovens, formadas pela Universidade Brookhollow, em New Hampshire, para clientes em busca de esposas, funcionárias altamente gabaritadas e favores sexuais. Acertei?

— Como descobriu isso tudo? — Com o cérebro exausto, Eve lutou para focalizar o rosto do mordomo.

— Existem fontes às quais ainda tenho acesso desde os velhos tempos. Essas fontes não estão disponíveis para a polícia, é claro. Com relação a Roarke, elas se mostram igualmente pouco cooperativas, devido ao relacionamento dele com a senhora.

— E suas tais fontes têm provas dessas alegadas atividades?

— Não, mas eu as considero confiáveis. Icove era um dos sócios da Academia Brookhollow. Um dos jetcópteros de Roarke registrou uma rota hoje que ia de Nova York até New Hampshire onde, segundo me informaram, a presidente da instituição foi assassinada. Com o mesmo método usado para matar os dois Icove.

— Você é um tesouro de informações!

— Sei como realizar meu trabalho. Acredito que a senhora também saiba como realizar o seu. As pessoas não são mercadorias. Não se deve utilizar a educação como máscara para usar as alunas de forma desprezível. Sua caçada à mulher que provavelmente cometeu este crime, em um evidente ato de legítima defesa, é errada.

— Obrigada pela dica.

— A senhora, mais que ninguém, deveria saber disso. — Essas palavras fizeram Eve girar o corpo quando seguia a caminho da escada. — A senhora sabe muito bem o que é ser uma criança presa numa jaula, criada para desempenhar papéis. Certamente entende o que é ser compelida a reagir.

Origem Mortal 401

A mão de Eve agarrou o primeiro pilar da escada com força e ela olhou para o mordomo.

— Você acha que tudo se resume a isso? Por mais cruel e medonha que a situação seja, retaliação não chega nem a arranhar a superfície. Sim, eu sei como realizar meu trabalho. Também sei que matar alguém não acaba com as coisas cruéis e medonhas. A crueldade e a feiura vivem se reinventando e voltam a atacar.

— Nesse caso, o que acaba de vez com o mal? Um distintivo?

— O distintivo ajuda a diminuir os danos, mas nada impede o mal por completo. Absolutamente nada.

Ela se virou e arrastou-se escada acima, sentindo-se tão sem substância quanto um fantasma.

A luz do quarto estava fraquíssima. Foi esse detalhe singelo que a desmontou, e lágrimas de cansaço lhe escorreram pelo rosto.

Arrancou a arma do coldre, tirou o distintivo e colocou ambos sobre a cômoda. Uma vez, Roarke lhe dissera que aqueles eram símbolos do trabalho que ela realizava. Ele estava certo, é claro, mas o fato é que esses símbolos tinham ajudado a salvá-la. Eles a ajudaram a tornar-se real e adquirir um propósito para a vida.

Eles diminuíam os danos, repetiu para si mesma. Era tudo que poderia ser feito. Só que isso nunca era suficiente.

Ela se despiu, subiu na plataforma onde ficava a cama e deslizou sobre os lençóis ao lado do marido.

Embrulhou-se nele e, como ao seu lado conseguia se abrir, deixou que as lágrimas lhe molhassem o ombro.

— Você está cansada demais — murmurou Roarke. — Querida, você está tão cansada!...

— Tenho medo de pegar no sono. Os pesadelos estão bem ali, à minha espera.

— Estou aqui. Estou bem aqui.

— Mas não está perto o bastante. — Ergueu a cabeça e procurou os lábios dele com os seus. — Preciso de você mais perto. Preciso sentir quem eu sou de verdade.

— Eve. — Ele pronunciou o nome dela baixinho, várias vezes, enquanto a acariciava na penumbra.

Com muita suavidade, pensou Roarke. Naquele momento, Eve estava fragilizada, e precisava que a lembrassem de tudo que ela representava. Precisava que ele lhe provasse que a amava por tudo que ela era.

Calor, refletiu ele. Ela precisava de calor porque ele sabia o quanto ela poderia se sentir fria por dentro. Suas lágrimas deixavam seu rosto úmido, e seus olhos ainda pareciam brilhar por causa delas.

Desde o início ele percebeu que ela sofreria. Mesmo assim, a sua dor, envolvida por uma armadura de coragem, rasgava o coração dele.

— Eu amo você — disse ele. — Amo tudo o que você é.

Ela suspirou por baixo dele. Sim, era exatamente aquilo que ela precisava. O peso dele sobre ela, o cheiro dele, sua carne, sua pele. O quanto ele a conhecia: mente, corpo e coração.

Ninguém a conhecia tão bem quanto ele. Nunca ninguém a tinha amado tanto quanto ele. Apesar de toda a vida que ela levara antes de conhecê-lo, mais ninguém tinha conseguido tocá-la, e nem chegara perto da criança atormentada que ainda vivia dentro dela.

Quando ele deslizou suavemente para dentro dela, todas as sombras foram empurradas para trás, e ela viu uma luz na escuridão.

Só quando a manhã começava a rasgar a madrugada ela conseguiu fechar os olhos. Poderia finalmente descansar a mente. O braço dele a enlaçou com força, serviu de âncora, e Eve se sentiu voltando para casa.

Origem Mortal

A luz no quarto ainda era uma penumbra indistinta quando ela acordou. Isso deixou Eve confusa, pois ela se sentiu razoavelmente descansada. Talvez com uma leve ressaca por ter sobrecarregado tanto o corpo e a mente, na véspera, mas o resultado era muito melhor do que se poderia esperar, depois de um curto cochilo antes do amanhecer.

Obviamente ela subestimara os poderes restauradores do sexo.

Isso fez com que ela se sentisse sentimental e grata. Mas quando esticou o braço pelo lençol para apalpá-lo, percebeu que ele já se fora.

Fez uma careta e perguntou que horas eram, em voz alta.

São exatamente nove e trinta e seis da manhã.

Isso a fez pular e ficar ereta, sentada na cama. Ele havia escurecido as janelas e a claraboia.

— Desligar o modo de sono e liberar a luz de todas as janelas. Merda! — Precisou cobrir os olhos com as mãos quando uma súbita explosão de luz a ofuscou.

Xingou, praguejou, saiu da cama com os olhos semicerrados e seguiu na direção do chuveiro.

Cinco minutos depois, soltou um grito abafado e tirou a água dos olhos ao ver Roarke. Ele estava parado diante dela vestindo uma camiseta branca, um jeans preto e segurando uma caneca imensa de café.

— Aposto que você vai gostar disso.

— Você não pode colocar as janelas em modo de sono sem me avisar — reclamou Eve, com o olho comprido no café.

— Estávamos dormindo.

— Nunca colocamos as janelas em modo de sono.

— Pois me pareceu que hoje era um bom dia para mudar de hábito.

Eve lançou os cabelos molhados para trás, saiu do boxe pingando e entrou no tubo secador de corpo. Olhou com raiva para Roarke, enquanto o ar quente girava em torno dela.

— Tenho um monte de coisas para resolver, pessoas para visitar.

— É só uma sugestão, querida, mas talvez seja melhor vestir alguma coisa, antes.

— Por que você não está vestido?

— Como assim?

— Por que não está usando um dos seus seis milhões de ternos?

— Tenho certeza de que são apenas cinco milhões e trezentos mil ternos. Mas não vesti nenhum deles porque me pareceu formal demais, já que teremos convidados chegando hoje.

— Você não vai trabalhar? — Ela saiu do tubo e pegou o café. — A bolsa de valores parou de funcionar no mundo todo da noite para o dia?

— Ao contrário, está até subindo na Ásia. Vou conseguir comprar mais um terno. Pronto... — Ele lhe entregou um robe. — Vista isso enquanto toma o café da manhã. Eu também vou tomar mais uma xícara.

— Preciso entrar em contato com Feeney, tenho de falar com o comandante, e verificar como estão as coisas com os androides, na casa de Avril. Depois, vou redigir um relatório e conferir o laudo do legista sobre Evelyn Samuels.

— Dia cheio, cheio, muito cheio. — Ele caminhou lentamente até o AutoChef e voltou aliviado. A mulher exausta da véspera tinha se regenerado e voltara a ser sua tira hiperativa de sempre.

— Você precisa de uma bela tigela de mingau.

— Ninguém, em sã consciência, precisa de uma tigela de mingau.

Origem Mortal

— Aveia fortificada.

— Vamos voltar ao ponto principal — reagiu ela, sem rir. — Você não pode colocar as janelas em modo de sono sem me avisar.

— Sempre que minha mulher voltar para casa choramingando de exaustão e estresse, vou cuidar para que ela tenha um repouso adequado. — Ele a fitou com olhos duros e frios. O olhar que servia de aviso que insistir naquilo iria terminar em briga. — Você tem sorte de eu ter apenas escurecido o quarto para seu descanso. — Foi até a saleta de estar com uma tigela de mingau e a colocou sobre a mesa. — Agora é melhor se sentar e comer, ou começaremos o dia com uma bela briga.

— Disso eu já desconfiava — resmungou ela.

— Sua agenda está cheia demais para encaixar um horário extra para brigas.

Eve chegou mais perto que nunca de fazer beicinho quando analisou o mingau.

— Até que esse mingau não está encaroçado, nem nojento.

— Claro que não. E está cheio de pedaços de maçã e mirtilos.

— Mirtilos?

— Sente-se ali e coma tudo como uma boa menina.

— Assim que abrir um espacinho na minha agenda, vou lhe dar um soco. — ameaçou ela. Mas se sentou e ficou ali, contemplando a tigela. Pedaços perfeitos de frutas tinham sido mergulhados numa gosma cinza. — Oficialmente estou de serviço desde as oito da manhã. Pelo regulamento, porém, tenho direito a um mínimo de oito horas de descanso entre os turnos, a não ser que seja requisitada por um superior. E passava de duas da manhã quando saí da casa dos Icove.

— Virou a paranoica do relógio, agora?

— Peabody e McNab vão tirar alguns dias de folga, a começar por hoje. Eu a liberei para viajar.

— Sobrou só metade da equipe — concordou ele, se sentando. — Perfeitamente dentro dos regulamentos, tudo às claras. O ritmo da investigação vai ficar mais lento. Devido ao feriadão, vai praticamente parar. O que pretende fazer com o tempo livre?

— Já coloquei as manguinhas de fora. Quebrei o Código Azul. Encontrei-me com Nadine e repassei tudo para ela. — Cutucou o mingau com a colher, ergueu-a de leve e deixou a gororoba escorrer de volta na tigela. — Desobedeci uma ordem direta e prioritária, e estou pronta para mentir e negar que fiz isso. Meus dedos estão coçando para dar um tempo extra a Avril Icove, até ela descobrir como se faz para desativar os braceletes, pegar as crianças e sumir no ar. Ainda tenho esperança de ela me informar a localização de Deena, ou pelo menos o local ou os locais das operações principais.

— Se continuar se recriminando por isso, vai começar o dia com uma enorme briga interna, afinal.

— Não tenho direito de tomar decisões com base em emoções, driblar regras e ignorar meus deveres.

— Discordo, Eve, em vários níveis. Em primeiro lugar, você nunca tomará nenhuma decisão baseada em emoção, ou pelo menos não apenas nisso. Haverá instinto, experiência e um profundo senso de justiça.

— Tiras não fazem as leis.

— Papo furado. Vocês podem não escrevê-las, mas as modificam todos os dias, conforme a situação. Isso é necessário porque quando as leis, as regras, e o espírito de justiça não se ajustam, nem se flexibilizam, tudo isso morre.

Eve já dissera a mesma coisa a si mesma umas dez vezes.

— Não contei nada disso a Peabody, só algumas coisas. Comentei que talvez não conseguisse lidar com uma situação dessas cinco anos atrás. Ela disse que eu conseguiria, sim.

Origem Mortal

— Nossa Peabody é astuta. Você se lembra do dia em que nos conhecemos?* — Enfiou a mão no bolso e pegou o botão cinza que caíra do único paletó que Eve tinha, pouco antes de Roarke invadir de vez a vida dela. Acariciou o botão entre os dedos, enquanto a observava.

— Naquele caso você lutou contra os procedimentos corretos, a lei levada ao pé da letra — continuou. — Mas já tinha, e sempre teve, um claro senso de justiça. As duas coisas são verdadeiras. Você sempre lutará contra essa dualidade, mas conseguirá enxergar o que é correto. É isso que a torna tão boa no que faz quanto o distintivo que usa. Nunca em minha vida conheci alguém que tenha uma antipatia tão radical contra as pessoas e, ao mesmo tempo, demonstre uma compaixão tão profunda e generosa para com elas. Agora, coma o seu mingau.

Ela provou e afirmou:

— Poderia estar pior.

— Tenho uma conferência on-line daqui a pouco e há um monte de recados à sua espera, no escritório.

— Recados?

— Três de Nadine, com crescente impaciência. Ela quer que você entre em contato com ela para confirmar informações que ela levantou sobre os Icove e a ligação do pai com a Academia Brookhollow, além de uma possível conexão disso tudo com a morte de Evelyn Samuels em New Hampshire.

— Ela ligou na hora combinada.

— Há também um recado de Feeney. Ele já voltou de New Hampshire e tem um relatório para apresentar a você. Pareceu-me circunspecto, como o Código Azul exige.

— Ótimo.

---

* Ver *Nudez Mortal*. (N.T.)

— O comandante Whitney quer relatórios orais e escritos antes do meio-dia.

— Você pretende se tornar meu assistente pessoal?

Ele riu e se levantou.

— Alguns dos nossos hóspedes da Irlanda vão chegar às duas horas. Isso, reconheço com irritação, está me deixando nervoso. Se você tiver de se atrasar, pode deixar que eu explico.

Ela acabou de comer e se vestiu. Depois, pegou o distintivo e foi trabalhar.

Encontrou-se primeiro com Feeney. Na sala dela, na Central, a portas fechadas. Contou-lhe tudo, exceto o encontro com Nadine. Se fosse rebaixada por causa disso, cairia sozinha.

— Três delas! A essa altura eu não estranho mais nada — reagiu Feeney, comendo amêndoas. — Bate direitinho com o que descobrimos na escola. Peguei os registros. — Deu uma batidinha nos discos que já colocara sobre a mesa de Eve. — Eles têm dois sistemas. Um com tudo certo e arrumadinho, para apresentar nas auditorias e na fiscalização. Tudo isso esconde o segundo. Cada aluna recebe um número de código, e esse número é usado nos testes, ajustes...

— Ajustes? De que tipo?

— Cirurgias. Escultura corporal. Eles fazem merdas desse tipo em crianças de oito anos, dá para acreditar? Que filhos da mãe! Consertam o formato dos olhos, fazem interrogatórios de rotina, controlam as doenças, tudo isso mais ou menos às claras, mas existem outras coisas piores sob os códigos. "Treinamento para aumento da inteligência", é o nome que dão. Sessões para instruções subliminares em áudio e vídeo. As alunas reservadas para serem acompanhantes licenciadas, denominadas de "companheiras",

Origem Mortal

recebem educação sexual avançada desde cedo. E tem mais uma coisa interessante...

Parou de falar para tomar um gole do café e completou:

— Deena não foi a única que fugiu.

— Existem outras alunas que caíram fora e não aparecem nos dados oficiais?

— Muitas. Achei arquivos sobre essas fugitivas. Mais de uma dúzia delas sumiram em pleno ar, depois de se formarem pela universidade e logo depois da "colocação". Deena foi a única que fugiu quando ainda era estudante, mas não foi a única que eles não conseguiram mais rastrear. Foi por isso que começaram a implantar nas novas, assim que nasciam, uma espécie de chip rastreador. Isso aconteceu depois que Deena escapou de lá. Depois, também implantaram esse chip no resto das alunas. Isso foi ideia de Evelyn Samuels. Pelas suas anotações pessoais, soube que ela não contou o que fizera aos Icove.

— Por quê?

— Entendeu que, emocionalmente, eles estavam ligados demais ao projeto por ter uma das clones na família. Uma clone que recebia liberdade demais, por sinal. Devido a essa proximidade, eles teriam se distanciado dos objetivos básicos do projeto e da declaração de missão da empresa. Que era criar uma raça de seres superiores, termo usado por eles mesmos, e antecipar o próximo salto evolucionário lógico por meio de tecnologias avançadas, eliminando imperfeições, falhas genéticas e, por fim, a própria mortalidade. A concepção natural de seres humanos, com seus inerentes riscos e questionáveis taxas de sucesso, poderia e deveria ser substituída pelo Nascimento Silencioso.

— Basta dispensar a parteira. Todos passarão a ter bebês feitos por encomenda, em laboratórios. Só que, para alcançar isso, é necessário desenvolver novas tecnologias e obter apoio político

É preciso mudar as leis e acabar com as restrições jurídicas. Criar novas legislações e formar alianças com o Estado.

— Eles estão trabalhando nisso. Já contam com algumas alunas formadas por eles trabalhando em cargos-chave dentro do governo. E também na área médica, em pesquisas e na mídia.

— Sabe aquela vaca loura do programa Reportagem da Semana? Aposto que é uma delas. Tem aqueles dentes assustadores, entende o que estou dizendo? Imensos, perfeitos, brancos demais. — Estremeceu e percebeu que Feeney olhava fixamente para ela. — Deixa pra lá.

— Eles estimam que em mais ou menos quinze anos, no máximo, as leis a respeito disso vão ser reformuladas em todo o mundo. Depois contam com mais um século para implementar outras leis que acabarão por banir do planeta a concepção natural de seres humanos.

— Eles querem tornar o sexo ilegal?

— Não, só a concepção feita fora de "ambientes controlados". Concepção natural implica em falhas naturais. No caso do Nascimento Silencioso, que eles não consideram artificial, nem chamam de clonagem...

— Já se mostrou um sucesso.

— Isso mesmo. — Ele tomou mais um gole de café. — O Nascimento Silencioso garante a perfeição humana e elimina os defeitos. Também garante, aos que merecem, pais adequados.

— Sei, muito adequados. Tinha que rolar esse tipo de coisa.

— Claro. Pais adequados são a garantia de que a criança vai alcançar o potencial desejado.

— Eles oferecem garantia de quanto tempo? — Os lábios de Eve se apertaram. — Qual é a política para trocas?

— Maluquice, não é? — Feeney não conseguiu evitar a risada.

— As mulheres não vão mais ser submetidas às indignidades provocadas pela gestação e pelo parto.

Origem Mortal 411

— Devem ter alguma meta em mente.

— Suas projeções indicam que leis internacionais propondo esterilização em massa serão aprovadas em, no máximo, setenta e cinco anos.

Esterilização obrigatória, Nascimento Silencioso, humanidade criada e controlada em laboratórios. Aquilo tudo parecia um daqueles filmes de ficção científica de Roarke.

— Eles estão planejando muito adiante — comentou Eve.

— Pois é, mas a verdade é que o tempo não representa problema para eles.

— Dá para entender a empolgação com o projeto. — Eve provou uma das amêndoas de Feeney. — Quer um filho sem ter muito trabalho? Escolha um modelo entre nossos bebês de última geração. Sofreu uma morte trágica e inesperada? Assine na linha pontilhada e garanta uma segunda chance para si mesmo. Vamos preservar suas células e fazer com que você siga em frente pela vida numa boa, indefinidamente. Sonha com uma parceira que aceite todas as suas fantasias sexuais? Temos uma garota novinha para você, proibida para menores.

— Por que conformar-se em ser apenas uma pessoa quando você pode ser três? — acrescentou Feeney. — Acompanhe a si mesmo, enquanto você cresce e se triplica. Isso dará um novo sentido à velha frase "Você é igualzinha à sua mãe".

Eve deu uma risada e perguntou:

— Ainda sem pistas de onde fica a base de operações?

— Há muitas referências aos "berçários", mas nada de locais nem mapas. Ainda temos muita coisa a descobrir.

— Vou me apresentar a Whitney para relatar tudo que conseguimos até agora. As escolas estão cercadas?

— Colocamos androides nesse trabalho. Imagine só, androides vigiando clones! Esse mundo está descacetado, mesmo. Temos alguns tutores legais começando a fazer pressão. Não conseguiremos manter a rede de proteção sobre essa lambança durante muito tempo.

— Ah, mas é claro que vamos conseguir! — Ela pegou os discos. — O feriadão está só começando e tudo vai ficar travado. Quando as coisas começarem a andar novamente, as leis internacionais vão entrar em ação. Esses "tutores legais" podem se preparar para muita dor de cabeça.

— Agora escute isto: temos quase duzentas alunas menores de idade, contando a escola e a universidade. Até agora, só seis tutores legais fizeram contato para saber o que está havendo. Aposto que quase todos esses pais são "fantasmas".

Eve concordou com essa hipótese e colocou o arquivo com o relatório atualizado na pasta do caso.

— Como é que essas meninas vão ser reintegradas à sociedade, Feeney? Quem vai aceitá-las?

— Esse é um problema para alguém com cérebro maior que o meu.

— Você tem planos para amanhã? — perguntou Eve, quando ele se levantou.

— Minha família vai toda para a casa nova do meu filho. Eu lhe contei que ele melhorou de vida e se mudou para New Jersey? — Feeney balançou a cabeça. — Não tem jeito... Temos de deixar os filhos viverem a própria vida.

Eve entrou no gabinete de Whitney ao meio-dia em ponto. Seu relatório cuidadosamente redigido já estava nas mãos dele, mas Eve completou o trabalho com uma atualização oral.

— As informações sobre as escolas e todas as atualizações relacionadas com o assunto acabaram de ser repassadas a mim pelo capitão Feeney, e ainda não foram incluídas no relatório escrito. Aqui está o relatório dele, senhor, bem como cópias dos discos contendo todos os dados obtidos nos arquivos da Academia Brookhollow.

Eve colocou todo o material sobre a mesa do comandante.

Origem Mortal

— Houve algum progresso quanto à localização de Deena?

— Nenhum, senhor. Com os registros que Feeney levantou, seremos capazes de identificar e localizar todas as alunas que se graduaram, com exceção das que abandonaram suas posições.

— E esses berçários de que fala o relatório não estão localizados nas propriedades da Academia Brookhollow?

— Não vimos evidências, nos locais investigados, de nenhuma área dedicada a produção de gêmeos artificiais, preservação de células, ou equipamentos relacionados a essas atividades. Mais uma coisa, senhor: por determinação da lei vigente, os implantes colocados em todos os menores deverão ser removidos.

— Você não está colocando o carro na frente dos bois, tenente? — perguntou o comandante, recostando-se e cruzando as mãos.

— Não creio, senhor. — Eve havia refletido muito sobre tudo aquilo. — Implantes internos são uma violação clara e direta das leis de privacidade. Além disso, com as evidências já obtidas, a lei exige que os tutores legais de todas as alunas sejam investigados e verificados. Legalmente, não podemos entregar nenhum menor de idade a pessoas que claramente participam ou participaram de registros envolvendo falsificação de identidade, e que reivindicam falsa tutela sobre tais menores.

— Você analisou tudo a fundo.

— Eles têm direito a proteção completa do Estado. A Academia Brookhollow já pode ser fechada. As evidências mostram que houve violações também na lei RICO, que trata de impostos, além de haver várias provas de evasão fiscal. As autoridades locais têm o dever de agir livremente até o caso ser entregue às autoridades federais. Senhor, quando isso acontecer, alguns dos indivíduos envolvidos nesses crimes vão se espalhar por aí, e outros vão tentar virar o jogo e se fazer de heróis. As alunas vão ficar num fogo cruzado, especialmente depois que o governo federal entrar em ação.

— O governo certamente vai querer lidar com isso em sigilo. As alunas serão interrogadas e...

Esse "e" era o que Eve mais temia.

— Sigilo não é uma boa opção, senhor. Tive vários contatos com Nadine Furst. Ela está me pedindo para confirmar ou negar vários aspectos dessa investigação, incluindo a ligação da escola com as mortes dos médicos e de Evelyn Samuels. Até agora eu me recusei a colaborar e recitei o discurso formal sobre nosso comprometimento com a verdade, investigações em andamento e coisas desse tipo, mas a repórter parece que está com o ouvido colado no chão.

— Quanto ela já descobriu? — perguntou Whitney, olhando fixamente para Eve.

— Senhor, ela já investigou a escola a fundo, pelo que pude perceber. Teve acesso aos registros das alunas. Está somando dois mais dois. Antes, ela já havia feito uma pesquisa cuidadosa sobre Wilfred Icove Pai, como parte da sua reportagem sobre a morte e o funeral dele. Nesse momento, descobriu a ligação entre o médico, Jonah Wilson e Eva Samuels. Para ser franca, senhor, Nadine descobriu isso antes de mim. Tem recursos excelentes e está com os dentes na presa.

Ele uniu as mãos, formou uma torre pontuda com os dedos e os movimentou.

— Sabemos que repassar discretamente informações à imprensa pode auxiliar as investigações da polícia, além de preservar as relações públicas entre as instituições. Além disso, muitas vezes isso gera boas recompensas para ambos os lados.

— Sim, senhor. O problema é que o Código Azul proíbe expressamente tais vazamentos e repasses.

— Sim, eu sei. No caso de violação do Código Azul por algum membro deste departamento, por qualquer razão, suponho que

Origem Mortal

esse indivíduo seja esperto o bastante para não manter o traseiro na reta.

— Eu não saberia informar nada a esse respeito, senhor.

— É melhor que não saiba. Reparei, tenente, que você não cancelou a folga da detetive Peabody para o feriado de Ação de Graças

— Não, senhor, não cancelei. O capitão Feeney também não cancelou a folga do detetive McNab. Temos Avril Icove em detenção domiciliar. O rastro de Deena Flavia está frio. A Academia Brookhollow continua cercada e nossa investigação está para ser repassada à jurisdição federal. É tecnicamente impraticável que esse repasse aconteça de forma completa antes da próxima segunda-feira. O que puder ser adiantado de hoje até esse momento, senhor, não depende de meus auxiliares, eu mesma poderei lidar com a situação. Achei desnecessário e injusto cancelar a folga de Peabody.

Eve esperou alguns instantes, mas o comandante não se manifestou.

— Quer que eu chame Peabody e McNab de volta, senhor?

— Não. Como você disse, o governo já está praticamente fechado para o feriadão. Aqui na Central estamos funcionando apenas com o pessoal básico e indispensável. Você identificou as pessoas que cometeram os homicídios sob investigação, descobriu seus métodos e motivos. O promotor público preferiu não acusar os suspeitos, por enquanto. Provavelmente fará a mesma escolha se e quando Deena Flavia for detida. Essencialmente, tenente, seu caso está encerrado.

— Sim, senhor.

— Sugiro que você vá para casa. Aproveite o feriado.

— Obrigada, senhor.

— Dallas — chamou ele, quando ela fez menção de se retirar.

— Se você tivesse de dar um palpite, extraoficialmente, um chute, na verdade, quando acha que Nadine Furst vai colocar esse furo de reportagem no ar?

— Se eu tivesse de dar um palpite, senhor, em caráter extra-oficial, eu diria que o Canal 75 vai ter uma história muito mais quente para contar, amanhã, do que a tradicional Parada da loja Macy's para comemorar o Dia de Ação de Graças.

— Esse também seria o meu palpite. Muito bem, Dallas, está dispensada.

Capítulo Dezenove

O tráfego estava tão terrível quanto um leão com prisão de ventre. Os nova-iorquinos, liberados mais cedo do trabalho, travavam uma acirrada batalha para conseguir voltar para casa e se preparar para o feriado, momento em que dariam graças por não ter de voltar ao trabalho no dia seguinte. Os turistas tolos o bastante para vir ao centro da cidade, a fim de assistir à parada (e que, na opinião de Eve, lucrariam muito mais se ficassem assistindo a tudo pelo telão), lotavam as ruas, as calçadas e o ar.

Os batedores de carteira faziam a festa, graças aos incautos.

Dirigíveis para turistas faziam hora extra, apregoando os símbolos e locais importantes da cidade, enquanto se arrastavam pesadamente, enchendo o céu, bloqueando as estações de bonde e atrapalhando o fluxo urbano. Portanto, refletiu Eve, impedindo de forma inconveniente as pessoas que moravam na cidade e estavam loucas para chegar em casa e se preparar para o feriado, e tudo voltava ao início do ciclo.

Cartazes piscavam, cintilavam e anunciavam quase cantando as ofertas que certamente atrairiam os insanos de carteirinha para o verdadeiro inferno representado pelas lojas da cidade e outlets antes mesmo que o peru do jantar do feriado estivesse digerido por completo.

Cruzamentos, passarelas aéreas, calçadas e maxiônibus estavam tão entulhados de gente que Eve perguntou a si mesma se haveria algum habitante nos outros distritos da cidade.

O elevado número de crianças em skates turbinados, pranchas aéreas, bicicletas a jato e patinetes urbanos servia como prova de que o feriado escolar também já havia começado.

Devia haver alguma lei contra tudo aquilo.

Os camelôs nas calçadas também comemoravam o movimento assustador e vendiam imitações baratas de absolutamente tudo, desde eletrônicos provenientes do mercado negro, passando por relógios que só marcavam o tempo até o vendedor embolsar o dinheiro, trocar de ponto e se entranhar no tecido da cidade.

Era melhor os consumidores se precaverem, pensou Eve.

Estava parada no sinal vermelho quando um táxi da Cooperativa Rápido, na pista ao lado, tentou desviar, mas foi atingido no para-choque, de leve, pelo carro alugado que estava atrás da viatura de Eve.

Ela soltou um longo suspiro e pegou o comunicador para informar a ocorrência ao sistema de tráfego. Sua intenção de não permitir que seu envolvimento no caso passasse disso foi esmagada no instante em que a motorista do carro alugado saltou, furiosa, e começou a socar o capô do táxi.

Isso fez com que a taxista também saltasse do veículo. Duas mulheres, para "sorte" de Eve. O empurra-empurra teve início na mesma hora.

Buzinas reclamaram, gritos se fizeram ouvir e um animado grupo de pedestres começou a torcer, já escolhendo quem tinha razão.

Origem Mortal

Pareceu a Eve que o sujeito responsável por uma carrocinha de lanches começou a aceitar apostas. Que cidade!

— Pode parar, nada disso, segurem a onda!

As duas mulheres se viraram na mesma hora ao ouvir a voz de Eve. A motorista do sedã alugado pegou o que Eve reconheceu como um botão de pânico, usado como colar em torno do seu pescoço.

— Espere! — gritou Eve, mas foi atingida em cheio por um barulho estridente, desagradável e quase ensurdecedor

— Conheço esse papo, sei o que está tentando fazer! — reagiu a mulher, tornando a apertar o botão do barulho mais uma vez, algo que fez os olhos de Eve se encherem de lágrimas. — Sei todo tipo de golpe que rola nessa cidade esquecida de Deus. Acha que só porque viemos de Minnesota somos idiotas e não sabemos das coisas? Polícia! Polícia! — gritou, descontrolada.

— Eu sou da...

A mulher carregava uma bolsa do tamanho do seu estado natal e a girou com a determinação de quem empunha um aríete para derrubar um muro. A bolsa atingiu o rosto de Eve em cheio. Pelas estrelas que explodiram em sua cabeça, a bolsa devia estar carregada de pedras do pitoresco estado americano.

— Caraca! — reagiu Eve.

A mulher aproveitou o *momentum* da bolsa para completar um círculo completo e também mirou a motorista do táxi. Alertada pelo ataque a Eve, ela pulou de lado, espertamente.

— Polícia! Polícia! Estou sendo assaltada na rua, em plena luz do dia. Onde está a porcaria da polícia?

— Você vai ficar *desmaiada* na rua em plena luz do dia — avisou Eve, evitando o golpe seguinte da bolsa giratória. — *Eu sou* a polícia dessa cidade esquecida de Deus. Que diabos *você* veio fazer no meu mundo?

— Isso é falso. Você acha que eu não sei reconhecer um distintivo falso só porque vim de Minnesota?

Quando a turista preparou a bolsa para mais um ataque, Eve sacou a arma.

— Quer apostar como *isso aqui* não é falso, sua idiota de Minnesota?

A mulher, que devia ter quase oitenta quilos, olhou para a arma e ficou paralisada. Seus olhos giraram para trás subitamente. A caminho do solo, caiu por cima da taxista que pesava, no máximo, cinquenta e cinco quilos, roupas incluídas.

Atrás dela, no instante em que Eve olhava para a confusão de braços e pernas amontoados, o vidro da janela traseira do sedã foi abaixado.

— Minha mãe! Ela matou a minha mãe!

Ao olhar para o carro, Eve reparou que o veículo estava lotado de crianças. Nem se deu ao trabalho de contar quantas eram. Todas gritavam a plenos pulmões e choravam desesperadas, num nível de decibéis que colocava no chinelo o botão de pânico.

— Ai, meu cacete no cu do inferno! — Aquele era um dos xingamentos favoritos de Roarke, e lhe pareceu o mais apropriado para a cena dantesca. — Eu não matei ninguém. Ela desmaiou! Sou da polícia, olhem só — disse ela, mostrando o distintivo pela janela aberta.

Dentro do carro, os gritos e o choro continuaram com a mesma intensidade. No chão, a taxista, obviamente zonza, tentava se arrastar para o lado, por baixo da oponente.

— Eu mal encostei nela! — O sotaque de Nova York era tão forte que nem um martelo hidráulico conseguiria amaciá-lo. Eve criou uma afinidade instantânea com a taxista. — Você viu, estava na frente, mas viu! Foi ela que saiu da pista onde estava sem ligar a seta. E bateu em mim antes. Você viu!

— Sim, sim, eu vi.

— Ela acertou sua cara em cheio. Vai ficar inchado e roxo. Malditos turistas. Ei, crianças, calem o bico. A mãe de vocês está bem. Fechem a porra da matraca, agora mesmo!

Origem Mortal

Os gritos foram substituídos por choramingos melosos.

— Bom trabalho! — elogiou Eve.

— Tenho dois pestinhas desses lá em casa. — A taxista esfregou o traseiro dolorido e encolheu os ombros. — Fui obrigada a aprender como lidar com eles.

Elas ficaram em pé lado a lado por alguns instantes, apreciando a mulher que gemia no chão e a histeria de buzinas e gritos à sua volta. Dois policiais surgiram correndo no meio da turba e entre os veículos. Eve ergueu o distintivo mais uma vez.

— Batida leve entre o táxi e o carro alugado. Não amassou nenhum dos dois.

— O que houve com ela? — perguntou um dos guardas, apontando com a cabeça para a mulher que tentava se sentar.

— Ficou histérica, me acertou com a bolsa e desmaiou quando viu a arma.

— Quer que a levemos para a delegacia por agredir uma policial, tenente?

— Não, sem essa! Ajudem-na a levantar do chão, coloquem-na dentro do carro e tirem-na daqui o mais depressa possível. Se ela reclamar sobre a batida ou quiser prestar queixa, avisem-na que se ela forçar a barra vai passar o Dia de Ação de Graças no xadrez, por agressão a uma policial com uma bolsa cheia de pedras.

Eve se agachou e esfregou o distintivo mais uma vez na cara da mulher ainda zonza.

— Você ouviu tudo o que eu disse? Entendeu alguma coisa do que rolou aqui? Faça um grande favor a todos nós: entre nesse calhambeque que você alugou e caia fora daqui. — Eve se ergueu e completou: — Bem-vinda a Nova York, a cidade... Como é mesmo?... Esquecida de Deus.

Olhou para a taxista e perguntou:

— Você ficou ferida na queda?

— Que nada, não é a primeira vez na vida que caio de bunda no chão. Se ela deixar tudo por isso mesmo, por mim está de bom tamanho, tenho mais o que fazer.

— Ótimo. Policiais, a festa é de vocês, agora.

Entrou de volta na viatura e conferiu o rosto no espelho retrovisor, enquanto esperava o sinal abrir novamente. A marca vermelha já se espalhava a partir da ponta do nariz e seguia pela bochecha até o canto do olho.

As pessoas eram um risco imenso para a raça humana.

Embora sentisse o rosto latejar, resolveu dar uma passada na casa dos Icove. Queria tentar arrancar mais alguma informação de Avril.

Um dos androides da polícia abriu a porta e confirmou sua identificação.

— Onde elas estão?

— Duas estão no segundo andar com os menores e meu companheiro de missão. A terceira está na cozinha. Elas não fizeram nenhuma tentativa de escapar, e também não entraram em contato com ninguém de fora.

— Fique aqui — ordenou Eve, e caminhou pela sala até a cozinha.

Avril estava junto do fogão, tirando do forno uma bandeja de cookies recém-preparados. Vestia uma suéter azul bem simples e calça preta. Seus cabelos estavam presos em um brilhante rabo de cavalo.

— Olá, sra. Icove.

— Oh, você nos assustou! — reagiu ela, largando a bandeja de cookies sobre a tampa do fogão. — Adoramos cozinhar algumas coisas interessantes em ocasiões especiais, e as crianças adoram quando preparamos cookies caseiros.

— Só uma de vocês está aqui na cozinha. Por que você não dá um tempo nessa história de "nós" o tempo todo? Por que você

Origem Mortal

não me contou sobre as cirurgias e os programas de controle subliminar realizados rotineiramente em menores de idade na Academia Brookhollow?

— Tudo isso fazia parte do processo e do treinamento. Imaginamos que a senhora já sabia de tudo. — Começou a passar os cookies da bandeja para uma tigela de vidro. — Esta é uma entrevista oficial e está sendo gravada?

— Não, sem gravadores. Estou fora do meu horário de serviço.

Avril se virou de frente para Eve pela primeira vez e um ar de preocupação tomou conta de seu rosto.

— A senhora está com o rosto arroxeado.

Ela espetou a língua na bochecha e sentiu alívio por não sentir gosto de sangue.

— A vida lá fora é uma selva — explicou.

— Vou pegar o kit de primeiros socorros — ofereceu Avril.

— Não se preocupe com isso. Quando foi que Deena ficou de entrar em contato com vocês, Avril?

— Achamos que ela já deveria ter nos contatado, a essa altura. Estamos começando a nos preocupar, tenente. Ela é nossa irmã. Nosso relacionamento é tão forte e verdadeiro quanto se fôssemos irmãs de sangue. Não queremos que nada aconteça a ela por causa de algo que nós fizemos.

— E que tal algo que vocês não fizeram? Como me contar onde ela está, por exemplo?

— Não podemos contar, a não ser que ela nos libere para fazer isso.

— Ela está trabalhando com mais pessoas? As outras alunas que fugiram?

Avril tirou o avental com todo o cuidado e explicou:

— Várias delas formaram uma organização clandestina. Outras preferiram simplesmente desaparecer, levar uma vida normal.

Deena teve ajuda, mas o que ela fez... o que nós fizemos — corrigiu —, é o que ela mesma, e suponho que a senhora também, chamariam de algo não aceitável, em outras circunstâncias. Só que Deena sentiu que alguma coisa precisava ser feita de imediato. Uma ação forte e definitiva. Também nos sentimos do mesmo modo quando descobrimos o que estavam fazendo com nossos filhos, e reconhecemos que ela estava certa.

— A essa hora, amanhã, o programa Nascimento Silencioso vai ser a notícia principal em toda a mídia. Vocês não queriam que o projeto acabasse? A revolta pública vai fazer de tudo para que isso aconteça. Ajude-me a limpar o resto dessa sujeira. Onde ficam os berçários, Avril?

— O que acontecerá com as crianças, os bebês, os fetos que ainda não nasceram?

— Sinceramente, não sei. Mas acredito que se levantarão muitas vozes lutando pelos direitos deles e exigindo a sua proteção. Isso tudo também faz parte da condição humana, certo? Proteger e defender os inocentes e os desprotegidos.

— Nem todos vão encarar as coisas desse modo.

— Um número suficiente de pessoas vai. Eu lhe dou minha palavra que sei como essa história vai ser revelada ao público, e o tom que será usado. A possibilidade de Deena ir para a cadeia pelos seus crimes é mínima, diria até nula. Mas essa possibilidade vai aumentar se ela resolver levar em frente a sua missão, agora que já demos os primeiros passos para interromper o projeto e vamos fechar as áreas de treinamento.

— Diremos isso a ela, na primeira oportunidade.

— E quanto aos dados levados do escritório particular do seu marido, no terceiro andar?

— Ela está com eles. Nós lhe entregamos tudo.

— Muito bem. E os dados que ela recolheu do escritório pessoal de Evelyn Samuels?

Origem Mortal

— A senhora é muito boa em seu trabalho. — Um ar de surpresa apareceu em seus olhos.

— Sou mesmo. O que havia nos arquivos que ela levou da sala de Samuels, especificamente?

— Não sabemos. Não houve tempo para ela nos contar isso.

— Pois diga-lhe que se ela me repassar aqueles dados e os locais dos berçários, posso colocar uma tampa em tudo isso. Ela não precisa fazer mais do que já fez.

— Seguiremos sua sugestão, assim que tivermos chance. Somos muito gratas à senhora, tenente. — Ela ergueu a tigela e ofereceu: — Gostaria de um cookie?

— Por que não? — aceitou Eve, pegando um dos biscoitos para comer na viagem para casa.

Havia crianças nos jardins ao lado da alameda. Isso foi um susto para Eve, ainda mais quando um deles despencou de uma árvore como se fosse um macaco. Esse lhe pareceu ser do sexo masculino, pois emitiu gritos primais de guerra quando correu na direção do seu carro.

— Boa-tarde! — berrou ele, com um sotaque muito mais forte e puro que o de Roarke. — Estamos em Nova York.

— Que bom. — Ele não pareceu considerar aquele local uma cidade esquecida por Deus.

— Nunca estivemos aqui antes, mas viemos passar um feriado americano. Meu nome é Sean, estamos aqui para visitar meu primo Roarke. Essa casa imensa pertence a ele. Meu pai disse que o lugar é tão grande que deve ter seu próprio código postal. Se você veio visitar Roarke, ele está lá dentro. Posso lhe ensinar o caminho.

— Eu conheço o caminho. Sou Dallas. Também moro aqui.

O menino olhou com a cabeça virada de lado, analisando a visitante. Eve não era muito boa para estimar a idade de crianças, mas imaginou que o menino tivesse cerca de oito anos. Tinha muito cabelo, no mesmo tom avermelhado do xarope de milho que ela gostava de derramar sobre as panquecas no café da manhã, além de olhos verdes imensos. Seu rosto era uma explosão de sardas.

— Mas me contaram que a moça que mora na casa grande com primo Roarke se chama Eve. Trabalha na "garda", que é como chamamos a polícia irlandesa, e usa armas.

— Meu nome é tenente Eve Dallas — explicou, abrindo o casacão para ele ver a arma no coldre de ombro.

— Uau, que demais! Posso...?

— Não. — Fechou o casacão antes de seus dedinhos ávidos conseguirem tocar a arma.

— Tudo bem — conformou-se o menino. — Você já apagou muita gente com ela?

— Alguns.

— Você acabou de brigar com alguém?

— Não. Isto é, não exatamente.

— Parece que alguém lhe plantou um soco certeiro no meio da cara. Você vai fazer o tour pela cidade em nossa companhia?

Puxa, será que aquele menino sabia fazer outra coisa, além de perguntas?

— Não sei — respondeu, pensativa. Será que ela teria de passear pela cidade em companhia deles? — Provavelmente não. Tenho um monte de coisas para resolver.

— Vamos patinar no gelo num lugar famoso da cidade que fica ao ar livre. Você já fez isso?

— Não. — Eve olhou fixamente para o menino. Torcendo para que o perturbador fascínio que ele parecia ter por ela desaparecesse de vez, contou, com seus frios olhos de tira: — Houve um assassinato nesse rinque de patinação, no ano passado.

Em vez de choque e terror, o rosto de Sean exibiu um delicioso ar de empolgação.

Origem Mortal

— Um assassinato? Quem morreu? Quem matou? O corpo congelou no gelo e teve de ser raspado do rinque? Havia muito sangue no local? O sangue congelou como picolé de morango, não foi?

As perguntas pareciam picá-la como insetos furiosos. Eve apertou o passo na esperança de escapar do menino e alcançar a casa.

Ao abrir a porta, ouviu o som de vozes. Muitas vozes.

Uma criatura humana de sexo indeterminado surgiu engatinhando pelo piso do saguão. Tinha a velocidade de um raio e veio, determinada, em sua direção.

— Oh, meu Deus.

— Essa é minha prima Cassie. É mais rápida que uma cobra. É melhor fechar a porta.

Eve não só fechou como ficou de costas coladas à porta, observando com horror a criaturinha rastejante que emitiu uma série de sons ininteligíveis, acelerou a velocidade e a deixou encurralada.

— O que ela quer de mim?

— Nada, só dizer olá. Pode pegá-la no colo, se quiser, ela é amigável. Não é, Cassie Pituchinha?

A menina sorriu e exibiu dois dentinhos brancos que começavam a apontar. Depois, para horror de Eve, agarrou a ponta do casacão, se pendurou nele, deixando balançar no ar as perninhas rechonchudas, e disse:

— Dah!

— O que significa isso?

— Mais ou menos nada.

Um homem surgiu, vindo da sala de visitas. Era alto, magro como um graveto, e tinha uma cabeleira densa e revolta, em tom castanho. Sorriu. Em outras circunstâncias, Eve poderia tê-lo achado charmoso.

— Ah, aí está a fujona! Eu estava tomando conta dela, mas basta tirar os olhos três segundos dessa macaquinha e ela escapa, engatinhando pela casa toda. Não precisa contar isso à sua tia Reenie, ouviu? — alertou, olhando para Sean. Depois, para enorme alívio de Eve, pegou o bebê com rapidez, colocou-o no colo e o apoiou, com muita habilidade, sobre o quadril. — Você deve ser Eve. Sou seu primo Eemon, filho de Sinead. É um prazer conhecer você, finalmente!

Antes de Eve ter chance de falar alguma coisa, ele a enlaçou fortemente com o braço livre, o que a deixou numa desconfortável proximidade com o bebê pendurado nele. Os dedinhos finos e ágeis da criança lhe agarraram os cabelos com força.

— Cassie tem um fascínio imenso por cabelos — explicou Eemon, rindo —, apesar de ainda ter tão poucos. — Com muita competência, afastou os dedos da menina.

— Ahn... — foi tudo o que ocorreu a Eve dizer, mas Eemon abriu seu sorriso cintilante mais uma vez.

— Puxa, você mal entrou pela porta e já foi sufocada. Estamos espalhados por toda parte. Esta casa é imensa, uma beleza de lugar! Roarke e alguns de nós, da família, estamos na sala de visitas. Quer que eu a ajude com o casaco?

— Casaco? Não, obrigada. — Eve conseguiu se desvencilhar e despiu o casacão. Deixou-o pendurado no pilar da escada

— Vovó! — Sean correu feito um louco e um pouco da tensão de Eve desapareceu quando Sinead surgiu no saguão. Aquela, pelo menos, era uma pessoa que ela já conhecia.

— Você nunca vai adivinhar, vovó! — Explodindo de empolgação, Sean dançou em círculos. — Prima Eve disse que aconteceu um assassinato no rinque de patinação. Com um cadáver de verdade!

— Assassinatos sempre resultam em cadáveres, meu filho.

Origem Mortal

De repente ocorreu a Eve que homicídios talvez não fossem um assunto apropriado para conversas de família.

— Aconteceu no ano passado — apressou-se em explicar. — Está tudo bem, agora.

— Fico aliviada em saber, porque há uma horda imensa planejando girar sobre o gelo por lá — sorriu Sinead, se aproximando mais.

Era magra e linda. Pele muito branca e delicada, feições finas, cabelos louros avermelhados e olhos verdes como o mar. O mesmo rosto que sua irmã gêmea, mãe de Roarke, teria se estivesse viva. Ela beijou Eve no rosto.

— Obrigada por nos receber em sua casa, querida.

— Claro, mas a casa é de Roarke e...

— Não importa se ele a comprou antes de conhecer você, este é o lar que vocês construíram juntos. Como consegue organizar um lugar gigantesco como este? — Ela colou o braço por dentro do de Eve e caminhou lado a lado com ela, a caminho da sala de estar. — Eu certamente me perderia aqui dentro.

— Não sou eu quem cuida de tudo, na verdade. É Summerset.

— Sim, ele me parece muito competente. E um pouco assustador.

— Eu que o diga!

Mas Eve saberia lidar melhor com o mordomo austero do que com o que viu na sala de estar. Havia *muitas* pessoas. Será que Roarke comentara que seriam tantas? Todos conversavam e comiam. Apareceram mais crianças, aquelas que Eve tinha visto do lado de fora da casa. Deviam ter entrado pela porta lateral, pensou. Ou atravessado as paredes, invisíveis.

Roarke servia uma xícara com alguma bebida não identificada a uma senhora de idade avançada. Ela estava sentada em uma das poltronas de encosto alto, com a cabeça coroada de cabelos branquíssimos e os olhos fortes, muito azuis.

Havia um homem encostado ao consolo da lareira; batia um papo com outro que poderia ser seu irmão gêmeo, desde que Eve deixasse de fora os vinte e poucos anos que claramente existiam entre eles. Pareciam não dar importância aos dois meninos sentados aos seus pés e que socavam um ao outro com violência.

Mais uma mulher, com vinte e poucos anos, estava sentada na moldura da janela baixa, olhando com ar sonhador enquanto um bebê sugava heroicamente um dos seus seios.

Puxa vida!

— Nossa Eve está em casa — anunciou Sinead, e as conversas foram interrompidas. — Conheça a família, sim? — O braço de Sinead apertou mais o de Eve, empurrando-a para frente. — Este é meu irmão Ned, e esse é Connor, seu filho mais velho.

— Ahn, prazer em conhecê-los. — Eve fez menção de estender a mão, mas foi envelopada em um abraço apertado pelo homem mais velho; em seguida, ele a passou para o filho, que lhe deu o mesmo tratamento.

— Obrigado por nos receber.

— Aquela é Maggie, esposa de Connor, amamentando o jovem Devin.

— Muito prazer. — Maggie lançou para Eve um sorriso lento e tímido.

— Espalhados no chão estão Celia e Tom.

— Ela tem uma arma me verdade. — Como foi a menina que fez tal observação, entre sussurros, Eve imaginou que fosse Celia.

— É uma arma comum fornecida pela polícia — informou Eve, colocando a mão na arma por instinto. — Está na função de atordoamento leve. É melhor eu... ir lá em cima para guardá-la.

— Alguém socou sua cara — alegrou-se Tom, sem se preocupar com sussurros.

Origem Mortal   431

— Não foi bem assim. É melhor eu subir para... — *me esconder*, pensou Eve.

— Esta é minha mãe — Sinead fez Eve dar mais um passo à frente. — Alise Broody.

— Olá, senhora. Eu ia apenas...

Mas a mulher se levantou com leveza.

— Vamos dar uma boa olhada no que temos aqui. Você não alimenta essa jovem, menino? — reclamou, olhando para Roarke.

— Bem que eu tento.

— Um bom rosto. Maxilar forte. Isso é muito bom para quem acaba levando uns socos no trabalho, de vez em quando. Quer dizer que você é uma tira, certo? Persegue assassinos e outras escórias. É boa no que faz?

— Sim, sou muito competente.

— Muito bem. Não adianta nada exercer uma profissão sem ter competência. E sua família? Seus parentes diretos, o que fazem?

— Não tenho família nenhuma.

— Por Deus, minha criança! — Ela riu de forma gostosa e interminável. — Quer você goste ou não, ganhou uma família inteira, agora. Venha nos dar um beijo, vamos lá! — Apontou com o dedo para a bochecha. — E pode me chamar de vovó.

Eve não gostava nem um pouco de beijar o rosto das pessoas, mas não teve muita escolha.

— Agora eu realmente preciso... — Eve apontou vagamente para a porta.

— Sim, Roarke nos avisou que você está no meio de uma investigação importante. — Sinead lhe deu um tapinha no ombro. — Não se preocupe conosco, se tiver algum problema de trabalho para resolver.

— São coisas rápidas. Não demoro muito.

Ela saiu depressa e respirou fundo pela primeira vez desde que entrara em casa. Roarke a alcançou quando começou a subir a escada.

— Como foi que você recebeu a marca roxa dessa vez?

— Levei uma bela bolsada de uma turista de Minnesota. Devia ter cuidado do ferimento antes de voltar para casa, e também devia ter deixado a arma trancada dentro da viatura. — O fato de Roarke lhe parecer ridiculamente feliz só serviu para deixá-la ainda mais envergonhada. — Também não deveria ter tentado impedir que o menininho... Sean... parasse de me atormentar com perguntas contando a ele sobre o assassinato que aconteceu no Rockefeller Center no ano passado.

— Certamente não foi o último. Aprenda que quando se fala em mortes com um menino pequeno, isso só serve para empolgá-lo ainda mais. — Ele a enlaçou com o braço e acariciou-lhe a frente do corpo com a mão, movendo-a para cima e para baixo.

— Diante deles, você não precisa ser o que não é. Pelo menos isso eu já aprendi. Agradeço muito por você tolerar todo esse estorvo, Eve. Sei que nada disso é confortável para você, e o momento acabou se mostrando péssimo.

— Está tudo bem. Foi a quantidade de pessoas que me assustou, ainda mais porque muitos deles são crianças.

Ele se inclinou de leve, apenas para roçar os lábios nos dela.

— Será que esse é o melhor momento para avisar você de que há muitos mais nadando na piscina?

— Mais? — Ela ficou paralisada.

— Vários. Um dos tios ficou na Irlanda, junto com um monte de outros primos e meu avô. Estão cuidando da fazenda da família. Mas vieram outros primos e seus filhos.

Crianças. Mais crianças! Mas Eve resolveu que não iria entrar em pânico. De que adiantaria?

— Vamos precisar de um peru do tamanho de Plutão.

Ele a puxou para mais perto dele, beijou e mordiscou-lhe a lateral do pescoço.

Origem Mortal

— Como você está se saindo com eles? — quis saber Eve.

— Há uma miríade de sentimentos entrando e saindo de mim.

— Ela acariciou-lhe os braços e deu um passo para trás.

Tocá-lo, percebeu Eve. Manter contato físico. Talvez fosse disso que ambos precisassem.

— Eu estou muito satisfeito por eles estarem aqui. Nunca sonhei que um dia fosse receber um parente de sangue debaixo do meu teto. — Soltou uma risada meio abafada. — Na verdade, nunca imaginei que houvesse parentes vivos com os quais pudesse me importar em receber bem. Ainda não consigo acompanhar a velocidade dos acontecimentos. Não sei como analisar cada um deles, juro por Deus.

— A verdade é que existem tantos parentes que você vai levar uns dois anos só para associar os nomes aos rostos.

— Pois é. — Ele riu novamente, mais à vontade agora. — Mas não foi isso que eu quis dizer. Estou muito feliz por eles estarem aqui; ao mesmo tempo, não consigo me acostumar com o fato. Eles... Puxa, eu não consigo achar uma palavra que represente a situação de forma correta. Eles me deixaram aturdido. Sim, *aturdido* é o termo mais próximo para descrever. Eve, eles me deixaram aturdido com sua aceitação e afeto irrestrito. No entanto, aqui dentro, em alguma parte de mim, ainda existe o rato das ruas de Dublin que espera que um deles diga, a qualquer momento: "Roarke, primão, que tal nos oferecer um pouco da sua grana, já que você está nadando de braçada nela?" Pensar nisso me parece inadequado e injusto.

— Mas é natural! Certamente seria mais fácil para você se um deles fizesse isso. Você o compreenderia. Aliás, eu também. — Ela virou a cabeça meio de lado. — Eu realmente vou ter de chamá-la de "vovó"? Não sei se conseguirei fazer com que a boca obedeça ao cérebro.

Ele passou os lábios sobre a sobrancelha dela.

— Seria um grande favor para mim se pelo menos você tentasse. Pense nisso como uma espécie de apelido carinhoso, é isso que estou fazendo. Agora, se você precisa trabalhar um pouco, eu explico a eles e peço desculpas a todos.

— Não me resta muita coisa a fazer, exceto esperar. Basicamente estou aguardando o momento em que a mídia vai soltar a bomba e os federais vão assumir o caso. Em termos do departamento, o caso está essencialmente encerrado. Só que eu gostaria de pedir a você para me conseguir o esquema e a planta da clínica. Se a base de operações não fica na escola, aposto que está lá. Talvez os pontos de apoio estejam espalhados, mas deve haver um centro de operações.

— Farei isso. Posso dar início à pesquisa e acompanhar tudo remotamente.

— Isso seria ótimo. Talvez também pudéssemos rodar mais uma vez o programa de comparação de fotos para Deena, usando as fotos de Brookhollow. É possível que consigamos identificá-la melhor analisando sua aparência básica, a partir dos registros da escola. Talvez tenhamos sorte.

— Mas você disse que o caso está essencialmente encerrado — repetiu ele, com um jeito seco.

— Em termos do departamento. Não quero nem pensar em deixar isso me escapar das mãos sem tentar todas as possibilidades.

Havia mais deles. Ele deixou que os nomes e rostos lhe zunissem pelo cérebro sem registrar nada. Parecia-lhe que ali havia um tipo de cada espécie de pessoa; e de todas as idades, dos que tinham quase setenta anos até os que não passavam de poucos meses de vida. E cada um deles tinha inclinação para puxar assunto.

Origem Mortal

Como Sean parecia determinado a segui-la por toda parte, como uma sombra, ela chegou à conclusão que meninos eram como felinos: insistiam em oferecer sua companhia às pessoas que mais tinham medo ou que menos confiavam neles.

Quanto a Galahad, o gato da casa, fez uma aparição rápida e ignorou regiamente todas as pessoas que não tinham pelo menos um metro de altura, até descobrir que essa variedade de humanos era muito mais propensa a deixar cair comida no chão ou lhe oferecer petiscos às escondidas. Acabou quase em coma provocado por gula, deitado com a barriga para cima debaixo da mesa.

Eve escapou do grupo que Roarke levou pelas ruas no que Sean chamou de *city tour* e então, com a cabeça cheia de conversas variadas e infindáveis, foi se esconder no escritório.

Um caso só poderia ser considerado encerrado no fim de tudo.

Sentou-se à sua mesa e ordenou que os dados do computador de Roarke fossem transferidos para o seu sistema pela rede, e analisou as plantas e projetos do Centro Icove.

Haveria outros locais, e Roarke concordava com isso. Seu computador continuaria a pesquisar os possíveis lugares não registrados. Por enquanto, havia muita coisa a averiguar com aquele material mesmo.

Só Deus sabe o quanto havia ali para esmiuçar.

— Computador, fazer desaparecer da tela todas as áreas com acesso irrestrito ao público.

Caminhou de um lado para o outro diante dos telões, analisando os acessos e os pisos de cada andar.

Porque o centro de operações estava ali. Eve tinha certeza disso. Era uma questão de ego, além de ser mais conveniente. Icove certamente teria montado a base do seu projeto mais pessoal no enorme centro que levava o seu nome.

Era ali que ele passava o tempo livre. Os dias e noites sem registro na agenda. O local ficava a uma caminhada de sua casa, ou a cinco minutos de carro.

— Eliminar da tela todas as áreas dedicadas aos cuidados com pacientes externos. — Nossa, ainda havia sobrado muito espaço para laboratórios, setores vedados aos outros funcionários, setores administrativos. — Estou perdendo meu tempo, provavelmente estou desperdiçando um tempo precioso nisso — murmurou. — Os federais vão vasculhar o lugar em mais um dia, dois no máximo.

A Polícia de Nova York não conseguiria um mandado para fechar o lugar. Havia muitos pacientes civis para levar em consideração, leis de privacidade para superar. Só o tamanho descomunal do complexo já tornaria qualquer busca não só basicamente complicada como também praticamente impossível.

Os federais, por sua vez, teriam todos os recursos e facilidades, o equipamento adequado. Provavelmente era melhor deixar essa parte para eles, mesmo. O melhor a fazer era deixá-los empacotar tudo.

— Ah, que se dane! Computador, colocar em destaque as áreas onde funcionam os laboratórios, um de cada vez, começando pelos que têm segurança máxima. A Unilab realiza muitas pesquisas no local, algumas das suas unidades móveis devem trabalhar em partes do projeto — disse, baixinho, quando uma nova imagem surgiu no telão. — Mas como descobrir quais dessas são as usadas para isso sem fechar todas para averiguação?

O que significava obter mandados complicados emitidos por todos os países onde a empresa tinha equipamentos e instalações. Sem falar nos processos pesados que, sem dúvida, seriam abertos por funcionários e pacientes.

— A empresa tem mobilidade. Tem também uma rede excelente, e talvez seja através dessa rede que eles movimentem

Origem Mortal

as alunas graduadas para a tal "colocação" de cada uma delas. Quem sabe? Prêmio Nobel uma ova! Eles precisam ter as portas fechadas antes disso tudo ser resolvido.

Ela girou o corpo de repente ao ouvir um ruído na porta. Sinead parou e recuou.

— Desculpe. Eu me perdi e, quando ouvi sua voz, vim seguindo o som. Quando percebi que você estava trabalhando, tentei sair novamente sem atrapalhar.

— Eu estava apenas pensando em voz alta.

— Ora, mas eu também faço isso o tempo todo.

— Você não foi com os outros?

— Não quis ir. Fiquei aqui para ajudar minha nora com os bebês. Estão todos apagados agora, dormindo profundamente. Pensei em procurar a linda biblioteca que Roarke nos mostrou mais cedo, talvez pegar um livro e me distrair um pouco. Mas fiquei mais perdida que Maria na floresta.

— Que Maria?

— A irmã de João. Você não conhece a história infantil de João e Maria?

— Ah, sim. Conheço, claro. Posso lhe mostrar onde fica a biblioteca.

— Não precisa se incomodar. Pode deixar que eu encontro. Você está trabalhando.

— Estou empacada. Não consigo chegar a lugar algum, mesmo.

— Posso ver o que está fazendo, por alguns segundos?

— Ver o quê?

— A parte policial do seu trabalho. Não sou tão sedenta de sangue quanto Sean, mas tenho muita curiosidade. Este espaço mais parece um pequeno apê do que o escritório de uma tira.

Eve levou um momento para lembrar que a palavra "apê" significava apartamento.

— Bem, na verdade, Roarke mandou fazer uma réplica exata do velho apartamento onde eu morava. Foi um dos jeitos que encontrou para me atrair e convencer a vir morar aqui com ele.

— Muito esperto e doce da parte dele. — O sorriso de Sinead era genuinamente caloroso. — Já percebi que meu sobrinho tem um pouco dessas duas coisas, embora também dê para notar algo de crueldade e audácia nele, uma espécie de aura de poder à sua volta. Você gostaria que voltássemos todos para Clare o mais rápido possível, não é verdade, Eve? Pode ser franca, eu não me ofendo.

— Não. Estou sendo sincera. Roarke está... — Eve não sabia como abordar a questão. — Ele está extremamente feliz por todos terem vindo. Sente-se totalmente seguro com relação ao sentimento, mas, ao mesmo tempo, sente-se inseguro quanto a vocês... todos os parentes. Especialmente você, Sinead. Ele continua de luto, de certo modo, por causa de Siobhan, a mãe dele. Sente-se, de certo modo, culpado pelo que aconteceu a ela.

— O sentimento de pesar é natural, e provavelmente lhe fará bem. Mas a culpa é inútil, e o foco dessa culpa é equivocado. Ele era apenas um bebê quando tudo ocorreu.

— Mas ela morreu por ele. É assim que Roarke enxerga o que aconteceu, e sempre enxergará. Portanto, ter os parentes todos aqui, especialmente você, significa muito para ele. Eu bem que gostaria de saber como lidar melhor com tudo. É o que sinto.

— Eu queria tanto vir! Nunca esquecerei o dia em que ele apareceu em minha casa e se sentou na minha cozinha.* O filho de Siobhan, o meu sobrinho. Senti vontade de... Ora, ora, olhe só para mim, estou me sentindo uma tola.

— O que aconteceu? — O surgimento súbito de lágrimas no rosto de Sinead deu um nó no estômago de Eve. — O que foi?

---

* Ver *Retrato Mortal*. (N. T.)

Origem Mortal 439

— Estou aqui, mas uma parte de mim não consegue parar de pensar no quanto Siobhan gostaria de estar aqui agora, em meu lugar. Como ela ficaria orgulhosa de ver tudo que o filho conquistou na vida. Tudo que ele tem, o símbolo que se tornou. Quem me dera ter a oportunidade de oferecer a ela uma hora da minha vida, para que ela pudesse vir aqui e conversar com a esposa do seu filho, na casa maravilhosa que ele construiu. Mas não posso fazer isso.

— Não sei muito sobre essas coisas, mas aposto que ela ficaria muito feliz por saber que você está aqui. Tenho certeza de que ela se sentiria muito grata por vocês terem recebido Roarke tão bem no seio da família.

— Você disse as palavras certas, exatamente o que eu precisava ouvir. Obrigada por isso. Fico feliz por assumir o papel de mãe dele e, ao mesmo tempo, triste ao lembrar que minha irmã teve tão pouco tempo de convivência com o filhinho. Ele tem os nossos olhos. Não a cor, mas o formato. Sinto-me confortada ao olhar para os olhos de Roarke e ver uma parte de nós nele. Uma parte dela. Espero que sirva de conforto a ele ver um pouco dela em mim. Agora, vou deixar você em paz, trabalhando.

— Espere, espere mais um instante — pediu Eve, erguendo a mão e deixando que os pensamentos lhe girassem mais um pouco na cabeça. — Seu irmão, esse que veio passar o feriado conosco...

— Ned?

— Não foi ele que correu até Dublin para procurar por sua irmã e pelo bebê?

— Sim, foi ele mesmo. — A boca de Sinead se apertou ao lembrar o que tinha acontecido. — Foi espancado quase até a morte por causa isso. Patrick Roarke mandou surrá-lo — completou ela, quase cuspindo o nome. — A polícia não nos serviu de nada. Sabíamos que ela se fora, nossa Siobhan. Sabíamos, mas não tínhamos provas disso. Tentamos encontrar o filho para ela e quase perdemos Ned.

— Vamos falar em termos hipotéticos. Se vocês soubessem onde encontrar Roarke no tempo em que ele era criança; se tivessem como pegá-lo ou se soubessem o que estava acontecendo com ele no tempo em que ainda era um menino, o que teriam feito?

Os olhos adoráveis de Sinead se tornaram duros e frios.

— Se eu soubesse para onde aquele canalha tinha levado o filho da minha irmã, sangue do meu sangue, o coração da minha irmã que ele matou? Se eu soubesse que ele tratava aquele menino pior do que qualquer pessoa trata um cão de rua e planejava treiná-lo para virar um bandido como o pai? Juro diante de Deus que eu teria movido céus e terras para pegar aquele menino e tirá-lo de lá, a fim de protegê-lo e mantê-lo a salvo. Ele era meu, entende? Roarke era e continua sendo parte de mim.

— Filha da mãe! — reagiu Eve, diante de uma ideia que lhe surgiu na cabeça. — Desculpe — pediu, ao ver que as sobrancelhas de Sinead se ergueram de espanto. — Filha da mãe! — Eve pulou no *telelink* e fez uma ligação. — Aqui é a tenente Dallas. Quero falar com o policial de serviço — ladrou no fone. — Agora mesmo!

— Aqui é o policial Otts falando, tenente.

— Determine a localização da estudante Diana Rodriguez, de doze anos. Imediatamente! Verifique a segurança e confirme todos os protocolos. Ficarei na linha até você voltar com o relato da situação atual das duas verificações. Vamos lá, mexa-se!

Os olhos de Sinead se arregalaram tanto que, por um instante, se pareceram com os de seu neto, Sean.

— Puxa vida, você é realmente formidável, sabia? — elogiou.

— Eu sou é burra, burra, muito burra! — rebateu Eve, chutando a mesa para espanto ainda maior de Sinead. — Era a mãe dela. A menina estava à espera da mãe, que iria buscá-la. Ora, mas

Origem Mortal 441

quem é essa tal de mãe misteriosa? É claro que não era ninguém da lista falsa. Isso era óbvio. Era Deena. A menina estava esperando por Deena.

— Estou certa que sim — concordou Sinead, baixinho.

— Tenente, a aluna Diana Rodriguez não foi localizada. Ordenei uma busca completa por todas as instalações e pelo terreno em torno da propriedade. Acabamos de descobrir que alguém pulou o muro sudoeste sem ter sido detectado. Vou confirmar essa informação.

— Pois confirme imediatamente!

Sinead ficou em pé ao lado, observando com muito fascínio a forma destemperada com que Eve destruía verbalmente o policial Otts, até deixar apenas a carcaça.

Capítulo Vinte

—Eu devia ter pensado nisso. Devia saber! — Eve precisava se acalmar um pouco, e foi isso que disse a si mesma. Feeney estava a caminho dali. Eles usariam o implante de localização instalado na menina. Descobririam sua localização exata.

— Mas você pensou nisso! — lembrou Roarke.

— Depois de ser tarde demais para impedi-la de escapar. Tarde demais para usar essa ideia. Montamos um esquema de segurança perfeito, colocamos tiras experientes para cuidar da operação e mesmo assim ela entra com a maior facilidade, pega a menina e sai numa boa.

— Conhecia o sistema, já o estudara muito bem, Eve. Ela já tinha entrado lá antes. E sua motivação era muito grande dessa vez.

— O que me torna ainda mais idiota por não ter sacado que a menina era uma peça-chave nessa história. Ela quer acabar com o programa. Está disposta a matar por esse objetivo. Foi nisso que eu foquei. Mas a menina é mais que uma réplica dela. Foi criada *a partir* de Deena.

Origem Mortal

— É sua filha — concordou Roarke. — Obviamente, saber que Diana existia era uma coisa. Vê-la cara a cara colocou a menina no nível de prioridade máxima.

— Deena não teve o mesmo treinamento de Avril — ressaltou Eve. — Veja os registros dela. Idiomas, eletrônica, ciência da computação, treinamento em artes marciais, legislação internacional, estudos globais, armamentos e explosivos. Pouca coisa de artes e ciências domésticas.

— Eles a treinaram para ser um soldado.

— Não, uma espiã. — Furiosa consigo mesma, Eve puxou os cabelos com força. — Aposto em espionagem. Operações clandestinas de infiltração, para subir cada vez mais no escalão hierárquico. Só que ela usou o próprio treinamento para cair fora e se manter oculta. Os assassinatos pareciam coisa de profissional porque realmente eram. Pareciam coisa pessoal porque realmente eram.

— Eles a codificaram, por assim dizer — opinou Roarke, na falta de um termo melhor —, para fazer exatamente o que fez.

— Essa é a questão, e o argumento que os advogados vão usar quando ela estiver diante do júri, se chegarmos a esse ponto. Você percebe o que aconteceu aqui? Eles mudaram o programa de treinamento quando criaram Diana. Tentaram evitar que ela repetisse o mesmo padrão de Deena. Fizeram com que ela aprendesse mais sobre assuntos domésticos, apreciação de arte, teatro, música, blá-blá-blá. Talvez a coisa tivesse dado certo. Só que surgiu o intangível: ela se encontrou com a pessoa que considerava sua mãe.

Roarke trabalhava nos dados da clínica agora, manualmente, com as mangas arregaçadas e os cabelos presos.

— Se eles montaram a base de operações dentro da clínica, cobriram todos os seus rastros de forma brilhante. Cada uma das áreas tem função clara e específica.

— Tudo bem, pode esquecer essa história. — Eve apertou as têmporas, como se tentasse clarear as ideias. — Se esse fosse o *seu* centro, a *sua* base de operações, onde você o instalaria?

Roarke se recostou na cadeira e considerou a pergunta.

— Bem, certamente eu escolheria um lugar oculto. Isso não é o tipo de coisa que dá para gerenciar de forma competente à vista de todo mundo. Seria muito divertido, é claro, mas não dá para misturar as coisas. Pelo menos a parte mais importante, o núcleo das operações, não poderia funcionar ao lado das tarefas do dia a dia. Parte do trabalho de laboratório, sim. Com a configuração que eles montaram, daria para criar e manter vários postos de controle. Certamente também daria para promover alterações nas pessoas, escultura corporal, mensagens subliminares, o que fosse necessário, em vários locais da clínica. Mas a criação, a "gestação", na falta de uma palavra melhor, teria de ocorrer num local com proteção máxima.

— No subsolo, então. — Eve se inclinou por trás de Roarke e analisou a tela. — Como você faria para entrar lá?

— Vamos arrombar tudo, querida? Assim eu vou ficar excitado.

— Pode parar! Nada de ficar excitado com a casa cheia de parentes. É um pensamento perturbador.

— Devo ressaltar que todos estão acomodados em suas camas, dormindo profundamente, mas confesso que invadir a clínica me *excitou*. Você entra na frente.

— Por uma das entradas públicas. A Emergência, talvez. É o local mais vulnerável em termos de segurança, certo?

— Sim, seria o ponto de entrada mais provável. Tão bom quanto qualquer outro, mas podemos dar uma olhada.

— Tente aí, eu preciso pensar. Será que Deena levaria a menina com ela?

Origem Mortal

Como sentia uma espécie de afinidade com Deena, Eve perguntou a si mesma o que faria.

— Não faria sentido — continuou, pensando em voz alta. — Se ela salvou e menina de uma situação de risco, não faria sentido colocá-la em outra conjuntura de perigo iminente. Mas certamente ela ficaria esperando em algum lugar próximo. Deena a colocaria num lugar que julga seguro. Com Avril, provavelmente, ou num local onde Avril tenha acesso. Se foi assim, ela teve de entrar em contato com Avril. Alguém fez isso — confirmou, balançando a cabeça. — Não houve contato com os tutores legais da menina, que moram na Argentina. Aposto que Avril falou com Deena, que pegou o avião de volta ou desistiu durante o voo.

— Ou nem pensou em ir até lá — sugeriu Roarke. — Talvez isso tenha sido apenas uma pista falsa.

— Sim, talvez, pode ser. Mas se Deena teve contato com Avril, já sabe que tudo isso vai ser divulgado para o público amanhã de manhã. O que faz, a partir daí?

Eve começou a andar de um lado para o outro.

— Ela está numa missão — refletiu, em voz alta. — A maior parte do que queria obter já está sendo alcançado. Só que... — O caso estava basicamente encerrado, pensou Eve, mas o que impediria Deena de ir em frente e fazer todo o possível para enterrar a história de uma vez por todas? — Ela vai tentar acabar com o projeto pessoalmente. É claro! Eles a treinaram para esse tipo de trabalho. Ela foi criada para alcançar sempre o sucesso. Já desapareceu por iniciativa própria e passou para o outro lado. Esteve na clínica só uma vez depois disso, para matar Icove, mas não tentou mais nada lá.

— Está focada.

— Até agora — concordou Eve. — De Icove Pai para Icove Filho, e daí para Evelyn Samuels. Mas mesmo que ela invada o lugar e comprometa seus bancos de dados e o equipamento...

Puxa, mesmo que ela exploda o prédio, ainda existem membros importantes da organização espalhados por aí, prontos para reconstruir tudo. Ela precisa eliminar o fator humano para depois atacar o sistema.

Eve caminhou um pouco mais e continuou:

— Ela não pode correr o risco de o governo descobrir tudo e dar continuidade ao processo de forma clandestina. E eu a pressionei em termos de tempo, ao revelar tudo para Nadine. Portanto, ela vai agir esta noite.

Eve parou de falar quando Feeney entrou. Ele estava ainda mais desarrumado que de hábito, se é que isso era possível.

— Preciso daquele sistema de rastreamento — exigiu Eve.

— Consegui todos os dados sobre os implantes a partir dos registros de Evelyn Samuels — avisou o capitão, olhando para Roarke. — Você tem algum equipamento por aqui que consiga rastrear implantes internos?

— Há um aparelho no laboratório de informática aqui de casa que poderemos usar. Talvez...

— Vá buscar esse aparelho — interrompeu Eve, ao perceber que ambos já estavam em estado de "geek em alerta". — Vou organizar a operação.

— Que operação? — quis saber Feeney.

— Explico tudo pelo caminho — afirmou Roarke, saindo com Feeney da sala. — Você já trabalhou com um rastreador Alpha-5? A versão XDX?

— Só em sonhos.

— Pois seus sonhos vão se tornar realidade.

E ve lhes deu vinte minutos para preparar tudo. Não queria perder nem um minuto a mais.

— Conseguiu encontrar o local?

Origem Mortal

— Consegui achar algo, sim — disse Feeney. — Os códigos estão misturados e o sinal está fraco, mas tudo bate com os códigos do implante feito em Diana Rodriguez. Vale ressaltar que não chegaríamos a lugar nenhum se não tivéssemos usado o rastreador Alpha, porque a mistura do sinais é a opção de escolha nesses casos. Talvez não tivéssemos localizado nada nem com o auxílio do Alpha, se o implante não estivesse a menos de dois quilômetros da nossa localização central.

— Que fica...?

— Ao norte daqui, seguindo um pouco para oeste. Já preparou o mapa? — perguntou a Roarke.

— Está vindo. Pronto!

Um mapa da cidade surgiu sobre a tela, com um ponto enevoado em destaque.

— Aqui fica a clínica — reconheceu Eve, apertando o maxilar. — Ela está a menos de um quarteirão de lá. Vai levar a menina e invadir o local. Feeney, não a perca de vista. Entre em contato com Whitney. Você precisa convencê-lo a suspender o Código Azul nas comunicações. Depois, terá de persuadi-lo a nos conseguir um mandado e uma equipe. Use a menina como argumento. Uma menor de idade que suspeitamos ter sido sequestrada e está em risco iminente. Com o mandado ou não, vou entrar lá. Estou trocando a frequência do meu comunicador para Delta. Use-o para entrar em contato comigo somente se conseguir as autorizações.

Virou-se para Roarke e completou:

— Vamos nessa!

Pegou a arma e a guardou no coldre. Evitou o colete porque a peça era muito volumosa e desconfortável, mas enfiou junto da bota uma faca de combate.

Quando Roarke se juntou a ela, vestia um casaco de couro que ia até o joelho. Eve não fazia ideia do tipo de armas e equipamentos ilegais que poderiam estar por baixo ou dentro do casaco, mas iria deixar isso por conta dele.

— Alguns casais — comentou ele —, saem à noite para cair na balada.

— Vamos dançar, então. — O sorriso dela era fino e sagaz.

Diana entrou na sala da Emergência. Sabia como parecer inocente e, melhor ainda, sabia como se movimentar de modo a parecer invisível para a maioria dos adultos. Manteve o olhar baixo, sem encarar os rostos enquanto passava ao largo das pessoas que aguardavam primeiros socorros, e também dos profissionais que iriam tratá-las.

Era tarde da noite, todos estavam cansados, ou zangados e com fome. Ninguém iria se incomodar com uma jovem que parecia saber onde estava e para onde ia.

Sabia disso porque tinha ouvido a conversa entre Deena e Avril.

Sabia que Deena iria voltar à escola por causa dela e tinha se preparado para isso. Pegou o estritamente necessário e guardou na mochila. A comida que tinha escondido para emergências; os discos onde registrava seu diário e o bisturi a laser que havia roubado do departamento médico.

Eles achavam que sabiam tudo, mas não sabiam da comida, do diário e das coisas que Diana tinha roubado ao longo dos anos.

Era uma ladra excelente.

Deena não precisou lhe explicar nada quando apareceu em sua janela, depois de escalar a parede externa. Não precisou mandá-la ficar em silêncio, nem andar depressa. Diana simplesmente tinha pegado a mochila no esconderijo e descera pela janela com Deena.

Origem Mortal

Sentiu o cheiro de algo diferente no ar, quando desceu pela parede. Um cheiro que nunca havia sentido antes: liberdade.

As duas conversaram durante todo o percurso até Nova York. Aquilo era uma novidade, também: conversar com alguém sem precisar *fingir*.

Elas passariam na casa de Avril antes de qualquer coisa. Avril já tinha desligado o sistema de segurança. Deena iria entrar e desligar remotamente os dois policiais androides. Tudo seria rápido, prometeu. Depois disso, ela iria levar Avril e as crianças para um local seguro, onde todos esperariam até que ela acabasse de fazer o que precisava ser feito.

O programa Nascimento Silencioso seria encerrado de uma vez por todas. Ninguém mais seria obrigado a se tornar *nada*.

Diana observou Deena entrar na linda casa e viu quando ela saiu alguns minutos depois. Tudo correu de forma perfeita.

O local seguro ficava a poucos minutos dali, e a escolha tinha sido uma jogada muito esperta. Imagine ficar escondido tão perto da casa original. Elas poderiam ficar ali sem ser detectadas até haver segurança completa. Só então iriam todas viajar para outro lugar.

Diana fingiu ir para a cama.

Ouviu Deena e Avril discutindo em voz baixa. Tudo estaria acabado em menos de um dia, argumentou Avril. Tudo que elas almejavam seria alcançado em mais um dia.

Mas isso não era o bastante. Denna afirmou que isso não bastaria, porque a raiz precisava ser extirpada. Até conseguirem isso, elas nunca estariam seguras e livres de verdade. Nunca! O programa não acabaria por completo, mas ela iria entrar lá e encerrar tudo de uma vez por todas.

Então contou a Avril, com detalhes, as coisas que pretendia fazer.

Foi por isso que Diana esperou. Quando Deena colocou o sistema de segurança em nível amarelo para poder sair pela porta da frente, ela saiu pelos fundos.

Nunca tinha estado numa cidade antes, pelo menos que ela lembrasse. Nunca estivera completamente sozinha em nenhum momento da sua vida. Aquilo era estimulante. Ela não sentia medo algum. Curtiu o barulho dos próprios passos na calçada e a sensação do vento frio no rosto.

Planejou sua rota e seus movimentos com cuidado, e considerou a aventura como se fosse um quebra-cabeça lógico que ela precisava resolver. Se Deena ia à clínica, ela também iria.

Não era longe. Apesar de estar a pé, ela corria muito bem e tinha um bom fôlego para corridas longas. Deena teria de estacionar o carro a alguma distância do alvo, e também completaria os dois últimos quarteirões a pé. Se ela marcasse o tempo, minuto a minuto, ambas chegariam lá praticamente ao mesmo tempo. A partir dali ela seguiria Deena até o setor de Emergência, no nível da rua.

Quando fosse descoberta seria tarde demais para ela ser levada de volta, além de absolutamente ilógico.

O modo mais simples, geralmente, era o que alcançava o maior nível de sucesso.

Como sabia onde procurar, localizou Deena de imediato. Ela parecia uma mulher como outra qualquer. Tudo nela, desde os cabelos castanho-claros até o jeans desbotado e o casaco com capuz, mostrava uma pessoa comum. A bolsa que usava parecia igual à de qualquer mulher — uma bolsa leve pendurada no ombro.

Simplicidade era sempre sinônimo de sucesso.

Deena parecia estar sentada do lado de fora, aguardando algo, mas não precisou esperar muito. Quando uma ambulância chegou, Deena usou o infortúnio de alguém para entrar na sala de espera, em meio à confusão.

Diana contou até dez e partiu atrás dela. Só que desacelerou o passo, manteve os olhos fixos no chão e se moveu de forma casual quando entrou no salão.

Ninguém a incomodou. Ninguém lhe perguntou o que queria ali, nem para onde ia. Isso lhe provocou uma renovada sensação de liberdade.

Cortou o caminho para o ambulatório e viu, da esquina do corredor, quando Deena jogou algo dentro de um reciclador de lixo. Deena continuou caminhando, e até parou um funcionário apressado para lhe perguntar onde ficava o atendimento. Simples e esperto.

Quando alcançou um ponto de onde partiam dois corredores, alarmes começaram a soar. Deena apertou o passo e, apesar de não correr abertamente, fez uma curva abrupta para a esquerda. Diana arriscou uma olhada rápida para trás e viu grossos rolos de fumaça escura enchendo o corredor. Pela primeira vez se permitiu sorrir.

Deena entrou por uma porta onde se lia ACESSO RESTRITO A FUNCIONÁRIOS. Enfiou um cartão na ranhura e as portas se abriram. Diana se forçou a esperar até que a entrada começou a fechar novamente, para só então correr e passar raspando pelas portas que se fechavam.

Ali havia suprimentos médicos, notou a menina. Muitos. Viu também alguns equipamentos portáteis para diagnóstico e armários de remédios trancados. Por que ali?, especulou consigo mesma. Ouviu o leve murmúrio de uma bolsa sendo aberta. Tentou se agachar, mas se viu jogada contra a parede com uma arma de atordoar colada na garganta.

— Diana! — Sussurrou Deena, afastando a arma rapidamente.

— Que diabos você está fazendo aqui?

— Entrando com você.

— Não pode, pelo amor de Deus. Avril deve estar louca, à sua procura.

— Então é melhor nos apressarmos para resolver tudo e voltar para casa.

— Preciso tirar você daqui.

— Você veio longe demais para desistir agora. Alguém vai aparecer a qualquer momento.

— Não vai, não, pelo menos no lugar para onde vou. O que vou fazer lá você não pode ver, nem participar. Quero que me escute com atenção — sacudiu os ombros de Diana. — Não existe nada mais importante do que sua segurança e sua liberdade.

— Existe, sim. — Os olhos de Diana pareceram ficar mais focados e escuros. — Acabar com esse inferno.

Os alarmes soavam em alto volume quando Eve entrou na Emergência. As pessoas também gritavam, descontroladas. Mas isso já era de esperar. Entrar em pânico, para alguns, era tão natural quanto respirar.

Funcionários do centro médico e guardas de segurança tentavam restaurar a ordem.

— Isso é trabalho dela. — Eve exibiu o distintivo para uma enfermeira que mal olhou para ele. — A entrada da Emergência deve ser o elo mais fraco da corrente. Basta acrescentar um pouco mais de desordem ao caos já reinante e seguir com o plano. — Olhou para Roarke. — Vamos acabar com a festa dela.

Roarke olhou para o *scanner* que tinha na palma da mão.

— O sinal está a cerca de cem metros daqui, a noroeste. Não vejo movimento da menina.

Seguiram o sinal e chegaram a uma densa nuvem de fumaça.

— Cubo de enxofre — explicou Roarke, quando Eve xingou o fedor que enchia o ar. — Crianças usam muito isso. Eu mesmo já usei, quando era menino. Provoca uma bagunça maravilhosa e fede mais que gambá, mas é inofensivo.

Origem Mortal

Eve respirou fundo e entrou na nuvem fedorenta quase correndo. Um funcionário da manutenção usando uma máscara contra gases tentou empurrá-la de volta. Ela encostou o distintivo no visor dele e seguiu em frente.

— Inofensivo? — reclamou Eve, ao chegar do outro lado. — E quanto ao tempo que eles vão levar para desinfetar o local?

— O fato de esse troço feder de maneira tão absurda faz parte da diversão — Ele tossiu e fez uma careta. — Pelo menos quando a gente tem doze anos. Quarenta e seis metros a leste, tenente. Ajustou o fone e confirmou para Feeney, do outro lado da linha:

— Nós ainda a temos no *scanner*. Entendido! Feeney disse que o comandante já autorizou o envio de uma equipe de apoio — avisou a Eve. — O capitão vai orientar essa equipe por meio do sinal que estamos seguindo. Desde que consigamos manter a menina dentro do raio de alcance do aparelho.

— É o bastante. Mas Diana não conseguiria planejar isso sozinha, por mais esperta que seja. Ela só pode estar com Deena.

— O momento não poderia ser mais propício. Ela escolheu invadir pelo ponto mais fraco do complexo, na hora mais tumultuada, tarde da noite, véspera de feriado. Muitos setores devem estar fechados, só o pessoal básico está de serviço. A cabeça de todos está no feriadão, e os funcionários devem se sentir revoltados por estarem de plantão enquanto os colegas estarão em torno de uma mesa comendo peru ou assistindo futebol no telão. Elas seguiram por ali! — Roarke apontou para duas portas trancadas. — Espere um pouco... Ela está descendo.

Eve tentou passar o cartão mestre pela ranhura, mas ele foi rejeitado.

— Coloque-nos lá dentro — ordenou a Roarke.

Ele pegou um aparelhinho dentro do bolso, encostou-o no mecanismo da ranhura e digitou algo no teclado.

— Tente novamente — propôs a Eve.

Na segunda tentativa, o cartão fez com que as portas se abrissem.

— Isso é só um jeito diferente de clonagem — gabou-se Roarke.
— Deena deve ter feito algo parecido para bloquear todas as outras senhas, com exceção da dela. O alvo continua descendo.

— Descendo por onde? — quis saber Eve. Roarke girou o *scanner*, que foi atraído para um armário de medicamentos que ia do chão ao teto. — Este é o ponto de entrada. Só pode ser um elevador.

— Mas como se abre essa porta?

— Provavelmente não é dizendo "Abre-te, sésamo". — Ele passou os dedos na lateral do armário, enquanto Eve tateava o outro lado. — O fecho não deve ser manual, pois existiria o perigo de ele ser acionado por engano.

Eve deu um soco no armário e Roarke lançou-lhe um olhar de pena.

— Esse troço foi fundido à parede.

— Nada neste lado — resmungou ele. — Vamos trocar de lugar.

Ele trabalhou no outro lado enquanto Eve se deitou de barriga no chão em busca de algum sinal no piso.

— Existem barras deslizantes aqui debaixo. A porta está presa a uma espécie de trilho.

— Sim — murmurou ele. — Estou começando a entender.

Abriu um pequeno painel de mão e analisou os controles com satisfação.

— Agora eu peguei você! — exclamou.

— Onde está ela? Onde está a menina?

Em vez de responder, Roarke mostrou a Eve o *scanner* e pôs-se a trabalhar nos controles.

Origem Mortal

— A ranhura com senha deve estar por aqui, embutida em algum lugar, mas deveria ser mais fácil de achar.

— Ela parou de descer e está se movimentando para oeste, eu acho — reclamou Eve. — Estamos perdendo o sinal. Corra logo com isso!

— É necessária certa delicadeza para...

— Dane-se a delicadeza. — Ela despiu o casacão e o jogou de lado.

— Segure sua onda por dois segundos, pode ser? — rebateu ele, e estava de cócoras no instante em que o armário de medicamentos e a parede inteira se movimentaram com leveza para o lado esquerdo. — De nada, tenente.

— Deixe o sarcasmo para mais tarde. Agora, precisamos descer para a toca dos cientistas loucos.

Autorização exigida...

Eve viu um painel que recitou essas palavras assim que eles entraram na cabine.

Permissão apenas para o Setor Vermelho.

— Tente sua chave mestra — sugeriu Roarke.

Senha incorreta. Por favor, digite a senha correta e coloque sua retina para ser escaneada em trinta segundos...

Eve cerrou o punho e o exibiu à máquina. Roarke cobriu os dedos fechados com a mão dele, dizendo:

— Não seja precipitada, querida. — Mais uma vez, prendeu o *scanner* no painel e digitou alguma coisa. — Agora!

Senha incorreta. Vocês têm vinte segundos para obedecer ao sistema...

— Senão você vai fazer o quê? — desafiou Eve com um grunhido, enquanto Roarke reconfigurava o *scanner*.

— Tente novamente — disse ele.

Senha correta. Por favor, sigam até a parede ao fundo da cabine para o escaneamento de retina.

— Como é que vamos passar por isso? — quis saber Eve.

— Ela passou — lembrou Roarke. Aposto que deixou o caminho aberto para nós.

O raio do *scanner* de retina saiu do painel, falhou e piscou duas vezes.

Sejam bem-vindos, doutores Icove. Para que andar desejam ir?

— Muito bom — empolgou-se Roarke, com uma espécie de admiração na voz. — Excelente trabalho! Será que Deena aceitaria um emprego em uma das minhas empresas?

— Voltar para o andar onde o último ocupante saltou — ordenou Eve.

Nível um foi o andar local solicitado.

As portas se fecharam.

— Ela hackeou o *scanner* de retina de forma fabulosa — elogiou Roarke. — Isso foi mais esperto que desligar a máquina, pois deve haver um alarme ligado ao sistema. Desse jeito a pessoa entra mais depressa e deixa uma mensagem irônica. Tenho alguns postos excelentes para oferecer a Deena.

— Droga, droga, o sinal sumiu! Certifique-se de que Feeney tem as últimas coordenadas.

Eve sacou a arma quando o painel anunciou a chegada ao nível um.

Origem Mortal

Saltou da cabine com a arma baixa, enquanto Roarke saiu com a dele apontada para cima. Estavam num corredor largo e branco. As paredes eram azulejadas e brilhantes, o piso cintilava. A única cor no ambiente era um número 1 imenso e vermelho, na parede oposta ao elevador. Além dos olhos negros das câmeras de segurança.

— Isso aqui se parece um pouco com o necrotério — disse Roarke, mas Eve balançou a cabeça para os lados.

Não havia cheiro de morte ali. Não havia cheiro de nada humano. Só ar bombeado e reciclado. Seguiram para o lado oeste.

Várias portas em arco à direita e à esquerda estavam sinalizadas com os mesmos códigos em vermelho das paredes.

— Perdemos contato com Feeney. Estamos muito longe da superfície — informou Roarke, olhando para cima. O teto era branco também, e em curva, como um túnel. — Aqui devem existir placas dispersoras de sinal por questão de segurança, para bloquear comunicações não autorizadas.

— Eles já devem saber que estamos aqui. — Eve apontou o queixo para uma das câmeras. — Talvez o sistema de segurança seja automatizado.

Fez um esforço para ouvir alguma coisa. Vozes ou passos. Mas não havia nada além do zumbido distante do ar-condicionado. O túnel fazia uma curva logo adiante e ela reparou nos restos de um androide espalhados pelo chão branco.

— Diria que estamos no rumo certo — afirmou Roarke, agachando-se para analisar os pedaços de metal. — Isso aqui é uma espécie de sentinela equipada com armas de atordoar e sinalizadores.

Como aquilo se parecia com os restos de uma aranha mutante, Eve sentiu um profundo nojo. E, se havia uma sentinela daquelas, certamente haveria outros.

Sua teoria se mostrou correta quando ela ouviu ruídos atrás deles. Ela se virou e atirou com rapidez, mas o sentinela androide com pernas de aranha se protegeu na curva do corredor. Outros três apareceram logo atrás.

Ela se agachou para escapar do raio que ele lançou, e atirou de volta; derrubou o primeiro e o segundo, e rolava no chão quando viu que Roarke tinha destruído o terceiro. O último, muito avariado, emitiu um sinal agudo enquanto se retorcia no chão. Eve o chutou com toda a força contra a parede, esmagando-o de vez.

— Malditos insetos.

— Pode ser. Mas num lugar como este, eu diria que eles são apenas a primeira onda de defesa. — Antecipando-a à ação, Roarke sacou uma segunda arma explosiva. — Devemos esperar algo pior.

Eles mal tinham caminhado dez metros quando a situação piorou sensivelmente.

Os inimigos chegaram em formação perfeita, pela frente e por trás, em marcha acelerada. Eve contou pelo menos doze de cada lado, antes de suas costas se encostarem às de Roarke.

Androides. Pelo menos ela torceu para que fossem. Eram idênticos: rosto imóvel, olhos duros e muitos músculos debaixo do que lhe pareceu uniformes militares de algum exército do passado.

Mas eram jovens, por Deus. Não tinham mais de dezesseis anos. Crianças, apenas crianças.

— Aqui é a polícia — gritou Eve. — Esta é uma operação oficial da polícia de Nova York. Parem onde estão!

Eles continuavam vindo como se fossem uma única entidade, e sacaram as armas.

— Derrube todos eles! — gritou Eve.

Mal pronunciou as palavras quando uma explosão violenta tirou-lhe o equilíbrio. Ela colocou a arma em modo de

Origem Mortal

atordoamento máximo e atirou em arco para os dois lados, lançando rajadas aleatórias.

Algo a atingiu no braço e lhe provocou um choque súbito de dor. Quando atirou com determinação no que estava quase chegando, sentiu o que estava atrás cair por cima dela.

O corpo do menino entrou em convulsão, se retorceu, e ele caiu morto antes de ela ter chance de jogá-lo para o lado. Evitou por pouco o chute de bota que vinha em direção ao seu rosto. Pegando a faca ao se agachar, ela lançou a arma para cima e atingiu os músculos duros da barriga do agressor seguinte.

Pedaços dos azulejos voaram das paredes e arranharam a pele exposta do seu braço no instante em que ela rolou no chão mais uma vez. Sentiu mais uma fisgada de dor e um beliscão forte no quadril. Reparou que Roarke lutava com dois ao mesmo tempo, num corpo a corpo mortal. E mais deles vinham chegando.

Eve prendeu a faca nos dentes, apertou com o polegar o botão de força máxima e puxou a arma do coldre com força. Deu uma cambalhota para trás, derrubou um dos oponentes de Roarke e praguejou ao perceber que perdera o outro. Mesmo assim, começou a atirar com as duas mãos, como uma louca, nos que ainda restavam em pé.

Logo, Roarke já estava ao seu lado, apoiado com um dos joelhos no chão.

— Vou atirar isto naquele buraco da parede — avisou ele, com toda a calma do mundo, lançando com precisão a minibomba que tinha na mão.

Ao mesmo tempo, puxou Eve para trás e protegeu seu corpo com o dele.

A explosão quase estourou os tímpanos de Eve. Ela ouviu, meio abafado, o som dos azulejos do teto que choviam sobre ela. Depois, percebeu apenas sua respiração ofegante.

— Saia de cima de mim, saia de cima de mim! — Se havia pânico na voz dela, agora, era por causa dele. Eve o empurrou, sacudiu, rolou-o para o lado e tornou a sacudi-lo. Roarke respirava com dificuldade e sangrava muito.

Havia um corte fundo em sua têmpora e um rasgão imenso havia destruído o couro do seu casaco logo acima do cotovelo.

— Você está bem? O que está sentindo? — afligiu-se ela.

— Não sei. — Ele balançou a cabeça rapidamente para clarear a mente. — E você? Ah, fodam-se eles! — reagiu ele, com crueldade, ao ver o sangue que escorria do braço dela e lhe ensopava a calça na altura do quadril.

— O barulho foi pior que os ferimentos — disse ela. — Basicamente foi só o susto. O reforço vem vindo. A ajuda está chegando.

Ele fitou-a com firmeza e sorriu, dizendo:

— E vamos ficar aqui sentados esperando a cavalaria para nos salvar?

O sorriso que Roarke lançou ajudou a aliviar o aperto que Eve sentiu no coração, e ela reagiu:

— Claro que não!

Ela se forçou a ficar em pé e lhe ofereceu a mão. O que viu à volta deles lhe provocou uma fisgada no estômago e seu coração pareceu encolher. Os meninos eram de carne, sangue e ossos. Eram meninos de verdade. Agora, não passavam de restos de carne destroçada.

Eve trancou os sentimentos e começou a recolher algumas armas.

— Não sabemos o que mais ainda teremos de enfrentar. Pegue todas as armas que conseguir carregar.

— Eles foram criados para a guerra — disse Roarke, baixinho. Não tiveram escolha. E também não nos deram escolha.

— Sei disso. — Eve colocou nos ombros dois rifles de combate. — Agora nós vamos exterminar, destruir e dizimar as pessoas que os criaram.

Origem Mortal

Roarke ergueu uma das armas mais pesadas e informou:

— Isso tudo é do tempo das Guerras Urbanas. Se eles tivessem equipamentos melhores e mais experiência, certamente estaríamos mortos, a essa hora.

— Você está com bombas? Trouxe equipamentos ilegais?

— O importante é estar preparado, querida, é o que eu sempre digo. — Apontou o rifle para uma das câmeras e a destruiu. — Você só tinha usado um desses rifles duas vezes, na galeria de tiro lá de casa, mas foi num programa de simulação.

— Sim, mas sei como lidar com eles. — Ela apontou e destruiu uma segunda câmera.

— Sem dúvida.

Do local em que estavam, Deena olhou sobre o ombro e exclamou:

— Nossa, isso mais parece uma guerra! Seja lá o que for, está funcionando para manter os guardas afastados de nós. — Pelo menos por enquanto, refletiu. Sua estimativa era de cinquenta por cento de chance para ela escapar dali naquela noite com vida. Agora ela *precisava* sobreviver. Precisava resolver tudo e levar Diana para casa em segurança.

Mas as palmas de suas mãos suavam e isso diminuía as chances de sucesso. Avril tinha sido a única pessoa que ela amara de verdade na vida. Agora, até mesmo esse forte sentimento ficara menor devido à onda de emoção que a invadiu. Diana era *dela*.

Nada nem ninguém iria machucar sua filha novamente.

Foi por isso que rezou em silêncio para que os dados que ela e Avril tinham acessado ainda estivessem válidos. Rezou para que o que estava atrás deles conseguisse ser detido, pelo menos até que ela passasse pelas portas onde estava escrito GESTAÇÃO.

E também rezou para que sua coragem não falhasse.

Finalmente a luz verde se acendeu. Ela ouviu o chiado provocado pelo ar das portas lacradas a vácuo que se abriram. O que viu através do vidro do salão fez seu coração despencar de dor.

Com a visão embaçada por lágrimas viu o monstro, morto havia mais de uma década, ser iluminado por um facho de luz branca.

Jonah Delecourt Wilson estava em forma. Era muito bonito e não parecia ter mais de trinta anos. Carregava nos braços uma criança adormecida. Em uma das mãos segurava uma arma de atordoar pressionada à garganta da criança.

Aos seus pés jazia o corpo de Wilfred Icove, só que muito mais jovem.

— Bem-vinda de volta para casa, Deena. O fato de você ter conseguido chegar tão longe é um testemunho de competência para nós dois.

Por instinto, Deena colocou Diana atrás dela.

— Está tentando se salvar? — Ele riu e exibiu o bebê no facho de luz. Qual de vocês duas você pretende sacrificar? A bebê, a menina ou a mulher? Um enigma fascinante, não acha? Preciso que vocês me acompanhem, agora. Não nos resta muito tempo.

— Você matou seu sócio?

— A despeito de todo o trabalho, todos os ajustes e melhorias que fizemos nele, Wilfred provou ser dotado de um fracasso inerente a si mesmo. Tinha fortes objeções a alguns dos nossos avanços mais recentes.

— Deixe-a ir embora. Entregue a bebê a Diana e liberte-as. Eu aceito ir com você.

— Deena, Deena... Entenda uma coisa. Acabei de eliminar meu sócio mais próximo, o homem... Na verdade, os homens, considerando que existem mais dois deles igualmente mortos, que compartilharam meu sonho durante décadas. Você acha que eu hesitaria em matar alguma de vocês?

Origem Mortal

— Não. Mas seria um desperdício matar as crianças. E também me matar quando você pode me levar, para uso adequado e mais estudos.

— Mas você se mostrou um fracasso, não entende? Como aconteceu com Wilfred, no fim. Para piorar, o prejuízo que você me causou não pode ser avaliado. Tudo isto está prestes a ser destruído. Duas gerações de progresso constante! Felizmente eu tenho incontáveis gerações para reconstruir o projeto, aprimorá-lo, cuidar para que ele floresça. Todas vocês virão conosco e serão parte da nossa vitória. Ou morrerão aqui mesmo.

Outro Jonah Wilson apareceu na porta dos fundos, trazendo uma criança sonolenta que caminhava de mãos dadas com ele.

— Ponha as mãos para cima! — ordenou a segunda figura a Deena, dando um passo à frente.

— O transporte já está à espera para os bebês que selecionamos — informou o primeiro Jonah ao segundo.

— E quanto aos outros?

— Depois que escaparmos? Nada é infalível. É um sacrifício difícil, mas sabemos tudo sobre escolhas complicadas, certo? Temos todos os dados e registros de que precisamos, o dinheiro para financiar o programa e tempo de sobra. Mexam-se, vocês duas!

Saindo de trás de Deena, Diana pegou o bisturi a laser no bolso e lançou o raio, com mira perfeita, no olho do cientista que chegara segurando a criança sonolenta.

A menininha gritou e começou a chorar quando o homem que segurava sua mão sofreu uma convulsão e caiu morto. Equipamentos começaram a explodir quando Diana girou o potente laser do bisturi à sua volta. Quando Wilson reagiu, lançando fogo, Deena empurrou Diana para o chão e se lançou para salvar a menina que chorava. Pegando a criança no colo, girou o corpo e viu que Wilson e o bebê que carregava haviam desaparecido.

— Segure-a — disse Deena para Diana, colocando a menina que não parava de chorar, e também era sua filha, nos braços de Diana. — Você precisa salvá-la. Vou atrás dele. Não discuta comigo, simplesmente ouça: alguém está tentando entrar aqui para nos ajudar. Foi esse o motivo das rajadas que ouvimos.

— Mas você está ferida.

— Não foi nada. — Deena não mostrou importância à queimadura em seu ombro e tentou se esquecer da dor. — Leve-a para fora daqui em segurança. Sei que você consegue fazer isso. Sei que fará, por mim. — Enlaçou Diana com os braços, beijou-a e também beijou a menina menor. — Tenho de terminar isso agora. Vá embora!

Ela se levantou com a rapidez de um raio e saiu do pesadelo para entrar no inferno. Diana teve dificuldades para se colocar em pé por causa do peso da menina que carregava nos braços. Ainda estava com o laser na mão e tornaria a usá-lo, se fosse preciso.

Capítulo Vinte e Um

Eles deviam se separar a partir daquele ponto. Isso seria mais eficiente, mas os riscos eram imensos. O quadril de Eve doía muito, numa agonia contínua, mas ela continuava seguindo em frente, sempre em frente. A cada esquina, a cada novo corredor, a cada porta, ela se preparava para enfrentar um novo ataque.

— Deve haver pouca gente mais no setor de defesa direta — sugeriu Roarke. — Devem ter imaginado que com o nível de segurança elevado lá de cima e a linha de defesa aqui embaixo, ninguém mais conseguiria passar deste ponto.

Em vez de usar de finesse, ele explodiu as trancas de uma porta onde se lia ESTUDOS EXPERIMENTAIS.

— Santa mãe de Cristo — murmurou, quando eles viram o que havia no salão.

Muitas bandejas com instrumentos médicos, gavetas para preservação de células, tanques cheios de um líquido claro. Neles havia uma infinidade de fetos em diversos estágios de desenvolvimento. Todos exibiam malformações terríveis.

— Produtos defeituosos — conseguiu dizer Eve, sentindo o sangue gelar nas veias. — Falhas e resultados insatisfatórios cujo desenvolvimento foi interrompido ao surgirem os defeitos. — Analisou os gráficos eletrônicos que apareciam nas telas. Algo pior que enjoo lhe bloqueou a garganta.

— Ou então lhes era permitido continuar o desenvolvimento; talvez tenham sido criados exatamente desse jeito, para poderem ser estudados e passarem por experiências de aprimoramento — completou ela, engolindo bile. — Talvez fossem mantidos vivos nesses tanques até não serem mais úteis.

Não havia nada viável ali, agora. Nenhum coração batia no local, a não ser o dela e o de Roarke.

— Alguém desligou os sistemas que mantinham a vida aqui. Todos eles estão mortos.

— Deve haver mais salas dessas em algum lugar.

— Eve — Roarke ficou de costas para o que não poderia ser mudado, nem salvo, e analisou o equipamento. — Eles não foram simplesmente desativados. O sistema entrou em alerta amarelo.

— Isso quer dizer o quê?

— Pode ser algo provocado pela invasão do campo da segurança. Algo automatizado, como você sugeriu. Mas também pode ser uma etapa na direção do alerta vermelho, que significa destruição total.

Eve girou o corpo e argumentou:

— Mas Deena não pode ter ido tão longe assim, pois estava pouco à frente de nós. Não é tão boa a esse ponto. A não ser que outra pessoa tenha ativado isso.

— Enterrar tudo — disse Roarke. — Destruir todo o projeto é melhor do que vê-lo nas mãos de outros.

— Você conseguiria abortar esse processo?

Roarke trabalhava manualmente pelo *scanner* e balançou a cabeça para os lados.

Origem Mortal

— Daqui, isso seria impossível. A fonte que controla tudo não fica neste local.

— Então precisamos descobrir a localização e desmascarar quem está gerenciando esse show, antes que o sistema entre em alerta vermelho.

Ela se virou e empurrou as portas que surgiram à sua frente.

No túnel branco do lado de fora, viu Diana em pé, de mãos dadas com uma versão menor de si mesma. Em sua outra mão havia um bisturi a laser.

— Sei como usar isto — ameaçou Diana.

— Aposto que sabe. — Eve conhecia a dor de ter um laser cortando a pele. — Mas seria muita burrice, já que nós somos as pessoas que vieram salvar vocês deste inferno, certo? Onde está Deena? Foi ela que colocou o sistema em modo de autodestruição?

— Não, foi ele. Deena correu em seu encalço. Ele está com um bebê nos braços. — Olhou para a menina que fungava sem parar.

— Nossa irmãzinha.

— Quem é o homem que ela está perseguindo?

— Wilson. Ele pegou o bebê. — Diana ergueu a mão da menininha ao seu lado. O nome desta aqui é Darby. Eu o matei, ou pelo menos um deles, com isto aqui. Coloquei o bisturi na potência máxima e atirei o laser nos olhos dele. Eu o matei.

— Muito bem. Agora, me mostre para onde eles foram.

— Ela está muito cansada — disse Diana, olhando para Darby. — Acho que eles lhe deram algo para ficar sonolenta. Ela não consegue correr.

— Venha aqui — chamou Roarke, dando um passo à frente. — Vou levá-la no colo. Pode deixar que não vou machucá-la.

— Terei de matá-lo se tentar isso — avisou Diana, analisando o rosto de Roarke.

— Combinado, então — aceitou ele, pegando a criança. — Há reforços chegando.

— É melhor que eles cheguem depressa. A saída é por aqui. Corram!

Ela partiu como se tivesse molas nos pés.

Eve seguiu atrás dela quase correndo, batendo nas paredes e curvas até chegarem a um ponto em que o caminho parecia livre.

A área de Gestação estava desprotegida. Diana entrou nela e, pela segunda vez, Eve foi atingida por uma onda de choque.

A sala estava cheia de câmaras interligadas entre si e empilhadas, mais parecendo o interior de uma colmeia. Em cada câmara um feto flutuava em um líquido espesso e claro. Um tubo comprido, que supostamente desempenhava o papel de cordão umbilical, ligava cada uma das câmaras a uma massa disforme que Eve imaginou que fosse uma espécie de placenta artificial. Cada câmara exibia um gráfico eletrônico e um monitor onde apareciam os registros da respiração, os batimentos cardíacos e as ondas cerebrais dos fetos, além da data da concepção, o doador de DNA e a data programada para o Nascimento Silencioso.

Recuou de susto quando um dos ocupantes se virou de frente para ela, como um peixe alienígena nadando em estranhas águas.

Também havia registros dos estímulos dados aos fetos. Músicas tocavam, vozes sussurravam, idiomas diversos eram recitados, além do onipresente batimento de um coração.

Havia dezenas de espécimes.

— Ele matou Icove — disse Diana, apontando para os corpos no chão. — Este aqui, pelo menos. E vai destruir tudo.

— O quê?

— Vai levar daqui o que quer, os que escolheu, e vai destruir todos os outros. Deena planejava fazer exatamente isso, mas não conseguiu. — Diana olhou em volta. — Nós entramos aqui, mesmo sabendo que talvez não pudéssemos escapar. Ela saiu

Origem Mortal

por aquela porta, atrás dele. Um deles, pelo menos. Pode ser que existam mais de dois.

— Tire-as daqui — ordenou Eve, virando-se para Roarke — Leve-as para cima e para fora do complexo.

— Eve...

— Não posso fazer as duas coisas. Preciso que você faça isso. Preciso que as leve para um local seguro. Depressa!

— Não me peça para abandonar você aqui.

— Há só você aqui a quem eu possa pedir isso. — Lançou-lhe um olhar tenso e demorado. E correu na direção que Deena tomara.

Passou por um laboratório, no que percebeu que era uma área de concepção. Vida estava sendo criada ali em placas de Petri, em câmaras menores do que as que havia na Gestação. Eletrodos zumbiam serenos, sem sangue algum.

Além desse lugar havia uma área dedicada à preservação. Unidades de refrigeração, cada uma delas com um rótulo. Nomes, datas, códigos. Também havia salas de operação e cubículos para exames.

Eve chegou a uma porta e viu outro corredor e mais um túnel além. Entrando nele, sacou mais uma vez a arma, mas voltou para o corredor quando um raio laser explodiu na parede ao seu lado.

Pegou o rifle preso ao ombro e o apoiou junto do corpo, de modo a poder atirar só com uma das mãos. Na outra mão, apertou a arma de explosivos com força. Enviou uma rajada de fogo para a direita, outra para a esquerda, lançou-se no chão e tornou a atirar para todos os lados.

Um homem caiu no chão com o jaleco branco se abrindo e drapejando como asas. Ao rolar no chão, percebeu um movimento secundário à esquerda e lançou uma nova rajada sem ver.

Ouviu-se um uivo, mais de raiva do que de dor. Eve percebeu que tinha atingido a parte de baixo do sujeito, e o viu se arrastando pelo chão, uma das pernas sem movimento.

Ela deixou que um pouco da sua fúria represada corresse solta ao chegar perto dele, e o chutou com força nas costas.

— Doutor Louco Wilson, eu presumo.

— Você não pode mais impedir o que vai acontecer. É inevitável. Esse é o alvorecer da hiperevolução, o direito que todo ser humano tem à imortalidade.

— Pode desligar a empolgação porque seus planos foram para o espaço. Você já está morto várias vezes, em diferentes lugares. Onde está Deena?

O rapaz era jovem, muito bonito, e sorriu. Além da beleza, também era completamente louco, pensou Eve.

— Qual delas você quer saber?

Eve ouviu um grito feminino lancinante, desesperado e aterrorizado.

— Nãão!

Para ganhar tempo, usou a coronha da arma de atordoar e deu um violento golpe na cabeça do cientista, deixando-o desmaiado. Em seguida, arrancou o cartão de segurança que ele trazia em torno do pescoço.

Saiu correndo na direção do grito e viu de relance quando Deena entrou por um corredor lateral.

Na porta estava marcado BERÇÁRIO ESTÁGIO UM. Pela porta transparente, Eve viu recipientes de vidro contendo bebês.

Foi então que avistou Wilson lá dentro, com uma arma apontada para a pele macia do queixo de um bebezinho. Parou na mesma hora. Se invadisse o local, ele mataria quem conseguisse. Deena possivelmente, mas o bebê certamente.

Eve olhou para o corredor à sua volta em busca de opções. Viu portas marcadas com várias placas que informavam BERÇÁRIO ESTÁGIO DOIS e, mais além, BERÇÁRIO ESTÁGIO TRÊS, e sentiu seu sangue gelar por completo.

Origem Mortal

A menina parecia incansável, reparou Roarke. Já tinha corrido, a toda velocidade, o que lhe pareceu mais de dois quilômetros de corredores. Ele mesmo só conseguiu acompanhar o ritmo de Diana por pura garra. Sangue escorria dos olhos de Roarke e também pingava do ferimento do braço. Para piorar, a menina menor pesava mais que chumbo no instante em que os três alcançaram o elevador de volta.

Roarke também sentiu o peso do medo na boca do estômago.

— Sei como sair daqui — informou Diana. — Vai levar muito tempo para você nos levar até lá fora e depois tentar voltar. Nenhum obstáculo nos impede de sair. Ninguém vai se importar conosco a partir deste ponto.

Roarke tomou a decisão com rapidez.

— Vá em frente e saia do prédio. Meu carro está no estacionamento do setor de Emergência. É um ZX-5000 preto.

Por um momento, Diana pareceu exatamente o que era: uma pré-adolescente empolgada. Sua reação foi:

— Que máximo!

— Pegue a menina e decore a senha. — Pegou no bolso o cartão que abria o veículo. — Jure para mim, Diana, pela vida da sua mãe, que você vai até aonde o carro está, vai entrar nele e trancar as portas por dentro. Vocês duas devem ficar lá quietinhas, até eu chegar de volta.

— Você está sangrando muito. Esse sangue todo foi por querer impedir tudo isso de continuar. Vocês tentaram nos ajudar. E ela mandou que você saísse de lá conosco, do mesmo modo que Deena me mandou sair do laboratório com Darby. — Ela pegou a criança. — É por isso que eu juro pela vida de Deena, pela vida da minha mãe, que vou nos trancar dentro do carro e esperar por você.

— Pegue isso — ele lhe entregou o fone. — Quando estiver em segurança, dentro do carro, coloque este fone e avise ao homem do outro lado onde você está, e como ele poderá chegar onde nós estamos.

Ele hesitou por um segundo, antes de entregar à menina uma arma de atordoar.

— Não use isso a não ser que não tenha escolha — avisou Roarke.

— Nunca ninguém confiou tanto em mim — maravilhou-se ela, enfiando a arma no bolso. — Obrigada.

Assim que a porta se fechou, ele começou a correr de volta para Eve.

Eve rastejou até o Estágio Dois, para não ser vista, e usou o cartão que pegara para abrir as portas.

Dentro da sala havia cinco berços. As crianças dentro deles deviam ter... sabe-se lá que idade, como ela poderia adivinhar? Alguns meses, talvez, menos de um ano. Até durante o sono elas eram monitoradas.

Do mesmo modo que as crianças que estavam mais além — na sala denominada Estágio Três. Todas dormiam em macas estreitas, numa espécie de dormitório. Eram quinze. Eve contou.

As portas que ligavam as duas salas não exigiam cartão. Pelo menos a que saía do local denominado Estágio Dois. Eve conseguiu ver Deena na sala Um, com as mãos para o alto. Sua boca se movia. Ela não precisou ouvir as palavras para perceber que eram súplicas. O medo estava estampado em seu rosto.

Faça-o largar o bebê, torceu Eve. Faça-o baixar a arma de atordoar poucos centímetros, pelo menos por alguns instantes. Isso é tudo que eu preciso.

Pensou em se arriscar e invadir a sala, mas viu o sistema de alto-falantes ao lado da porta. Ligando-o, ouviu a conversa lá dentro.

— Não adianta mais. Não há razão para isso. — Era a voz de Deena. — Por favor, entregue-a para mim.

Origem Mortal

— Existem um monte de razões, sim. Mais de quarenta anos de trabalho, pesquisas e muitos progressos. Centenas de pessoas de nível superior. Você representava uma grande esperança para nós, Deena. Foi uma das nossas maiores realizações, mas preferiu jogar tudo fora. Para quê?

— Por escolha própria, de vida e de morte. Não sou a única e não fui a primeira. Quantas de nós deram cabo da própria vida porque não conseguíamos mais continuar existindo depois de descobrir em que vocês nos haviam transformado.

— E vocês sabem o que realmente *eram* antes de nós? Lixo de rua, ninhos de piolhos, nada além disso. Já estavam em pedaços quando vieram parar em nossas mãos. Nem mesmo Wilfred conseguiu reconstruí-las como eram antes. Nós *salvamos* vocês! Mais de uma vez, várias vezes, sem parar. Aprimoramos vocês, aperfeiçoamos todas. Vocês só existiam porque nós *permitíamos* que fosse assim. Isso tudo acaba aqui.

— Não! — Ela deu um pulo para a frente quando ele encostou a arma com mais força sob o queixo do bebê. — Isso não vai lhe servir de nada. Está acabado, você sabe que tudo está acabado. Você ainda pode escapar. Ainda pode sair com vida.

— Tudo acabado? — Seu rosto brilhava de empolgação doentia, uma espécie de febre. — O projeto mal começou. Em menos de um século, o que eu criei vai garantir a *própria existência* de toda a raça humana. E eu estarei lá para ver meu triunfo. A morte deixou de ser um obstáculo para mim. Para você, porém...

Ele ergueu a arma alguns centímetros e Eve invadiu a sala. Antes de ter chance de atirar, ele ergueu o bebê como se fosse um escudo e se jogou no chão com a criança no colo.

Eve bateu com força no piso e rolou de lado para evitar ser atingida pelos raios que destruíram as portas atrás dela. O ar se encheu com o choro de muitas crianças e os guinchos agudos dos alarmes.

— Aqui é a polícia — gritou Eve a plenos pulmões para se fazer ouvir, apesar do barulho ensurdecedor. — Este complexo acaba de ser fechado pela lei. Entregue a arma e liberte essa criança.

O computador que estava acima de Eve explodiu com outra rajada.

— Bem, acho que isso não funcionou — murmurou ela.

Não poderia atirar de volta porque ele continuava com o bebê nos braços. Mas poderia tentar distraí-lo, decidiu, e avaliou a distância até as portas que levavam ao corredor.

Viu um movimento do lado de fora do vidro e não sabia se devia xingar ou comemorar ao ver Roarke se posicionar perto dela.

— Você está cercado, Wilson. Acabado! Eu pessoalmente já matei você duas vezes em poucos minutos. Se quiser completar três, a opção é sua.

Ele gritou de desespero. Quando Eve se preparava para atacar as portas dos fundos, viu a criança que ele segurava ser lançada para o ar. Teve apenas um instante para girar o corpo, mas Deena já voava em plena linha de tiro.

A rajada de Wilson atingiu Deena em pleno ar, no momento exato em que ela amparava o bebê.

— Vocês vão morrer! — sentenciou Wilson — Vão sofrer, sentir náuseas e tropeçar pelo resto das vidas patéticas que ainda lhes restarem. Eu poderia ter transformado homens em deuses. Lembrem-se de quem destruiu tudo. Lembrem-se sempre do homem que os condenou à mortalidade. Iniciar processo de autodestruição!

Ele se levantou, o rosto tomado pelo fervor da loucura. Quando apontou a arma para Eve ela atirou primeiro, no instante exato em que Roarke arrombava as portas. Wilson tombou em meio ao fogo cruzado.

Novos alarmes dispararam e uma voz computadorizada, totalmente desprovida de emoção, anunciou:

Origem Mortal

Atenção, muita atenção. O processo de destruição deste local foi iniciado. Vocês têm dez minutos para sair em segurança do complexo. Atenção, muita atenção: estas instalações se autodestruirão em dez minutos.

— Que maravilha! Dá para interromper o processo? — perguntou Eve, olhando para Roarke.

Ele recolheu um pequeno aparelho que ficara largado ao lado do corpo de Wilson.

— Isto aqui é só o gatilho. Ligação simples. Preciso encontrar o centro de controle para tentar cancelar a ordem dada.

— Isso não será possível — informou Deena.

Eve correu até onde ela estava, caída no chão, ainda abraçada ao bebê que não parava de chorar.

— Vamos tirar vocês daqui — garantiu Eve.

— Levem-na com vocês. Salvem todas as crianças que conseguirem. É impossível cancelar essa ordem. Existem múltiplas fontes, centros e níveis para transpor. Não haverá tempo suficiente. Por favor, tirem as crianças daqui. Eu já estou morta.

— A polícia e a assistência médica estão a caminho. — Eve olhou para Roarke. — Estou ouvindo-os chegar. As crianças estão nas salas ao lado. Vamos pegá-las.

— Leve esta aqui. Por favor, salve-a. — Deena fez um esforço sobre-humano e entregou a criança para a tenente.

Eve atrapalhou-se um pouco, mas colocou o bebê debaixo do braço. E viu que Deena tinha razão. Ela estava praticamente morta. No local onde suas roupas tinham sido rasgadas pelo laser, a pele queimada estava dilacerada e os ferimentos chegavam a atingir-lhe os ossos. Golfadas de sangue já lhe saíam pela boca e filetes vermelhos lhe escorriam pelos ouvidos. Ela não conseguiria chegar nem mesmo às portas.

— E quanto a Diana e à menininha? — perguntou, com dificuldade.

— Estão a salvo. — Eve olhou para Roarke e recebeu confirmação disso. Conseguiram escapar.

— Entregue-as a Avril. — Deena apertou o braço de Eve com o resto de força que tinha. — Por favor... Por Deus, eu lhe imploro: entregue-as a Avril e deixe que elas partam. Quero fazer uma confissão oficial. Uma confissão no meu leito de morte.

— Não há tempo para isso. Roarke!

Ela entregou o bebê a ele e ordenou:

— Tire as crianças de lá. Agora!

Atenção, muita atenção. Todas as pessoas devem desocupar este local. As instalações se autodestruirão em oito minutos.

— Fui eu quem matou todos eles. Avril não sabia de nada. Eu assassinei Wilfred Icove Pai, Wilfred Icove Filho e Evelyn Samuels. Eu pretendia... Oh, Deus!

— Não se esforce mais. Você tem razão, está acabada e eu não posso ajudá-la. — Eve ouviu crianças chorando, gritando, e ouviu passinhos no corredor, mas manteve os olhos fixos em Deena. — Pode deixar que conseguiremos salvar todas elas.

— Gestação — Deena cerrou os dentes e silvou de dor. — Se vocês os tirarem dos tanques manualmente, sem desligar o sistema, eles vão morrer. As crianças não podem... — Sangue lhe escorreu dos olhos como se fossem lágrimas. — Elas não podem mais ser salvas. Eu ia fazer o que Wilson fez, mesmo sabendo disso, mas não consegui. Vocês precisam deixá-las para trás e salvar o resto das crianças. Por favor, libertem todos e entreguem-nos para Avril. Ela cuidará deles. Ela..

— Existem outros bebês ainda nestas instalações?

— Não. Rezo para que não existam. — Tenham cuidado com os androides, a essa hora da noite. Mas Wilson deve tê-los desligado. E matou as réplicas de Icove. Filho da mãe. Vou morrer aqui, exatamente onde nasci. Acho que é o mais correto. Contem tudo a Diana. De qualquer modo ela já sabe. Quanto à menininha...

— Darby. Seu nome é Darby.

— Darby. — Ela sorriu no instante em que seus olhos se fecharam para sempre.

Sua mão deslizou do braço de Eve e permaneceu inerte.

Atenção, muita atenção: estas instalações se autodestruirão em sete minutos. Todas as pessoas devem abandonar o local imediatamente.

— Eve, os berçários foram esvaziados. A equipe de apoio já está levando todas as crianças para a superfície. Temos de ir embora agora!

Eve se levantou e girou o corpo. Viu que Roarke continuava segurando o bebê.

— A Área de Gestação. Deena me disse que o local não pode nais ser desativado, e que todos os fetos vão morrer. Prove para mim que ela estava errada.

— Não posso fazer isso. — Ele a agarrou pelo braço e a puxou com força. — O sistema de manutenção da vida e os úteros artificiais fazem parte e são controlados pelo sistema central. Se os desligarmos, o oxigênio do complexo também será cortado.

— Como é que você pode saber?

— Estudei o esquema e confirmei tudo. Se tivéssemos mais tempo, talvez houvesse um jeito de invadir o sistema, mas só temos poucos minutos. Não conseguiríamos salvá-los, Eve. Não daria para ir até as câmaras, desligar o sistema e depois levar tudo para cima, mesmo que conseguíssemos hackear o acesso. Não poderemos salvá-los.

Ela viu o horror nos olhos dele, o mesmo horror gélido que lhe apertava a barriga como um torno.

— E vamos simplesmente deixá-los aqui?

— Salvamos esta aqui — Ele balançou o bebê de forma desajeitada e, agarrando Eve pela mão, começou a correr. — É melhor agirmos logo, senão seremos enterrados aqui dentro.

Ela correu junto dele, passou pelas cascas vazias dos sentinelas metálicos que havia destruído, e também pelos corpos dos meninos que tinham sido criados para matar. Sentiu cheiro de morte, e percebeu também o cheiro do sangue dela e de Roarke.

Tinham derramado tanto sangue e mesmo assim não foi o bastante. Matar não acabava com as coisas cruéis e medonhas, lembrou. Ela mesma tinha usado esta frase.

Atenção, atenção: a linha vermelha limite para a evacuação segura foi alcançada. Todas as pessoas remanescentes deverão se afastar deste local imediatamente. Estas instalações se autodestruirão em quatro minutos.

— Eu adoraria se essa mulher fechasse a porra da boca!

Eve continuou em frente, mancando. Seu quadril havia se transformando numa insana sinfonia de dores. Uma rápida olhada a fez ver que o rosto dele estava branco como cera, e também suado e pegajoso, por entre as manchas de sangue.

Viu o elevador diante deles com as portas fechadas.

— Não consegui deixá-las abertas quando saímos. — A voz de Roarke estava ofegante e lenta. Eve ficou quase tão horrorizada quando ele lhe entregou a bebê quanto com a contagem regressiva propriamente dita. — Não houve tempo para analisar o sistema de segurança e mantê-las abertas para a nossa volta. — Ele pegou o cartão e o passou pela ranhura. Nada aconteceu. Passou uma segunda vez.

— Puta que pariu! O cartão ficou manchado de sangue e suor, o sensor não vai conseguir ler. — Ele pegou um lenço no bolso

Origem Mortal

e começou a polir a superfície do cartão, ao mesmo tempo em que pronunciava todos os palavrões que conhecia em galês.

Agarrado ao braço de Eve, o bebê berrava como se ela o estivesse atacando com um martelo.

Para sua segurança, serão necessários mais sessenta segundos a partir da linha vermelha. Estas instalações se autodestruirão em três minutos.

Ele passou o cartão pela terceira vez, as portas se abriram e eles pularam na cabine.

— Nível da rua — gritou ele, e tornou a praguejar quando Eve entregou-lhe a criança. — Que foi? Fique segurando você! O bebê já está nos seus braços, mesmo.

— Não, você é quem deve segurá-la. Eu estou no comando desta operação.

— Nada disso. Eu sou apenas a porra de um civil.

Eve colocou os dedos na arma.

— Se você tentar colocar essa criança novamente no meu colo, juro que vou atirar para atordoar. Autodefesa.

Para sua segurança total, serão necessários mais noventa segundos a partir da linha vermelha. Todas as pessoas deverão se proteger em um local seguro.

— Estamos no limite — murmurou Eve, e sentiu o suor frio que lhe descia pelas costas.

— Existe alguma outra saída?

— Esse troço poderia subir mais rápido. Que elevador lerdo, filho da mãe! Dá para acelerar um pouco? — Eve cerrou os dentes quando o som avisou que seriam necessários dois minutos a partir da linha vermelha para alcançar um local seguro. — Se o prédio explodir conosco aqui dentro vamos para o beleléu juntos, certo?

— Provavelmente.

Eve olhou para o painel como se a raiva que sentia fosse capaz de acelerar as coisas.

— Não teríamos conseguido salvar os fetos, não importa o que fizéssemos — lamentou-se ela.

— Isso mesmo, não conseguiríamos. — Ele pousou a mão livre no ombro dela.

— Você trouxe essa aí para que eu fosse obrigada a deixar as outras. Desse jeito eu tive de tentar cumprir minha promessa e salvá-la. Tive algo tangível para me animar a sair correndo

— Eu também planejei que quem a levaria nos braços até lá fora seria você, e eu não precisaria sentir meus tímpanos se despedaçando.

A autodestruição ocorrerá em trinta segundos.

— Se não conseguirmos escapar, eu amo você e blá-blá-blá.

Ele riu ao ouvir isso e se virou de lado para poder colocar o braço livre sobre os ombros dela.

— Digo o mesmo, querida. Até agora, nossa vida juntos foi uma aventura maravilhosa.

Quando a contagem final teve início, ela ergueu o braço e agarrou a mão dele.

Autodestruição em dez segundos, nove, oito, sete...

As portas se abriram. Eles voaram para fora juntos. Eve ouviu a contagem chegar no três quando as portas tornaram a se fechar atrás deles.

Origem Mortal

Pegou o casaco no chão, onde o havia deixado, e correu como um raio pela sala de espera, ao lado de Roarke.

Houve uma espécie de trovoada por baixo dos pés deles, e uma vibração forte. Eve pensou no que estava no subterrâneo, nos tanques, nas colmeias. Mas logo tirou essas imagens da cabeça e as jogou para o fundo da mente. Certamente iria revisitar o local em pesadelos assim que pegasse no sono.

Vestiu o casacão novamente. Se suas mãos tremessem, Roarke seria o único a perceber.

— Vou levar um bom tempo aqui — avisou ela.

Ele olhou para a fileira de policiais diante do prédio em convulsão.

— Leve o tempo que precisar. Vou estar ali adiante.

— Pode entregar esse bebê para os guardas. Alguém do Serviço de Proteção à Infância chegará a qualquer momento para lidar com os menores de idade.

— Tudo bem, estarei ali adiante — repetiu.

— E vá se tratar — sugeriu em voz alta, quando ele virou as costas.

— Neste lugar? Não creio que vá seguir o seu conselho.

— Tem razão — replicou Eve. E se afastou para cuidar das muitas tarefas que tinha pela frente.

Do lado de fora, Roarke seguiu em linha reta na direção do carro. Uma sensação de alívio o inundou quando viu Diana recostada no banco de trás, cochilando, com a menina enroscada ao lado.

Abriu a porta e se agachou. Diana abriu os olhos e ele disse:

— Você cumpriu sua palavra!

— Deena morreu. Eu sei.

— Sinto muito por isso, de verdade. Ela morreu para salvar você. Para salvar sua irmã. — Ele mostrou o bebê e Diana abriu os braços. — Ela também ajudou a salvar todas as crianças já nascidas.

— Wilson morreu?

— Sim.

— Todos eles?

— Todos os que encontramos, sim. As instalações no subterrâneo explodiram. Foram destruídas. Também desapareceu todo o equipamento que havia lá embaixo, os registros, a tecnologia.

— O que você vai fazer conosco agora? — perguntou ela, com os olhos claros muito firmes.

— Vou levar vocês para Avril.

— Não, você não pode fazer isso, senão descobrirá onde fica o nosso esconderijo, e precisamos de algum tempo antes de seguirmos para outro local.

Ela era uma menina acompanhada de outra menina menor e uma bebê. No entanto, de certo modo, era mais velha que ele mesmo, refletiu Roarke. Todas três eram mais velhas que ele.

— Você consegue chegar até onde Avril está por conta própria?

— Consigo. Você nos deixará ir?

— Era isso que sua mãe queria. Foi a última coisa que pediu. Pensou em vocês e no que seria melhor para todas. — Como sua própria mãe tinha feito quando ele era bebê, pensou. Sua mãe tinha morrido fazendo o que achava ser melhor para ele. Como ele poderia desonrar isso?

Diana saltou do carro segurando a menina menor pela mão e o bebê no outro braço.

— Nunca esqueceremos você.

— Eu também nunca vou me esquecer de vocês, Diana. Fiquem em segurança.

Origem Mortal

Ele as observou seguindo pela rua até elas sumirem de vista.

— Bem, a melhor sorte do mundo para vocês. — murmurou ele. Só então pegou o *telelink* e entrou em contato com Louise.

Já tinham se passado quase duas quando Eve apareceu para procurá-lo. Ela deu uma olhada cuidadosa na clínica móvel estacionada ao lado do carro dele e anunciou, entre dentes:

— Escute, estou supercansada. Quero ir para casa.

— Assim que eu fizer alguns exames básicos em você, prometo liberá-la — avisou Louise, apontando para a unidade médica móvel. — Infelizmente eu não tenho aparelhos de desinfecção para acabar com esse cheiro. Vocês dois estão fedendo demais!

A manhã começava a nascer. Em vez de discutir e perder tempo, Eve se sentou na maca e avisou:

— Nada de tranquilizantes, nem de analgésicos. A coisa já está péssima sem eu me sentir abobalhada pelo efeito dos remédios. — Fitou Roarke com ar duro, mas ele simplesmente sorriu.

— Pois eu não me importei nem um pouco de tomar alguns tranquilizantes. Serviram para amaciar minhas arestas.

— Ele está abobalhado? — perguntou Eve a Louise, e suprimiu um gemido quando a varinha diagnóstica passou sobre a ferida do braço.

— Um pouco. A maior parte dessa reação é provocada por pura exaustão. Ele perdeu muito sangue. Tem um corte profundo no braço e uma ferida horrível na cabeça. Não sei como conseguiu se aguentar em pé durante tanto tempo. Digo o mesmo em relação a você, Dallas. Eu preferia levar vocês dois para a minha clínica.

— E eu preferia estar em Paris bebendo champanhe — rebateu Eve.

— Então iremos para lá amanhã mesmo, querida — decidiu Roarke, ajeitando-se um pouco para se sentar ao lado dela.

— Você está com a casa cheia de parentes irlandeses.

— Estou mesmo. Que tal ficarmos em casa e enchermos a cara, em vez de irmos a Paris? Meus parentes irlandeses apreciam boas bebidas. Se não for assim, é porque não são meus parentes de verdade, certo?

— Fico imaginando o que eles pensarão quando chegarmos em casa fedendo, ensanguentados e surrados até a alma. Porra, Louise! — reagiu Eve, reclamando da dor.

— Era mais fácil com tranquilizante e analgésico. Mas você não quis.

Eve soltou o ar pelo nariz com força, e depois tornou a sugá-lo, em preparação para o próximo ataque da médica.

— Vou lhe dizer o que seus parentes vão pensar — disse Eve. — Que nós levamos vidas cheias, plenas e interessantes.

— Eu te amo muito, querida Eve. — Roarke esfregou o nariz no pescoço dela e lhe deu um beijo. — E blá-blá-blá.

— Acho que ele está mais que abobalhado — foi a opinião de Eve.

— Vão para casa e durmam um pouco — sugeriu Louise, recostando-se na cadeira. — Charles e eu chegaremos mais cedo para o jantar e eu lhes farei mais um tratamento.

— A alegria nunca acaba! — Eve saltou da maca e nem se deu ao trabalho de disfarçar a fisgada que sentiu no quadril ferido

— Obrigado, Louise. — Roarke tomou a mão da médica e a beijou, com um ar galante.

— Adoro o meu trabalho. E também levo uma vida cheia, plena e interessante.

Eve esperou até o centro médico móvel ir embora antes de perguntar:

— Onde está Diana e as outras duas?

Roarke olhou para o céu e percebeu que as estrelas desapareciam aos primeiros raios da manhã.

Origem Mortal

— Não faço a menor ideia.

— Você as deixou ir embora?

Os olhos dele pareciam muito cansados, mas estavam perfeitamente focados quando ele a fitou longamente e perguntou:

— Você pretendia agir de forma diferente?

Eve ficou calada por um momento.

— Entrei em contato com Feeney para pedir que ele desligasse o rastreador que tinha sido implantado nela. Nem foi preciso isso. Quando o lugar explodiu, todos os rastreadores foram desligados. Oficialmente, Diana Rodriguez está morta. Perdeu a vida na explosão que aconteceu no centro do Nascimento Silencioso. Não existe registro algum das outras duas menores. Nem haverá.

— E nada existe oficialmente se não está registrado.

— É assim que funciona a tecnologia. Avril Icove está desaparecida. Tenho uma confissão do tipo "leito de morte" que a libera de todo e qualquer envolvimento com os homicídios sob a minha jurisdição. Mesmo sem isso, o promotor público não pretende acusá-la de nada. Tentar localizá-la seria uso ineficiente de tempo e dinheiro públicos, a essa altura do campeonato. Mas pode ser que as autoridades federais não concordem com isso.

— Mesmo assim, não as encontrarão.

— É pouco provável que consigam.

— Qual vai ser o tamanho da pressão em cima de você por causa disso?

— Mínima. Nadine vai soltar a bomba no noticiário, daqui a algumas horas. O que existia naquele subsolo, seja o que for, desapareceu. — Ela se virou para analisar os restos da clínica. As autoridades governamentais talvez consigam identificar e rastrear alguns dos clones, mas a maior parte deles vai se misturar com a população comum. Elas são muito espertas, afinal de contas. Até onde eu vejo, a coisa termina aqui.

— Então, vamos para casa. — Ele emoldurou o queixo dela com as mãos e beijou-lhe as sobrancelhas, o nariz e os lábios. — Você e eu temos de dar muitas graças no feriado de hoje.

— Sim, é verdade, temos mesmo. — Ela apertou a mão dele com força uma única vez, como tinha feito quando a morte estava a poucos segundos de alcançá-los.

Depois disso se afastou, deu a volta no carro, entrou pela porta do carona e se aninhou ao lado dele.

O mundo não era um lugar perfeito, jamais seria. Ali, porém, naquele momento, observando o dia que nascia na sua cidade "esquecida de Deus", pareceu a Eve que tudo no mundo era excelente.

F I M

Não perca o próximo lançamento da Série Mortal:

RECORDAÇÃO MORTAL

Eve Dallas é chamada para averiguar o caso de um fanfarrão irresponsável que, durante a festa de Natal da empresa onde trabalha, se veste de Papai Noel e, em meio às comemorações, se joga num mergulho de trinta e sete andares, caindo em plena Times Square e dando um novo significado à expressão "Papai Noel de rua". Trata-se de um dia como outro qualquer na vida da corajosa tenente, acostumada a lidar com batedores de carteira, ladrões diversos, traficantes de drogas e assassinos da pior espécie.

Eis que surge Trudy Lombard, uma senhora de meia-idade aparentemente inofensiva e com um sorriso amoroso. Quando ela se apresenta na Central de Polícia como mãe de Eve, a tenente fica tão chocada que mal consegue se manter de pé. No mesmo instante, surgem em sua mente recordações do tempo em que era uma menina de 9 anos, frágil, traumatizada, aprisionada em um lar adotivo e subjugada a uma mulher cruel que, entre outros tormentos, a obrigava a tomar banhos gelados e a trancava em closets apertados.

Trudy alega ter viajado do Texas até Nova York unicamente para matar as saudades e ver como Eve estava se saindo na vida de mulher adulta. No entanto, Roarke, o marido superprotetor da tenente, não acredita nessa história inocente. Suas suspeitas se confirmam quando Trudy, após ser expulsa por Eve da Central, aparece em sua sala nas Indústrias Roarke exigindo uma grande soma em dinheiro para manter ocultos os tenebrosos segredos da infância da policial. Indignado com a chantagem, Roarke a coloca para fora dali e a aconselha a voltar para o Texas, deixando bem claro que o melhor para ela seria se manter longe da cidade e da vida do casal.

Entretanto, uma pessoa misteriosa, que acompanha tudo isso de longe, deseja ver a "mãe" de Eve morta. Como a tenente tem fibra de tira até os ossos, ela se propõe a investigar o caso, nem que seja pelo filho de Trudy, que se mostra profundamente abalado pela situação. Infelizmente, a tenente não foi a única que sofreu nas mãos dessa mulher. Roarke e Eve resolvem, então, seguir uma trilha sinuosa e cheia de perigos em busca da pessoa — ou pessoas — que transformou a agressora em vítima, enquanto lutam contra o passado terrível que, mais uma vez, volta para assombrar suas vidas.

Impresso no Brasil pelo
Sistema Cameron da Divisão Gráfica da
DISTRIBUIDORA RECORD DE SERVIÇOS DE IMPRENSA S.A.
Rua Argentina 171 – Rio de Janeiro, RJ – 20921-380 – Tel.: 2585-2000